Staread
星文文化

高铭谦 著

执迷

时代出版传媒股份有限公司
安徽文艺出版社

图书在版编目（ＣＩＰ）数据

执迷/高铭谦著.—合肥：安徽文艺出版社，2020.10
ISBN 978-7-5396-7035-5

Ⅰ．①执… Ⅱ．①高… Ⅲ．①长篇小说－中国－当代 Ⅳ．①I247.5

中国版本图书馆 CIP 数据核字(2020)第 164567 号

出 版 人：段晓静
责任编辑：姜婧婧　　　　　　装帧设计：@吾然设计工作室
....
出版发行：时代出版传媒股份有限公司　www.press-mart.com
　　　　　安徽文艺出版社　www.awpub.com
地　　址：合肥市翡翠路 1118 号　邮政编码：230071
营 销 部：(0551)63533889
印　　制：北京盛通印刷股份有限公司　(010)52249888
....
开本：880×1230　1/32　印张：10.75　字数：320 千字
版次：2020 年 10 月第 1 版
印次：2020 年 10 月第 1 次印刷
定价：45.00 元
....
(如发现印装质量问题，影响阅读，请与出版社联系调换)

版权所有，侵权必究

执迷

目录——

第一章　　逃离还是回归　　001

第二章　　谁不曾搁浅在职场　　009

第三章　　重　逢　　018

第四章　　你可看到清澈的光　　027

第五章　　真　相　　035

第六章　　迟到的正义　　043

第七章　　临　渊　　050

第八章　　不　忘　　060

第九章　　隐没于黑暗　　067

第十章　　通　灵　　074

第十一章　　催　眠　　084

第十二章　　暗　礁　　094

第十三章　　谁是猎物　　106

第十四章	心　机	117
第十五章	孤岛的微光	125
第十六章	有多绝望，有多清明	135
第十七章	只为一人	143
第十八章	晚一点，天上见	162
第十九章	自　欺	181
第二十章	我错了	199
第二十一章	证人的身份，是我们	214
第二十二章	谈　判	221
第二十三章	被抹去的过往	234
第二十四章	杀人嫌疑	252
第二十五章	放不下，就不放了	265
第二十六章	别　怕	279
第二十七章	一城一池	296
第二十八章	我要和你结婚	311
第二十九章	余　生	327

第一章

逃离还是回归

夜航总是有异样的沉静,飞机如同铁翼的大鸟在夜空中沉稳地掠过,夜色如深海,静谧又惆怅。

江江把额头抵在舷窗的玻璃上,看着外面乌沉沉的云海和间或的闪光,感受着飞机缓慢地降落。微凉的感觉让人清醒,她徐徐地深呼吸,让有些发痛的耳膜恢复正常,南岛繁华的灯光已经透过云层隐约可见,漫长的旅程即将结束,她即将抵达终点,也许——也是回到原点。

她不用再看,也对那封来历不明的邮件谙熟于心。那是一封中文邮件,里面有一句类似心灵鸡汤的话:你是否认识真实的自己?本来她以为这又是一封故作文艺范儿的广告邮件,随手就想点下删除键,但是——就在一刹那,她看到了附件里有一张照片,照片的主角是她自己。她站在一片陌生的破烂厂房前,而触目惊心的,是地上一片殷红的血迹。

收到这封邮件时,她正在参加大学毕业典礼。南加州大学的新闻学院排名全美第一,她作为亚裔学生,以卓越表现赢得在毕业典礼上演讲的机会,非常难得。她的演讲主题是关于真相,认为作为即将步入职场的传媒专业从业者,最高准则是坚持真相,不受政治与资本操纵,不被民意和人心裹挟,哪怕与正义相悖,真相也最为重要。因为道德范畴的正义有可能被多数人定义,而真相,却只属于事实。这才是他们传媒人的天职与使命。

似乎相当讽刺,当她以这一段演讲赢得了鲜花和掌声后,在妈妈得体的微笑和凝视里,她的手机轻轻地传来提示音,然后,她看到了这封邮件。

你是否认识真实的自己?

年少的她站在刺目的血泊里,神情茫然凄惶,望着如今的她。这跨越时空的对视动魄惊心,照片上的图景如此陌生,与她生活的每个细节都截然相反,却像一簇黑色的火苗,倏地点燃了她脑海里不为人知的一面——她是个没有过去的人,从妈妈口里知道,那源自一场惨烈的车祸。在她十六岁那年,爸爸开车带着她去邻近的某个城市,天气恶劣风雨交加,在高速公路上他们被一辆重载卡车追尾,他们的车在巨大的推力下飞了出去。爸爸因伤势过重当场去世,她在ICU躺了一个多星期万幸活了过来,但因为脑部受到重创失去了十六岁前所有记忆。这样的事件说起来像电影里的剧情,但亲历的人却有椎心之痛,她清楚记得妈妈讲起这件事时的伤心痛楚,更记得妈妈常常对她说的一句话:"江江,我们往前看,生活需要往前看。"自此,所有疑问深埋心中,再不多问。妈妈已经很勇敢地往前走了,她不要去做那个拖后腿的人。

但是……从那张照片看,似乎,她有过一段非同一般的经历?从照片推断,那时的她也就十五六岁的样子,她眉心一跳,心里没来由地掠过一丝狐疑,让她失去爸爸失去记忆的,真的只是一场车祸?而不是另有隐情?为何妈妈会讳莫如深?刚才她在台上言之凿凿真相最为重要,那么这封邮件背后隐藏着什么?关于她自己的真相?

江江第一反应是抬头去寻找妈妈,妈妈已经走近,将一大束鲜花塞进

第一章
逃离还是回归

她怀里,倍感骄傲地紧紧拥抱她,香槟色玫瑰浓郁的芬芳混合着妈妈身上优雅的香水味,江江一句话还没说出口,倒是先打了个喷嚏。

草草结束了庆祝毕业的聚会,她的老师维森教授依然喜欢与学生交流,关切地问她:"亲爱的江,你为何心事重重?"她回答说:"因为发现真实的自我也许存在其他可能。"教授说:"这是一个全球人类都在探讨的哲学命题。"她听到自己坚定地说:"可是,我想知道答案。"

经过一个通宵的研究,她把那张照片的所有背景元素都输入电脑进行各种查询,得出结论,这张照片不是处理过的,那片厂房曾经真实存在,是七八年前的旧址,所在地极有可能是中国的南岛。

南岛——不是陌生的地方,在那场飞来横祸之前,他们全家都在那里生活。前些年妈妈的朋友陈姨来探望,还提及以前在南岛的日子,天气爽朗温暖湿润,有极美的海湾和灯火璀璨的海港,大街小巷遍布美食,随意一间茶餐厅走进去都能吃到美味无比的烧腊卤味。尤其是一味狮头鹅,陈姨说,你妈妈当年最爱狮头鹅的鹅头,不配酒,配一杯青柠水,能美美吃完整整一碟。但陈姨讲得开心,妈妈的反应却是黯然,陈姨自知触到了好友的伤心事,也就不再多说,转而赞美她们的花园打理得比当地人还好,欧月和日式月季都花团锦簇没病没灾,蓬勃地开出一面花墙。妈妈这才振作精神开始和陈姨讨论哪种月季花形最完美,香味最宜人。江江冒头说,可是我很羡慕同学 May 他们家花园里自己种的小青菜,清水煮一煮就特别好吃,甜的。听得陈姨和妈妈大笑起来,往事自此揭过。

所以,哪怕这么盼望得知过去的真相,也知道直接拿着照片询问妈妈无疑最简单,但是……江江揉着眼睛走下楼梯,坐在餐桌前嘘出一口气。眼前是丰盛的早饭,颜色金黄但蛋黄软嫩的煎蛋,酸甜适度入口微凉的果汁,表皮酥脆内里松软的面包,名贵咖啡豆研磨得恰到好处,甚至拉花都是英文的毕业祝福……而她的妈妈,清晨已经发型妥帖淡妆得体,穿着设计感一流的丝质家居服,坐在餐桌的另一端,手势优雅地在面包上涂上牛油果果酱。

一切都完美而标准，每一个细节都与幸福生活的模板相符，也……毫无过去生活的痕迹。她忽然就觉得很难把那张照片拿出来，送到妈妈跟前，直接问，这是怎么回事？这摊血迹，是谁的？当年，到底发生了什么？

平静幸福的生活如同一面水晶，她不能一句话砸碎所有晶光剔透，她有她的坚持，但那是属于她自己的选择，她并没有权利去刺痛妈妈的内心，去破坏妈妈的努力。

于是，当她在一个出于好奇加入的中国国内传媒人的微信群里，看到南岛仁心医院的招聘启事时，她默默地策划了一次逃离。

她要的真相，只能自己去寻找。

当她上了飞往南岛，中转地是狮城的飞机时，妈妈会收到她道歉撒娇小小耍赖的语音留言。

转机的时候，打开手机，毫无意外地被妈妈的微信炸晕，从措辞克制到有点失控，从"宝贝，妈咪需要和你好好沟通"到"妈咪生气了赶快回家"，她有点内疚，但又忽然想笑。在狮城樟宜机场著名的蝴蝶园边，她深吸一口气拨通妈妈的电话，发现也许是陌生的东南亚风情唤醒了她某部分基因，她觉得自己可以平静愉快地和妈妈讲述这场逃离，重点是她没有胡乱折腾，而是找到了很好的工作，哦不对，也许能息事宁人更重要的原因是——这个时段妈妈正好做完美容在贴面膜，为了杜绝可怕的细纹所以务必一定千万不能生气……最后必然是涂抹着蜜糖的一堆许诺和保证。挂上电话后，江江给微信群里的朋友打出了这样一句话："虽然狼心狗肺，但我突然发现自由的空气可真太迷人了！"微信群里她的好朋友宁小薏发了一个欢呼的表情，秒回了一句："等待见面！"

从狮城飞往南岛，江江的邻座换了人，因为是被轮椅送上来的，所以江江站起身提供了协助，也就多看了几眼。那是个年轻女孩，帽子压得低低的，露出的面容瘦削苍白，但那清丽轮廓让江江觉得有些莫名熟悉。没等她想起来这是谁，已经听到后座有小女孩在兴奋地窃窃议论："那是陈晓曦吗？""下围棋那个？""李昊一的官方'CP'耶！""她这是怎么

第一章 逃离还是回归

了？她的腿伤不是已经痊愈了吗？"

对，陈晓曦，江江终于想了起来。她虽然常年在国外，但妈妈可没放松对她中文和中国传统文化的教育，东西方的琴棋书画她都得有所涉猎，琴是大提琴和古琴，棋是国际象棋与围棋，画是油画和国画，书就更别提了。所以她对这位号称天才少女的中国棋手有印象，这位棋手出道很早，战绩了得，长得也是清秀隽美，让媒体大呼惊艳。江江看着她憔悴苍白的脸，略微欠身对身后激动的小女孩们做了一个嘘的手势，压低声音道："她需要休息，我们安安静静的好不好？"女孩们懂事地点头，并可爱地捂住自己的嘴巴。

江江给她们一个赞许的眼神，坐下后却见陈晓曦抬起一双乌漆漆的眼睛，对她致谢，但在看到她的瞬间，陈晓曦似是一怔，眼中掠过一丝惊异——这让江江倒是有些奇怪。但那抹异常神色迅速隐没，像是从未有过，陈晓曦的眼睛恢复了深海一般的沉静，纤细白皙的手握住小桌上一杯热饮，轻声说出一句："谢谢。"

"不客气。"江江爽朗一笑，也不再萦怀，低头继续看自己收集整理的仁心医院的资料。

不料陈晓曦的眼神往她这边轻轻一掠，却主动开口了，声音依然柔软："我的腿伤一直在仁心医院复诊。"

"哦？"江江不意遇到了新东家的病患，不由得认真地询问，"恢复得好吗？感觉怎么样？"

陈晓曦不说话，唇边清淡的笑意有些说不清楚的意味，江江只当她恢复得不尽如人意，遗憾地示意手中的资料，道："可惜我不是医生，我学传媒的，即将去仁心医院的对外公共事务科就职，不能给你提供医疗方面的专业建议。"陈晓曦摇摇头，依然沉默。江江见陈晓曦并没有继续聊天的意思，也就埋头自己用功，却没看到陈晓曦眼中的沉郁决绝，更没想到，她即将面临职场生涯第一次严峻挑战。

终于，南岛的灯光越来越明晰，繁华得有点超乎她的想象。落地之后，陈晓曦被专人接走，江江取了行李新奇地一边环顾四周一边往外走。等候区一个妹子蹦跶得最高，晃动着手里的手机，屏幕上是两个闪闪发光的字"江江"。江江看得笑出声，这个宁小薏，对比了一下她平素发在朋友圈的照片，认为她是个不折不扣的"照骗"。这妹子，实体版的哪有照片上万分之一的或忧郁文艺或高冷女王的气质，她明明笑得小兔牙都快蹦出来了，眉毛更是乐得飞飞的。宁小薏也一眼认出了她，惊呼一声"亲爱的你可真好看！"就来了一个热情洋溢的拥抱。

宁小薏开一辆复古绿的甲壳虫汽车，接上江江往酒店去，口里念叨着："真不去我家？我把客房整理干净了。我家有猫哦，三只呢，美短蓝猫布偶，任你挑任你撸。"

"人生赢家，年纪轻轻就有了猫。"江江感受到一点压力，"南岛的年轻人都这么能干？看来我要好好努力才行。"

"我这哪儿到哪儿啊，给你看，"她扔过来手机，"微信相册，看看我们师兄，正在非洲撸狮子呢，不是野生动物园啊，合法途径自己养的。刚看到发的新图，把我们给馋哭了，不是想吃那个馋，就是羡慕，慕了，柠檬精……"

江江点开，看到照片上阳光灿烂，草坪上一只大狮子戴着皮项圈，懒洋洋地趴着，一身鬣毛金黄闪光，百兽之王果然不怒自威霸气十足。它身边一坐一立两个年轻男人，都是亚裔。她在国外念书认识的朋友多，但除了非洲当地土豪和皇族，还真是比较少见亚洲人能在那边的条件下合法养非洲狮，并且还真这么干了。这意味着财富和玩心都十分惊人。浪成这样，也太浮夸。

"这俩都是你师兄？"江江问。不得不承认，这浮夸二人组真还长得不错，都瘦削高挑，气质一人锐利傲慢，一人清冽沉郁，就这么随手拍的生活照质感胜过时尚杂志的大片。

宁小薏两眼放光地继续念叨："对啊，坐着那个姓顾，顾辰微，狮子

第一章 逃离还是回归

就他养的,比我们没高几级,传奇人物,经手的几个非诉案子都是教科书级别的。站着那个,姓路,路子涵,就比我高一级,学霸不足以形容,那就是学神!顾师兄大挣几笔的案子据说路师兄都出力不少,所以他们是一对好'CP',颜值实力都很配,哈哈哈。"

路子涵,江江心里方才就升起的某种说不清的意味在听到这个名字后更强烈了点,把照片放大,仔细看了看站着的那名男子,他穿着简单的象牙白衬衫,皮肤在非洲酷烈的阳光下也没有晒黑,略微苍白的面色更显得浓眉深睫鼻梁挺秀,但让她心有所动的应该不是这表象的清俊,但到底是为什么,一时也琢磨不清。

"怎么?被击中啦?好的,恭喜你,你现在可以困难地纠结下是加入顾师兄的后援团还是路师兄的,虽然都竞争激烈,但以你的资质,还是可以一战。对了,他们都是不折不扣的'直男',尽管放心。"宁小蕙得意地嘿嘿笑,她在南大法学院苦苦念了七年书,如果不是靠师兄们的传奇故事和盛世美颜支撑,这日子真是没法过了。只是,同样是学法,为啥顾师兄都能在非洲置产养狮子了,她还在律所做助理律师苦苦挣扎……

江江把手机还给宁小蕙,整理好心情愉快地笑了:"我才出关,刚刚得到自由,先让我好好享受。"

江江住的是个酒店公寓,虽然房间小小,胜在地段交通便利,干净整洁。虽然妈妈对她的吃穿用度向来大方,但这次出门是她走向独立的第一步,自然凡事都自己计划着来。不像以前懵懵懂懂时,刷着妈妈给的卡,出门最爱世界小型奢侈酒店,差一点也是五星连锁,偶尔住一次民宿就觉得深入民间享受野趣。想到这儿,江江觉得很有些惭愧,给妈妈发去一条微信:"妈咪我爱你,我一切都好,你放心。"

然后她拿出一个黑色的小箱子,里面是她出门的全套装备,酒店阻门器、加强的安全锁、呼救器……不管住多么高级的酒店,不把整套装备配置完毕,她就不能安心入睡。虽然妈妈说,生活需要往前看,与看不清过去相比，更可怕的是看不清未来。但是，也许和她的记忆同时失去的，是她潜意识里对生活所有的安全感。

整理好行李后，痛快地洗个澡，江江扑倒在床上，虽然年轻，但长途飞行之后还是有点疲惫，神经尚还兴奋，但困倦已经压倒一切。而那个梦境，不期然地又来了。

依然是雾霭沉沉苍茫一片，她分不清自己身在何方，只觉得异常孤单，仿佛天地之间只她一人，爸爸妈妈、各路朋友都消失不见。她心里有个隐约的念头，要找到某个人，但在梦中浑身毫无力气。她艰难地一点一点前行，却只能看到一个模糊背影，一个名字在心中在喉间，但想不起喊不出，化作一声呜咽。

江江猛地惊醒，一时也不知道身在何处，好一会儿才想明白自己孤身一人来了南岛，这个本该熟悉却又陌生的地方。她站起身，又检查了一遍防护设施，见一切无恙才舒口气，拨开窗帘看了看外面晶光流转的夜景，听一听依稀可闻的海潮，忽然想起白天在宁小薏手机上看到的照片——那个穿象牙白衬衫的男人，夺目阳光下，眉目一片清冽。

手机上跳出妈妈的回复："宝贝，妈咪也爱你，妈咪会尽快来陪你。"江江心中一暖，但也忍不住倒杯水喝压压惊，按开阅读灯，拿出资料继续用功——妈妈要来，那她可不能继续胡思乱想，得先把工作做好才行。

第二章

——

谁不曾搁浅在职场

　　仁心医院是南岛最权威的私立医院,规模庞大但架构清晰,不仅有面向中产及富豪收费高昂的专家门诊、特护住院部疗养院,也有面向大众收费较为平价的普通门诊和住院区,还和国内外的医疗技术、器械、药物的研发机构有密切合作。

　　江江对南岛的堵车状况预估不足,本计划早点到后还可以四处看看,但赶到医院时险些迟到。她直接去人力资源部办理入职流程,人力资源总监是一位优雅利落的女士,和她妈妈气质有一些类似,但年纪更大一些,看来是医院的资深高管。看到江江,她似乎愣怔了一瞬间,精明神色略微一敛,低头看了看她的资料,抬头时目光温柔些许,道:"江江,南加州新闻学院的高才生,欢迎来到仁心,加入我们的团队。"

　　"谢谢。"江江大方地微笑,听得对方轻声道:"仁心医院近年来有一些新的变化,我会安排同事带你慢慢熟悉。"

江江坦然道:"我来之前通过资料对仁心医院做了尽可能充分的了解,但具体的,尤其是方位布局、工作流程,还是得来了后尽快熟悉、融入。"新的变化?可是旧的她不也只是从电脑上有所了解而已吗?

对方又是微微一怔,探究的眼神停一停,即恢复正常,如常安排江江的入职事宜。

带着她一路办理手续的是个和她年纪相仿的女孩子,非常活泼,语笑玲珑地告知她各种应知事宜,仁心医院的办公环境也是窗明几净科技感十足。

一直到这时,江江都还觉得前路一片明亮。

直到她被引领着走过长长的走廊,一直走到尽头一间办公室,上面的门牌赫然是"对外公共事务科"。背阳的办公区域光照不足,推开门,江江看到面积狭小的办公室里只有四张工作台,坐了三个人,都在埋头忙着写文档。另有一间小门,出来她的上司,部门主管,工作牌上写着"冯静之",中年女人,微微有点发胖,但面相看起来严厉冷淡,有种肃然的疏离。这让江江有点意外,她之前接触的做对外公共事务这行的人,都天生自带亲和力,用中文说就是随时随地自来熟,笑容完美得像面具,区别只是已经与面皮融为一体拿不下来。但来不及多想,江江想起自己的中文老师教的,国内对尊敬的上司或者前辈,称呼老师比直接称呼头衔更亲切,也不知道是对是错,轻轻鞠躬,开口叫了一声"冯老师",自我介绍道:"我是新入职的部门员工,江江。"

冯静之颔首,上下打量了下她,这眼神让江江有些不自在,愣了片刻察觉到似乎……自己的着装与环境格格不入——她职业化地穿着白衬衫和浅灰色窄裙,配一条爱马仕的丝巾,除了一块毕业时妈妈送的白金腕表外没有其他首饰,短发干净利落,是得体的既可以出席谈判场合也可以公开发言的着装。但看看同事们,两名年轻女孩都穿着休闲T恤和长裤,其中一个还戴着黑框眼镜,直接披在肩头的长发可以看得出没有经过发型师的打理。另一个男孩子，穿件颜色混沌的格子衬衫。她的上司冯老师倒是穿着深色套裙，但款式也一味庄重，设计时尚元素更是欠奉，好像大家也并没有感觉到有什么不妥，倒显得她有点突兀。

与同事简单介绍认识，两个女孩子，分别是徐冉和吴悦越，一个微胖，腼腆温和，冲她笑笑低下头去；一个极瘦，长了双细细长长的眼睛，下颌尖尖，看人的时候习惯抬抬下巴，江江仔细看了看，倒不是整的，是天生的锥子脸。男孩子叫夏乔，身材应该练过，壮，但偏偏生了张瘦脸，搭配起来莫名喜感，友好地冲她咧嘴笑。

认识完毕，江江被安排在剩下的那张工作台前。看她似乎对逼仄环境有点意外的样子，冯静之淡淡地道："我们对外公共事务科，在医院里算行政幕后，为专业人士做辅助和服务工作的，办公条件不能同医生比。"

江江想解释她不是这个意思，冯静之推开另一扇门，接着道："这里有个专属我们部门的会议室，大多用来做谈判和调解工作。"那个会议室被藏在更里面的地方，采光更差，还挂着厚重的窗帘。江江心底有些无奈，是她的错觉吗？感觉仁心医院的对外公共事务科，像是一个难以见光的部门。不待她继续多想，手里已经多了一沓文件，徐冉对她道："这是已经走完签批流程的，冯老师说请你负责新媒体发布。"

江江翻看了几篇有点错愕："直接发布？"

徐冉点头："对，发在仁心的官方微博和微信公众号上，你应该会做？"

"我会。"江江当然会，她自己做的个人公众号写写旅途见闻和读书笔记，阅读量还不低，但她的重点是，"这样的标题，确实不符合新媒体的传播规律……"

试想，谁会点进去看《仁心医院 仁心仁爱仁术》《仁心医院住院一部即将搬迁》《仁心慈善 启动组团式医疗援助》……不能说是错的，但真的就毫无吸引力好吧？

"我们毕竟是一所大型医院，也不能做标题党，还是大气稳重点好。"

徐冉道。

"选取、提炼有信息量的标题,也并不就是标题党……"江江还想解释,一旁的吴悦越已经插话进来:"徐冉,我让你修改的新闻通稿你改完了吗?就在那儿聊上天了。"

江江明显感觉到针对的敌意,看过去,吴悦越轻轻一扬下颌,扭开头去。

徐冉也不再说话,开始埋头干活。

那个男孩子夏乔倒是向她做了个淘气鬼脸,让她不用在意。

江江回他一个微笑,埋头认真读完资料,为每篇稿件添加了一个副标题,《仁心医院 仁心仁爱仁术——免费为弃婴施行国内最小年龄患者肝脏移植手术》《仁心医院住院一部即将搬迁——已入院病人不受影响》《仁心慈善 启动组团式医疗援助——预计将为非洲儿童提供一万枚 ABL 病毒疫苗》,并对内容做了一些文辞上的修改,去掉一些套话,整理好重新递交给冯静之,请她审核。

冯静之坐在椅子上,看完后不予置评,指指她的腕表:"再昂贵的表都是用来计时的。"

江江不解,冯静之将面上那份文件放在她面前:"你可能接收任务的时候没注意看,这份资料发布的时间要求是今天上午十一点三十分,距离现在只有十分钟。"

江江确实没有注意看上面的小字备注,完全被标题吸引了注意力,而徐冉——也并没有提醒她。

"对不起这是我的疏忽。"江江没有再多解释,立刻道,"如果我修改的内容可行,我立刻去排版发布,不会耽误太多时间。"

"来不及了。"冯静之道,"我们所发布的每个字,都需要经过所有相关部门的审核签批,你已经没有时间去走流程。"

"之姐,我已经按照原有文档排好了版,您审一审就能发布了。"吴悦越这时候走到门边说道,眼神从江江身上飘过。

第二章 谁不曾搁浅在职场

江江愕然，冯静之对吴悦越点点头："做得好。"

眼看着原样的标题和内容在仁心医院的公众号发出，江江低声道："我们对外公共事务科的工作职责，不是尽其所能维护、推广仁心的品牌和形象吗？为什么明明可以做得更好却……"

"维护仁心这样一所大型医院的品牌和形象，靠的不是个人的智慧，而是一整套严格的审核发布流程和机制，如果谁都能凭借自己认为的好或者不好的标准，任意发布资讯，那么仁心的品牌就已经完了。"冯静之冷淡地道，"你可以出去工作了，我提醒一次，第一份文档需要在十二点之前同步更新到仁心的官方网站及 APP 上。"

江江不再多说，应了声"是"便走了出去。

整个下午的时间，她都在默默地做着排版及发布的工作。看着那些她觉得尚有太多提升、完善空间的文字资料，每点一次预览和发布，内心都有说不出的难受。

快下班的时候，来了一群吵吵嚷嚷的人，被直接请进了小会议室。江江眼瞅着冯静之揉揉脸，之前的沉沉面色换作了一副亲切表情，随之进去。

江江错愕又好奇，想询问，但明显吴悦越和徐冉没有搭理她的意思，夏乔坐她旁边，低声道："前些天的医疗事故，来调解赔钱的。"

"什么医疗事故呀？"江江很感兴趣。

"一个八十多岁的老爷子，肝癌晚期了，其他医院都明确宣告不治，家里人不死心硬要我们仁心收下，说我们技术水平高，不管怎么着都得治治看。没承想，做穿刺的那天轮到个实习医生，也不知道是手抖了还是咋的，刺破了血管，三个小时后病人就死了，这下家属不答应啦，说是我们杀了人，非要巨额赔偿，不然就把事情捅到媒体去。"夏乔无奈地摇摇头。

江江皱眉问："冯老师在和他们谈赔偿条件？"

"对，之姐跟他们谈了几轮了，以对方的漫天要价我们估计损失惨重。"夏乔道。

"医疗鉴定，病人去世的主因确实是穿刺操作不当？"江江问。

013

"对。"夏乔肯定地说,"就因为这个落了把柄。"

"但这种病人死亡的重大医疗事故,不是应该直接走司法程序吗?法律应该有公正的判决啊。"

"已经走了司法程序,但病人家属对判决的赔偿金额不满,每天来闹,要求更多的赔偿款。"

"报警?"江江的第一反应是这个。

"但医院不想把这事继续闹大,还是希望能通过调解和谈判解决。"

"要谈判不也是院长级别的高层出面主导吗?也能让病人家属觉得受到尊重和重视,态度会好一些……"江江心想以刚才那些人的凶悍架势,不是好沟通的。

"院长在国外做研究,医院事务都由副院长顶着,但是他嘛……所以,我们仁心出了这些事,大多都是之姐顶着。唉,骂真的没少挨,有时候还免不了被推推搡搡,你别怪之姐平时态度不咋样,她自己也挺辛苦,不容易的。"夏乔感慨。

江江心里有所了悟,包括,为什么对外公共事务科的会议室要设置在这么偏僻的地方,他们,还真是在月球的背面。

"下班吧,你刚来,很多情况得慢慢熟悉。"夏乔抬了抬下巴,"我们刚来时跟你也差不多,徐冉,浸会大学传播学硕士,吴悦越,伦敦大学文学硕士,我自己南岛大学的。当初谁不是怀着梦想来,都想认真利用自己的专业知识为仁心,尤其是为仁心的病人们做点什么,往大了说,我们济世救人的理想不比专业医生少,但很多事,你慢慢就知道了。"

"谢谢你。"江江诚恳地道。她之前虽然在电台和电视台有过实习经历,但看来国内国外的文化氛围和职场规则,确实有很大不同。

刚回到酒店,宁小薏的微信就跳出来:"第一天上班感受怎么样?"

"还需要很多学习。"江江诚实地回复。

"出来我接你去吃饭,带你看看南岛。"宁小薏热情活泼的语音让江江心情略好,赶紧洗了个澡换身衣服,刚好宁小荟也到了。

"想吃什么?"宁小荟问,"我大南岛没别的,就是美食多,保管养胖,注意多运动啊。"

"狮头鹅。"江江想到陈姨说这是她们最喜欢的食物。

"可真会吃。"宁小荟笑,"我刚好知道一家很地道的,走,我们去碰碰运气,看还有没有鹅头吃。"

宁小荟将江江带到一个大排档,只有几张桌子,挤挤挨挨的,她熟门熟路地过去招呼:"许叔,你还藏着鹅头吗?快拿出来,今天有个远道而来的朋友,就想吃这个,你大方点。"

胖胖的老板一迭声道:"都这时候了才来要鹅头吃,不明摆着要把我的下酒菜给盘剥了嘛,走走走,这不行,我每天还就惦记着这口。"

"老板娘,你管管老板啊,许叔不能再多喝酒了,你说是不是……"宁小荟蹦蹦跶跶的,抓着同样胖胖的老板娘求救。老板娘一团和气的脸冲着老板一沉:"哪有老板比客人还贪吃的,快把你的鹅头斩好端出来。"转头对宁小荟又笑开了,"我再给你切点鹅腿,今天的酱油鸡也蛮好,都给你拼点。"

"好好好,还是老板娘最明理。再来一窝白粥,一碟青菜。"宁小荟眼睛闪闪亮,蹦回来拉着江江坐下,"这里我从小吃到大,你要吃狮头鹅,没有比这里更好的。狮头鹅的精华就是鹅头,老板鸡贼,每天都要藏一个起来自己晚上下酒,不然早卖光了。"

虽然在国外妈妈也会时不时抽空烧点中餐,或者出去吃,但江江哪里尝过这么地道的,坐下来之后就觉得那一线萦萦绕绕的香,就像是有某种实体,直往鼻子里钻,立刻肚子就开始咕咕叫。

很快,那枚珍贵的鹅头就被老板不情不愿地端了上来,一路还有街坊顾客抱怨他藏私,他闷闷地道:"我们家那扑街仔能考上大学全靠这图图给他补习,我不偏着她老婆不让!"

"原来你和老板还有这渊源。"江江觉得很有意思,举起杯子里的茶冲宁小薏道,"敬乐于助人的学霸。"

"唉,我算什么学霸呀,我那两个师兄……"提到"学霸"两个字,宁小薏就像被按开了开关,又要开始一通花式"顾吹"和"路吹",直到看到江江不搭理她即将自饮一杯,忙按着她的手,"我们的规矩,这个茶是洗碗的,不是给你喝的。"

江江停手,果然看到周围人都在用这个茶水洗碗,哈哈一笑,从善如流地开始煞有介事地烫烫碗,道:"我要喝青柠水,最后来杯鸳鸯。"

"哟,还挺懂行,跟谁学的?"

"我小时候,其实是在南岛长大的。"江江叹气,"但自从发生了我跟你说的那件事,我就像小说女主角一样失忆了,完全不记得了。"

"啊……小说女主角,你这是回来找回记忆的?"宁小薏给她烫好筷子塞到她手里,"那吃吧,味蕾最能唤醒记忆了,说不定你一口下去,就,哎哟一声,啥都想起来了。"

江江本来想跟宁小薏说说那张照片的事儿,但美食当前,实在不愿去说不开心的话题,麻利地操起筷子就开始吃。

果然!鹅头的香啊,丝丝入扣,肉香而韧,每一根肉丝纤维都弹牙又香滑,小口小口地啃,满口异香,真是要了命了。再喝口青柠水清清口,吃一筷子浅咖色的鸡肉,诧异地抬头问:"这是酱油鸡?"

"对啊。"宁小薏也吃得香,含糊回答。

"我现在觉得自己以前从来没有吃过酱油,也从来没有吃过鸡。"江江深觉不可思议,筷子又伸向小青菜,对宁小薏道,"现在这嘴里的感受就是,春风又绿江南岸。"

宁小薏乐不可支,对她举起青柠水:"为你的中文老师干杯。"

江江这时已经融化在米香扑面的糯糯的白粥里,吃得头都抬不起来。

还以为今天工作不太开心,会吃不下呢,事实证明,没这回事。反而吃饱了之后整个人都散发着光,顿时觉得,工作嘛,慢慢努力一定会好!丢失的记忆嘛,总有一天会找回来!真相嘛,一定会等着自己,去破解。

两个人不一会儿就吃得盘底光可鉴人，心满意足。

宁小薏说味蕾真的承载着最深刻的记忆，江江这时是真的信了，她一定是在南岛长大的人，因为此刻，她浑身每一个细胞都充满了被"家乡菜"满足的欣慰，这是再高级的牛排、再昂贵的大龙虾也从未赐予的感受。

第三章

重　逢

第二天上班，江江拿掉了爱马仕的丝巾，换了一款不那么有标志性图案的，鞋子从攻击性比较强的高跟鞋换成了平底单鞋，仍是职业范儿，但看起来平和许多。

吴悦越看她的目光少了些敌意，她今天倒是认真穿了条裙子，头发也好好吹过了，耳垂上小香家的耳环应该是很得意的为数不多的饰品，虽然和裙子不太搭也戴了出来。江江微笑着夸赞："裙子很美。"吴悦越不置可否，但面色明显和缓一些。

昨天那桩谈判估计很伤神，冯静之来的时候十分憔悴。她也不瞒着，直接对他们说："现在病人家属对赔偿款要求过高，几乎是不限额赔款，我们院方不能接受，现在一定要随时监督舆情，注意这件事有没有被他们捅给媒体，造成不良影响。"

第三章 重逢

其他人纷纷应了,江江忍不住问道:"如果谈判实在难以推进,我们是不是可以主动向媒体公布实情,承担相应的责任,以掌握主动权?我昨晚查了,肝病患者末期,血管也会出现病变,穿刺时造成意外的概率……"江江没说完,冯静之就做了一个打住的手势,道:"这个做法过于理想化,媒体不会在乎真相,他们只需要爆点。"

"但把真实情况快速、客观地告知大众,避免他们被误导,不才是有效的公关吗?"江江冲口问出。

冯静之疲倦地挥挥手,走进自己的小办公室,关上了门。

"我们的工作是处理问题,你可不要去制造问题。"吴悦越尖锐地提醒一句。

江江默然,但工作中的问题自是层出不穷,一波未平一波又起。下午三点,医院副院长高临亲自来了他们部门,估计是实在来得少,冯静之匆忙从里面迎了出来,如临大敌的样子。

高副院长也没辜负她的紧张,他带来了一个坏消息——天才棋手陈晓曦所属的星空围棋社发了律师函,要把仁心告上法庭。高临严厉责成对外公共事务科要配合法务,妥善处理,尽可能缩小社会影响。

"尽最大努力庭外和解,绝不能闹上法庭。"高临把相关资料摔在桌上,敲打着上面一个名字,道,"把事情给我压住,不惜一切代价。"

江江看到他敲打的名字是,康复科医生林予泽。

冯静之也看到了,拧眉道:"又是这个林予泽?"一旁的吴悦越忽然慌乱地站起了身,冯静之默默看她一眼,吴悦越咬着嘴唇坐了下去。

高临没注意她们,挥手道:"可不就是他,之前我就建议永久不再聘用,人事部的老周力保他,说他已经戒断酒瘾,也同意从骨科转到康复科工作,希望院方能考虑到他个人原因给他一次机会,可现在,又搞出事情了。"高临恼怒地说完,再次强调,"不能让媒体把这些陈年旧事挖出来,这事一定得压住了。"

大佬布置完工作拂袖而去后,冯静之的面色更难看,立刻召开部门会议:"现在这件事最为重要,其他常规工作加班完成,大家先集中处理陈晓曦事件。"

所有案卷资料都即时共享,大家快速通读。

江江前天在飞机上偶遇陈晓曦,没想到时隔一天就出了大事。原来昨天陈晓曦来仁心复诊小腿骨折伤,由康复科林予泽接诊,并做了相应的康复治疗,但回家后疼痛难忍,经纪人不放心,送去天爱医院拍了个片子,惊见已经愈合的骨痂再次出现裂缝型骨折。

这事糟糕之处有三,一是陈晓曦是名人,关注度高,这次伤势复发直接影响到她是否能参加四年一度的围棋界奥运会"应氏杯",围棋社及个人乃至国家都损失惨重;二是天爱医院一向视仁心医院为竞争对手,肯定会大做文章;三是接诊医生林予泽曾经因为酗酒导致过为病人接骨失误的医疗事故,如果被媒体挖出来,后果可想而知。

"说说你们的看法。"冯静之皱着眉头,特意提醒了下发怔的吴悦越,"集中精神开会。"

吴悦越木然接口道:"估计又是一起天价赔偿案例。"

"只怕是天价赔偿也不能避免负面影响。"徐冉担忧地说。

夏乔刷着手机,道:"媒体已经出手了,今日头条、新浪微博都有了相关内容,微博热搜就有两个话题,一个是陈晓曦因伤弃赛应氏杯,一个是仁心医院严重医疗事故,哦现在又出来一个,天才棋手就医反遭再次骨折。"

"估计是围棋社和天爱医院都同时出手在操盘买热搜。"

"头条和营销号都开始发文了,标题都很耸动,我不念了,看着生气。"夏乔啪地放下手机。

冯静之做了个手势:"说解决方案。"

"如果围棋社和陈晓曦能够接受私下调解自然是最理想的,这些负面新闻我们可以公关掉,不然事件会持续发酵,影响难以预估。"吴悦越道。

"调解、赔偿,以最大诚意说服对方接受,尤其是……"夏乔叹口气,

第三章 重逢

看了眼吴悦越,没继续把话说完,但除了江江之外,大家似乎都意识到了,连冯静之都叹了口气:"林予泽估计院方是不会留了。"

江江蹙眉,还没来得及开口,部门已经接到通知,一个小时后,与陈晓曦的父亲及围棋社的代理律师开会面谈。

冯静之接到这个通知后,方才凝重的面色倒是缓了一缓:"有个大概算利好的消息,陈晓曦的父亲,陈谦,他名下的欣欣科技公司与仁心有多年合作关系,也许他会看在合作的分上,接受庭外和解,这对我们有利。"

接着大家分头准备公关事宜、起草道歉文案、拟写事件声明,梳理各种预案,冯静之则去与高临副院长沟通,以统一会面上的措辞。

江江依然如鲠在喉,问:"院方的事故调查报告什么时候能出来?"

大家没说话,片刻后,吴悦越眼眶微红:"事故调查报告……也许不重要了。"

"为什么?"江江诧异,"那不才是事件定性最具说服力的证据吗?"

"林予泽,他不一样。"吴悦越嘴唇抖了抖,站起身走了出去。

"让她去,林医生出事,她心里难受,一定是找他去了。"徐冉轻声对江江说,"悦越和林医生也算是青梅竹马,那是小时候对她最好的大哥哥,虽然阴差阳错没在一起。林医生后来结婚生子,也挺美满,如果就这么平平顺顺地过下去悦越估计早放下了,偏偏林医生家里后来出了那样的事,他自己也……悦越陪着他缓了过来,我们还以为他俩终于有戏,没想又出事。"

"就直接说了吧,别让江江听得云遮雾绕的。"夏乔从电脑前抬起头道,"当年高速公路出了个特大车祸,林医生当时是骨科一把刀,连轴转做了七八台手术,几天没回家,他儿子在家吃冰箱里的剩菜,感染了细菌性痢疾,他老婆出差回来把儿子送到医院眼睁睁地看着没能救回来。他老婆一气之下离婚走了,林医生就开始偷偷酗酒,手抖,给病人做手术出了事,差点被吊销执照。后来他戒酒,恢复,院方犹豫再三保住了他的工作,但转去了康复科,再也没拿过手术刀,之后也没出过事,小吴一直陪着,也是难得。"

江江听完,心里沉沉的,站起身道:"我也去看看。"

仁心医院的康复科几乎与花园融为一体,环境很好,室内室外的运动康复设施也很完善。江江照着办公室的名牌找过去,不远就看到一个细细瘦瘦的身影,蹲在走廊上埋着头,哭得浑身发抖,那不就是吴悦越?

江江奔过去,轻轻拍吴悦越的肩膀。吴悦越抬起一张满是泪水的脸,她本是有些刻薄的长相,这么一哭,之前的刁钻劲儿没了,看着特别可怜。

她哭得脸肿,还不忘拉着江江,低声道:"他还在接诊,别吵着他。"

江江起身悄悄探头,看到诊室里是一个老爷子在复诊,估计也是腿部的问题,一个三十来岁的医生,半跪在地上,动作轻柔地托着年长病人的腿,边轻缓有力地引导老爷子做复健,边温和地说:"不要紧,慢慢来,如果有疼或者酸胀的感觉告诉我,不用很勉强……"江江听得自己心里都像得到了疗愈。而他面容俊秀斯文,专注看着病人的目光清澈温和,手也十分稳定没有半点颤抖——可是,就是他?出于个人原因诊治不当让陈晓曦骨痂再次断裂?

江江内心难以置信,听到吴悦越在她耳边哽咽地轻声说:"他肯定也知道了,一会儿开会他一定会受处罚被解聘,说不定仁心为了平息这事,还会联合医师协会永久注销他的医生资格,他还在这儿不紧不慢地接诊,给人做治疗,是不是傻?"

"你不就是喜欢他这点吗?"江江拉着她走开两步,"我都听说了,但我不相信院方会不重视事故调查报告,如果林医生是清白的,就不会被冤枉。"

吴悦越摇摇头,一串泪水滚了下来,丧气地说:"你不知道。"

"那也别哭了,你们家林医生还没放弃,还在给病人看病呢,你先别泄气。"江江递给她纸巾,给她擦眼泪,"就算他真没工作了,不正好被

第三章 重逢

你霸占了养家里吗？"

本来是句胡扯的话，吴悦越听了反而神情轻快了些："这倒也是。"

江江啼笑皆非，赶紧拉着她收拾干净去做会议准备。

这次的会议没有在对外公共事务科的"小黑屋"，而是在院长楼的会议室举行，可见级别很高了。

江江拎着电脑从电梯里迈出，忽然就被前面一个背影搞得心里一乱。这个背影，怎么有点熟悉？

修长，挺拔，高挑，瘦得有点单薄，走在人群里有种孤单的感觉，她看着莫名觉着呼吸都有些发紧。忽然，那人停住脚步，转过身来。

一瞬间，江江有些释然又有些说不分明的失落，难怪会熟悉，她在照片上见过他——那正是宁小薏口里吹爆了的路师兄路子涵。

他没在非洲和他的顾"CP"撸狮子了？

一身象牙白衬衫加深色正装，丝质领带，看得出来整套都是定制的，每一寸都很熨帖，贵气得很低调。非洲的阳光没有留下丝毫痕迹，他的面色在灯光下依然近于苍白，越发显出清俊眉眼间清冽的郁色。

她一直觉得西方人再英俊都差点意思，早知道国内的男人都这么好看了，早就回来了……江江敲敲自己的头，打掉这些不合时宜的花痴想法，告诫自己见美色而心喜虽然是人之本能，但工作场合还是得注意注意——而那朵"美色"似乎也有点失常，直到她走到跟前自我介绍："你好，我是仁心医院对外公共事务科的成员江江。"对方才回一句："你好，我是星空围棋社代理律师路子涵。"给她兜头一盆冷水，得，还是对手。

会议由高临副院长主持，院长曾海鸣不在，代表他参加的是院长助理陆雅。自诩见多识广的江江看到陆雅又吃了一惊，真正的大美人啊，黑长直的头发加几乎是素颜的一张脸，照样好看得惊心动魄。而参会人等看她的目光都有些含义丰富，她也全不在意，反而和路子涵有过一两次眼神复杂的对视……咦，人物关系很微妙啊。

陈晓曦没有出席，代表她的是她父亲陈谦，一个戴手串的、头顶光光的中年男人。江江记得宁小薏她们说过，手串、秃顶是中年油腻男的标配，如此看来，真好奇他怎么生出了敏感纤细的天才少女陈晓曦？基因真是深不可测。

林予泽也来了，神情淡然坐在角落，只静静看着自己的手，与周围人等都没有交流。除了开会前吴悦越过去跟他说了句什么，他浅笑着摇了摇头，摇得吴悦越又是吧嗒一行泪。

江江想象中这样的会议应该是罗列证据，厘清事实，承担责任，但是自从高院长一开始发言，她就敏感地察觉到，院方只求四个字：息事宁人。

高临主攻，冯静之辅助，压根没给林予泽说话的机会，像场打官腔的道歉大会。

陈谦本来满腔愤怒，听到高临的话"虽然没有证据表明晓曦的胫骨骨折处再次发生裂缝型骨折，与我院医生林予泽的诊疗行为直接相关，但仁心医院与欣欣科技多年合作默契，老陈与我们都是世交，晓曦是我们看着长大的后辈、我们的世侄女，曾院长已经下了明确的指示，只要晓曦的伤没有好，那就是我们的责任，我们愿意全权承担"后面色稍霁。高临看一眼林予泽继续道："赔偿方面我们全力满足，并且本着有则改之无则加勉的原则，严肃管理，会解聘林予泽医生，以儆效尤，另由专家组成团队，为晓曦进行康复治疗，保证让晓曦的腿伤最快时间痊愈，预后一定良好。"

陈谦轻哼一声不再作声。林予泽依然静静坐着，没有言语，吴悦越差点忍不住就要站起来，江江轻轻压了压她的手，电脑上快速地流过一串串数据。

高临见陈谦态度缓和，松了口气，但这时，路子涵开口了。

他修长的手指在平板电脑上滑过，连通一个视频，动作堪称优雅，声音清晰而冷静："现在国内二十一家一线媒体已经集中在仁心医院这间会议室外，也许连会议室的清洁工都已经接受了采访，已经发布的内容各位可以看看自己的手机或者电脑。"

第三章 重逢

大家都一惊,果然,方才上的三个微博热搜完全只是开胃小菜,现在不仅热搜刷屏,关键词,营销号,各种推送,五花八门,仁心医院已经迅速被推向了风口浪尖。

"这是怎么回事?"高临失声道。

冯静之双眉紧蹙,夏乔苦着脸小声道:"舆情发展态势太猛,我们很难控住。"

路子涵切断视频,会议室恢复让人窒息的安静,只听他清冽的声音继续说道:"这是因为,这次事件本来就不是关起门来协商调解的个人私事,陈晓曦女士不仅是你们的世侄女,她更是一名优秀的为国争光的天才围棋手,她代表的是国家的利益。"

他这话一出,高临回过味来,赶紧道:"围棋社方面的损失,我们也会尽力赔偿……"

"应氏杯举办在即,陈晓曦本是最有希望夺冠的选手,因为贵院诊疗失误导致她无法参加比赛,起码是无法以最好的状态参加比赛,这于方方面面都是难以预估的巨大损失,上至国家荣誉,下至千百万围棋爱好者的心情,当然再有围棋社乃至各路广告商,都因此受到极大的难以挽回的损害。"路子涵的声音不大,但极有压迫力,江江这时候对他的"美色"已经生出愤怒,这个讼棍!

高临和冯静之都有点额角渗汗,这代理律师倒是不含糊,摆明要狮子大开口了,还稳稳地先把道德制高点占住,要驳回还不太容易。

"况且,院方这么着急地解聘林予泽医生,是要隐藏什么,在座诸位恐怕也心知肚明。"路子涵深湛的眼睛看向角落的林予泽,气息危险而冷漠。

连江江都呼吸顿了顿,这时,林予泽站起身,他身形消瘦,穿着的白大衣有点松垮,目光依然是清澈的,他手中拿着自己的医师名牌,轻轻放在深色胡桃木的会议桌上。他的声音有些沙哑,但很平静,开口道:"当我还在医学院念书的时候,就开始在仁心医院实习,至今快十年。因为我的原因，让院方承受压力，实在抱歉。"

　　他停了停，看向吴悦越的神情带着近乎怆然的一抹歉意，连江江的心都被拧得一痛，听到他低声说："做一名救死扶伤的医生，是我从小的梦想，这么多年，我用所有精力和时间去实现它，其间有巨大的遗憾和愧疚，但我可以以当年迈入医学院时立下的证词，为自己起誓，在病患陈晓曦的事件里，我接诊时身体、精神状况良好，诊疗手段规范，没有失职之处。这不是辩解，只是对自己和对关心我的人，做一个交代。"

　　他说完就转身走出了会议室，吴悦越实在忍耐不住，站起身对大家鞠了个躬，对冯静之说了句"对不起之姐"，也跟了出去。

　　江江心里发沉，鼻子有点酸，听到路子涵的声音："法律不相信誓言，只相信证据。"顿时一股热血冲上头，她忽然站起身，脱口而出："我给你看证据。"

　　路子涵微微诧异，随即听到冯静之道："江江，坐下。"

　　"冯老师，可以作为证据的相关资料我刚才发到了你的邮箱，你不是已经看到了？我……"江江有些着急。

　　"坐下。"冯静之依然道，而高临也开了口："冯主管，让其他同事都出去吧，还有那么一大堆媒体需要应付，具体的，就由我们来和老陈还有这位路律师商谈。"

　　"我在这儿就是保证曾院长的意见传达到，其他我也就不参与了。"陆雅眼里似乎有对路子涵一闪即过的厌弃，站起身也走了出去。

　　江江几乎是被徐冉拉走的，她走的时候很愤愤，也就没有看到路子涵对她投注过来的，若有所思的目光。

第四章

——

你可看到清澈的光

这一天，到了时间谁都没有下班。

一直等到冯静之脸色发灰地开完会回来，江江、徐冉、夏乔都站起来看着她。泛白的灯光下，冯静之越发显得疲倦，道："江江，你来我的办公室，其他人下班吧。"

江江跟进冯静之的办公室，憋着口气正要说话，冯静之抬手示意："稍等。"

她喝了口水，长吐一口气道："我知道你要说什么。"

"那你为什么不让我在会议上提出来？"江江不忿，"林医生是个好医生，为什么让他受委屈？"

冯静之没有回答，却道："今天的会其实是一场谈判。"

江江默认。

"在所有谈判中，最要紧的是把握各方的企图。"冯静之的声音疲惫得有点飘忽，"你大概也看出来了，陈谦要的是医院的态度，只要医院诚意足够，他是愿意平息事端的，因为他是个生意人，更看重的是与仁心长久的合作。而那个律师，路子涵，他不同，他代表当事人围棋社，要的就是赔偿，一次性现款到位的高额的天价赔偿。而院方呢，是要把这件事的影响尽量缩小。"

"这件事的影响已经很大，如果我们这时候还不反抗，只求息事宁人，不是会被黑得越来越惨吗？"江江不明白。

"你所谓的反抗，就是把你找出来的那些'证据'现在匆匆忙忙扔出来，让媒体继续大做文章，事件继续发酵，从一起医疗事故，到攻击整个仁心的制度？"冯静之冷笑，见江江不服气，遂道，"那你再说说你的证据。"

"第一，我查询了林医生自从戒酒治疗结束重返岗位后的接诊量和复诊率，其中复诊率高达百分之七十三，这么高的复诊率在仁心康复科排第一，说明林医生是个优秀的称职的医生。"

"但能说明陈晓曦的医疗事故他没有责任吗？"

"第二，事件发生第一时间，林医生就主动去抽血做了化验，血液完全正常，没有任何酒精及相关药物的指标。"

"林予泽去抽血是今天的事，就是事件发生的第二天，人体有代谢功能你不明白？今天的验血结果说明不了什么。"

"第三，我查看了康复科走廊监控，发现陈晓曦是自己走出诊室后才坐上轮椅离开的，如果在康复治疗中再次骨痂断裂，陈晓曦能走出来？"

"这也不是全无可能，也许当时伤处的痛尚在麻木中，或者陈晓曦就是个体差异忍耐力强，单独行走两三步不足以说明当时再次骨折没有发生。"

江江一时无语。

冯静之看着她："这样漏洞百出的证据毫无用处，只能把事件往更坏

第四章 你可看到清澈的光

的方向推。现在院方已经和陈谦还有围棋社那边达成初步协议，解聘林予泽，重组医疗团队，并且协商出了三方都能基本认可的赔偿金额，这件事，你不要节外生枝。回家吧，今天都累了。"

躺在酒店公寓的床上，江江晚饭也没吃，抱着电脑不断查资料，但越查心里越凉。她相信林予泽是无辜的，但陈晓曦伤上加伤也是明确的事实，那么，到底发生了什么？忽然手机响，是宁小薏给她发过来几套租房的链接："帮你问了问，这几间都在医院附近，条件也不错，你可以看看。"

"谢谢，还是你最亲了。"

"亲就亲，这个'还是'是什么意思？"

"就感慨下，都是学法律的，怎么你这么好，你那个师兄，姓路的那个，怎么就那么衣冠禽兽斯文败类呢……"

宁小薏立马打来电话，爆发了一长串尖叫，夹杂着："什么什么，你见到路师兄了？天啊，快跟我说说，啥情况？"

江江蔫头耷脑地把今天的事说了说，唉声叹气总结一句："他就是个诈骗犯。"

"哈哈哈，"宁小薏听得大笑，继而疑惑地说，"听说他拒了好几家国外大律所，也没答应和顾师兄做合伙人，怎么跑去打民事诉讼官司了？做非诉不才是坦坦荡荡优秀卓绝地当诈骗犯吗……"

"不知道，也没兴趣。"江江恼火，"我现在就特别生气，明明真相不是那样，为什么我们要忍气吞声。"

"哎，我按捺下对路师兄的爱，跟你说句实话，"宁小薏道，"虽然按照你的讲述，从我们常理推断，那位林医生大概率是被冤枉了，得背锅了。这事到底怎么回事说不清楚，但你上司说得没错，重点还是证据不足，无法还原真相，而媒体嘛，你懂的。"

"我不会放弃的。"江江忽地坐起身，看着窗帘外的夺目夜景，坚持地道，"证据不足就继续找，继续想办法，总会找到办法的。我现在最恨的四个字就是——息事宁人。"

第二天,中午午餐时间,江江请了个外出的假,来到一片别墅区。

陈晓曦就住这儿。

她在微博上试着与陈晓曦接触,不抱希望地发了私信,没承想她很快就回复,并且答应了见面。

找到17号别墅,欧式建筑半新不旧,种满了蓝色和白色风铃草的花园里,陈晓曦穿一件白裙子,坐在轮椅上,柔弱伶仃,目沉似水。她身边还有个人,姿态优雅地坐着,象牙白衬衫,深色长裤,手腕上薄薄的白金手表和她的是一个牌子,男款,正是路子涵。

老实说,路子涵和陈晓曦在这优雅贵气的别墅花园里,容貌气质相得益彰,看起来挺养眼,但不知道为什么,这场景让江江心里就是有点别扭,不太愉快。

"抱歉,江小姐,你约见我的当事人,我必须在场。"不等她开口,路子涵先声明。

"你的当事人是'吸血围棋社',不是陈晓曦本人。"江江觉得自己这嘴斗得是有点幼稚,瞪他一眼,把手中带来的花递给陈晓曦,那是一束蓝色鸢尾和白色铃兰的组合,清淡雅致,陈晓曦很喜欢,按铃让阿姨拿出花瓶来亲手插好,放在花园的桌子上。江江注意到桌子上还放着电脑和几本书,道:"花园真美,你平时喜欢在这里看书用功呀?"

"晓曦练棋都喜欢在这里呢,常常一待一整天。"送果汁出来的阿姨在一旁笑吟吟地道,"所以打理花园是我们家的大事,陈先生说了,得一年四季都有花。"

陈晓曦点点头,拿过一杯奇异果果汁低头喝着,纤细雪白的手指被淡绿色的果汁映衬得更是不见血色。

看这满园繁花盛放的,她却这么郁郁寡欢,不过也是,谁的骨头断了又断,也不会心情好。她受伤的腿应该是接骨后上了个小夹板,看起来挺

第四章　你可看到清澈的光

严重，皮肤上骇人的瘀青连纱布都遮不住，在她苍白的肌肤上触目惊心地弥散开来。江江恻然道："长好的骨头，再次折断，很疼吧？"

路子涵的眼神让她觉得自己问了句蠢话，这个讼棍，按时间收费习惯了吗？不知道人情交往中说废话也是重要一环吗？但陈晓曦抬起一双乌沉沉的眼睛，倒是认认真真地回答："是，很疼。"

江江白了路子涵一眼，路子涵淡淡地道："我只是以为你会更专业，没想到也是这个中国式大妈拉家常的套路。"

"我也以为你起码具备基本的礼貌，没想到还是这么不掩饰的小人之心。"江江急了，硬邦邦地回了一句。

陈晓曦不知道这两人为啥一见面就能吵起来，还在迷茫，就被路子涵轻轻把她的轮椅往自己身后一推，温言道："你在旁边休息，我可以全权代表你与医院代表交涉。"

"我不是代表医院前来……"江江说着有些语塞，果然，路子涵一点不肯放过，好整以暇地道："那你是代表什么？代表那个医生？还是代表你们只知道给医院处理见不得光的事件的对外公共事务科？"

"我就代表我个人来探望不行吗？"江江被他说得有点恼怒，也暗自心虚。

路子涵单薄的唇边浮起一抹玩味的微笑："那我可要预先提醒江小姐了，如果您代表院方或者医生，哪怕是部门前来，我们尚可一谈，但如果您是个人前来，那我不免怀疑您有骚扰我当事人的嫌疑。"

"法律还疑罪从无呢，你这人怎么就知道栽赃陷害。"

"这明明是法律允许范围的合理怀疑，你刚才这句话才涉嫌诽谤。"

江江扶额，第一次觉得在嘴炮方面，搞传媒的还是敌不过当律师的。放弃斗嘴，她看向一旁的陈晓曦，坦然道："我来，最大的原因是——我还是想知道到底发生了什么事。"

陈晓曦侧头看着她，乌黑长发垂落，掩着一半白得不甚健康的秀美面孔，说不出的孤清。

"因为我还是相信,只有真相,才能让需要负责的人真正担负责任,不致让无辜的人蒙冤,也才能保护真正需要保护的人。"江江清晰地说,她穿着职业范儿的丝质白衬衫,但耳垂上有两粒小小的红宝石耳饰,此时折射阳光,熠熠生辉,如她明亮眼睛里清澈的光。路子涵迎着这般光芒,轻咳一声沉默下去。

而陈晓曦轻轻移动轮椅,转向她,一抹凄惶浮在眼底,轻声问:"是这样?只有真相才能,才能保护?"

"是的。"江江走到她轮椅前,温柔按着她的手,认真地道,"虽然我确实只能代表自己,也真的没有直接的充足的证据,但我不能忽略自己内心的感受,想要知道一个可以问心无愧的答案。仁心不愿扩大影响,让媒体深挖出林医生的黑历史继续抨击医院到不可收拾,这是医院想要掩饰的。晓曦,我是不是可以知道你的想法?你自己忍着扛着,是为什么呢?是不是也有想要掩饰的真相,或者想要保护的人?"

"江小姐,我有义务提醒你注意言辞……"路子涵话没说完,陈晓曦已经睫毛颤动,扑簌簌落下眼泪,她的手翻转过来,用力得近乎痉挛地握着江江的手,眼神惊惶委屈,她想要说什么,但战栗着一个字都没有说出口,就忽然伏身痛哭,哭得浑身发抖。路子涵和江江都有些慌乱,这时,一个小孩炮仗一般从外面冲进来,口里怒吼着:"你们做什么!不准你们欺负我姐姐!"冲过来就把路子涵和江江推得一个趔趄,边高声喊着,"孙阿姨,你快出来,把姐姐接进去,有坏人!"

孙阿姨忙乱地出来,一迭声道:"这不刚还好好的吗,晓曦是怎么了?哪里疼吗?要不要叫救护车?"

"你们说什么气着我姐了?都出去,都给我出去!"小孩急得脸都涨红了,江江看他一张小脸活脱脱是幼版陈谦,想来是陈谦的儿子。

他这儿子女儿的遗传还真是迥异。

眼看着陈家小弟和孙阿姨搬动轮椅上台阶费劲,路子涵上前帮忙,也被推开,江江还想追着宽慰陈晓曦几句,被陈家小弟龇牙凶了回来。

顿时，花园里只剩下面面相觑的路子涵和江江。

"我……说错什么了？"江江讷讷的。

路子涵这时收起了他作为代理律师的那套做派，声音出奇温和："也许，恰恰相反。"

"来，送你回办公室。"路子涵示意。

江江有点戒备地看他一眼。

"我是律师，不会做任何违法犯罪的事。"路子涵保证。

江江觉得有道理，跟着他上了车，路子涵这么斯文败类的一个人，开的车却是炭黑色四门版大G，江江没忍住吹了声口哨，这是她的最爱。

上了车后，她忽然反应过来："不对，律师不是不会做违法犯罪的事，而是做了也让人抓不着漏洞，合理合法地违法犯罪才最可怕。"

"现在要下车也晚了。"路子涵微笑。

"车牌号多少，我要报备。"江江一本正经，说完后自己也笑了，忽然发觉路子涵十分整洁的车里有种什么好闻的淡香，很熟悉，名字就在嘴边但怎么都想不起来。

"这是什么味道？"江江好奇。

"放心，科学论证，通过释放有毒气体麻醉受害者，在同处一室的密闭空间是行不通的。"路子涵依然带着那抹微笑解释。

江江想打爆他的头，自己继续努力辨识："有一点栀子花的味道，但是又有点像茉莉？或者，槐花？"

"我也不知道，以前有个朋友喜欢，就请香氛师调了一点。"

"女朋友啊？"

"你们学传媒的都这么八卦？"

"啧，我有内线，知道你不仅有后援团，还有好'CP'。"

"这又是什么？"路子涵感觉不是什么好话，立刻投降，"当我没问。"顺手打开了音乐。

"埃尔加《大提琴协奏曲》？"江江脱口道。

"嗯，这么熟悉，学过？"路子涵不着痕迹地问。

江江摇摇头，她不记得了，虽然手放在琴上似乎能自然地演奏一些片段曲调，但以前真的学过吗，学得怎样，完全忘记了。

看江江神情有些愣怔，路子涵深黑的眼睛一片沉静。

到了医院，江江还没走到办公室，微信就炸了锅。

吴悦越、夏乔、徐冉分别给她发来了一个链接，并伴随着不同的哀号。

她点开视频，看到了自己。

第五章

真 相

确切地说，视频的主角有仨，陈晓曦、路子涵和江江。

内容就是刚才一幕，但经过剪辑后的视频看得江江头皮微微发麻。主要内容是，她咄咄逼人地前去，路子涵维护陈晓曦，而她不依不饶，终于逼得陈晓曦崩溃大哭。

陈晓曦落泪和哭泣的镜头拍得极为动人，哪怕是个路人看了都得义愤填膺，忍不住要为她出头，何况键盘侠？更何况身为陈晓曦粉丝的键盘侠？

网上瞬间就炸锅了。

医院公关部人员穷追猛打骚扰、逼迫当事人，欺人太甚忍无可忍，连声名赫赫的天才棋手都逃不脱这样的势力欺压，何况普通人？这时候不出来发声，等轮到自己头上就晚了！这样论调的帖子和微博顿时就刷爆了，铺天盖地。

本来昨天协商后,经过一上午的公关处理,网上关于这件事的热度已经明显下降,但这一来,更是炸得厉害。

江江背上冷汗都密密地爬出来,硬着头皮走进办公室,那三人都不在,再看,原来都齐刷刷地站在冯静之办公室里,个个都耷拉着头。

江江咬咬牙,振作精神走进去,低着头道:"这件事,和同事没有关系。"

"没有关系?你闯了这么大祸,倒是整个医院都想与你撇清关系。"冯静之脸色铁青,脸上的法令纹又深刻了几分。

"那医院是不是要用同样的处理手段了?开掉江江,说她不是医院正式员工?"江江没说话,吴悦越先尖棱棱冒出一句。

谁都知道她是因为医院解聘林予泽心里有气,江江赶紧冲她摇头,解释道:"我去找陈晓曦,只是想要知道到底是怎么回事,我们整个谈的氛围很好……咳,如果不是她弟弟突然回来误解了,也许我已经知道答案了。"

"谈得很好?陈晓曦哭得都快精神崩溃了这不是假的吧?"冯静之一叩桌子站起身,"而且,你能把这话去跟媒体解释?去跟网民解释?去跟大家说,你们相谈甚欢,陈晓曦痛哭流涕是被你感动了?再说,你所谓的真相,找到了吗?有证据支撑吗?"她也是气晕了,一连串问题噼里啪啦往外砸。

江江硬扛着压力,坚持道:"虽然现在还没有,但我感觉距离真相很近了,陈晓曦的伤很大可能与医院没有关系,不是林医生造成的。"

"幼稚!"冯静之摔了桌上一个名片盒,"你看看网上这些,媒体,绝大多数的媒体,都只关注话题、热度、爆点,而大众,都只看得到他们想看的。"

"所以我们要坚持传递真相。"江江抬起头,她鼻尖上有几粒小汗珠,嘴唇上也咬了个牙印,但眼神倔强,"如果我们都不要真相了,那真相就

第五章 真相

永远都不会有了。陈晓曦确实受了两次伤,如果是医院的责任,那医生可以修正治疗方法;如果另有隐情不揭穿,她那条腿还得断,或者这次是腿,那下次呢?再下次呢?会发生什么我们谁都不知道。"

冯静之坐倒在椅子上,半分钟没有说话,然后颓然叹了口气:"这些都还只是你的臆想,你们都先出去,我要想想怎么去跟高院长解释。"

"冯老师,如果院方要解聘我,请你不必为难。"江江低声道。

"出去,这不是你该考虑的问题,你们现在都去给我想尽一切办法,消除这段视频带来的坏影响。"冯静之看她一眼,"最好,你能把你所谓的真相切实地给我找出来。"

江江眼眶一热,第一次发自真心地对冯静之鞠了个躬。

"江江,你真的觉得陈晓曦的伤有隐情?"一出去吴悦越就抓着江江问。

"是,她今天的情绪明显不对,我真的感觉差一点点就能让她说出真相,"江江也有点颓,"但我还没有找到关键点。"

大家也跟着发愁,徐冉道:"为了尊重病人隐私,康复科那边的诊疗室里都没有安装监控,这就很难有直接证据。"

"悦越,林医生在哪里?"江江忽然问。

"他今天应该在办理离职手续,还在医院。"

"带我去找他,我想要他具体跟我说说,陈晓曦康复治疗的每一个过程。"江江道。

"你们俩先去,视频这事交给我和夏乔。毕竟,我们被动地公关删除不是办法,要扭转还得靠剧情逆袭。"徐冉推推她们。

吴悦越拉着江江就走,堵住了正要离开的林予泽。在医院的花园一角,林予泽配合电脑视频和图示,将陈晓曦康复治疗的步骤清晰、具体地讲述了一遍。江江拨弄着自己的腿,一边回忆一边重建,跟林予泽确认:"也就是说,整个过程都是牵拉引导……"

"对。"林予泽肯定地点头,"陈晓曦的伤恢复得不错,只是如果牵拉舒展做不好,以后肌肉难免酸痛。"

"我知道有什么不对了!"江江点开刚才那个她"欺负"陈晓曦的视频,放大,聚焦在陈晓曦的伤腿上,"你们看,能看清吗?她的伤腿上有大面积的瘀青,纱布都没盖住,我当时看到就觉得很吓人,印象很深——"

林予泽瞬间明白,立刻道:"就算康复过程中牵拉失当,造成了骨痂破裂,但也不会出现这么大片明显的瘀青,这很明显是击打造成的!"

"对啊!"吴悦越也一声惊呼。

"我要想办法再见一次陈晓曦,可是现在,我已经是过街老鼠……"江江正发愁,电话响了,接起来,传来一把清冽冷静的声音,是路子涵。

"陈晓曦的伤有问题!"江江立马大声道。

"就是想与你谈这件事,我也觉得这事反常。"路子涵听江江说完,立即道,"你在哪里,我来接你,我会安排你见到陈晓曦。"

江江挂了电话,只见吴悦越早把林予泽紧紧抱住,头埋在他胸口,看样子又开始哭。林予泽眼眶也有点红,对江江做了个"谢谢"的口型,轻轻抚摸着吴悦越抖动的长发,温柔安抚。

江江做个鬼脸,不留在那儿当电灯泡,一口气跑到医院大门口去等路子涵。

上了路子涵的车,江江就紧张地说:"我们要见陈晓曦,还需要一位第三方的骨科医生,专家更好,要确认我们的推断是否正确。"

路子涵想了想,拨通一个电话,那边传来慵懒而王霸之气全开的声音,让江江怀疑接电话的是那头非洲狮本狮。路子涵叫了一声"顾师兄",简短说明需求,对方啥都不问就应了下来:"没问题,你说地点、时间,我亲自把骨科专家给你送过来。"

"临时有事,比较紧急……"

"几天没见,你怎么啰唆起来,我们一起干的事,哪件是不紧急的。"

对方毫不客气地打断了他，得到准确信息后，一句废话没有就挂断了电话。

江江吐吐舌头问："这是顾辰微？"

"你怎么知道？"路子涵诧异。

"跟你说了我有内线。"江江一笑，还是抓紧问正事，"我们还去陈晓曦家里，会不会被轰出来？"

"你大有可能，我嘛不会。"路子涵答得利落，得到一个白眼。

到达的时候已近黄昏，别墅外的小径上时不时有归来的行人，但陈晓曦完全不为所动，她依然坐在花园里，双目凝视电脑，在下棋。

路子涵和江江静静等在一边，江江心里感慨，陈晓曦只有在属于她的围棋世界里，才眉间都是平静自信。世上总有一些相遇，于人于物，都是幸运。

"姐姐，你还不回来吗？孙阿姨说快要吃饭了。"陈家小弟奔出来，打断了陈晓曦下棋，但她也不生气，温柔地揉一把他的头，口里应着："好呀。"

"爸爸也快回来了，他让孙阿姨炖了骨头汤给你喝。"陈家小弟把头在陈晓曦身上蹭着，但，陈晓曦却抽回了手，仿佛又回到了她的世界："等我下完这局。"

江江若有所思，这时候被冷落的陈小弟不满地站起身，看到了不远处的他们，像个小狼狗似的就开始龇牙。

陈晓曦被惊动了，看过来，拉住了弟弟，对他们牵出一个带着怯意与歉意的微笑。

"还需要占用你一点时间。"路子涵道。

陈晓曦点头："旁边不远有个咖啡馆，我们可以在那里谈，不会再有中午的误会。"

"谢谢。"江江苦笑。

顾辰微很快也到了，饶是江江满怀心事，也被他震了震，这男人，毫不掩饰的傲慢与锐利，偏偏还让人觉得很合理，觉得他本就该这样。他一身意大利定制西装，腕上一块罗杰杜彼的圆桌骑士，墨玉表盘加古铜骑士，要了命的贵气。

顾辰微请来的老爷子，说是客户的父亲，报了个名，路子涵和江江在这方面都有眼不识泰山，江江搜索一下才张大嘴巴，不知道该给谁跪下。这说来就来的慈眉善目的老爷子竟是骨科泰斗级人物，全国都排得上前几位。

顾辰微已然习惯了别人的吃惊发呆，请老爷子坐下后，别的都不管，瞅着路子涵放低声音来了一句："你不肯跟我合伙就是为了来做这些零碎事？累得眼圈都黑了，值当吗？"

江江再次哑然，还是好"CP"靠得住，会心疼人。

路子涵揉一把确实有点青黑的眼圈，心说他夜不能寐，才不是因为工作，但具体为了啥又不能说，只好轻咳一声进入正题。

老爷子德高望重，为人谨慎细致，亲自查看了陈晓曦的腿伤，眉头紧紧皱起来。

"程老，您但说无妨。"顾辰微道。

老爷子眉间成川，心疼怜惜地看着陈晓曦，叹口气，转头对他们道："这导致骨痂再次断裂的伤势，我可以确认是由重击、击打造成，康复治疗的牵引不可能，哪怕是摔跤，也不至于如此严重。"

"这不是医疗事故，是刑事案件。"江江把陈晓曦冰冷颤抖的手握在自己手里，温柔说道，"我会尽全力帮你，让你不再受到这样的虐打和伤害。"

路子涵道："我会解除与围棋社的合约，转而做你的法律援助律师，你不用怕。"

顾辰微听到这儿，耐人寻味的眼神在路子涵身上一转，似有所悟，但不曾多说，只道："程老明天会给你们出一份以他声名担保的意见书，时候不早，我先送老爷子回家。"

第五章 真相

路子涵送顾辰微出去的时候，江江依然握着陈晓曦的手，看着她默默流泪的脸，低声说道："你让我猜一猜，是陈谦，对不对？"

陈晓曦猝然抬头盯着她，眼泪汹涌而出。

江江的心也跟着尖锐地疼了，宁愿猜错的答案偏偏是真实的，最呼之欲出但又最无法言说，最欲盖弥彰又最穿心透骨。

江江轻轻抱着陈晓曦的肩膀，喃喃地道："别怕。"

陈晓曦如同受伤的小动物一般颤抖呜咽。

不知过了多久，路子涵无论什么时候都清冽冷静的声音响起："事情交给我们来处理，但要保障你的安全，需要通知警方，晓曦，你能够接受吗？"

陈晓曦抬起泪水迷蒙的眼睛，看着他，迟疑许久，终于，微微点头。

"你是怎么猜到的？"安置好陈晓曦后，路子涵送江江回家，问。

"我没有见过任何一个职业棋手，宁可在人来人往的花园练棋，偌大的别墅，布置一间棋室应该很容易吧？"江江叹息，"让她宁可待在外面不愿回家的理由，只能是躲避家人，而他们家，只有陈谦、弟弟和一个做家务的阿姨。尤其是她腿伤之后，轮椅上下台阶还不方便，她仍然只想待在花园，这也太说不过去了。然后，就是情绪上的变化，她那么惊惧、忧郁，在弟弟说到爸爸要回来时候明显的冷淡，不难猜到。"

"你是靠观察和直觉，我比你多占有了一些信息。"路子涵道，"我看到有媒体挖陈晓曦的身世，也就查了查，她不是陈谦的亲生女儿，这个，你看他们的长相也能看出没有丝毫相似。陈晓曦是个孤儿，而且因为性格孤僻，在孤儿院长到入学年纪都没有人领养。因为她在围棋方面的天赋被陈谦发觉，把她从孤儿院带走了，答应给她最好的条件，让她能够一心下棋。"

"原来是这样。"江江唏嘘。那纤柔早慧的少女，原来有这么坎坷的身世。都说是金子在哪儿都能发光，但也有太多本来应该如金子闪光的人，陷于世俗泥泞，灵气才华被消耗殆尽。只是谁又能够预料，锻造真金的烈火，也是在地狱燃烧的业火。陈晓曦，既是有幸，又何其不幸。

"陈晓曦这些年参加大大小小的围棋赛，给陈谦挣了不少的钱，当然，陈谦也花了大价钱来培养她。"

"按这么说，岂不是正到了收获价值的时候，陈谦为什么对她下这种狠手？"江江不解。

"谁知道呢，变态和罪犯的想法很多时候是正常人难以揣测难以理解的。"路子涵摇摇头。

"那就好好地打赢接下来的仗吧。"江江握拳，她可不相信陈谦这种油腻中年老狐狸会乖乖认错。

第六章

迟到的正义

天才少女棋手陈晓曦的二次骨折事件，以每天一个反转的节奏在第三天继续屠榜霸屏。

冯静之曾在办公室怒斥江江，说绝大多数媒体只关注爆点、热度，不关心真相。偏偏这次的真相，它还真是兼具了爆点和热度。天才少女棋手，遭养父虐打？不用怎么发挥就让吃瓜群众纷纷感慨这个瓜有毒，吃噎着了。陈晓曦的粉丝更是被虐得个魂飞魄散，偶像作为一个世界公认的天才，偏偏身世如此可怜，境遇如此凄惨，他们不奋起保护，不要说做粉丝了，连人都不配做！一时空前团结，在网上把陈谦全方位多维度地骂得个人仰马翻。

陈谦自然不是躺平被骂的主，况且他名下的欣欣科技股价断崖式跳水，据说临时召开的紧急董事会气氛十分沉重，清洁工还打扫出好几个杯子碎片。

陈晓曦的代理律师是年轻的路子涵，陈谦则重金请了经验丰富的老牌律师庞松，接着就是在顶尖公关团队策划下启动一系列活动。

先是召开记者发布会，代理律师庞松严肃发言，力陈此事连警方都还在调查，并没有任何证据能证明陈晓曦受到的暴力伤害是陈谦先生所为，他们将保留对网络上所有诽谤和谣言法律追究的权利。

接着陈谦出现在发布会和媒体面前，面容憔悴，瞬间苍老，对陈晓曦没有半个字责备，只是哽咽着对女儿隔空喊话，请她体谅老父亲的心，原谅他忙于工作事业，与女儿的沟通时间不多，造成隔阂误会，请女儿给他一个机会，他一定会让步伐慢下来，平衡事业与家庭，毕竟没有什么比家人更重要。

继而，公证后的陈谦历年来为了培养陈晓曦学棋的各种花费账单，被"泄露"出来，又引发热议。

一切都在反反复复强调一个事实——陈谦对陈晓曦这个孤女视同己出，极尽苦心，悉心栽培，让她能够专注在自己的爱好上潜心学习发光发热，于情于理哪怕于利，都不会走到虐打这一步。而反之陈晓曦是活脱脱的"领来的孩子养不家"，对她再好也叛逆不孝，忘恩负义，利用自己再度受伤的契机，只图私心，不明是非与医院私下达成协议，才闹了这么一出。

网上遂又出现了"反转党"，对陈晓曦义愤填膺的支持者各种冷嘲热讽，表示无辜柔弱的天才少女人设崩塌，原来竟是心机女。

因为触发了家庭暴力、领养儿童、天价学习、亲子关系等最容易煽动情绪的爆点，各方面都群情激愤，说话越来越难听，掐成了一锅粥。

"江江，现在网上越来越乱，医院又要被牵扯进去了！"夏乔抓狂地喊。

"这个陈谦还真是厚颜无耻，演技这么好直接出道算了。"吴悦越气炸了。

第六章 迟到的正义

"可是陈晓曦受伤是实实在在的事啊,他们再怎么颠倒黑白也只是自说自话而已。"徐冉道。

江江吸口气:"事情的关键还是在陈晓曦身上。"

"但她现在被警方保护起来,也不愿意接受采访。"吴悦越皱眉。

"我去看看,看有没有办法录一段视频之类的。"江江拿起包往外走。

江江没想到她这一去,还真赶上了个大新闻。

远远就发现安置陈晓曦的公寓下面围满了人,消防、特警都有出现,地上铺着一个巨大的垫子,江江心里一激灵,抬头一看,坐在天台边缘摇摇欲坠的不是陈晓曦是谁?

她这是要自杀?

江江只觉得血往脑子里冲,背上却开始发凉,仗着在美国常年夜跑训练出来的体力,一溜烟奔过去,还好在楼下就遇见那天晚上报警认识的警察大叔靳铭,把她放了进去,还撂了句:"小路也在,你们好好劝劝她!"

江江上了楼顶,果然看到了路子涵,但他与警察在一起,都不敢靠前。陈晓曦坐在非常靠外的位置,白色裙摆和长发被风吹得凌乱飞扬,她微微仰着头,看着空中虚无的一点,面上没有一点表情,连泪水都不再有。

江江紧张地道:"她是真的想死,不是装装样子吓唬人。"

"我知道,"路子涵揉了揉眉心,"该说的话已经说过了,她完全没有反应,我想她在等待一个什么时间,到了就会往下跳。"

"她看的方向是钟楼,虽然看不清,但会报时。"江江猛地抓住路子涵,"我知道了,应氏杯比赛开始的时间!这一场,如果她没有受伤,一定会上!"

路子涵最快速度查看之后,声音也有些发紧:"还有二十分钟。"

"老天……她为什么突然这样?"江江急出一身汗。

"这几天陈谦团队出来公关,她看了那些言论,估计受了刺激扛不住压力。"路子涵还在揉着眉心。这时,一名女警端了杯水过来,递给路子涵两粒药片:"路律师,楼下有位女士,让我务必给你送到手上。"

路子涵致谢后接过来随手放到一边,继续对江江道:"你知道键盘侠说话也不用负责任,自然有一些过激言论,用词也很脏,可能让她灰心了。"

江江拧着眉头想了想,看着路子涵:"还有个办法要不试试?"

"有办法就尽管试吧。"路子涵压着额角,"实在没辙下面救生装备早就就位了,就是担心她那断了两次的腿……"

江江眉心又是一跳,已经拨通了冯静之的电话:"冯老师,陈晓曦试图自杀,我想请您协调一个直播平台——"

"你要直播陈晓曦自杀?"冯静之打断她的话劈头就问。

江江内心真是崩溃的,解释道:"当然不是,她自杀是受不了舆论压力,我想让她直接听听支持她的人的声音,现场的谈判和劝说已经失败,那就让她听听大家的声音。"

冯静之沉默了片刻,问:"你确定有效?"

"我不确定,"江江看着陈晓曦几欲乘风而去的伶仃背影,心底发涩,"但我们已经想不到其他办法。"

"好,我去处理。"冯静之不再多说,永远带着点疲惫冷淡的声音补充了一句,"五分钟之内与你对接。"

"谢谢冯老师。"她这句谢冯静之没听到,电话已经挂断了。她转向路子涵:"但冯老师说的没错,如果这个办法失败了,我们就真的是在……直播自杀。"

这背后的风险不言而喻。

路子涵目光沉静,只道:"交给我,我来控场……你身份敏感,不要出面。"

冯静之多年担任仁心医院对外公共事务科主管,虽然大多数时候都是在调解、处理各种必须"私了"的纠纷,但媒体资源和调控能力自然不在话下。四分钟不到，江江已经对接成功国内最大的直播平台，并且动用了最高的推送级别。

江江席地而坐，操作着警方提供的电脑，与路子涵对视，路子涵轻轻点头，江江按下了开启键。

在后来，那天的直播被作为一个案例，出现在传播学，尤其是媒体融合发展相关的课程里，用以论证在危机干预的时候，新媒体前所未有地拉近了人与人的距离，产生了巨大的合力。

所爱隔山海，山海俱可平。在新媒体时代，都成为现实。

但在当时，江江紧张得放在键盘上的手都在轻微颤抖，如临深渊如履薄冰，从来没有如那一刻，诚心祈祷人性的善能够涓滴汇聚成海，打败恶龙。

患得患失中，她听到路子涵在对万千网民说："……虽然正义只会迟到从不缺席，真相迟早有一天会浮出水面，但它不应该是以受害者的生命为代价。如果我们还需要真相，还相信正义，那么你现在所说的每一句话都会给世界带来改变，都让我们距离公义与文明更近，也会让这个世界更少一点不可弥补的遗憾。陈晓曦，她不应该是那个对世界失望的人。"

路子涵的声音自来清冽，此刻带着"虽千万人吾往矣"的静定，听来有奇异的感召力，字字入心，连江江都觉得心头血忽地一热。弹幕立马就爆了，江江定定神，专注操作着后台管理，切换麦克风，顿时不同的声音在空旷的天台响起。

"晓曦，我们支持你！"

"曦曦，'西米露'永远爱你！"

"为了你我才学的围棋，你要等我长大一起下棋。"

"我们相信你，支持你，请你也再相信我们一次。"

"你和围棋，也是我活下去的理由啊。"

"以前让你一个人受了那么多伤害，以后再也不会了！"

"天大的问题，'西米露'和你一起扛，总能想到解决的办法的。"

"棋还没有下完呢,你怎么能够中途离场?"

"我的佐为已经在《棋魂》里走了,晓曦姐姐你不要走!"

"小姐姐你这么棒,失望离开的不应该是你!"

"晓曦,外面风大,我们回屋里再说。"

"'西米露'等着你,等你回来,你回来有多少委屈我们听你说。"

忽然一道稚嫩的童声哭腔插进来:"姐姐,我错了姐姐,我那天是着急,怕你再也不理我了才骂你的,姐姐……"是陈家小弟。

陈晓曦渐渐转过头来,看向了放置在她一侧的平板,那上面还不断密集滚动着弹幕,都是真情实感花式告白,因数量庞大,偶尔有不太和谐的言论也瞬间就被刷了过去。倒是江江切麦的时候偶有失手,切出来一个小姑娘兴奋地对着麦喊:"律师小哥哥颜正声音苏,求嫁求出道!"

路子涵尴尬地轻咳一声,江江赶紧手忙脚乱地切走。

除了那一句一句南腔北调男女老少皆有的表达,一波一波刷屏而过的弹幕,还有人要在麦里给陈晓曦唱歌,有人说他在山区支教自己做了棋子棋盘教学生下围棋,大山深处的孩子们也想和晓曦姐姐手谈,有人说她今年在台北应氏杯观战,明年一样在这儿等着晓曦,"听说大魔头少女今年不来,他们可很高兴呢!"……

陈晓曦被救下来的时候,守在直播前的人数已经高达几十万。路子涵对着欢呼的弹幕明确告知陈晓曦已经安全,清晰说道:"我们会更好地照顾晓曦,不仅让她安全,更要让她自由。而我作为一名法律援助律师,更希望这是一个契机,让更多深陷家庭暴力的女性,能够看到社会对她们的支持。"然后转头示意江江可以关闭了,虽然上面正在排山倒海地刷着对律师小哥哥的告白。

江江切断直播,正要调侃他一句"红了",就看到路子涵身子一晃,在栏杆上扶了一把才站稳。

"怎么了?"江江慌忙站起来。

"没事。"路子涵手按着额角,似乎转头在找什么。江江福至心灵,把刚才被他扔在一旁的水和药拿过来,看着他利落地吞下药片,喝了点水,好一会儿才缓过来,对她不在意地道:"一紧张就有点头疼,没事。"

江江看他确实脸色煞白,柔声道:"今天辛苦了。"

"你也是。"路子涵牵牵嘴角,"多亏你想到这个办法还实现得这么好,不然……"

"路律师,有人找。"这时一个警员过来,打断了他的话,还递给江江一杯咖啡,"路律师的朋友请大家喝咖啡。"

江江扭头,看到一个穿红色伞裙,复古时髦得像大明星的小姐姐迎着他们走来,将一杯咖啡亲手递到路子涵手中,笑得温暖又妩媚:"你的,冰美式,半糖。"然后对江江微笑,"你好,我是许嘉琪,路子涵的同学。"

"你好,仁心医院对外公共事务科,江江。"江江自我介绍道,心说,终于对上号了,第一财阀的千金,没想到气质这么好,人也亲切随和落落大方。想到宁小蕙说她苦追路子涵好多年都没得手,心底莫名其妙地就涌出点……开心。

江江突然发觉自己竟然因为这个嘴角不自禁地微微翘起,难道自己在偷笑?这是怎么回事?她赶紧注意下表情管理,收拾起电脑音箱,跟他们打个招呼:"我去把这些设备还了,也该赶回仁心了,再会。"匆匆逃跑。

路子涵看着她的背影,有点困惑,刚才她唇边那个像小狐狸偷到油的贼乎乎的笑,是什么个意思?

许嘉琪跟路子涵说了两句话发现没有回应,发现这人少见地竟然在发呆,立马心生警惕,刚才那个妹子……她后知后觉地觉得有点熟悉,难道以前见过?仁心医院,江江,许嘉琪心里默念了一遍。

049

第七章

临 渊

忙完这些天，周末江江才有空去找找出租房，总不能一直住在酒店里。

宁小薏早就迫不及待，与她会合后就嗷嗷叫："路师兄那个视频！我没赶上直播，看回放哭得当场表演一个眼泪拌饭，太感人了，要是我在现场，还需要什么救生垫啊，师兄那话一说，我立马去趴着，以我血肉之躯给垫底……"

"就你这小身板，顶什么用。"江江想想也笑，"路子涵那天说得确实不错，我当时还担心呢，他说他控场，真担心万一失败来个直播自杀，就全完了。"

"路师兄说了他控场你还有什么可担心的。"宁小薏对她的担心不屑一顾，猛踩一脚刹车。江江没提防被吓一跳："干吗？"

"到了，下车。"宁小薏给江江挑的房子，离医院步行可达的距离，

第七章 临渊

小区闹中取静，不是特别新，正因如此，绿树成荫草坪绵软，绿化已经完全成形且维护打理得很好。

"最重要的是，我知道你在乎什么，以前做案子的时候了解过这个小区的物业，安保特别强悍，管理也很严格。你自己一个人住，得把你安顿在让我放心的地方呀。"宁小薏虽然在当迷妹的时候有点咋呼，其他方面还是很靠谱的。

房屋中介的人已经在楼下等她们，空屋在顶楼，一个小而整洁的 loft（挑高公寓），家具电器一应俱全，装修风格简单大方，景观也不错。一面落地大窗，明亮通透，看出去是小区园景，湖中竟然真的有几只优雅游过的黑天鹅。

江江非常喜欢，立刻道："好！就这里了。"

宁小薏就喜欢她性格爽朗，高高兴兴地道："走，姐姐给你搬家。"

"就只有两件行李……"

"那也得搬呀，附近有超市和宜家，咱们再去添置点生活必需品。"宁小薏在屋子里转了一圈，手机上的采购单子就拉出长长一条，分门别类，清清楚楚。

江江叹为观止，宁小薏得意一笑："要论生活经验，你还差得远。"

两人办好手续，下楼，刻意没有直接去车库，而是在小区里遛了遛。

"喂，薏米，你看，那家还有露台！你想，在那露台上放张躺椅，撑把大的遮阳伞，我们躺着，刚好对着湖景，看看书玩玩手机，多棒。"江江正在羡慕别人家的露台，却看到宁小薏在探头探脑地看什么。

"咋了？看到什么了？"江江问。

宁小薏疑惑地道："我好像看到了顾师兄……"

"难道他住这里？"

"不可能，顾师兄半山的豪宅谁不知道，不知道他跑这儿干吗来了。"

"也许他有客户在这边。"

"江江,"宁小薏吐出一口气,"虽然我给你找的已经是非常优质的小区,但顾师兄的客户,尤其是需要他登门拜访的那种,是不会住这种公寓楼的。"

"这样啊,那管他的呢,薏米你看露台……"

"你家在南加州的别墅露台还少吗,你就换换口味,欣赏下落地窗,乖。"宁小薏拉着她走,"再说了,这栋楼就一户空置,其他都住着人呢,别想了。"

"好吧,那我们再买点吃的,回来好好吃一顿。"江江点头开始思考吃啥。

结果,新家第一天,两人煮了个小火锅,白贝加冬瓜片熬汤打底,涮牛肉卷、大虾和各种菌菇青菜。

"只有这个,能让人大口吃肉又清爽不腻。"宁小薏吃满足了总结道。

"太鲜了,我的天……回来最大的感受,就是吃得好。"江江撑得躺倒在地毯上。

"可不嘛,要说吃,南岛跟谁比都不怕的。你多吃点,把自己吃胖,以后你妈妈来,看到女儿长得珠圆玉润,心里立马就舒坦几分,什么气都生不起来。真的,当妈的都这样。"宁小薏也懒洋洋地躺在她身边。

"别提我妈……"江江捧着头哀号,然后把那张照片给宁小薏看,"我回来是因为这个。"

"咦,这是?"宁小薏对比着看看,不确定地道,"是你?"

"当然,不是我是谁。"江江没好气,"你是不是瞎……"

"我没瞎,但你真的变化蛮大的,五官长开了,轮廓也都出来了,不对,最主要是气质,你现在整个人是舒展的,很不一样。"宁小薏啧啧称奇。

江江敲她一把:"这明显是发生了什么事,你看这地上,是血,不是莓果汁,换你搁这场景,气质能舒展得起来吗?"

"发生什么事了?"宁小薏的法学狗本色立马冒头,"抢劫?绑架?

拐卖？都是重罪！"

"我就是想要知道，当年到底发生了什么，是谁把这张照片发给我的，有什么目的。"江江困惑，"甚至我都在想，是不是就因为这件事，我把记忆丢了，爸爸也不在了，妈妈说的车祸，只是个借口，但她又为什么要这么煞费苦心地掩饰呢？"

"这么说的话，难道……你爸爸是那个涉案人员？"宁小薏脱口而出。

江江吓了一跳："不至于吧，你们这些学法律的人，是不是都爱从最阴暗的角度去揣测？""我们这些？除了我，你不就还接触了路师兄吗，路师兄怎么阴暗了？"宁小薏瞥她一眼，"人放着做非诉案件那么纸醉金迷的前程不要，来做诉讼律师，还做法律援助案子，还凭着嘴炮号召大家挽救自杀少女，你不知道现在他这形象有多好多高大。"

"你这重点怎么一到姓路的、姓顾的就跑偏，明明是我在倾诉我人生重要的问题！"江江哼一声，"他昨天出镜还不是我想的办法。"

"你想的？我告诉你吧，以路师兄这种脑子，如果什么事是你提议而对他有极大好处，没怀疑，那就不是你提议，而是他想让你提议。"宁小薏觉得江江还是太嫩，挥挥手，"算了，回过来说你的事，我问你，你是不是十六岁那年到的南加州？"

"是的。"

"一待这么多年没回来过？"

"对。我去过很多地方，但就是没有回过南岛，妈妈也没有。"

"你对以前的事真的都想不起来？"

江江点点头："也不是都……偶尔会想起一些乱七八糟的碎片，好像影子一样不太清楚。但是我学过的东西，又并没有受很大影响，该会的还是会，但就是生活的事，全都很模糊。"

"也是有这种先例的，我记得看过报道，有人发生意外后，专业技能都在，但不记得自己是谁了。那么，这么些年，你接受过唤醒记忆的治疗吗？"

"没有,我接受过心理治疗,都是治愈向的,让我怎么豁达、正面地看待失去记忆这件事,从来没有找回,甚至在我们家,也是被当作伤心事从来不提。"

"江江,跟你分享一个我的经验,如果一件事是伤心事,很大概率会被当事人反复提起,因为只有提起、倾诉,悲伤的情绪才能得以释放。如果对一件事讳莫如深绝口不提,那最大可能不是伤心事,而是亏心事。"宁小薏坐起来看着江江认真说道。

江江一怔:"亏心事?"

"这只是一个经验,不过,你想,你妈妈那么仓促地带你出国,再不回来,这么些年,也没有过一丁点试图让你恢复记忆的努力,我觉得这不太正常。"

"妈妈一直说往前看,她说,看不清未来比看不清来路危险多了,我们只能一路往前看,不管过去发生了什么,把握现在和未来,才最重要。"江江喃喃地道。

"话是没有错,但这话,虽然理论上是正确的,不符合人情世故。江江,我问你,你想找回记忆吗?问你的心理感受,不问道理。"

"想,我挺想的,想知道十六岁前的生活是怎样的?爸爸是怎样的人,他想必是爱我的,但我们相处的时候是怎样的?他对我说过什么话?他对我有什么期待?"江江把头撑在胳膊上,带着叹息说道,"妈妈说我以前和现在差不多,也有很多朋友,在学校受欢迎,但以前那些朋友呢,他们还记得我吗,我们小时候一起做过什么?这些,我都想知道。况且,现在看来我的失忆还另有隐情,你说怎么能不好奇呢。"

"还有一点,你自己这么跑了回来,以你妈妈的性格,平时把你的生活打理得滴水不漏的,按说你跑了她一天都该坐不住,麻利地就来逮你回去了,但她说着要来,不还没来吗?所以我想阿姨肯定也有她的顾虑。"

"你啥意思,说我妈是……在逃犯?"江江瞪着她。

"没那么严重,瞎想什么。"宁小薏真怕惊着她,赶紧道,"瞎猜没用,

第七章 临渊

来，照片给我一份，帮你查。"

江江这才松口气，把照片发送过去："比心。"

"对了，下周陈晓曦的案子开庭，几乎要导致我们律所停工，大家都不想干活了，准备去观摩现场。"宁小蕙看江江有点沉重，换了个话题。

"作为专业人士你怎么看？"江江问。

"还真不太好说，庞律师很厉害的，几乎就没怎么输过官司，是我们大家的前辈。路师兄毕竟是新人，而且，以我估计证据这关很难。"宁小蕙认真说完，诡异地笑笑，"但我们只管去看，路师兄赢了就送花祝贺，输了就提供温暖的怀抱，安慰他。"

江江受不了地抖抖鸡皮疙瘩。

因为社会影响较大，陈晓曦案的开庭流程也在各方关注下进展迅速。

到了开庭那天，江江和同事都到了现场。她刻意提醒了大家早点到，但还是低估了陈晓曦这个"天才少女"加上路子涵这位"新晋网红"的影响力，庭内旁听席乌压压坐满了人，他们好不容易才在宁小蕙的帮助下找到三个座位。

"缺乏经验吧，你看前面，顾师兄和许家千金人家可早都来了。"宁小蕙示意。果然，顾辰微和许嘉琪坐在一起，旁边还有些她不认识的衣冠楚楚的人，江江脑海里升起两个字："排面"。

而陈晓曦依然穿件白裙子，鸦黑的长发披在瘦削的肩头，静静坐着。陈谦按捺不住，一直试图能与她有个眼神交流，但陈晓曦完全没有向他投注目光。陈谦的目光让江江心里有点不舒服，那里面，完全没有歉疚，只有热切的盼望。怎么着，盼望陈晓曦开庭之前撤诉和解？做他的梦吧。

而庞松确实是律政前辈的范儿，五十岁的年纪，长相十分精明但气度从容，开庭前完全是家中慈祥长辈的气度与路子涵亲切交流，仿佛这场官司对他毫无心理压力。比起来，路子涵就低调多了。

"听说这位庞律师还当过路律师的老师呢，要和老师对阵，他会不会紧张？"徐冉好奇地问。

"他第一次来我们院里开会那嚣张劲儿不是很厉害嘛。"夏乔不忿。

吴悦越没吭声，她是真的紧张，今天林予泽要作为证人出庭。

但其他小姑娘们都没他们这么忧心，诠释了粉丝对偶像盲目的爱，"真人比视频里还帅！""他怎么这么好看！""穿正装不要太有气质！"……诸如此类的彩虹屁源源不断地在身边悄悄此起彼伏，江江听得哭笑不得。

法官和陪审团准时就位，庭审开始。

双方陈述完毕后，控方律师，也就是路子涵，请出第一位控方证人，林予泽医生，道："林予泽先生，请告知法官大人和陪审团你的身份。"

"我是仁心医院康复科的医生，在陈晓曦女士完成骨科手术后，担任她的康复主治医师。"

"9月1日，我的当事人来你处就诊，你采取了哪几项诊疗措施？"

林予泽简明说完，路子涵请出第二位证人，当天的巡诊护士爱莎，问："以你的专业判断，当天我当事人的诊疗过程可有任何异常情况出现？"

"没有，当天一切正常。"爱莎明确回答。

路子涵出示了一份天爱医院的验伤报告书，以及骨科泰斗程允签署的意见书："以上，有充分证据表明，我当事人骨痂再度断裂的伤情，与仁心医院提供的医疗服务无关。"

"法官大人，我有问题。"庞松站起身，目光如鹰隼看向爱莎，"请问，当天你作为巡诊护士，是否对对方当事人的就诊过程全程陪伴？"

"没有，因为巡诊护士……"爱莎想要解释巡诊护士的义务和职责，庞松已经打断她的话，"你只需要回答是与不是。"

爱莎咬咬嘴唇："不是。"

"当天林予泽医生在诊治过程中有无单独与对方当事人相处的时候？"

"有，但是……"爱莎的话照样被打断，"你只需要回答有，还是无。"

"有。"爱莎求援似的看向路子涵，但路子涵面上没有任何表情。

"我的问题问完了。"庞松袍袖一挥,坐下。

江江有点紧张地抓住宁小薏:"是不是被对方抓了个大漏洞啊?我们康复科诊室内是没有监控的,这要怎么办?"

"再看看。"宁小薏少有的严肃,拍拍她的手。

下面的迷妹们也有点意外地窃窃私语,法官敲了敲槌:"肃静。"

路子涵请出的第三位控方证人是别墅区的安保人员,提供了别墅区监控和证词,证明陈晓曦自仁心医院就诊归家,到再次疼痛难忍赴天爱医院就诊期间,并没有踏出别墅区,甚至是陈家所在的17号别墅。

这一轮庞松没有任何提问,但是带着种深表遗憾的优越感轻轻摇头,请出了他的辩方证人,正是陈家做饭的阿姨,孙阿梅。

孙阿姨战战兢兢地站在证人席,胆怯地看了一眼陈晓曦的背影,又看了看陈谦。

"证人请回答,与我当事人是什么关系?"庞松问。

"我给陈先生一家做饭,也做做杂务。"

"雇佣关系已有几年?"

"三年多。"

"在这期间,有无看到我当事人与对方当事人发生暴力冲突?"

孙阿姨似乎反应了下才明白什么是"暴力冲突",忙忙地道:"没有的,陈先生是斯文人,晓曦也很乖,他们不会打架。"

"一次也没有?"庞松强调。

"没有。"

"包括9月1日午时到9月2日下午3时?请你仔细回忆。"

"没有的,这么大的事我不会记错。晓曦从仁心回来,第二天就说腿疼,可怜的囡囡,腿又断了一次……但这和陈先生没关系,真的,陈先生不会干这种事。"孙阿姨絮絮地说。

"我问完了。"庞松施施然转身。

"我有问题。"路子涵站起身,问,"孙女士,请告知,我当事人所居住的陈家别墅一共有几层楼？"

"三……三层。"孙阿姨茫然。

"你平时的工作范畴是在几楼？"

"一楼。"

"陈先生和我当事人，也就是晓曦，住在几楼？"

"二楼。"孙阿姨紧张，"但都在一个屋子，有什么不知道的。"

"我当事人所住的别墅，一楼层高 3.5 米，根据建筑设计图，房屋、门窗都具备良好隔音效果，而且，孙女士，我注意到你佩戴了助听器，这说明，所谓'都在一个屋子里'，但你也不能对发生的一切了然于心。"路子涵坐下。

孙阿姨明显慌张起来，被请回去的时候一边走一边回头看，庞松不落痕迹地给她递了个眼色，继续请出他的证人，是一名中年警员。

"请问你在我当事人居住的辖区工作几年了？"

"调过来十二年了。"

"有无接到对方当事人关于遭受家庭暴力的投诉或者报案记录？"

"没有。"

"你的意思是，从未有过？"

"是。"

"对方当事人的验伤报告表明是击打导致受伤，警方可有找到凶器？"

"没有，通过痕检推断，造成伤口的是长方形平板类物体，但我们经过搜证工作并没有发现有证据指向的凶器。"

"是否存在凶器抛失的可能？"

"是，但我们经过对监控的排查，认为可能性不大。"

"好的，我问完了。"庞松转身面向法官，"不仅辖区警局从未接到过相关投诉或者报案，我们查询了南岛所有记录，也找不到任何一条。对方当事人在就医受伤之后——"

"我反对，辩方律师对事实做出证据不足的不实论断。"路子涵打断。

第七章 临渊

"反对有效。"法官判定。

庞松毫不在意地微微一笑:"嗯,对方当事人多年来堪称岁月静好,却在一次受伤之后,拒绝报警,拒绝采取合法手段保护自己,却在我当事人为她追责的时候,出尔反尔大肆诉诸舆论,对我当事人造成巨大心理压力,以求达成自己的目的,这不得不让我们怀疑其中另有内情和动机,也让我们确信,对方当事人毫无证据对我当事人提起指控。"

陈晓曦面色雪白,肩膀抖动,应该是在哭。

路子涵轻声安抚了她几句,站起身沉声道:"我的当事人情绪比较激动,申请暂时休庭。"

法官表示同意,休庭三十分钟后再继续。

庭内休息时气氛也有点紧张,大家都在压低声音窃窃私语。

"我怎么感觉,你路师兄有可能会输啊……"江江拧着手指。

"庞松这个老狐狸,他就是咬死缺乏证据这点。"宁小薏也皱着眉。

"那怎么办?如果输了陈晓曦怎么办啊,还得跟那个坏蛋住在一起。"江江忧心。

"等着看吧。"宁小薏道,"路师兄应该也不至于就这么直接给跪了。"

江江从来没有觉得三十分钟这么难熬。

第八章

不　忘

待重新开庭时，明显看得出来庞松和陈谦轻松愉快了很多，他们就差没当场开一支香槟庆功了，江江心里恼火。

路子涵神情倒还平静，陈晓曦眼圈哭得整个红肿起来。

"你加油啊……赢了这场以后我再也不骂你讼棍了。"江江在心里默默念叨。

但路子涵好像没有听到她的祈祷，他站起来，并没有抓住证据这个关键点给出更能说服大法官和陪审团的东西，反而说了句旁的："刚才，我的当事人陈晓曦决定，她将退出围棋界，不再下棋。"

这下，大家哗然，不仅大家惊了，江江怎么觉得陈晓曦自己都惊了，猛地转头看他。

但路子涵声音非常笃定："对，她将不再参加任何赛事，也不会从事围棋相关的职业。"

"我反对,反对控方律师提及与本案无关内容。"

"我当事人的身份与本案密切相关,她准备放弃职业棋手这个身份,永远离开这个让她伤心的地方——"路子涵还没有申辩完,法官也还没有判定庞松的反对是否有效,一道震惊的声音打断了路子涵:"晓曦,你要去哪里?"

是陈谦,方才他还胜券在握的样子,这时候已经完全慌了,站起来就要往陈晓曦那边去。

"陈先生,您先坐下。"庞松忙拉着他。

"你让我过去!你让我过去问问清楚!"陈谦仿佛忘了这是法庭,对庞松怒吼一声,继而愤然道,"晓曦你围棋都不要了要去哪儿?!我不同意!"

"请辩方注意克制情绪。"大法官皱起眉头,陪审团也都在摇头。

路子涵这时候清楚地再说一句:"我已经代表我方当事人说得很清楚,她将永远离开这里,和这里的人事物再没有一点关系。"

"绝不可能!"陈谦几乎想向路子涵扑过去,被庞松一把拽住。庞松恼火地道:"我反对控方律师一再提及与本案无关内容!"

"反对有效。"大法官道,"请控方律师注意发言内容。"

"是,法官大人。"路子涵道,"我还有一位从东川赶来的迟到的证人,因为她的证词关键,请求法官准许她入场。"

听到"东川"两个字,陈谦倒是静了静,睁大眼睛看着门。

走进来的是一位老太太,她站到证人席后,慈和地看向陈晓曦,陈晓曦立刻落下泪来。

"请证人明确自己的身份。"

"我是东川慈善堂的负责人,高淑慧。"老太太声音苍老但有力,看得出来几十年间承担了不少风雨。

"我当事人是哪一年来到东川慈善堂的?"

"1999年，从东川医院抱来的，说孩子治好了病但父母不知所终，晓曦来的时候已经一个人在医院住了一个多星期。"

众人唏嘘。

"哪一年离开的？"

"2006年，那时候晓曦七岁了。"

"领养她的人是否对方当事人，陈谦先生？"

"是，但不是领养，当时以陈先生的条件，不符合领养条件，而且，"老太太发出一声叹息，"当时我其实不愿意让他带走晓曦。"

"为什么？"

"我在慈善堂送走了几百上千个孩子，看过的家庭有几千户，也算有了点眼力，晓曦小时候喜欢绿色，最爱穿绿色的衣服，但陈先生来与她接触后，送了她很多条白色的裙子，并且要求囡囡只能穿白裙子。这不是个大事，但这样要求孩子的家庭，孩子去后容易受委屈。但晓曦为了能学棋、下棋还是去了。"

"我反对——"庞松实在听不下去，而他身边的当事人情绪明显已经十分不对劲。

"我只有最后一个问题。"路子涵打断他，"陈先生与我当事人之间，并没有任何合法联系，是与不是？"

"真要说手续，那确实没有。"老太太说完，陈晓曦已经是泣不成声。

路子涵站定，声音清冽平静地说道："之所以说这位证人的证词关键，是因为今天我们在这里，我方的诉求，不是要判定对方当事人的罪过，而是希望能予我方当事人生而为人的自主和自由，解除掉原本就不合法的亲属关系，给她自由选择的权利。

"是的，我方直至上庭，依然除了验伤报告外，没有其他可以证明家庭暴力的实证，而证据采信的重要性不言而喻。但事物的本质往往是简单的，复杂的都是加诸其上的各种表象，从复杂到简单，需要的只是常识。这起案件的本质，是一个孤立无援的少女为了梦想付出了极大的代价。她

第八章 不忘

生活在一个控制欲极强的家庭里,这一点在刚才当我提及这个家庭中的女儿要有自己的选择,而父亲就能立刻发怒甚至咆哮法庭时,我们就能感知一二。在这不合法也不正常的亲属关系里,她不仅精神上受到压抑——我这里有她中度抑郁症的医生证明——身体还遭到了断骨再断的伤害。如果我们还受困于刻板的实证,不愿意遵从社会的常识,继续剥夺她自由选择的权利,让一个才华横溢、愿意以身代薪燃烧梦想的天才,继续遭受这样的禁锢和痛苦,我认为这是对人性极大的不尊重,是文明社会极大的倒退。

"之前,在我当事人忍无可忍意图自杀时,我们发起了一场直播,众人的支持挽救了她的生命。就从那天起,我原本只能收到客户邮件的公开邮箱,收到了很多来自陌生人的邮件,她们大多是女性,都是家庭暴力的受害者。她们在家庭关系里受到重创,但都在问我一个问题,我们能有的证明只是身上的伤,其他的,都没有。没有人证,因为大家秉持劝和不劝离;没有物证,因为家里不允许安装监控录像;而报警记录大多时候被当作家庭纠纷语焉不详,也缺乏实证性。我相信,她们都在关注着今天这场庭审,这关乎,所有弱势的女性,仅有的只是一身的伤害,她们敢不敢站出来为自己争取权利。"

全场安静,旁听席上响起了轻轻的压抑的啜泣。

面色铁青的庞松憋出一句:"我反对控方律师试图利用舆论干扰司法……"

"总有一些弱者的声音,会被强者定义为干扰,作为一名法律援助律师,我如果不为他们发声,都把它们当作干扰,那我们的司法制度将越来越难听到他们的声音。"路子涵的声音微微有点低哑,但字字明晰。

一战成名。

路子涵胜诉,法律将保护陈晓曦的自由和安全。

走出法庭,无数媒体向他们拥来,长枪短炮令人眼花缭乱。

"晓曦,据说您将退出围棋界,是真的吗?"果然第一个问到的是这个问题。

陈晓曦满脸仓皇，路子涵把她护到身后："这只是一时的决定，具体是否会如此请大家给晓曦多一点时间，等她慎重考虑后会告知大家。"说完立刻将她护送上车离开，才转身继续面对媒体。

江江心里有点复杂，突然一支话筒已经伸到她面前："江小姐，我是南岛电视台记者，冯老师介绍您是仁心医院对外公共事务科发言人，该事件中，仁心医院，包括您本人，几度被黑，是什么让您坚信一定会逆风翻盘？"

江江突如其来被安了个"发言人"的头衔，有点莫名其妙，转头张望了下，看到冯静之站在一旁，对她点点头，脸上少见地带着欣赏笑容。江江心里一暖，对着眼前的话筒清晰说道："其实我们从来没有考虑所谓逆风翻盘，只是我们作为医院，仁心为名，生命科学为本，如果我们不实事求是，那谈何治病救人、医者担当。所以，没有逆风翻盘，只有承担责任，坚持真相。"

冯静之抱着手臂长长舒了口气，努力挺直自己的脊背，确实是老了，总感觉肩膀上有沉重的压力，但这时候看着目光清澈坚定、相貌清朗，还有些稚嫩的江江，却让她想起了一些很久远的事情。她是六年前来到仁心医院的对外公共事务科，开始也只是负责发布消息。当年还是纸媒主流，她的工作无非是联系记者发表文章，给专家领导做专访。遇到的第一桩医疗纠纷是一个小女孩被诊断出主动脉夹层瘤，医生要求立刻手术，病人家属，尤其是爷爷奶奶犹豫再三，左顾右盼就是不做决定，然后主动脉夹层瘤破裂，抢救不及小女孩去世，到这时，家属们倒是声势浩大地来医院闹。

一开始，她也是想要力图证明医院已经尽到了告知的责任，但家属咬定人是在医院没的，是被"动了刀子不留全尸地给整没了"，闹得沸反盈天。媒体也是一窝蜂地跟进，院长就让她去和家属谈，她一个女孩子，打不过闹不过，只好赔尽笑脸耗尽耐心地与他们磨，他们左右也不敢把她打出大毛病，就这样磨了十多天，磨到双方商定同意赔偿解决。

第八章 不忘

此后,她的工作就越来越多的是背地里解决各种纠纷,有医院占理的,也有医院理亏的,都是靠拉锯般的水磨谈判,解决了一桩又一桩。她也从普通员工升到了部门主管。但这工作就没有一天舒心过,她说服自己接受了这是成熟职场的规则,但现在看着江江,看着她眉目清朗地说"没有逆风翻盘,只有承担责任,坚持真相",眼眶竟有些发热。

想到那桩肝癌晚期病人穿刺检查后去世的案子,冯静之嘘口气,也许,成熟的职场应对也容得下一些更勇敢的担当,也是该调整工作方法了。

她那张总是带着疲惫的脸,不自觉轻松了一些,对夏乔他们挥手道:"回办公室,有新方案需要做。"

夏乔和徐冉也心有所感,应了声"好嘞",远远喊了声:"吴悦越,你和林医生走,我们和之姐走啦。"

吴悦越得知林予泽会继续做医生,心里终于踏实了,和他腻歪着正甜蜜。

接受完采访,江江本想直接离开,但终究咽不下那如鲠在喉的一丝情绪,走到了路子涵身前。他的面色被黑色西装衬得苍白,神情有些疲倦。

"恭喜你。"江江轻声道。

路子涵意外地沉默,擅长辞令如他,并没有回上一句两句得体的表示"多亏共同努力"之类的话。

"你在庭上……说谎了。"江江道,"你说陈晓曦决定退出围棋界,她从来没有这个想法,不会同意你这么说。"

路子涵点点头,并不否认:"是,那是我自作主张。"

"你是律师,为了撩拨陈谦的情绪,你在庭上说谎。"江江只觉得说不出地失望痛心,喃喃地道,"你其实只是想赢官司对不对?成功在你心里更重要。"

"谢谢你用词委婉,用了'成功',而不是'名利'。"路子涵温言道。

江江失落:"我是刚才才想明白了一些事,包括……陈晓曦遭受家庭

065

暴力的证据，其实根本不可能有，对不对？"

"我只是她的代理律师，不是发言人，而且合约已经完成，关于她的问题抱歉我现在不能越俎代庖。"路子涵的声音客气而温和，江江听出了一种对天真孩童善意的怜悯，心里一阵发堵，转身就走，却听到路子涵在身后声音冷诮地道，"口里说着，仁心为名，生命科学为本——你对仁心医院又了解多少呢？"

江江脚步一顿。

"不过没有关系，我现在所属律所的老板会将我作为一张专打法援官司的名片，以后估计我们见面的机会还很多，可以一起……慢慢了解。"路子涵的声音有说不出的孤寒讥诮。

江江没有回头，加快脚步离开。

她走得太快，也就没有看到许嘉琪若有所思地站在路子涵身边，悠然道："你织好网等着的，就是她？"

"你知道？"

"以我这样的家世、能力和对你用心的程度，如果假装一无所知，那也未免太虚伪了。"说着这样的话，但许嘉琪笑得一脸明艳。

"她好像把一切都忘记了。"

"真的假的？"

"不知道。"路子涵面上浮起倦色，这么多年，他一个人在失望、痛苦与怀疑的深渊里沉浮煎熬，而把他一个人丢在这深渊里的人，忘记了所有。

她都忘了。

可是他不能忘，唯一的亲人被诬陷为凶手死于牢狱，血海深仇，他不能忘，也忘不了。

第九章
——
隐没于黑暗

那天晚上，江江又陷入了那个熟悉的梦境。

依稀是深冬的海，又似乎是荒芜戈壁，她踩着浮冰碎雪，茫然四顾，凄惶前行。心中记着与人有过约定，要去找到他，他的背影就在不远处，他所在的地方没有这么冷，有光，有亮，有暖风，有自由。她这么盼望着，很努力地往前行，这一次，似乎更接近了一些，但忽然，起了寒风，他的背影倏忽更远，远得她努力睁大眼睛都看不清晰，她急得猛然惊醒，发了一阵呆才发现是临睡贪凉，空调温度设定太低，让她在这夏末的夜晚冻出了一身鸡皮疙瘩。

一晚上没睡好，早晨时候偏偏又睡过了，只来得及抓抓头发就往办公室奔。

赶着上班时间在自己桌前坐下，发现电脑旁边放着三明治和热咖啡，夏乔道:"吴悦越给你买的。"

"谢啦,刚好没时间吃早饭。"江江喝一口热咖啡,拿出三明治咬一大口。看到吴悦越倒是眉间眼底都带着笑意,容光焕发的样子,瞅瞅冯静之的办公室门关着,没忍住八卦了一句:"老实交代,和林医生是不是,嗯,"她想起中文老师教她的古话,"守得云开见月明?"

吴悦越妩媚的眉眼瞋她一眼:"你这只小海龟怎么总有这些老派的用词,他呀,就是经过这次的事,认识到自己虽然可以不辩解不争取,可以对自己不在乎,但是应该给我一个交代,意识到我在他心里很重要!"

"哦——"其他三人发出意味深长的回应。

"所以,江江,谢谢你!"吴悦越眼睛闪闪亮。

"我只觉得女人还是得谈恋爱呀。"江江感慨,吴悦越现在整个人可柔和多了。徐冉听到这儿在一旁喜滋滋地道:"我不要,我只要看看我们崽,就开心了。"

"你的崽?"江江吓一跳。

"你不懂,她是说她的那个偶像,你没看她桌上都贴着他照片吗?"夏乔做一个崩溃的表情,但随即道,"不过讲真,任何时候都不能看不起追星的,尤其是闷骚地追星的。"

徐冉拿起胶棒想丢过去打他,吴悦越拦着道:"小乔这话没说错,江江,你搞直播救人那天,我们冉冉啊,去她们某凯的后援会一声吼,粉丝都上线了,做后援她们是专业的!"

"冉冉我爱你。"江江听得感动,听到冯静之拉开办公室门,忙两口咽下最后一角三明治,举手表示自己即将投入工作,不再扯闲篇。

冯静之倒没多说什么,只是递出来一份方案道:"肝穿刺导致病人去世那个,我让院方主动发布了实情,表示承担该有的责任,并针对重症患者的穿刺等有创检查,做一系列的风险认知科普。刚才患者家属已经表示他们接受我们的赔偿方案,你们把后续工作做好。"

"是!"江江大声回答,只觉得神清气爽。

第九章 隐没于黑暗

工作就是这样，固然糟心的时候不少，但一点成就感就能让人觉得整个世界都在发光。

江江投入地忙到华灯初上，接起一个陌生的电话，传来的竟是陈晓曦的声音。

她即将离开南岛，离开之前想与江江再见一面。

还真的是临别一面，她就坐在去机场的车里，车停在仁心医院外。

一个年轻男孩子把江江请到车上后，轻轻关好车门走到一边。

"咦，你的头发？"江江发现陈晓曦居然把她快齐腰的长发剪短了，现在是一个赫本式短发，虽然面色依然苍白，但精神看着好了不少。

"剪了。"陈晓曦晃晃头，"走之前，觉得应该与你见一面。"

江江没有言语，静静听她说。

"你这么聪明，一定也想明白了。"陈晓曦轻声道。

江江看着她不离身地抱在怀里的电脑，最后一环也扣上了："你的再度受伤与陈谦无关，下手的是你自己，所谓凶器，就是这台电脑，对吧？而你的布局从我们飞机上的偶遇就已经开始，我是你落下的第一子。"

陈晓曦默认。

"从名人医疗事故，到医院欺压当事人，到剧情反转为家庭暴力，到自杀，到上庭大获全胜，你一步一步，利用了所有人的善良与正义，还有信任，达到了自己的目的，终于能够从那个家脱离出来。"江江现在相信她是一个真正的天才棋手。

陈晓曦依然没有否认江江的指控，也没有一句辩解，只是凄凉地问："江小姐，你可以对我定罪，但你是不是只认为，看得见的伤才能叫伤害？那看不见的呢？"

"是说陈谦对你的控制？我认为那肯定有更合理的解决方案。"江江心底不是不痛心，已经长好的骨头再度断裂，不仅痛楚难以想象，恐怕以后陈晓曦都会被旧伤困扰。

陈晓曦打开手机，操作一番递给江江，自己扭开头，靠在车窗玻璃上，定定地看着外面的车水马龙。

江江拿着手机的手一抖，那是一段偷录的视频，画面昏暗，依稀是在卧室，其他都看不分明，只能看到昏暗中一张模糊的人脸，一双微眯着的眼睛。那双眼睛，目光仿佛带着钩子或者长着触手，潮湿、黏腻、猥琐、肮脏，毫不掩饰的猥琐欲望，哪怕是在手机视频里都让人一阵恶心。

那张脸，那双眼睛，属于陈谦。

"每一天，我在那个家里的每一天，他都这样看着我，看了这么多年。他不会对我动手动脚，行为上没有任何不规矩，但他就是这样看着，你知不知道这有多么让人发疯发狂。高奶奶在法庭上，顾着我的面子，没有说，其实当时她就发现了，也告诉了我，说陈谦心不正，看我的眼神不对，但我太想下棋了，除了下棋我什么都不愿意做。我对高奶奶说，只要他不伤害我，我没关系，不要紧，可以忍。但我错了，我不能忍，我真的忍不了了。"陈晓曦这时不再流泪，但眼中那片灰暗哀凉分外惊心，她看向江江，"这是不是也是真相？这不算伤害吗？因为这伤害看不见，就不算吗？就不是真的？我就是骗子吗？"

江江无言，一个少女，要能将自己养父以猥亵罪告上法庭，那需要莫大的勇气，她没有权力要求陈晓曦拥有这种勇气，直面更可怕的舆论，承担她不能负荷的压力。

原以为长夜终有灯火，但一点微光只能照亮咫尺之路，背后是更深更黑的夜，更多难以倾诉的痛苦耻辱。

陈晓曦闭了闭眼睛，平静了些许："不管怎样，我要离开了，欠你一句道歉。江小姐，对不起，但我没有算计人心，只是我知道，你会帮我，还一定能帮到我。"

"我？"江江不解，"我只是一个初来乍到的职场新人而已——"

陈晓曦有些意外："你？不知道？"

"我应该知道什么？"江江坦然道，"我十六岁之前的记忆，大多数

第九章 隐没于黑暗

都丢失了，因为一起……意外事件。"

"我见过曾经的你。"陈晓曦凝视江江，看她目光澄澈确实不像说谎，牵牵嘴角道，"既然如此，如果你想要知道过去的一些信息，我可以告诉你，作为补偿。"

江江心跳急促起来，点点头："我想知道。"

"你的父亲，是仁心医院的前任院长。"陈晓曦发现江江连这都不知道，果然是讳莫如深啊，她接着说出了一句击碎江江平静生活的话，"我当时来医院看病，看到你和一个男医生在一起，对他很亲近，叫他澄哥哥。后来我看到新闻，你父亲和你那起绑架杀人案，凶手正是这个戴澄医生。"

深夜，江江关掉电脑，那些陈年新闻报道一条条、一篇篇还在眼前。

仁心医院院长连同爱女遭凶徒绑架。

院长江峰被凶残撕票。

绑架疑为凶手被开除工作后的报复行为。

照片都做了处理，打了马赛克，但看起来仍是触目惊心。

江江心底泛起恐惧，又害怕看到又难以按捺，还是把自己那张照片找出来，再次面对。

那时候的她是在绑匪手里吗，这张照片，到底是谁拍的？

难道是凶手？

江江背上寒毛竖起，但凶手不是已经因犯罪情节严重，判刑不得假释一直待在监狱里吗？多年之后，这张照片怎么到了她的邮箱，还有那句现在想来不寒而栗的话：你是否认识真正的自己？

她是怎样的自己？

亲近并信任凶手的自己？在父亲被绑架被撕票的过程里，她做了什么？她有没有帮着她叫着"澄哥哥"的人将父亲送上死路？是不是因为她曾经犯了不可原谅的错害死了父亲，所以妈妈才赶紧带她离开，从此一字不提？宁小蕙说绝口不提的，不是伤心事，而是亏心事，也许，做了亏心

071

事的不是妈妈,而是她?妈妈做的一切都是为了保护她!

江江崩溃地颤抖着手拨妈妈的电话号码,但发现无法接通,她心里更慌,定定神才拨通了微信语音通话,这次妈妈立刻接了起来:"江江?"

"妈咪,妈咪……"江江的声音发颤,"你告诉我,当年到底发生了什么事?"

"江江你怎么了?你在说什么?"妈妈的声音顿时十分紧张。

"妈咪,我想知道当年到底发生了什么事?爸爸是怎么去世的?"江江憋得心里难受,忍不住全都说了出来,"我已经知道了,根本不是车祸,是绑架,是杀人!我跟爸爸一起被人绑架了,还是我很亲近的人,妈咪,你告诉我当年发生了什么?"

"是谁跟你胡说八道的?是谁?"不料妈妈的声音比她抖得更厉害,"妈妈不是跟你说好了向前看吗,你不是答应了妈妈不去管过去的事,好好地生活吗?是谁要害你,谁要害我们……"

"妈咪,我想知道,当年是不是我害死了爸爸——"江江话没说完,就听到向来优雅的妈妈发出了一声类似哀鸣的失控的尖叫,旁边还有什么破碎的声音,她心里一慌,忙道,"妈咪你怎么了?你怎么了妈咪?"

"你为什么要胡思乱想,想出这样的问题,你为什么要这样?"妈妈在那边已是失去控制地痛哭失声,那一声声牵动肺腑的哭泣如同一盆冷水兜头浇在江江头上,让她从恐惧震惊中稍微清醒——她从未见妈妈这么失态。这些年来,妈妈永远克制、理性、愉快、优雅,事事一丝不苟井井有条,被她的同学开玩笑说过,"具有人工智能一般的强大与优美"。可是现在她的问题让妈妈歇斯底里地哭泣,电话那端还不断传来瓷器碎裂的声音,她什么时候见过妈妈摔东西?对现实的担忧压倒了对过去的揣测,江江拿着电话慌乱地道:"妈咪你不要哭,你不要哭,我错了,都怪我胡说,是我自己胡思乱想,我以后再也不问了,妈咪你不要哭——"

那边的哭泣声依然没有停止,江江害怕地站起身:"妈咪,我这就去订机票,坐最快的早班机回来。"

第九章 隐没于黑暗

直到这时，妈妈才稍微抑制了抽泣，深呼吸几口道："江江，以你的生活和事业为重，妈妈没有事，别担心。"

"不，妈咪，我想你了。"江江鼻酸。

"往前看，江江，不要用无谓的设想来困扰自己，现在和未来才最重要。"妈妈已经勉强恢复了平静，"早点睡觉，妈妈爱你，妈妈希望看到你拥有自己的生活。"

"好的，明天给你打电话。"江江依依不舍地挂断微信语音，仰面躺倒在床上，泪水缓缓滑过眼角。

"薏米，我感觉很孤单。"江江给宁小薏发去一条微信。

宁小薏还在律所加班，不假思索回了一句："乖，明天带你去吃超级棒的椰子鸡。"

在宁小薏的世界里，所有负面情绪没有好好吃一顿解决不了的。

江江牵动嘴角，想起以前玩过的一个游戏，里面有一段旁白："人生如暗夜行舟，时而伸手不见五指，时而满目光华……"宁小薏的光华是左手拿刀右手拿叉享用生活，而她的光华是什么？能照亮她看到真相吗？

第十章

通　灵

　　拥有一份工作的好处是，无论漫漫长夜内心如何分崩离析，早晨的时候仍然会提起精神。江江每天努力振作上班，人一旦投入做事，时间就过得飞快，转眼半个月过去，她对工作和南岛，都更为熟悉。

　　清晨，江江手里提着一杯黑咖啡走进办公室，就听到冯静之道："江江，精神科那边接诊了一个特别的病例，你去看看。"

　　"精神科的病例需要我们部门做什么？"江江不解。

　　"一个中学生，说他可以听到亡者的声音，医生以防万一已经报了警，如果他说的确有其事，这个新闻不算小，我们要想好应对。"冯静之解释道。

　　所有人听得一震，但都表示怀疑，精神科一年到头不知道接诊多少例妄言妄语出现幻觉的，哪能都当真。

第十章 通灵

喝完咖啡，江江往精神科走去，心里寻思着像自己这样的失忆症患者是不是可以近水楼台，请个好医生给好好诊治下？但一朵乌云立刻袭上心头，江江缩缩脖子还是纵容自己先做鸵鸟逃避去想。

到了精神科，不用找就知道是哪间诊室——门外站着警察，还是她认识的，正是陈晓曦一案中出力不少的大叔靳铭。今天的大叔依然是胡楂青青郁郁，头发凌乱如鸟窝的糙汉子，紧锁眉头神情凝重。

江江走过去跟他打招呼："嗨，靳警官。"

"江小姐。"靳铭对她点点头，上次陈晓曦自杀事件里江江帮了大忙，靳铭对她印象不错。

"你叫我江江就行。"江江上前问，"这次是怎么回事？连你们都惊动了。"

"里面那孩子，青天白日的说他听到了死人说话，说得还活灵活现的，也不知道是撞了什么邪。"靳铭说道。

"也许是小孩自己胡思乱想……"江江的话说不下去，因为靳铭摇了摇头："问题在于，前几天我们确实接到了一对夫妻来报警，他们的儿子失踪了，体貌和他说的很像。"

江江一怔，靳铭的神色凝重："我们已经按照那孩子说的地貌去排查，如果真的不幸发现了尸体，那这事就真他妈的见了鬼了。"

"我进去看看。"江江走进诊室，里面医生已经暂时停诊，江江看到在室内沙发的一角，坐着一个因为身体瘦小而显得头有点大的少年。

少年穿着干净但十分朴素的旧衣服，定定地坐着，低着头，怀里抱着个边缘都快破了的旧书包，上面贴了好些个蜘蛛侠的贴纸。听到声音，他立刻转过头来——像一只林间被惊动了的鹿，警惕、孤单、焦灼。

她与医生简单说了几句，看了病例，知道了少年的名字：卓北。

"他只说了能听到亡者说话，描述非常清楚，但其他的一概不答，也不配合治疗。"医生悄声道。

"家长呢？没陪着？"江江疑惑。

"奶奶带他来的，排了个号，等不及把他交给了护士，说还要去打工，缺勤要扣薪水。"医生微微叹气。

江江点点头，转头看看那小鹿一般的少年，说是已经念初中了，但他看来还非常稚弱。她向他走去，随着她的脚步，"小鹿"脖子伸长，脊背紧绷，一副紧张得随时要蹦起来逃走的样子，温润乌黑的大眼睛在密密实实的睫毛下却软萌得要闪出泪光。

"卓北。"江江温柔地唤了一声他的名字，想拍拍他的肩膀安抚他，但被他一缩肩膀躲开，怯生生地问："警察叔叔找到他了吗？"

"找谁？"江江引导地问。

"找……那个对我说话的人。"卓北声音更轻。

"他希望你，让警察叔叔去救他？"江江柔声问，听到这句话卓北猛地一激灵，这只鹿像是听到了猎人的枪响，差点惊跳起来。

靳铭也注意到屋里的动静，以为卓北又有什么重要线索，也跟了过来，但卓北盯着江江，迷茫又热切地问出一句："他还能被救活吗？"

江江一时语塞，只得道："警察叔叔已经根据你提供的信息去找他了，现在还没有消息。"

卓北眼中的热切迅速熄灭，脖子一顿，像是不堪重负折断一般，把头深深地埋进臂弯里，有压抑的哭声冰冷幽咽地传出："他活不了了，他跟我说，他被沉在水里好长时间了，又冷，又痛，被鱼咬，水里有好多一尺多长的大鲶鱼，一直咬他，从伤口吸他的血……他身上都是伤，他们害死了他，他再也活不过来了……"

在他的哭声里，靳铭接起了电话，而后低咳一声，神情严肃地沉声道："报失踪男孩的尸体找到了，果然是被沉在水底，五官被鱼啃咬了大部分，身体其他部位也发现了形态各异的伤口，具体要等法医验看。"

江江后背一阵发凉。

"这孩子我要带走，去警局做调查。"靳铭肃然道。

"找到他了？难怪……难怪他不再跟我说话了。"卓北的神情说不出

第十章 通灵

来是绝望还是欣慰，又喃喃地重复一遍，"他不再跟我说话了。"

江江被他言语间的怆然刺得心里一痛，但再看，他又立刻恢复成一只落单了的惊惶的小鹿，瞪着让他去警局的靳铭瑟瑟发抖。

江江求助地看向医生，医生表示："是否由我们先给他做完检查再说？"

"他一定是凶案知情人，我一定要带他去做调查。"靳铭常年做警察，什么血腥凶残诡异变态的没见过，自来不信神神鬼鬼，虽然心底里有些发毛，仍是眉头一拧拦住医生，几乎想一把把卓北拎起来就走。

这时一人跌跌撞撞从外面扑进来，是个头发斑白的老太太，进来就猛地推开靳铭，用力将卓北搂进怀里，凶悍地瞪着他们："我来带我孙子回家，他哪儿都不去。"

原来是卓北的奶奶，她身上还系着条围裙，那上面一片片斑斑驳驳的，是……血？江江眉心跳了跳，靳铭明显也紧张了，但立刻耸耸鼻子怀疑地问："这是……鱼血？"

"关你什么事，为了带仔仔看病，今早少杀了几十斤鱼。"大概老太太的工作是卖鱼杀鱼之类的。

靳铭耐着性子解释："阿婆，我们带走卓北只是配合调查，这也是你们作为市民应尽的义务。"

卓老太把卓北往自己身后一藏，挓挲着手护着他，苍老嘶哑的声音竟有些凶狠："我听不懂你说什么，总之我孙子哪儿都不去。小孩子说些胡话有什么不得了的，我是因为他晚上睡不好觉，老是惊醒抽搐，才带来看病，谁知道你们那个挂号的在胡搞什么，问东问西给挂了个精神科，我忙着去卖鱼出货没工夫跟着，你们就这么给我乱来，还要让我孙子进局子，跟你说，没门儿！"她说着慌慌忙忙地拉起卓北嘟囔道，"走，我们回家去，病也不看了，我带你去孟姨那儿抓点中药吃一样的，乱搞，精神科，给我乱搞。"

靳铭伸手拦住："不能走。"

眼见气氛要僵，江江忙先关上诊室的门，外面有两个鬼鬼祟祟探头探脑的怕是媒体记者，她挡在他们之间，先对靳铭道："靳警官，您先等等。"再对那祖孙俩放柔了声音，"婆婆您别急，这位警官根据卓北说的话，发现真的有一个孩子遇害了，死在水底，情形跟卓北说的一模一样，所以想请卓北跟他回去了解情况，并不是要让卓北进局子。您想，那被害的孩子既然借卓北之口说出了他的冤屈，那也是有点缘分的，不如帮人帮到底，也算积德行善了。"江江这时特别感谢自己那位中文教授，给她讲过好些有恩报恩、累积福报的传统典故，这时候才能信手拈来。

老太太听江江这么说，倒是收敛了几分护犊子的凶悍，犹豫地看了眼卓北问："你真的听到了？"

卓北轻轻点头，但还是一脸惊惶。

"不，我孙子不能去，他害怕呢。"老太太又咬紧了牙拒绝。

"您可以陪卓北一起去，而且你们还可以要求有律师陪同，律师知道吗？就是专门帮你说话的，会保护你们的、特别厉害的人。"江江说着突然想到一个人，心里感受复杂，声音也顿了顿。

靳铭却立刻道："找小路来吧，他上次跟我说以后主要做法律援助案例，他脑子聪明，没问题的。"说着他就拿出手机给路子涵打电话，听到这儿，老太太又急了，扑上去想拦他，口里大声道："什么律师，我们不要，我们也不去——"

靳铭福至心灵，开口道："没事，这个律师不要钱。"

老太太动作立马就停住，怀疑地瞅瞅他："真的？不要钱？"

靳铭对她点着头，已经打完了电话。

"不要钱能出力帮我们做事？"老太太不太相信。

"嗯，政府会给他补贴，不会收你们的钱。他一会儿就到。"靳铭半是无奈半是好笑地再次保证。

"那，那等律师来了再说。"老太太搂着卓北坐下，心疼地看着他，喃喃道，"别怕，奶奶陪你，咱们就像这囡囡说的，积德行善，说不定是

第十章 通灵

你那短命的妈,在地底下跟人说,她儿子心好,人家才找上了你。唉,你妈就是心软,她见不得那些事的……"

卓北大概是想到了妈妈,一双睫毛忽闪的鹿眼转了转,又是满眶的眼泪。

路子涵来得很快,他今天没有穿职业正装,身上是一件苔绿色卫衣,胸口有一个抽象的猫头,江江认出了是古驰的新款,她买了白色款。她本来心里对他感觉有点别扭,但今天猛一看他,内心有个声音说"真好看",倒是忍不住又多看了几眼。

路子涵久违地感觉脸颊有点发热,解释道:"今天没有工作,在附近处理自己的事,接到消息没来得及回家换衣服……"靳铭才不管他穿的啥,一把拽过去,介绍给那依然对他戒备森严虎视眈眈的老太太:"这位就是律师,他会帮你们,有他在,不会让你们吃亏。"

"不要钱那个?"老太太上下打量路子涵,嘀咕道,"这么年轻,长得像那些电视里唱歌演戏的,有多大能耐?"

"第一,他不要钱;第二,他能耐大了去了。"靳铭不耐烦。这时候,卓北乌溜溜的眼睛瞅着路子涵,小小声地说:"我在网上看到过你。"

"你啥时候又偷偷去上网了?!"老太太抓得一手重点,卓北瑟缩了一下,还是小小声说:"奶奶,他是好人。"

听到这句,江江默默地看了眼路子涵,他倒还顶得住,用他那清冽冷静的声音,温和道:"那你相信我,我会帮你的,不要怕。"

卓北微微点了点头。

第二天,路子涵带着卓北回到了仁心医院,江江迎上去,急道:"媒体没控住,我们医院在忙着辟谣,怎么警察局里传出来的消息都是灵异的?怎么回事?"

网上各种谣言已经沸反盈天,江江和同事们都在抱头哀叹,这网上的热点啊，真是一波未平一波又起，总之各领风骚一两天。现在全网都在热议"通灵男孩"，各种人肉搜索的、爆料的、故弄玄虚分析的、装神弄鬼搅浑水的，不一而足。现在卓北身上已经被贴上了各种标签，还有人宣称愿意出重金，请卓北帮他联系已故亲朋……仁心医院作为卓北的接诊医院，及时发布公告，坚称相信科学与证据，等待警方的调查水落石出。不承想媒体从警方挖出来的消息，时不时就是一条"通灵男孩再爆死者内幕""之前素不相识死后灵魂传音"之类的灵异报道，把江江给急得抓头发。

路子涵撑着车门，让卓北下车，道："我带小北来做一套完整的检查。"看到卓北也在，江江没有再多说。看着眼前这两人，一高一矮，还真是瘦瘦的都有种形单影只的气质。江江心头一软，声音温柔下来："小北，我带你去做检查，费用也不必担心，我会跟医院申请减免。"

"谢谢你。"卓北小声道谢，又小声解释，"奶奶不是不愿意花钱，她是真的……为了送我读书，家里没钱了。"

"我明白，没事，不用担心。"江江把卓北送到医生手里，看着他被安排带去做检查，这才有工夫向路子涵详细询问情况。

"这事多少有些……不同寻常。"路子涵和江江在医院咖啡室找了个安静的角落，讲与她听，"媒体爆的料也不全算胡诌。之前靳警官是笃定了小北是凶案知情人，甚至目击证人，但是小北咬死不承认，无论他们怎么套话，他都坚持是因为听到了死者的声音。而且更诡异的是，他确实说出了很多关于死者的细节，有很多是死者的同学都不知道的，但他们除了近期在同一学校之外，毫无交集，两人的背景、生活圈层也相差很大。他为什么会那么了解死者，现在还没有有力证据可以解释这一点——除非真是通灵。"

"你相信通灵吗？"江江沉吟一下问。

路子涵摇摇头："虽然我明白自然科学不能解释宇宙万物，但我还是很难说服自己相信通灵、附身这些说法。"

"我也是，既然不信超自然，那就必然是还有真相没有发现。"江江

第十章 通灵

问，"你刚才说什么来着，他们暂时在同一所学校？"

"是，小北所在的勤力中学，主要招收城市民工和其他暂住者的小孩，学生大多家境贫寒。包一宁，就是死者，所在的枫叶国际中学，学生都是来自富豪或者名人家庭，简单地说就是非富即贵，条件优越。上半年，勤力中学因为市政项目建设被拆迁，新建学校暂时没有完工，政府暂时将学生安置到枫叶国际中学做一个过渡，预计明年初搬走。"

江江蹙眉，她知道这样两所截然不同的学校是很难融合的。她埋头敲电脑搜了搜，出来的相关资讯都是其乐融融，对枫叶国际中学盛赞有加，图片上也是衣冠楚楚的老师们带着勤力中学的孩子走进设备豪华高端的教室、实验室的场景。

"公开的信息搜不到什么，他们有个内部校网，我查了，这短短几个月时间，枫叶那边家长联合会已经提出抗议和投诉一百多次，还利用各种关系给政府施压，宣称这种不恰当的合并行为让枫叶的学风和校园氛围被破坏殆尽，甚至出现了从未有过的偷窃与打架事件，个别言辞尖锐的，你可以自行想象。"

"你怎么能查到？"江江好奇。

"许嘉琪的表弟，正是在枫叶念书。"路子涵撑着额头，流露出几分倦色。许嘉琪的表弟许宸赫在枫叶念书，他妈妈，也就是许嘉琪的姑姑许沉璧还是这所学校家长联合会的会长。虽然许家家业大部分都在许嘉琪她爸爸手中，但许沉璧名下的产业也是颇为可观。据许嘉琪说，这位许沉璧女士，多年来都想生个儿子，到了四十多岁才终于通过试管婴儿得偿夙愿。加之许嘉琪是独女，没有兄弟，许沉璧就俨然她那宝贝是许氏唯一男继承人的架势，从小就是严格的精英教育。许宸赫也确实没有辜负这个姓氏和各种顶尖资源，一直顶着天才的名头长大。许嘉琪举了一件事为例，许沉璧在纽约中央公园旁边买了栋楼，就只是用来展示儿子赢得的各种国际奖牌和勋章，林林总总，挂了一墙。

就是这样的人家，这样的性格，怎么愿意要和民工的小孩共用学校？

081

根据他查阅的记录，有三分之一的投诉都是许沉璧发起，另外三分之二也都是来自枫叶的家长联合会。

"这次出了这么大的事，他们怕是要直接接管校长办公室。"江江语气里微带嘲讽。

"你说得没错，枫叶中学那边已经停课，校长本来在南岛教育界也是挂得上名的大人物，但也在家长联合会的压力下发表了致歉函，估计会辞职。"

"他们这么厉害？"江江诧异。

"家长联合会成员都是政商两界顶尖的人物，他们有这能力不奇怪。"路子涵解释。

江江点头："道理我懂，只是没想到枫叶中学家长背景这么强势，那现在他们的诉求是？"

"他们的意见是，不立刻停止不恰当的学校合并举措，他们不但不会让自己的孩子返校，而且会想办法让枫叶中学直接破产，退出南岛学界。"路子涵嘘口气。所以现在投资枫叶中学的财团也在跟着跳脚。

江江皱眉："他们怎么认定是勤力中学的学生干的？"

"他们倒也并没有认定是学生干的，但绝对相信这起惨案是由学校合并造成的，带来了危险的因素。"路子涵道。

"你这里有受害人的资料吗？"江江对那聒噪的枫叶家长联合会没太大兴趣，还是转回案子上来。

"包一宁也是初二学生，家境富有，属于新兴商业阶层，他们家做体育用品及穿戴的生产和销售，近几年在亚洲和非洲市场发展很好。"路子涵展示一张照片给江江，那是个长相挺阳光还有些喜感的小胖子，体重估计是有点超标的，一张肉肉的小圆脸带点雀斑还挺俏皮，像动画片《飞屋环游记》里的主角。想到这张很萌很可爱的脸已经被鱼啃噬掉大部分五官，江江心里一阵难受。

"小包成绩不太好，但他父母好像不是特别在意这点，在家长与老师

第十章 通灵

的留言互动里,包先生直接写过他只希望儿子多交朋友,学习成绩顺其自然。"路子涵声音也有些阴郁。

"小包应该人缘还不错?"江江觉得他这么人畜无害的样子应该让人喜欢。

路子涵沉默片刻道:"如果是在一般的学校里,小包这样的孩子应该能交到很多朋友,但在枫叶这样整体慕强的氛围里,不见得。他的家境不算突出,只是富有的生意人,不是世家,跟其他富豪家族没有盘根错节互相帮衬的关系。而且小家伙胖,体育运动没有一样擅长,学习成绩也很一般,所以,与其说他随和亲切,不如直接点说他好欺负,他并没有什么真正的朋友。"

原来中学就已经是名利场,江江嘘口气问:"那他和卓北,真的没有关系?不是朋友?"

"不是,或者说,没有任何线索表明是。他们在学校没有任何交集,而且,就没有枫叶的学生和勤力的学生交朋友。"路子涵苦笑,"勤力的学生也很抵触,我在他们的校友群里还发现了这样一件事,曾经有个勤力的女孩子,主动和枫叶的学生玩,然后遭到两边的群嘲,后来因为偷窃罪名被退学了。"

"原来学生之间的抵触也这么激烈。"江江叹气。

"哎,等等,"路子涵突然微微皱眉,有些讶异,"这个女孩,她不过是偷了一个运动包,那个包——是包一宁的。"

"这个女孩现在在哪里?"江江敏锐地问道。

"我请靳警官去查一下。"路子涵立即把资料同步给靳铭。

现在看来,那个叫蒋琪琪的女孩,有很大的嫌疑。

第十一章

催 眠

"也许蒋琪琪没有想到因为偷一个包这样的错误，竟然导致自己被开除，所以对小包心生怨恨？但她不过是女孩子，以小包的体形，蒋琪琪想置他于死地恐怕不容易做到。"江江心想包一宁可是个小胖子呢。

"她可能有同谋？"路子涵修长手指忽然顿住，沉吟道，"不过——这是蒋琪琪的照片，你看。"

江江凑过去看了，也有点吃惊，照片上的蒋琪琪竟然是个和包一宁块头差不多大的女孩子，高、壮实、皮肤黑黄。江江的教养让她不能去评价一个女孩子的长相"丑""难看"，但蒋琪琪确实不算是好看的女孩子。她有一张粗糙生硬的脸与肥胖臃肿的身材，偏偏身上穿着一件完全不适合她的粉白色蕾丝裙，劣质的蕾丝花边重重叠叠，配合着她大脸盘上做作害羞的笑容，感觉很有几分荒谬诡异。

第十一章 催眠

"虽然男女体力差异很大,但以蒋琪琪这样的体形,她如果拼尽全力,未必打不过小包。"路子涵挺秀的眉毛轻轻蹙在一起,"而且警局的尸检报告中,小包的后背上有一片密集的针刺状伤口,像是用针类,或者圆规脚扎的,这也符合凶手,或者说凶手之一是个女性的特点。"毕竟男人更多都是选择击打,而不是针扎。

江江清朗的眉目罩下一片阴影,这世上有的人出生就在云端,有的哪怕平凡点但也能中规中矩随波逐流,而有的人,因为相貌、性格或者健康有所异常,注定要走一条艰难的路。如果蒋琪琪真的因为偷窃被开除而恼羞成怒杀了小包,那她就真的再也没有回头路可走了。

路子涵明白江江的心思,道:"这也只是我们的揣测,不一定对。"

当时的他们,并不知道,这个世界对蒋琪琪,早已经关闭了所有光亮。

靳铭那边的调查很快,几分钟后就传来回应,答案却让路子涵和江江都大吃一惊——蒋琪琪也已经死了。

蒋琪琪死于抢劫杀人,凶手是个惯犯,身上背着几条人命的亡命徒,已经在前不久落网,抢劫、谋杀、强奸、绑架等多项罪名成立,被执行了死刑。死之前对自己的罪状供述无误,没有其他异议。

江江关注到一个细节,法医判定蒋琪琪去世的时间是在 7 月 3 日,比学校发布将她开除的公告时间还早一天。

"学校都没有给学生一个解释的机会,就直接除名?"江江愕然。

"也许只是从监控中看到了证据就简单粗暴地做了处理。"路子涵也皱眉。举报蒋琪琪偷窃的不是包一宁,是另一个女孩,名字叫周云旎,再看看她父母的名字,果然就是那个与许家世交的周家。

靳铭给的消息很完整,最后谆谆叮嘱他们,突破口还得是在卓北身上,这比各种漫天撒网的调查和疑神疑鬼的分析都靠谱多了,还是得想办法让卓北开口。

路子涵挂了电话苦笑:"昨天在警局,卓北一个多余的字都没有说,他们换着人上，合法限度内的威逼利诱都用上了，但小孩愣就不吭声。"

"会不会他真的不知道？"

"到后来我也有这个怀疑了，就算是成年人都很难顶住那样反复的问话……但科学常识让我无法接受通灵。"路子涵摊手。

江江忽道："或者，他是为了保护对他来说非常重要的人？"

"警方也有这个考虑，不过目前的调查毫无头绪。"路子涵摇摇头。

不多时，一个护士小姐姐领着卓北回来，目前已经出来的检查结果显示，卓北的神经和精神状态，一切正常。身体倒是有很多小毛病，贫血、营养不良、浅表性胃炎。但护士小姐欲言又止地将一份报告递给江江——上面显示，卓北身上有很多陈旧伤，疤痕、深度瘀青等。

江江默默地递给路子涵，对护士小姐示意谢谢。

护士小姐走了后，三人都沉默着，卓北依然低着头，瘦瘦的脊骨从后脑勺到脖子一线突兀地支棱着，像只没草吃的小恐龙。

江江觉得这个孩子总让她想到一些小动物，形单影只，孤立无援。她拉他在身边坐下，放柔了声音："做检查还没吃早餐吧？我给你叫一份蛋糕和奶茶。"

卓北立刻摇头表示不用，但眼睛已经恋恋地在甜品单上看了两眼。

"没关系，在姐姐的地盘姐姐请客。"江江让他自己选要吃什么。

卓北犹豫了下，瘦巴巴的手指头指在了草莓蛋糕上。

"这家的草莓蛋糕还不错，很新鲜。"江江只是不愿卓北太拘谨，随口说着话，却看到卓北小口地吃着蛋糕，眼眶突然红了红。

江江抬头，对上了路子涵同样若有所思的眼神。

等卓北吃完，江江轻声开口："小北，我是仁心医院的工作人员，你可以勉强把我算作医生，路子涵是你的律师，你也说过他是个好人，你可以选择信任我们。"

卓北放下手中的奶茶，又垂头沉默。

"我不是要问通灵的事，是想问，你身上的伤是怎么来的？"江江道。

第十一章 催眠

卓北咬着嘴唇,眼中渐渐泛起泪光,但仍一言不发。

"奶奶管教严格?"江江试探地问。

卓北立刻摇头。

"同学欺负你?"

卓北戒备地看她一眼,却低声道:"没有,只是……玩闹中自己不小心。"然后就恢复了拒绝与外界交流一言不发的状态。

路子涵将资料收拢齐,修长的手指轻轻敲击在桌面,道:"小北,你的检查结果显示一切正常,这个对警方来说,会默认为你的身体并没有异能——你所说的能够听到亡者的声音,是不切实际的。他们应该会请你回去重做笔录。"

卓北继续咬嘴唇,原本就颜色浅淡的嘴唇上留下两个可怜的牙印。

江江有些不忍,却听路子涵道:"但生命科学和自然科学本身尚有很多不确定的地方,我们是不是可以想想别的办法?"

"什么办法?"江江忍不住代卓北发问。

"如果你真的想不起来,那我们还可以尝试一些心理治疗手段,比如催眠。在催眠状态下人也许可以激活更多潜意识接收到的信息,这也是一部分灵学家对通灵的科学解释。"路子涵道。

"催眠?"江江有点讶然,关于催眠疗法,争议历来很多,真的有用?

卓北茫然警惕地抬了抬头,脸现惧色。

"小北,你既然接收到了亡者的信息,那说明他肯定希望你能帮到他,但目前的信息不足以让亡者安息,如果催眠能够让我们得到更多有效信息,那为什么不试试?"路子涵的声音清冽平静,他认真说话的时候活脱脱就是个民间科学家伪心理学大师,蛊惑能力不是一般地强。果然,那傻小鹿听完虽然还是胆怯,仍蒙蒙地点了头:"好的。"

江江忽然醒悟,路子涵无非是给出了另一种试着让卓北能够免除顾虑,开口说话的方式。通灵、催眠、潜意识……是不是有的真话,只能依托这些玄而又玄的名头,才敢说出来?

看江江也明白了，路子涵当即道："我有个朋友是优秀的心理咨询师，尤其是在催眠方面比仁心的专家都经验丰富，有很多成功案例，我们这就过去？"

卓北有点胆怯地往江江身边靠了靠，江江心软，道："别怕，姐姐陪你一起去。"

开了大半个小时，路子涵停车，江江走过去看到一栋白色建筑上低调的小小的名牌，上面写着"罗羽心理咨询室"，吃惊地道："罗羽？！你的朋友是罗羽？"

"怎么，认识？"路子涵意外。

"不不不，我不认识，但我在美国的心理医生跟我提过几次罗羽的名字，说是中国同行，非常优秀，是他引以为傲的朋友。"江江这下真的好奇了，她美国的心理医生已经是业界权威，连他都褒奖有加与有荣焉的罗羽，得是什么样？

路子涵带着他们熟门熟路地进去，推开尽头一扇门，江江期待地看进去，呃——咨询室布置非常优美且专业，浅色系，阳光经过过滤明亮柔和，墙上大幅油画是一片海洋，但一半风平浪静一半波澜汹涌，充满暗示性，弗洛伊德不是说过吗，心理咨询师的房间里，每一件事物的出现都有其象征意义。但在这么一间充满了哲理与意义的房间里，坐在电脑后的人，握着纸巾，转过来一张满含热泪的脸，而音箱里传出的思密达长思密达短，表示这位先生正在看——韩剧。还是最新的那部，江江能认出来完全得益于办公室徐冉的疯狂推荐。

"小路！"那人正是罗羽，在看到路子涵的一瞬间就站起身，看得出来常年健身的身体十分灵活，扑过来长手长脚就把路子涵肩膀揽住，仔细地泪痕未干地看了看他，荡气回肠地来了一句，"刚在电话里我就听出你瘦了。"

江江赶紧扶墙，生怕自己被这肉麻攻势击倒了。

第十一章 催眠

罗羽注意到她,探究的目光上下打量,江江觉着他眼神酸溜溜的就像看情敌,估计说不出啥好话,赶紧指指电脑好心提醒:"你的剧,还没暂停。"

"嗯……"罗羽摸着下巴开始对她下判断,"细心,聪明,具有同理心。"

"谢谢谬赞。"江江不明所以被夸了一通。

"不是谬,我,罗羽,在这间屋子里说的每一句话都与'谬'字无关,"罗羽连连摇头,又忽然定住,一连串地道,"你注意到播放细节,是细心;懂得在某些关键时刻转移话题,是聪明;了解看剧的人每次去找上次看到哪儿的过程最折磨人,这是同理心。"不等江江露出尴尬不失礼貌的笑容,他加重语气道,"但是!但是你还是缺乏真正科学的判断!不过这也不能怪你,毕竟是过于专业了……"

江江不由自主认真起来,正想说愿闻其详,就看到他诡秘一笑道:"所以你不明白,能够看着韩剧流泪,才是作为一个顶尖心理咨询师的天赋所在,他具有能够感知最初那只蝴蝶是在何时何地振动翅膀的敏感和纤细!"

江江再度扶墙。

好在罗羽的注意力已经转移到卓北身上,倒是没有戏弄他,而是转头盯着路子涵:"带个孩子来见我是什么意思?不过你放心,我会负责的。"

路子涵清冽眉目这时候在放松中微微一抬,竟很有几分平日里不见的偈傥艳色,对罗羽带着笑道:"只对孩子负责有什么意思?"

"喂喂喂,你们两个,请注意言辞好吗?我们这里还有未成年人在呢!"江江捂住卓北的耳朵,气恼地抗议,真是没眼看。

罗羽哈哈一笑:"成年人的世界总是充满了荒诞……"他放开路子涵,俯身看着卓北,笑容渐渐消失,喃喃道,"但还是要努力长大,否则……太痛苦了。"

罗羽看着卓北眼中流露的哀恸与抵触,站直身子对路子涵他们道:"他现在的心理状态不适合做催眠治疗,这孩子已经快把自己的弦绷断了,他需要放松。"

"可以怎么放松?"江江不解地问。

"大多数人对催眠都因为不了解而充满戒备,其实这是一个心理学的常用治疗手段,也许——你可以先代为尝试?让他能有所了解。"罗羽对江江做出一个邀约的姿势。

"我?"江江犹豫,眉头轻轻拧起来,第一反应就想要拒绝、逃避。

罗羽对卓北摊手微笑:"你看,作为大人,也是会害怕暴露真实的自己。"

江江却被这句话击中,猛吸口气,真实的自己?你可曾了解真实的自己?那张照片、陈晓曦的话、她的猜测、宁小蕙的推断、妈妈的崩溃、梦中的背影……林林总总都浮上心头,她感觉右脑在催促自己赶快逃跑,却又听到理性让自己的声音在说:"好,我试试。"

"你的勇敢值得敬佩。"罗羽按铃让助理进来做准备。

他按动遥控键,让室内阳光与灯光都更为柔和,将江江请到一张舒适的躺椅上坐下。他自己也静了静进入工作状态,再开口时声音里不再有丝毫方才的戏谑,沉静温和如大提琴的丝弦。

"不用刻意闭上眼睛,也不用控制你的紧张,你只需要去感觉它。"罗羽看着江江紧紧闭着眼睛,眼珠却在乱颤,连带着睫毛也一个劲儿地呼扇。

"我不紧张。"江江开口才发现自己声带都变得紧窄了,尴尬地笑笑,"我很努力放松了……"

"嗯,你要看到自己的紧张,接受它,这没有什么关系,也不用刻意放松,甚至可以让自己忘记'放松'这个词,连这个想法都不需要有,我们把自己交给自然的感受就可以。"罗羽的手势状似无意识地引导着江江的呼吸,几轮深呼吸之后,他低柔地道,"现在你告诉我五件你眼睛所看到的东西。"

"看到的?什么都可以?"

第十一章 催眠

"嗯，什么都可以，一一列举，告诉我。"

"我看到了墙壁，看到了书桌，看到了电脑，看到了地毯，看到了灯光……"

"好的，那你听到了什么？把你听到的东西也列举五件。"

"我听到了窗外有鸟叫声，隐约的，听到了空调很轻的声音，听到了一点电流声，听到了电脑的提示音……"

"好的，那你的感觉呢，你感觉到了什么？"

"感觉……我感觉到自己躺着的沙发，感觉到了柔和的光，感觉到了有风，感觉到了……"

第一轮结束，罗羽引导江江呼吸，再继续平和专注地让江江讲述她所见所闻所感，从五件变成四件，到三件、两件，最后当江江呢喃说完所感知到的一件事物后，自然地合上了眼睛。

罗羽的声音变得更沉静柔和，低低地道："你这是在自己家里，很熟悉、很安全，卧室里铺着浅灰色的地毯，家具是木纹白，墙壁一面墨绿三面珍珠白，墙上挂着你的照片，是你在舞台上拉小提琴的照片，书桌上放着你最喜欢看的书《万物简史》，你坐在书桌前，摊开着书，却在看窗外……"

罗羽手中一本摊开的笔记本里，分明有一张旧照片，他所有的描述都与照片上别无二致，而照片上带着笑的女孩，正是年少时的江江。

此刻的江江合着眼睛，眉心微蹙，神情似有些茫然。

"窗外是暴风雨前的天气，所有路人都在匆忙往家里赶，乌云越积越厚，风也越来越大，零星的雨点开始落下来……"

江江瑟缩了一下，露在外面的手臂上的皮肤起了一层细细的寒栗。

"但你在书桌前坐得不安宁，你想出门，是不是？虽然天气恶劣，但你还是想出门。"

江江极轻地点了点头。

"你出门去做什么呢？是不是有什么重要的约定？要去见重要的人？

顶着风冒着雨也一定要去？"

江江呼吸有些急促起来，声音里带上了几分稚弱的童声："我要出门，我就要现在出门……"

路子涵面色一白，极力控制自己不要站起身，不要发出声响，看向江江和罗羽方向的目光是难以言说的痛楚。

"你是跟人约好了，对不对？有人在等你。"罗羽依然不急不躁，声音平缓。

但江江的呼吸越来越急促，她梦中的那个身影就在眼前，她要去见他，他们约好了，他在等她，就是他在等她，说好了要一起离开这个鬼地方，这个叫"家"的鬼地方，但是——忽然有巨大的痛苦和惊恐像是有实体一般，切入她的身体，让她发出一声动物受伤般的哀鸣，眼中迅速涌出大颗的泪水。

路子涵忍不住猛地站起身，卓北也睁大了眼睛。

不待罗羽结束催眠，进行唤醒，江江似乎被那强烈的恐惧和疼痛给硬生生地推回了现实，也许是身体承受不了出于自我保护机制将她硬拽了出来，她茫然地睁开眼睛，坐起身，眼泪却流得更急。罗羽严厉地做手势示意路子涵不要妄动，自己仍然坚持问了一句："你看到了什么？是谁？"

江江定定地看了他好几秒，试图将行将崩毁的意志碎片重新拼凑，但终究失败了，站起身狼狈地夺门而出。

路子涵脸色苍白立即就要跟去，被罗羽一把拉住："你现在不要去！放心，有人去跟着她。"

罗羽用的力气并不大，但路子涵仍被他拉得身子一晃，在书桌上扶了一把才勉强站稳，然后抬手按着眉心跌坐进沙发，额头上沁出密密冷汗。

罗羽怕他们兵荒马乱吓着本来就心理状态不稳的孩子，先把卓北交给助理，然后熟练地找了两片药，倒了杯水递到路子涵手里。看他手抖得杯子都要端不住，罗羽叹口气，让他就着自己的手喝了两口水好歹把药片咽下去。看着他喉结抽动，知道正是难受，抬手在他背上轻轻安抚。

好在过了几分钟，路子涵渐渐缓过来，虽然面色还是白里透青的有点

第十一章 催眠

骇人。

"你最近有没有按时去复查?"罗羽皱眉问。

"有,放心,没有大的变化。"路子涵不在意地道。

"出血量控制住了?"罗羽是专业人士,不被他搪塞。

但路子涵明显不想谈论这个,只道:"真的没事,就是最近睡得不太好。"

"缺乏睡眠会刺激脑神经,有可能造成颅内血肿再次恶化,医生应该每次都跟你强调这点,并且助眠药物我也给你配好了,我想不出有什么理由你还要放任自己。"罗羽不赞同地看他一眼。

"我以为你会说,你能给我提供安眠宁神的心理疏导。"路子涵牵牵嘴角。

"没有成功的把握前我不会再尝试。"罗羽有些失落,没再多说什么,把那张旧照片还给他,只道,"收好。"

"谢谢。"路子涵哑声道。

"谢什么,时间太短,我无法判断江江是不是真的丢失了所有记忆。"罗羽神情沉重,"当年的事对她造成极大创伤,持续强行催眠也会对她造成伤害。虽然,我认可你的动机和理由,但我还是认为你需要认真思考,这真正是你要的吗?"

路子涵沉默,额角又开始沁出密密冷汗。

罗羽没有再逼迫他,转移了话题:"至于刚才那个孩子,你应当非常清楚,他不需要任何催眠治疗。但我需要提醒你,他目前处于非常严重的自危状态,能够维系他日常生活的安全感和信任感已经完全崩溃,这是解决问题的关键。"

"我是否可以这么理解,现在压倒他的不是悲伤,是恐惧?"

"人的情绪非常复杂,难以量化比较,你这个问题我不能回答。"罗羽摇了摇头。

第十二章

暗　礁

江江直接奔出了罗羽心理咨询室，站到了路边，南岛的夏日阳光明媚灿烂，海风吹来海水略有些咸咸的味道，街道两侧高楼大厦鳞次栉比，道路上车水马龙有条不紊，一切都明亮、现代、有序、安全，但她仍在轻轻发抖。

她是在害怕记忆中的什么？那个背影，她自己，还是至今没有想起来的更可怕的人和事？

她本能地抵触，不敢再想，竭力克制起伏不定的情绪，忽听到一个声音唤她："小江姐姐。"

是卓北，他眼睛里都是惶恐和担忧。

"你怎么也出来了？"江江强迫自己笑一笑，振作精神道，"是不是被我吓到了？没关系，如果真的害怕可以拒绝接受催眠治疗的，没事。"

第十二章
暗 礁

"是因为我,你是想给我做示范,才让自己这么伤心,"卓北哽咽,"对不起。"

"你不需要道歉,"江江拍拍他的肩,"事实是,因为你,我有了勇气和机会去尝试了一件一直害怕面对的事,虽然结果看来是失败了,但也算试过了。"

第二天,下班后江江加班看了许久资料才走出医院,看到了路子涵。他站在南岛风情的椰子树下,夏末的傍晚还是有些热,但他面色苍白一点微汗不见,一抹清冽郁色压在眉间,让她的心像被一根细细的丝弦勒住。

"昨天……很抱歉。"路子涵手里挽着西服外套,显然是结束工作直接过来的。他等了多久了?

"昨天对卓北解释,今天对你解释,其实真的不用道歉,是我自己愿意尝试。"江江笑一笑,她昨晚没睡好,今天也有点憔悴。

"一起去吃晚饭?我知道有一家不错的南岛本地菜。"路子涵的声音中不觉多了些怜惜。一直都在看她的"脸书",知道她回南岛后最开心的时候大概就是吃到各种合胃口的食物。

"饭估计没时间吃了,我想去一趟蒋琪琪家。"江江道,原以为路子涵会追问原因,但他只简单地做个手势,"上车,送你过去。"

"地址有吗?"路子涵问,江江忙递来一张写有地址的纸。路子涵接过来做好导航定位,利落地开车上路。

"你——不问问为什么?"江江倒是忍不住好奇。

"你想去,自然有你的理由。"

"可是,你肯定也知道,警方已经调查过蒋琪琪的家人,并没有什么可疑线索。"江江侧头看他。

"这和你想去有什么关系?"路子涵不在意地道。

江江心头有点暖,解释道:"我也没有什么特别的想法,但你昨天说的话让我对他们学生之间的关系想多了解一些。社交网站上,卓北和包一宁的个人空间都是隐蔽状态，但蒋琪琪的完全公开，里面发了很多自己的照片。两个多月前，她从勤力来到枫叶，发了很多很兴奋的个人状态，都配了九宫格的图，她找了不少人合影，但发出来的图片都是精修的，和她本人……差距很大。这些图片下面的留言都非常……"江江顿了顿，才形容道，"非常恶毒。"她有些困惑地看了看路子涵，"留言的大多是同学，都不过十几岁的年纪，并且也不分枫叶还是勤力，似乎……脏话储备都惊人地丰富，说起来毫无顾忌，而他们伤害的，不过是个同龄的女生。"

路子涵清瘦的侧面在明暗交替的灯光下显得有点莫测，眉间那一抹郁色更是清晰。不管江江有没有失去记忆，除了那一场变故，她都没有被生活欺负过。小时候是被父母保护到头发丝，营造出真空隔绝带，只活在象牙塔顶的孩子。离开南岛后，也是在美国过着富裕稳定的生活，成为南加州大学的天之骄子，她并不知道埋藏于日常的恶意有多么残酷。

他从小家庭破碎，母亲早逝后，父亲带着他结识了继母，继母带着哥哥戴澄和他们一起生活。所幸继母对他不错，哥哥也真的把他当亲弟弟疼爱，但好景不长，父母遭遇意外去世，他与哥哥的生活风雨飘摇。那时候他和哥哥都在最好的学校，因为他们的成绩实在突出。奖学金让他们不用担心学费，但生活中的其他花销全靠哥哥一边念书一边打工。倒不是洗盘子搬砖，哥哥学习优秀，做家教、接翻译稿、帮老师做事，甚至帮比他年长的学长写论文，到手的钱，都是一个又一个彻夜不眠的夜晚生生熬出来的。那些来之不易的钱，不仅要供他们生活，还要还债。家里书桌抽屉的深处，郑重地放着一本记事本，上面哥哥清清楚楚地记着爸妈欠下的每一笔款项，哥哥按时间编了顺序，攒够了一笔就带着他去给人家鞠躬道谢，还钱。好几次别人都很意外，说着他们哥俩没爸没妈的可怜，有这份心就够了。哥哥拉着他，站得精精神神的，笑得又开朗又好看，一点都不可怜，最后总能让对方安心收下。

但也有人心险恶的，以为他们拿到了父母秘密的存款，有钱了，变着法子伪造借条来讨，不给就各种闹事。其中有个远房的叔叔，闹到他的学

第十二章
暗 礁

校里去，保安不让进，他就守在门口，看到他就怪腔怪调地问"小赖皮，什么时候还钱"，闹着"爸妈当老赖，你就是小赖"，几次过后同学们看他的眼光也就变了，他开始有了很多绰号，"赖皮鬼""癞皮狗"等不一而足，还编出了一些顺口溜，什么"小赖皮的妈不还钱，小赖皮全家不要脸"……渐渐没有同学跟他说话，偶尔有同学跟他说话也会被人起哄——"你不怕小赖皮找你借钱吗你跟他说话"……他的书桌抽屉经常被人装满垃圾，凳子屡次不翼而飞，书包还被人用红墨水醒目地写上了"小赖皮"三个字。现在想来，那像是一场众人终于能够占据上风的狂欢——如果一个同学，他成绩常年第一，考试从不肯配合作弊，品行优秀，会被每个老师挂在嘴边表扬，那么估计谁都想看他倒个霉。况且还知道他家境贫寒，欺负起来毫无顾虑。

他一直不敢告诉哥哥，只是越来越不敢去学校，成绩也不断往下跌，终于有一天，哥哥旷课，跟踪他去学校，知道了一切，把那个来闹事的远房叔叔抓了个正着。那天，他第一次看到哥哥以不要命的架势打架，把那个叔叔揍得鼻血直流连连求饶，写了保证书按了手印才被放走。

挂了彩的哥哥擦了擦嘴角的血，高高兴兴地对他说："明天别上课了，跟哥哥去学校参加运动会。"

第二天的运动会，哥哥要代表班里去参加两百米短跑、一千五百米长跑和跳高，但他昨天打架，超期服役的球鞋被折腾得整个鞋底都断掉。他谁都没说，打算就那么上场，但班里的同学捧出一双新鞋，是同学们一起捐钱"众筹"给他买的。哥哥大大方方地换上，去捧回了三个第一。领奖牌的时候，他记得哥哥的好多女同学都欢呼着哭了，他站在一边，也痛痛快快地哭了一场，出尽了胸口的窒闷。

他感受过人间的恶意，也因为身边有人为他把天空撑得敞亮而庆幸。

但不是每个人，都有他这样的运气，就连他自己，这般运气都不能久长。

这样的哥哥竟然成了绑架凶杀案的凶手，背负着严酷罪名在监狱里郁郁而终。而法官裁定谋杀罪名成立，死在哥哥手里的，竟然是他最心爱女孩的父亲。

这一切都荒谬无比。他一夕之间，失去所有。

……

"路子涵？"耳边江江在唤他，他才抱歉地道："对不起我走神了。"

"你刚才，想起了什么？"江江第一次看到路子涵脸上出现这般神色，仿佛一个人，沉在最深的噩梦里，却又清醒地知道不是梦，一切都是真的。

路子涵摇摇头，看一眼江江，她长大了，眉目舒展清朗，和小时候并不很像。也许罗羽说的是对的，忘掉那一段回忆，对于江江而言不是不好。虽然她忘记了他，但没有关系，他们可以重新认识，一切是不是可以重新开始？可是，他需要真相，他苦心筹谋只为求得真相，只为能洗刷掉哥哥身上的罪名和冤屈。他的哥哥，那么努力地活过，以最高分考进南岛医学院，每年拿回一等奖学金，毕业后谢绝了国外权威实验室的邀约，执意来到仁心医院做临床医生，他是为了能有更多机会治病救人。他一直是病人眼里的好医生，不应该这般下场！

只有江江想起当年发生的一切，他才能知道真相。

江江眉头微微皱起，路子涵看她的眼神沉如深海，还有一丝奇怪的不忍，让她的心莫名觉得恻然。想问，但路子涵已经把车停在路边，给她留下一句"稍等"，就自己下车去了。

回来的时候，打开车门，江江立即闻到香香甜甜的味道，忍不住咽了口口水。路子涵递过一只盒子，唇边带笑："给你吃，卢记刚出炉的蛋挞。"

江江打开来，只见里面趴着六只胖胖的蛋挞，酥酥的千层拥着颤巍巍的心，在车灯下闪烁着焦糖色的光泽。"好香……"江江只觉得口水都快滴下来了，不怕烫地拈起一只，咬下一大口，满口酥香软嫩，还嵌着粉粉的大颗红豆，吃得她唔唔连声心满意足。

路子涵看着她一有好吃的就忘记所有心无旁骛的样子，唇边笑意一直没有退去。当年他与第一次"离家出走"的江江出来玩，路过这里闻到香

第十二章
暗礁

哎她就再也挪不开步子,眼巴巴地看着,十分懊恼,因为公主殿下忘记了离家出走最重要的事——带钱。

他买了一盒蛋挞,想与她带去附近的公园坐着吃。她一路都笑得那么开心,如果形容她像只飞出笼子的鸟那未免过于俗套,但他相信,如果她有翅膀那是一定兴奋得扑棱起来了,而且一定是在卢记蛋挞的上空绕梁三日。

他一定是又走了神,因为江江举着一只蛋挞在他鼻端招魂,嗯,还成功了。

"原来你这么会吃的,这个蛋挞比薏米带我去吃的都好吃,对了对了你说的那家南岛本地菜叫什么名字?"江江对他大表赞赏。

"下次一起去你就知道了。"路子涵微笑,目光深湛。江江检讨自己真的是蛋挞吃到醉,怎么觉得路子涵那个眼神,还挺撩!

一定,一定是蛋挞的加成……吧……

看着江江面色忽然浮起淡淡的绯红,路子涵轻咳一声,说回正事:"所以,你想要去了解蒋琪琪更多?"

"嗯。"江江点点头,"蒋琪琪像是一个缩影,我想从她身上知道更多信息。"

蒋琪琪的家在一处偏僻拥挤的巷子,江江来之前想不到繁华的南岛竟然还有这样的区域。

车根本开不进去,从窄窄的巷口望进去,两边密密麻麻的都是鸽子笼一般的房子,每一间都只有一扇窄小的窗户,外面支棱着竹竿,上面晾晒着各种衣服床单甚至还有内衣内裤。在美国大家都是用烘干机,江江很少看到这般场景,有点尴尬不敢多看,一埋头却又看到地上污水横流,混着菜叶垃圾,让人下不去脚。肮脏的流浪猫狗为了抢食垃圾竞相追逐,而路边水沟里就这么毫无顾忌蹿过去的,是老鼠?

"还要进去吗?"路子涵问。

江江点点头，艰难地数着门牌往里走。

到了一扇破旧的木门前，江江抬手敲门，许久，没有人应。"没人？"她正要放弃，隔壁伸出一个白发苍苍的头，伴随着沙哑的声音："敲什么门呀，你敲断手蒋家那婆子也不可能爬起来给你开门的！门开着呢，自己进去吧。"说完颇觉晦气地啐了一口痰，缩回头去。

江江有点蒙，路子涵道："我来。"他把江江护在身后，轻轻推开门。

屋子里一片黑，随着门打开，扑面而来一股难闻的味道，让人反胃，江江面色发白，不觉紧张地拉着路子涵。隔着衬衫，路子涵也感觉到江江的手冰凉，她真是吓着了，不知道已经脑补出什么画面。

路子涵找到灯的开关按下，一盏低瓦数灯泡忽闪了几下，终于照亮屋子里的一片凌乱。家具都很老式，电视机还是十多年前的款，厚重地蹲着，冰箱估计是坏了开着门当碗柜在用。磨损了大片的木质书桌上摆着好些镜框，里面都是蒋琪琪的照片，有自己的也有和妈妈的，还有一张是两张照片合成的和蜘蛛侠的扮演者荷兰弟的合影，别说蒋琪琪修图的技术是真不错。老旧的沙发上放了很多条纱裙，堆堆叠叠的，看起来质地都很低劣，应该就是蒋琪琪照片里穿的那些。靠里的地方是一张床，挂着一张看不清颜色的布帘子挡着。路子涵先道："您好？有人吗？"没有回应，他上前正要伸手揭开看看，身后响起一道尖厉的声音："你干什么！住手！"

路子涵停手，一个人影已经冲进来猛地推开他，张开双臂护在床前，琥珀色的眼睛瞪得大大的。

是个女孩，蜜糖色的皮肤，头发剪得比男孩子还短，似乎刻意剪得乱七八糟的，身上穿的也是宽宽大大的牛仔裤和T恤，但丝毫不能掩饰她那张异常漂亮的脸和姣好身段。

"你们是谁？来做什么？"她整个人都在全面戒备的状态，像随时都能扑上来拼命。

路子涵迅速估算了她的年纪，道："认识卓北吗？我是卓北的律师。"

"骗子。"对方毫不犹豫立马骂道，"卓北怎么可能请得起律师。"

第十二章
暗 礁

"我是他的法律援助律师,不需要他花钱,政府指派。"路子涵认真解释,又示意江江,"她是仁心医院的工作人员。"

"你是医生?"她立刻转向江江。

"抱歉我不是医生,我在仁心医院对外公共事务科工作,负责……对外事务。"江江歉然。

她听到这里有点泄气:"那你们跑这里来做什么?"

"你需要医生的帮助?"江江察觉到她的失望,问。

"不是我,是蒋阿姨。"她犹豫了下,还是缓缓拉开了布帘——帘后的情景让路子涵和江江都心里有些悚然。那是一张宽大的床,床上躺着一个体形胖大臃肿的女人,她身上只盖着一张小毯子,露在外面的皮肤大片大片都是湿疹,严重的地方渗着黄水。而她一张脸浮肿变形,眼睛闭着但诡异地留着一线缝,整个人毫无知觉——俗称植物人状态。

路子涵和江江都没想到是这样,那女孩懊恼:"以前琪琪在的时候,把蒋阿姨照顾得特别好,现在琪琪不在了,我不知道怎么做,明明已经很用心了,但蒋阿姨还是长了这么多疹子,背上还长了疮,这两天都烂了……"

江江打量一下床上女人的身形,估计那女孩连翻动她都困难,立即道:"她需要专业的护理,这样,我现在请医院派两个护工过来,顺便把这屋子里收拾收拾——放心,费用的问题我来解决。"

"为什么?"那女孩低声问。

"不为什么,看到了不能假装没有看到。"江江很诚实地回答,走开去开始打电话。

那女孩等她打完电话,扑过去把沙发上那摞裙子抱起来:"但这些裙子不能收起来,要放在这里,有一天我收起来,蒋阿姨她流眼泪了。"她转过身,背对着床,近乎是用口型在对他们说,"我不知道阿姨她是不是还有意识,不知道她是不是猜到琪琪不在了,都没法想,她要是什么都知道,天天这样躺着该多难受。"

101

江江眼睛有点发涩，道："明天我会跟医院申请，看能不能与这里的社区工作人员联系，争取一些医疗上的救助。"

护工来得很快，江江安排完毕，转而对那女孩道："现在我们出去聊聊？放心，他们会照顾好病人。"

那女孩点点头，随他们走出小巷，来到街口一间咖啡馆。

点单时，她看着甜品台道："我可以不喝饮料，但我想要一块草莓蛋糕。"

又是草莓蛋糕，卓北那天也期期艾艾地要了一块草莓蛋糕。

江江给她加一杯奶茶，看着她道："可以告诉我们你的名字吗？"

"我叫白小纹。"

"你跟卓北很熟？知道他的家庭情况。"路子涵道。

白小纹愣了愣，道："知道他的家庭情况还真不用跟他熟，每次交个什么学费杂费他奶奶都要来学校让老师明明白白给她算一遍，我们还能不知道？"

江江想着这种情形卓北不知道多尴尬，有些难过，白小纹白了她一眼，道："总比交不出钱天天被老师催好吧，我们学校就这样，比不得枫叶。"

她主动提到了枫叶中学，江江以为路子涵要问一些她的看法，但路子涵却道："你最近都在逃学？"

"你怎么知道？"白小纹的猫眼瞪着他。

"刚走过一扇门，你多看了几眼，我也就多看了几眼，现在知道是你家，门上的便利贴是你老师留的吧？"

"嗯，是程老师。"白小纹低声道，"她来督促我上学，老师里也就程老师还有点人性和骨气，她对我们好，但我也不想去。"

"让勤力中学的学生去枫叶上课确实是个坏主意。"路子涵表示赞同。

"程老师说是因为枫叶那边的投资人和政府谈一个什么合作项目，但这关我们什么事啊，谁愿意送上门去被欺负？"

"被欺负？"

第十二章
暗 礁

"没错,最开始需要拍照做新闻的那几天,我们哪儿都能去,高级的教室、实验室、科技馆、体育馆、健身房,还有人演示,教我们,装得可好了。"白小纹冷笑,"后来呢,我们只被允许用最简陋的教室,哪儿都不能去,活动区域被划了小小一块,以前在勤力还有个大操场呢,现在跟坐牢似的,还被人看不起,我才不愿意去。"

路子涵和江江都皱眉。"你们没有投诉?这和原本的安排不一致啊。"江江说出这句话就看到白小纹露出一个古怪的表情,不过她没有再翻白眼,倒是叹了口气:"校长和其他老师都不敢说什么,他们一到了枫叶就像鹌鹑一样,别人说啥是啥,只有程老师去帮我们争取了,但没用。"她神情黯然,"别说这些事了,学校发了开除琪琪的公告,后来才知道人都死了,程老师跟学校说把公告撤了,不也没有?他们就想留着,证明我们有多差劲,但他们枫叶的学生好很多吗?背地里还不是烂透了。"

江江想到了蒋琪琪空间里那些合影,以及下面铺天盖地的漫骂。

白小纹十分聪明敏锐,已经捕捉到她的表情,问:"你去看过琪琪的个人空间?"

江江点点头。

"是吧,别看那些人个个装腔作势人模狗样,都是嘴贱心脏的。琪琪她是胖,是长成那样,但她就喜欢穿那些蕾丝啊花边的裙子,不适合,但谁规定了必须穿适合的?她们觉得琪琪丑,和她拍照自己有优越感,结果琪琪好样的,修图修得个妈不认,还不气死她们。"她说完后自己仰头哈哈哈哈大笑了一阵,忽然想起了什么,眼泪又冲进眼眶,抬起手背一阵搓揉。

这女孩明明长相异常娇柔妩媚,但发型打扮到说话举止,硬把自己往邋遢男生的方向逼,但越是糙,越是让这反差显得惊心。

"包一宁也跟他们一样?"路子涵突然问。

白小纹仰着头沉默了会儿,道:"我累了,要回家了。"

"你的蛋糕才刚上来。"路子涵示意。这家路边小店的蛋糕做得倒是不马虎，小小一块蛋糕上堆满了新鲜草莓，配着雪白的奶油，是小女生愿意拍照发在网上的网红蛋糕款。但白小纹似乎有点不愿意看它，只道："我不想吃了。"

"你不愿意提包一宁，那是不是可以说一下，蒋琪琪的死是怎么回事？"路子涵开口问。

"警察不都查清楚了吗？"白小纹语带嘲讽。

"我们想听听你的说法。"

"我的说法有屁用。"白小纹恶狠狠地说，但没有再站起来要走。

"你的说法起码现在有人听。"路子涵不为所动，声音依然清冽沉静。

白小纹停下来，呆了呆，用力折着手里的叉子，还是开口说道："她就是倒霉，审那个坏蛋的时候我去旁听了，他说他看到琪琪拿了个名牌包，以为是有钱人家的小孩，本来想诱骗去敲诈点钱，没想到两句好话一说，琪琪就欢天喜地跟他走了，一点不费劲。她就是谁跟她好言好语说句话就高兴得不得了，哪还经得起哄？但到了晚上琪琪拼死要回家，说自己妈妈在床上没人喂饭，那人听着不对劲，把她的包打开，里面都是些乱七八糟的，纸巾塞了好几包，压根没值钱的东西。那人觉得自己被耍了，一气之下揍了琪琪一顿，背着几条人命的亡命徒，下手太重，人就没了。"

江江不知道这段内情，听得有些发怔，而路子涵静静问道："所以……偷拿了包一宁的包，可以算作造成蒋琪琪死亡的间接因素。"

白小纹琥珀色的眼睛在灯光下如同猫眼，媚气得狡黠，看了会儿路子涵，她放下手中的叉子，微微眯起眼睛："在这儿挖坑等着我呢，你是在套我的话吗？"

"你觉得呢？"路子涵不动声色。

白小纹往椅背上一靠，侧头看向窗外，那一瞬间的神情竟是让人心酸的哀恸，但她说的话依然尖锐："琪琪这笔账，算不到包子……包一宁头上。"

"那该算谁头上？"江江问。路子涵有些无奈又好笑地看她一眼，也

第十二章 暗礁

没说话。

"周云旎这个坏女人,许宸赫身边扎堆的人里,数她最贱。"白小纹又开始骂人,见江江有些不以为然的样子,啐一口愤愤地道,"骂她算轻的,这事我后来才想通,就包……包一宁那丑不拉几的运动包,压根就不是琪琪的菜,她能去偷拿?她图什么呀,后来我才发现包上别了个嵌了一堆水晶的发卡,那玩意儿不就是周云旎的吗?她为了引开琪琪,下了个饵,琪琪就是被那个迷了眼,鬼迷心窍把包一宁的包顺走了。"

"为了引开琪琪?为什么?他们在做什么?包一宁也在吗?"路子涵问。

"他们在家长联合会的会议室里玩狼人杀,许宸赫是法官,其他人抽签分配角色。哦,包一宁没的玩,他只是被抓在那儿收拾战场的。"白小纹的声音有点飘忽。

"那你呢,你也在场?"路子涵的眉心蹙起来。

"我?我就是那只被杀的'狼'呀。"白小纹对着他们诡谲又惨痛地轻轻笑起来。

第十三章

谁是猎物

生活对有的人来说,是一场战役,对有的人来说,只是一场游戏。

白小纹被拖走时,除了胡乱留下句"去告诉蒋琪琪",就什么都来不及做。她被拖进那间平时不准任何人进入的会客室,豪华、优雅,每一个细节都诉说着昂贵。幽暗的灯光下,她看到许宸赫一身黑衣,像完美的雕塑,自云端之上,对她露出一个笑容。

天黑请闭眼。许宸赫坐在华贵长桌的尽头,扮演法官。

所有人都抽了签,她也抽了,她是狼。

天黑了,狼人,请睁眼。

她睁开眼,却发现围桌而坐的所有人都睁着眼睛,似笑非笑地看着她,所有目光都聚集在她身上,有的嘲讽,有的恶毒,有的不屑,有的兴奋……她所有汗毛都竖了起来,站起身想跑,许宸赫的声音响起:"猎人,你是

第十三章
谁是猎物

要让狼人逃跑吗？"

一人站出来，把她拖回椅子上坐下，一手牢牢按着她的肩膀，一手紧紧捂住了她的眼睛。

"预言家，请睁眼。"她听到一声椅子的轻动，然后是脚步声，接着，她的头发被人狠狠一拽，拽得她仰起头来，她吃痛尖叫一声，脸上已经被狠狠掴了两掌。她开始胡乱地骂人，但她的骂声被周遭的安静和偶尔响起的嘲讽笑声击溃。

法官的声音依然矜贵而优越："预言家，你看清楚谁是狼人了吗？"

"预言家太粗鲁了。"周云旎轻啧一声。

法官不为所动地继续："女巫请睁眼，被杀的是狼，你要救她吗？"

片刻后，白小纹感觉到冰冷的液体从她的头顶倾倒，一直流进她的衣服，像是从冰箱里刚拿出来的冰水，还夹杂着碎冰。她那天还在生理期，立刻被冻得浑身发抖，肚子也立马剧痛起来。她痉挛地紧缩身子，大口喘气语不成声。

"法官，狼人好像有话要说。"猎人报告。

"狼人，你有什么话要说？给你一分钟的申诉时间。"法官问完后，以舞台剧的腔调感慨道，"我真是一个仁慈的法官，不是吗？"

"您是。"周云旎遗憾地道，"但邪恶的女巫还只使用了解药，没有使用毒药呢。"

白小纹气到想吐，强撑着破口大骂——许宸赫抬抬手，猎人连她的嘴一并捂住。他走到她跟前，居高临下，觉得十分新奇地看着她，说出的每一个字她都记得清楚。

他说：一个野鸡的女儿，跟我讲规则？

是，这世上的所有规则，都是由他们这样云端上的人制定。

在场的这些人，根本就不是在同她玩游戏，只是在霸凌她而已。

勤力中学的学生，被放进这所高贵的枫叶国际中学，就像一群劣等的猎物被赶进了高级的猎场。在这间会客室里，有多少"狼"被欺负？

那天她被反复地泼了冰水，各种抽耳光、拳打脚踢，正要被人用小刀在额头上刻个羞辱性的字的时候，蒋琪琪来了。

她一脚踹开门，进来就是一通不管不顾毫无章法的推打。她天长日久地照顾植物人妈妈练出了惊人的臂力，而且仗着肉厚不怕挨揍，一群人还真拿她没办法，只能看着她像拎小鸡仔一样抱起白小纹就走。

她把全身湿透瑟瑟发抖的白小纹送到程老师那儿，偌大个学校也就程老师真心对他们。看着程老师给她换洗衣服，喂她喝烫烫的红糖水，让她在床上休息，才放了心，背着那个别着闪光发卡的包喜滋滋地逛街去了，并不知道等待自己的，是什么样的结局。

这就是蒋琪琪，她高大、蠢笨、糊涂，吞下了别人的诱饵，为一个发卡偷东西，但她从来不会忘记"朋友"。

是的，蒋琪琪是她的朋友，虽然蒋琪琪对谁都好，但她只有蒋琪琪对她好。

许宸赫说得没错，她妈妈是城中村里出了名的野鸡，只要给钱，什么客都接，老的丑的残的坏的，什么人都敢往床上带。早早就染了一身病，现在索性也不回家了，只偶尔回来放一沓钱——那沓钱，总是装在酒精味道浓浓的塑料袋子里。她想象着妈妈一张一张给钱喷酒精消毒的样子，就忍不住想大哭，又想捶墙。心痛与恨，都绵绵密密像撒进心底的针。

而且，她长了一张和妈妈一模一样的脸，无论她怎么把头发剪得像狗啃，怎么穿乱七八糟的男仔的衣服，别人一看她，就知道，哦，燕燕的女儿。

恨死了。

都知道她妈有病，是鸡，没人跟她玩。只有蒋琪琪，傻乎乎的，也不知道是真不懂还是不在意，当她是好同学好朋友，还很同情她从来没有裙子穿，要把自己满是花边的裙子送给她。

这个笨蛋。

白小纹已是泣不成声。

第十三章 谁是猎物

江江忽然想起那天在心理咨询室，罗羽对卓北说的那句话："成年人的世界总是充满荒诞，但还是要努力长大，否则……太痛苦了。"

要努力成长为一个强大的、不被欺负的人，原来也是这么难。

从城中村出来，再度回到城市，清晰地有一种两个世界的感觉。

江江抬头看着高楼大厦间璀璨流落的灯光，嘘了口气。

路子涵望向市中心最高的一栋楼，道："顾师兄的办公室，就在那栋楼上，白天只能看到云海，但夜晚可以看到全城的繁华。"

"你以前和顾辰微一起工作？"江江对顾辰微印象不坏，这个在非洲置产养狮子的男人，在陈晓曦事件里很给力地帮了忙。

"嗯，不太正式的，经常在他办公室与他一起加班。"路子涵牵牵嘴角，"他喜欢在这个时间喝着红酒看看夜景，或者抽一支雪茄。"

"那……你是为什么放弃了那样的工作，要像现在这样？"江江问。他可以在法庭上用说谎来实现胜诉，如此渴望成功，那为何放弃近在咫尺的纸醉金迷，要从最贴近世间泥泞的法律援助律师开始做？

"也许就是你说的，有的东西，看到了不能再假装没有看到，有的事情，发生了也不能假装没有发生。"路子涵神情邈远，清湛目光似有流云掠过。他没有说出口的是，他也许并没有太多可资利用的时间。几个月前，他得知了哥哥病死在监狱里的噩耗，那时他在顾辰微的办公室通宵工作了几天，整个人都有些恍惚，不知道自己是醒着，还是在噩梦中。在此之前，他所有努力的目标是让自己更强大，在这个社会更成功，才能更有话语权，最开始的愿望是有更多的资本为哥哥洗清冤屈，但哥哥始终沉默寡言地服刑坐牢，一句不曾为自己辩护，他只好盼着早日接他出来，一起过上以前没有的好生活。顾辰微信任他，很多大的案子都愿意交给他来负责，他处理并购、上市这些案子从不嫌繁难，做事缜密精细，当然，收入很好。好到一度让他有种误解，似乎只要他拼命努力，一切都会好起来。显然命运觉得他这个误解十分可笑，用了最残酷的方式让他清醒。哥哥在狱中病亡，是急病，但走的时候也很痛苦，口鼻都是鲜血，而且他变得那么瘦，躺在那里，单薄枯瘦，整个人都小了一圈……看到哥哥的遗体时，他第一反应是不认识，这不可能是他的哥哥，这绝对不是……跟他一起认尸的狱警看到他摇头，疑惑地问："死者不是戴澄？"这个名字一出，如一击重锤，路子涵所有意识支离破碎，那是哥哥，哥哥走了。他所有的努力都没有了意义。

安葬哥哥后，他跪坐在墓园，面颊贴着冰凉的墓碑，眼前浮着深深浅浅的灰。并没有痛哭号啕，就连泪水，都是毫无意义的。他忘记了时间，来带走他的是罗羽，他本来就是哥哥的朋友。罗羽估计是看他的状态比较可怕，将他带到医院，当他在观察室挂上点滴时，却意外地听到了另一边传来谷裕和他助理的声音。他们的话题，正是哥哥。

谷裕的助理："听说那个叫戴澄的前些天死在监狱里了。"

谷裕："怎么死的？"

助理："说是病死的。"

谷裕沉默，他的助理嘀咕道："虽然人都不在了，但我就觉得死了也好，当年的官司结果还不是法官判的，要冤枉他也不是我们冤枉他，反而连累您受了影响。"

"都过去了，别说了。"谷裕沉声道。

他的助理仍忍不住念叨了一句："他如果不死，出来后，还不定和他那个弟弟会给我们找多少麻烦，他那个弟弟也就是最近几年看他哥哥都认命了才消停点……"

路子涵听到这里，一把拽掉手上的针头，扑出去打了生平第一场架。后来据罗羽说，他那气势太吓人，不像去揍人，简直像杀人，所以医院的保安冲过来后第一反应不是拉人、劝架，而是骇然报警。他把谷裕的助理狠揍一顿，对谷裕也没放过。而他当时不但理智崩盘，体力同样也在崩溃的边缘，推跌中他的后脑重重磕在了观察室的大理石窗台边沿，眼前先是一片金星，然后一片漆黑。

第十三章
谁是猎物

那次他彻彻底底地昏迷了好几天，磕的那一下造成颅内出血，也幸而是在医院，救治及时。清醒后，医生告知，他颅内的血肿吸收不良，会带来各种并发症，需要手术，不然可能再度出血，危及生命。他没有想很久，就拒绝了手术，选择保守治疗。罗羽准备了各种数据来说服他，他只说了一句："手术有失败的概率，我不能这样去见哥哥。"该做的事还没有做完，他现在还没有资格去冒险。

"你哥哥他不会赞同你这样的选择。"罗羽只能这么说。

"那，他也管不了我了。"路子涵靠坐在病床上，面色白得像幽魅鬼魂，勾起单薄的同样没有血色的嘴唇，笑得又任性又凄凉。

出院后，他开始制订计划。第一步，找到江江，并且，让她回到南岛。

只有她回来，才有更大可能唤醒她的记忆，才能让事实真相大白。

哥哥可以认命，他不能蒙上眼睛不去找寻真相。

路子涵眼中有幽微的光芒与寂寂的黯沉，江江不太明白，但也没有再问。

谁不是一样呢，每个人都有自己的故事，也有自己的深渊，她没有告诉过路子涵她的来路是一片空白，或许路子涵也有没有告诉她的秘密。

路子涵吸口气，从回忆中抽身，转头看到江江凝目看他。她的目光温柔清朗，让他一瞬间有些恍惚，仿佛回到了多年前，也是在城市的夜空下，少女江江只在他面前流露飞扬桀骜，大声说着，我要海阔天空，我要自由自在，我要去世界上每一个角落，回头看着他笑得眼睛里都是明亮光芒，补充道，你要等我长大，和你一起去。

他的小女孩已经长大了，却把他一个人留在了另一个世界。而他在那个世界里哀苦挣扎，早已不是当初的少年。

路边有卖甘蔗汁的小贩，路子涵给江江买了一杯，记得她小时候很喜欢。

江江喝了一口，清爽甘甜，好奇地问："为什么你随手买的东西，都这么好吃、好喝？"

因为——就从来都不是随手，从来不是。

送江江回家，发现路越来越熟悉，停车时忍不住讶然问："你住这里？"

"对呀，我搬过来有一段时间了。"江江道。

路子涵想了想什么也没说，看着江江挥手道别后，把车开出去兜了个圈子才又回来驶进车库。回到家，路子涵站在自己的书房里，愣怔许久，慢慢打开最深的抽屉，拿出一本卷宗。他用了专业严谨的手法来规整里面的文书，并编号、排序、装订。但里面的每一页，不是案件，不是资料，都是江江。与江江发生的琐碎小事，他都仔细记录，有的还配了照片、电影票根、海洋公园的门票等。医生告知，如果脑部的血肿渐渐增大，带来的一系列症状中，头疼只是其中微乎其微的一项，还有更严重的，他可能会失明、意识模糊、记忆丧失、晕厥，甚至失去行动能力。他按着隐隐作痛的头，拿了药和清水吞服，不禁有些嘲讽地苦笑，会不会有一天，江江找回了记忆，他却把一切忘记了？

第二天吃午饭的时候，江江跟吴悦越、夏乔他们讲了昨天的见闻，大家都很唏嘘。

"当时勤力中学的学生去枫叶中学时，新闻还报道了好多次，说得别人像掉进了蜜罐子一样，就知道哪有那么好的事儿。"吴悦越撇嘴。

"作秀三分钟，后面都是苦。"夏乔道。

"蒋琪琪的死应该是一个意外，但现在死的是包一宁，是枫叶中学的学生呀。"徐冉有些想不通。

"就只兴你枫叶的欺负勤力的，勤力的也可以欺负回去啊……"吴悦越顺口就道。

江江心里一顿，如果是这样，那可以解释卓北为什么一直不肯松口，

第十三章 谁是猎物

他在保护自己的同学。可是,她摇摇头:"勤力要报复,也不至于把小包当靶子,照白小纹说的,欺负人最狠的应该是许……许宸赫那伙人,还有个姓周的小姑娘。小包也是个被欺负的。"

"柿子拣软的捏呗。动不了最有权势的,就逮着不那么厉害的坑。"吴悦越说着,忽道,"今天是小包的葬礼呀,上新闻了。"

"这么快就下葬了?"夏乔问。

"尸检报告已经出了,拖着也没什么用,包家传统生意人,还请人算了算日子,就今天下葬最好。"吴悦越已经跟媒体朋友打听清楚了。

大家凑过去看葬礼的新闻,果然,包家痛失爱子排场不小,江江注意到,包一宁的墓碑前,放了一个巨大的草莓蛋糕,应该是他生前最爱。

草莓蛋糕——江江把那张图存下来发给路子涵:"我有个出于直觉的怀疑,卓北、白小纹和小包有什么关系,并不是没有交集。"

卓北点了草莓蛋糕,吃的时候红了眼眶。

白小纹也点了草莓蛋糕,但似乎有点不愿意多看。

他们应该都是想起了包一宁。

路子涵迅速回过来信息:"他们仨是好朋友。"

江江心里"呀"一声,正想细问,冯静之走过来皱眉道:"这事警方还没查出真相吗?最近医院里接收的通灵病例猛增,不是看了这案子疑神疑鬼,就是变着法子来套消息的,还时不时让我们发表对通灵的科学看法……"

"刚才路子涵跟我说有了些新发现,不然我去看看?"江江笑眯眯地对冯静之发送小红心。

"去去去。"冯静之挥手。

夏乔在她身后直乐:"回头我给你重新做个名片,仁心医院名侦探事务科。"

然后是冯静之严肃地纠正:"胡说,厘清真相也是对外事务的一部分。"

江江与路子涵见面后，路子涵示意她看图："昨天看到白小纹的手链上有个带编码的徽章，小北的书包上也挂着一个，小包的遗物里，有个手机链上也是它。我就查了查，那是一个溜冰馆的会员标志。那个溜冰馆离学校和他们各自的家都不近，我想不是巧合，就去问了问，果然，每周起码有两次，他们仨会在那里会合。"

"为什么他们要这么偷偷地聚会？"江江十分好奇。

"现在还不知道，我还没有问小北。"

"嗯，既然他和白小纹都不愿意说，那应该有他们的理由，现在我们去哪儿？去枫叶中学看看？"

"想到一块儿了，我约了白小纹提到的程老师。"路子涵点头。心里莫名有点愉悦，想一想，是为了与江江的这点默契。

今天江江穿了复古的白衬衫和黛绿色的裙子，精致的翡翠耳环搭扣是一粒白珍珠，用的香水是爱马仕的尼罗河花园，整个人清爽得像凉风拂面，依然是他最喜欢的样子。

顾辰微以前与他谈论感情问题，说要不你就找一个财阀小姐，许嘉琪那样的继承人，家中财势宏大，对你死心塌地，加入其中立即可以实现阶层跨越，而且跨的不是一级两级，于普通人来说是飞升都不为过。要不就找个知根知底能共同奋斗的，对婚姻没有什么不切实际的幻想，分工合作有条有理，也能把日子过得不错。

他当时只是沉默，他喜欢的女孩，是他不至于沉沦生活的一点念想，她始终清澈、明朗，内心不羁自由。而这点念想，随着当初整个世界的一夕破碎，融入了失望、决绝，甚至仇恨、痛楚，反而越发深入骨血，成为他生命的一部分，旁人再也无可替代。

枫叶中学的校园环境果然是无可挑剔，比起欧美一些著名大学来也不逊色。江江感叹："设计这所学校的建筑师是不是哈利·波特迷，这分明

第十三章 谁是猎物

是把霍格沃茨搬来了。但……可惜没有邓布利多校长。"

"摄魂怪倒是不缺的。"路子涵道。

两人并肩走在草坪中的小径上，草坪远处是一条人工河，河水静谧，就在那个河水的拐弯处，有一个人工湖，包一宁的遗体就是在那里发现。

这么美的风景，藏着什么样的真相？

在楼下等了几分钟，一位穿着套裙，身板笔直的中年女士才脚步匆忙地走过来，伸出手自我介绍："我叫程易安。抱歉刚才还有一节课没完，迟到了。"

"没关系。"江江看看教学楼，不像有人的样子，好奇地问，"现在还有人上课？"

"请这边来。"程易安似乎叹了口气，引着他们往楼下走，在几乎半地下室的隔层里，是白天都需要开着灯的"教室"，里面坐着几十个学生，下课时分也没打打闹闹，好几个都趴在窗户边，看着外面三分之二的墙体和三分之一的蓝天。

"枫叶中学已经停课，而且摆明了要把勤力的学生赶走，勤力好多孩子都不愿意来上课了，但我教的这几个班，学生家境都不太好，他们除了多学点没别的出路。"程易安无奈，"枫叶的学生回去自然有私教、家教、各种培训，但勤力的学生回去就什么都没有了，我只能逼着他们尽量多上点课，如果能够考进一个好点的高中，人生也还能有改变的机会。"

这真正是为人师表的良苦用心。

三人在程易安同样需要开灯的办公室坐下，一人路过时特意停下脚步看了看，程易安连忙站起身打招呼："李校长好。"原来那是勤力的校长李松，他冲他们点点头："程老师接待完客人来一趟我的办公室。"

"好的。"程易安应得恭敬，然后默默坐下，有点恍神。

"程老师？"路子涵唤她一声，"程老师，我是卓北的法援律师，有什么我可以帮忙的，您尽管提出来。"

"现在就希望卓北能尽快没事，不要影响学习。"程易安吸口气，脸上的法令纹在灯光下更显得明显。

路子涵深湛目光掠过，道："警方只是希望小北配合调查，我会维护他的合法权益。"

"那就好。"程易安大概是人到中年，又常年当教师，说话有点絮叨，"卓北成绩不错，以他的成绩，能上南岛最好的高中。他奶奶年纪那么大了，靠剖鱼卖鱼养着他，他要好好的，上好学校，以后才能出人头地，过上好日子。"

"程老师，昨天我们见到了白小纹，她说您是唯一一个给他们争取权益、对他们好的老师，今天见到您，很是感动、敬佩。"江江诚恳地说。

"我……只能是尽可能为他们好了。"程易安低声道。

"程老师，卓北和白小纹是好朋友？"路子涵问。

程易安像是吃了一惊地抬头："卓北和白小纹？不可能啊……虽然当老师的不该这么说，但卓北是老实的好学生，和白小纹不一样，他不应该和白小纹做朋友……"

"白小纹不是好学生？"

"她是一个可怜的女孩子，但……在老师眼里，不能把精力都放在学习上的，自然不算好学生。"程易安长吐一口气，"她不愿意来上课，觉得受排挤，但学生好好学习，其他的忍一忍，考上好学校才最重要。"

江江忍不住微微蹙眉，路子涵示意她不要说话，自己问出了一个问题："那包一宁呢？他，算好学生吗？"

程易安本来正要伸手去拿练习册，听到这个问题手抖了抖，而后缓缓放下。不甚明亮的办公室顿时仿佛更压抑了几分，过了好一会儿，程易安才算找到了自己的声音，哑然道："包一宁同学不是我的学生，我想我不能随意做出评价。"

第十四章

心　机

走出程易安的办公室,路子涵和江江觉得阳光分外耀眼。

"你有没有觉得,这位程老师和白小纹口中的程老师,不像是同一个人?而且她明明目睹了白小纹被霸凌啊……"江江疑惑。

路子涵已经开始给靳铭打电话,请他查一查这位程老师的背景,以及近期账户、通信各方面有没有什么异常。

"白小纹没有必要说谎,程老师为学生好、对学生好这点大约不会错,也许她之前也曾做过一些努力,但最近发生的什么事让她有所改变。"路子涵道。

"最近发生的最大的事,不就是包一宁的死?"

"但程老师一句不提,这也不太正常,虽然包一宁是枫叶中学的学生,但她真的毫不关心?只希望卓北解除麻烦,完全不关注包一宁的死?"路子涵摇摇头。

江江忽然道:"我想起我朋友薏米说过,一个人对一件事绝口不提,那很大概率是于心有愧。"

"你朋友的话也不是没有道理……"路子涵的话被一声口哨打断,榕树背后探出个小平头,贼兮兮地问:"你们是私家侦探吗?"

"不是。"路子涵看着他,"但私家侦探交易线索的规则我懂。"

小平头从树后面出来,手一摊,煞有介事地说:"我有线报,跟包一宁、卓北还有那个白小纹有关,但你得买。"

"警察早都已经调查过了,还能有什么线报值得我现在来买?"路子涵故意道。

"我才不会跟警察说。那个大叔得罪过我们老大,老大发了话的,啥都别跟他说,让他们自己找去。"小平头不屑地哼了一声。

路子涵随意地拿出两张百元钞票,先放一张在他手里:"这是预付,你说完了如果我觉得值得,再付尾款。"

"行,价码公道。"小平头把钱放好,遥遥地指了指那个现在已经被警戒线围起来的湖,"听好了,我说的都是大事,我看到过白小纹和卓北还有包一宁一起待在那儿,就在湖边隐蔽的树林里,一般人看不到,他们偷偷摸摸地待在那儿。有一次卓北那个小神经病还在湖边那片石头那儿学人家攀岩结果掉下去了,包胖子跳下去救他差点没起得来,后来还是白小纹那妞够悍,一起帮忙才给拖上来,我看好家伙,差点都没命。"

"你就一直在旁边袖手旁观?"江江忍不住问。

"我在那儿藏着睡觉呢,勤力的学生是不准来这边的,知道了我还得挨罚……他们最后不也一起上来了嘛。"小平头不高兴地看了眼江江,嘀咕道,"再说了,卓北的奶奶又凶又臭,白小纹是个小无赖,包一宁就是个死肥仔,跟我没什么交情,我凭什么……"

路子涵抖抖手里的钱:"还想要尾款吗?继续说正事。"

"那你们别提那些让人不高兴的问题呗……从那次起,后来我就时不

第十四章
心机

时看到他们在这湖边凑在一起叽叽咕咕,像在计划什么事。有时候,白小纹就像体育课老师一样,掐着个表,让卓北和包一宁围着湖跑,哟,一个豆芽菜一个肉包子,跑得个呼哧呼哧的,笑得我差点没背过气去。有时候卓北给他们讲作业,肉包子笨得,卓北跟他讲不明白,白小纹得拿笔揍他。但肉包子有钱啊,经常带蛋糕给他们吃,还'娘炮'分分的都是草莓的,看得我那个馋——"小平头讲着讲着就跑了题,路子涵拉回重点:"你听到他们在计划什么了吗?"

"没,声音太小我听不到。有次我笑得太大声,被他们发现了,他们就不来这儿了。"小平头涎着脸要去拿路子涵手里的钱。

路子涵抬高手,淡淡地道:"没有任何凭证的口头协议,且没有两个无利害关系人以上的人证,法律效应难以界定,而且是否支付尾款的决定权事先声明在甲方也就是我,现在甲方认定,乙方品行堪忧提供的信息可信度需要质疑,拒不支付尾款。"说完示意江江走人。

小平头被路子涵一串话绕得个云里雾里的,只知道钱没了,跳起来道:"耍无赖,出门被车撞!你不给我钱,我就……"

"劝你打住,你这一句话就涉嫌诬陷、恐吓、敲诈勒索,不想收律师函就好自为之。"路子涵回头扔下一句,小平头立马卡壳,听得江江闷笑不已。

"你欺负起小孩也这么得心应手。"走出一定距离,江江终于能笑出声。

"明明是他欠管教……不对,这个'也'字是什么意思?"路子涵抬抬眉毛。

"你第一次来医院和我们开会,超会撑人的,记忆犹新。"江江清楚记得当时在心底恶狠狠地骂他讼棍。

"我现在也很会的啊。"路子涵笑,倒是觉得这几天心里的郁气消散了一些。

"你发觉没有,其实呢,我应该是职业骗人,你是职业撑人,但我们现在在一起追查真相,是不是很有意思?"

"那我们是太尊重职业呢,还是太不职业?"路子涵随口笑道。

"不过既然有一个小孩看到他们俩在一起玩,那其他人应该也有看到的,就算比较少也总该有,但怎么新闻传通灵传得沸沸扬扬的,也没见什么人出来爆料?"江江回头看看建筑风格神似霍格沃茨的学校,迷惑不解地叹口气,"比没有邓布利多校长更遗憾的大概是没有吐真剂。"

"放心,吐真剂会有的。"路子涵手机振动,收到靳铭传来的资料:程易安,单亲妈妈,独自带着两个双胞胎儿子生活,近期账户、通信均无异常,但经济状况一直较差,积蓄微薄,全靠她一人支撑。

"程老师是吃过苦的人啊,难怪一心只盼着学生能好好念书,考上好高中。"江江感慨。

路子涵没有说话,贫穷会让人变成孤岛,因为只有一条路可以走,其他的,都不得不放弃。

两人走出枫叶中学,看到门外不能停车的地方泊了一辆黑色宾利,车门打开,下车的是许嘉琪,她一身打扮低调又名贵,像个行走的印钞机,风姿绰约地散发着金钱的气息。但她的神情却有些苦恼,打过招呼之后烦乱地撑着下巴坦白道:"我这两天实在被家里的事烦透了,在公司和在家都一样烦,不得不出来透透气,知道你们来这儿了我也跟着来了,怎么样,一起吃个晚饭?"

路子涵征求江江意见,许嘉琪对她眨眨眼:"今晚的餐厅有刚到的比利时白鲸鱼子酱,相信我,值得尝尝。"

许嘉琪提到的餐厅在一栋别墅里,整晚只接待他们三人。坐在露台上,正好可以看到夕阳沉落大海,每一幕都像一幅油画。而且难得的是在夏末的傍晚丝毫不觉暑热,反而有丝丝凉意沁爽。江江仔细看了看,才发现露台上那些"水晶雕塑",其实是由冰块雕琢的,给他们倒酒的中年绅士留意到她的目光解释道:"这是从中国古代皇家放置冰块解暑中获得的

第十四章 心机

灵感。"

江江笑得眉眼一弯，许嘉琪已开口道："等会儿化冰的时候估计像印象派艺术作品。"

"我们会及时更换。"中年绅士尴尬地笑。

"来，干杯，谢谢你们愿意陪我吃晚饭。"许嘉琪举杯，然后抬手一饮而尽。品酒什么的，不存在的，她只想痛快地喝两杯。

"许氏发生什么事了，让你这么烦？"路子涵问。

"就是许宸赫他们学校不是出事了吗，包家那小子被害了，于是我姑姑整个崩溃，对于她儿子竟然在一个有杀人凶犯的学校上学觉得惊恐极了，准备举家搬到美国去住。"许嘉琪又给自己倒了一杯酒，"这原本没什么，他们家在纽约、洛杉矶都置了不少产业，去就去呗，找个名校让许宸赫继续念书就是了，但是我姑姑跟我爸谈判，要求把海外市场分割大部分给她，现在鼓动董事会闹得厉害，吵得我头晕。"她说着与江江轻轻碰一碰杯子，"我们女孩子喝一杯。谁能想，都这个年代了，我还能听到口口声声说'嘉琪毕竟是女人，以后嫁了人家产还不就便宜了外人'这种话。"

"许总不像是听得进去这种话的人。"路子涵不解，许嘉琪的爸爸许渊峙，人所共知地宠爱女儿，完全把许嘉琪当继承人培养，当年许太也曾想去做试管再生个儿子，但许渊峙坚决拒绝，认为自己这个掌上明珠胜过儿子多矣，怎么现在会由着许沉璧胡搅蛮缠。

"这也是我最心烦的地方，爸爸这次竟然也动摇了，似乎真想为了许宸赫把海外市场都给他们。我倒不是在乎家产分割，就是觉得爸爸变了。"许嘉琪虽然二十多岁了，但说到爸爸还是有小女儿气，一看就是从小被宠着捧着没受过一点委屈的。江江想到自己的爸爸，一时有点黯然。

"不好意思让你们一直听我抱怨，"许嘉琪以为江江是被自己的话题搞得很闷，振作了下精神笑道，"其实管他们呢，让他们去争去抢吧，我干脆彻底退出。去跟贺叔说说，他怎么也得给我一份工作，我就做你的同事咯。"她笑着看向路子涵，口里的"贺叔"是路子涵的老板贺卫东，她

121

撑着下巴,"反正啊,所有人都知道的,对我来说,事业排第二,追求路师兄才是最重要的。"这调笑的话被她说得坦率又自然,还很是认真,江江听着都觉得厉害了,果然是路子涵后援团团长。

路子涵本人平静自若,甚至还能礼貌地举杯:"谢谢。"想来这话不知道听过多少遍了。

许嘉琪有了些薄薄的醉意,眼睛分外波光潋滟,道:"喂,我不是开玩笑的,等姑姑他们走了我就去跟爸爸正式提出来,哼。"

"你姑姑他们什么时候走?"路子涵问。

"怎么,你等不及了?"许嘉琪撑起身子,笑嘻嘻地问。

江江感觉自己像个大灯泡,只想变成透明人,正想着要不要溜走,但鱼子酱已经郑重地端上来了,一粒一粒在灯光下闪耀着乌金般的光。那位绅士大叔郑重其事地介绍完后示意她可以把鱼子酱用勺子挖出,放在自己手背上尝试,最能保持原本风味。许嘉琪和路子涵都没捧场,只有江江认真照做,一口下去,觉得自己如同吞掉了一个海洋,柔软、鲜美、澎湃,激活所有味蕾,美味到颤抖。她惊喜的表情让绅士大叔倍感欣慰,简直要热泪盈眶。

路子涵跟着也来了一小勺,许嘉琪奇道:"你不是不吃鱼子酱的吗?"

"偶尔也想试试。"路子涵没说是因为看江江吃得太陶醉,忍不住也想尝尝。许嘉琪看了看江江——确认了,这个小姑娘还真是不同,她对路子涵有特别的影响力。

江江自问不是多么贪吃的人,距离所谓"吃货"人设有差距,以前常常一份沙拉当正餐完事儿,但自从回到南岛之后,味蕾升级,好像突然领悟了"好吃"是个什么意思。这时候已经与绅士大叔在低声交流鱼子酱,连连点头颇有心得的样子。

路子涵回过头来,浅浅喝一口酒,问:"那你姑姑他们大概这两天就会离开?"

"也许吧。"许嘉琪有点蔫,闷闷地道,"姑姑怕耽误许宸赫的功课,

第十四章　心机

想早点把他送走,私教都在纽约等他了。我这弟弟一年到头没透过气,这段时间天天和他朋友开派对,玩疯了。"

"你猜,许宸赫和他的朋友开派对都玩什么呢,他们会玩狼人杀吗?"送走了许嘉琪,江江站在南岛的夜风里,悠悠地问。

"原来你的心思也没都在吃上。"路子涵笑。

"大美女一直对你告白,我还能怎么样?"江江吐吐舌头。

路子涵一时很想像小时候那样揉揉她的头发,但理智克制住了自己的手,只道:"那你有没有想过,许嘉琪今天的出现也许不是偶然。"

江江一惊:"你是说,她故意来告诉我们这些?"

"许沉璧,就是许宸赫的母亲,这样强势地提不合理的要求,但许嘉琪的父亲居然有所退让,其中必有隐情。以许嘉琪的头脑和手段,她必然会知道,许宸赫大概率是犯事了。"路子涵牵动嘴角,笑得又冷又淡,"她父亲会顾虑家族颜面,会顾忌爆出大丑闻将导致许氏股票大幅下跌,许氏目前与政府有几个项目正在投标关键期,所以宁愿牺牲部分利益尽快把麻烦送走脱手,但是,许嘉琪不会,如果能够让对手一蹶不振,毕其功于一役,她不会在意眼前的利益受损,毕竟,如果真如她所想,许氏的未来就都是她的,再没人能分一杯羹或者多一句废话。"

江江忽然觉得南岛的夜风有点凉,缩了缩脖子道:"所以她是主动来透露给我们,许宸赫近期会离开南岛的信息,她绝对信任你,如果许宸赫真的有问题,你一定让他走不了,如果没有问题,就此揭过。"

"对,她也没有直接接触警方,始终是在父亲和叔伯长辈、各位董事前扮演着受了委屈的小女孩,很无辜。"路子涵微笑,许嘉琪身为南岛第一财阀的女儿,如果这点脑子都没有,早掉坑里摔死了。

"那我们的想法,会是对的吗?"江江抱着手臂。他们站的地方临海,也许,风是大了一点。

路子涵将自己的西服披在她的肩膀上,江江鼻端绕上他身上清冽的气

123

息,耳根有点热热的。

"现在还没有证据支撑,靳警官说已经着手进行 DNA 比对,之前他们从小包的指甲里找到极少量的皮屑血肉,幸好提取到可用的 DNA。"路子涵温言道,"如果猜想正确,得归功于你。"

江江不解,路子涵道:"是你最先把注意力放到了蒋琪琪身上,我才发现,大家的群嘲对象,活得像个笑话、死得也很讽刺的蒋琪琪把小包、卓北联系起来,还多了一个关键的白小纹。在现实中,她是白小纹唯一的朋友,在网络上,她是唯一没有嘲笑卓北蜘蛛侠梦想的人,而她偷了包一宁的包,偷包这个行为又是发生在砸许宸赫的场子救出同学的过程里,包一宁目睹一切,这就不难理解小包为什么会感受复杂,并且最后和卓北、白小纹走到了一起。"

"因为小包是一个善良的包子啊。"江江声音伤感,"他们几个人,包括死了的蒋琪琪,都没有什么朋友,在学校都被孤立被欺负,但卓北还做着蜘蛛侠的梦,白小纹继续照顾蒋琪琪的妈妈,而小包,我相信他的死因不同寻常,卓北才会顶着巨大的压力,不惜假借通灵都要给他发声。"

"正如你所说,能够带来这么大压力的,我相信不是勤力中学的学生,也基本不可能是其他校外的任何人,白小纹提到那个狼人杀游戏的时候,答案就已经出现了,小包可能就是继白小纹之后的那只'狼'。"路子涵的眼睛较旁人深黑,沉郁目光看着漆黑海面,叹了口气。

第十五章

孤岛的微光

萨特说:"他人即地狱。"但没有人是一座孤岛,纵然人心是深不可测的渊薮,可生而为人,仍然希望,哪怕是欲念带来的地狱,交错之间仍有微光。

蒋琪琪死后,去警察局认尸的是白小纹。裹尸袋里的蒋琪琪已不成人形,因为被打得太狠,鼻梁断裂,眉骨破裂,颧骨、下颌骨全都错位,牙也掉了一大半。那是白小纹第一次这么近距离地看死人,但感受到的除了本能的恐惧、难以抑制的心酸,更多的是愤怒。

愤怒于这让人窒息的卑微,像她们这样的人,是不是注定了一生卑微,活在嘲笑和谩骂里。爱美?对人好?单纯不设防?只会让你越发地像一个笑料和靶子,最后犯的错误也这么愚蠢,死得这么悲惨这么不值得。

她带着蒋琪琪的遗物,就是那个该死的偷来的包,走出警察局。先是看到了卓北,依然背着他那个破破烂烂贴满蜘蛛侠贴纸的书包,他瘦小可怜地站在那儿,眼眶泛红。她知道,在卓北每次傻里傻气重复发蜘蛛侠图片、视频的时候,只有蒋琪琪会热情地回复:总有一天你会成为他的!傻不傻,卓北如果被蜘蛛咬了,迎接他的只能是过敏中毒而不是变异。接着,她竟然看到了包一宁。小胖子耷拉着脸,期期艾艾地看着她。他来做什么?她把那个包奋力地扔还给他,无处发泄的愤怒让她下手没个轻重,接着就看到小胖子的脸上出现了一道血痕,她那时候才注意到包上别着好几个明显属于女生的发卡。明亮锐利的水晶,特殊的镶嵌工艺,那只能是周云旎的,那是她家的产业与品牌,上面还拼出了她的名字缩写。一瞬间,她想通了为什么蒋琪琪会偷走这个没有蕾丝没有花边的包,而包一宁,对她哑声哑气地说了句:"对不起。"——对不起,他为什么说对不起,该说对不起的人根本不是他!

他们三人,就从那天开始,在暑假里走到了一起,莫名形成了一个同盟,但是真的有了陪伴。

不想再过原来的生活,那就要改变!再也不想被人嘲笑捉弄,那就要变得更强。

"卓北,你得长壮点!包子,你得减肥!"她叉着腰冲他们吼。

"白小纹,包一宁,你们的成绩不能再这么差了。"这是卓北忧心忡忡的话。

"你们多吃点,吃完了省得我惦记,反正我减肥不能吃。"这是包一宁,一直大包小包地搬好吃的给他们。

学校的那个湖,因为还未修缮完毕怕出安全事故,平时不让学生去,不过勤力的学生在枫叶中学本来就有很多地方不能去。程老师给他们申请过,至少希望能用阳光好一点的教室,但是校长说了,枫叶中学的学费是勤力的十倍不止,而且校园建设几乎都是枫叶中学的学生家长认捐的,别人付出了那么多,自然有资格享受,勤力中学是来借地方,不能平白享受

第十五章
孤岛的微光

不属于自己的东西。不然,不公平。程老师当时气得快哭了,声音颤抖地争执了几句,躲在走廊里听壁脚的他们听到校长明显生了气,赶紧偷偷溜掉。但有天包一宁说,他和爸妈去吃饭,看到枫叶中学的校长和老师在一起聚餐,而他们勤力中学的校长也在,一路端茶倒水很是殷勤。包一宁尴尬又难过地说,他这么胆小,又一心巴结人,不会为你们争取的啦。

那就算了呗,暑假里,他们溜进学校,把湖边的小树林当作秘密基地,在那里吃蛋糕、喝可乐,她挥着小皮鞭让卓北和包一宁跑步、跳绳,一起锻炼身体,卓北给他们补习、讲题。包一宁的书包里总是满满的带来各种好吃的。

有时候他们什么都不做,就倒在草坪上仰头看蓝天看云朵,说任何想说的话。

卓北说,我想变成蜘蛛侠。

包一宁说,我想当篮球明星。

她说,我希望蒋琪琪活过来。

那我可以和她去看最新的蜘蛛侠电影,《平行宇宙》,卓北说。

那我送她一个特别好看的包,我们家有生产女款的,粉红色,包一宁说。

那我……她说不下去,哭了起来。那我会在平日里就和你拍照逛街当小姐妹,而不是遇到危险时才想到叫你帮忙。

他们就那样哭了笑,笑了哭,拼命想要长大、变强,还承诺一直做朋友。

也犯过一些傻。卓北跑了几天步就把自己真的当蜘蛛侠,在湖边徒手攀假山掉进了水里,包一宁一下水也就只能是仗着胖浮力强啥都干不了,让她一个人拖俩累个半死。

包一宁偷懒不想锻炼,把杠铃藏书包里谎称没带,结果兴奋地打开书包拿蛋糕的时候砸了自己的脚。

她因为讨厌那个色眯眯的地理老师,在地理练习册上画猪头,画完了才发现拿的是卓北的练习册。

……

原来，有朋友的感觉是这样的。

开学后，他们的湖边秘密聚会被人发现了，那个同学是个真正的小混混，他们不太喜欢。卓北说，我们为什么要躲起来呢？就大大方方地一起玩不行吗？

但好像是真的不行，枫叶和勤力被划分了不同的活动区域，而双方的敌视和抵触仿佛形成了实体，任谁往前一步都是背叛。他们只能把聚会基地选在更远的地方，那间溜冰馆是卓北选的，地方偏僻，重要的是他做了个统计图表，发现这家的收费标准刚好在勤力和枫叶之间，勤力的学生觉得贵不去，枫叶的小孩觉得环境差不来，十分安全。他们可以在那儿溜冰、写作业、玩儿。包一宁坚持给他们仨都买了一年的会员，他俩想推辞，包一宁说，爸妈看他瘦了结实了，高兴得不行，给了一大笔钱让他尽管去健身，这一点溜冰的钱算什么呀，再客气就不是真朋友了。于是她督促包一宁锻炼更勤，卓北讲题的时候更一本正经了。

那段时间真是开心——如果不是包一宁提到，开学后许宸赫他们又在找人玩游戏，而且手段越来越恶劣。

他们先是想报告老师，但程老师只是皱着眉头叹气。近来程老师心情都很不好的样子，脸色也不好，总是很累很憔悴。

看来还是只能靠自己，于是，他们制订了计划，并一步一步付诸实施，后来——就出事了。

包一宁死了。他们的包子，沉在水底，面目全非。

……

白小纹和卓北坐在溜冰馆看台的台阶上，往上数第六层，靠左边，人少，还有个小平台，这是他们过去最喜欢的位置，但现在少了一人。他的座位上，放了一个小小的草莓蛋糕。

路子涵和江江也坐在台阶上，问："游戏里的'狼'都是勤力中学的

第十五章
孤岛的微光

学生？"今天当他们在这里出现时,那俩小孩慌成一团,被江江拉住,无奈地道:"还想去哪儿,知道自己这几天有多危险吗?如果不是警方暗中保护,不知道都出多大的事了。"

卓北睁大眼睛看着她。

"坐下。"路子涵声音清冷,"警方的 DNA 对比已经出来了,包一宁指甲里的皮屑血肉与周云旎、乔然他们有关,他们都是枫叶中学的学生,和许宸赫一起玩狼人杀游戏的,对不对?"

卓北低着头,但白小纹的表情已经做了回答。

"包一宁的死也和狼人杀有关对不对?包一宁因为和你们做朋友,所以被选作了'狼'?然后出了什么事?"路子涵问。

卓北小鹿般的眼睛里都是惶然与痛楚,低声道:"是……也不是。"

路子涵蹙眉,白小纹也在身边小声地说:"什么意思?你连我都不肯说,到底是怎么回事?"

"那天你没有在学校?"江江问白小纹。

"我那天翘课了。"白小纹直截了当地说。

忽然江江一顿深呼吸,她轻声道:"不对,一次狼人杀游戏里只有一只'狼',卓北,那天的'狼'不是包一宁,是你,对不对?"她说完惊疑地去看路子涵,后者对她点点头,显然是一样的想法。

"小北!"白小纹失声叫道。

卓北脸上滑下一行透亮的泪,哑声道:"是的,那天被选作'狼'的,是我,不是包子,但……"他喉咙哽咽说不下去。

"包子是代你做了'狼'?"白小纹不可置信地道,"那你为什么不救他,不告诉老师不告诉警察?你浑蛋!"

她扬手想打卓北,被江江拉住,而卓北一副任她痛揍的样子,嘴唇咬得沁出血丝。

路子涵不再追问,他看看时间道:"我们来主要是想告诉你,还有两个小时,许家的私人飞机就会起飞,直飞美国,警方没有任何物证、人证

129

能够限制他出境,这就意味着,狼人杀的法官,他即将自由了。"

卓北的目光似被灼伤般一跳。

路子涵看了眼他书包上的贴纸,叹息道:"蜘蛛侠那句名言是说,能力越强,责任越大。但现实是,很多时候我们担负的责任强过了能力,所以只能选择迂回、逃避。"

"可是,可是包子是我们的朋友啊……"白小纹哭出声来,骂道,"许宸赫那个王八蛋,他明明是主导的人,最坏的那个,他就这样走了?"

江江和路子涵一起站起身,想了想,回头对卓北道:"这个世界上没有超级英雄,但有维持社会正常运行的法律和秩序,它们也许比任何英雄主义都值得信赖。"

"作为你的法律援助律师,无论你做什么决定,我都会以我的专业尽其所能保障你的利益。今天我会在许家的私家停机坪,山顶明朗路17号,与警方会合,一直待到,如果最坏的情况出现,那就是许宸赫顺利离境。"路子涵道。

坐在路子涵的车上,江江把车窗摇下,任由风扑扑地打在脸上,感觉畅快。路子涵看得有点好笑,他工作中接触的女性一向都是妆容严整,这么大风直接会担心假睫毛被吹飞吹乱,江江一向淡妆,倒是无所顾忌,额发被吹得飞飞的,看着像个淘气的小女孩。

"你觉得卓北会去吗?"江江问。

"不知道,不过你刚才似乎抢了我的台词。"路子涵微微一笑。

江江想一想也笑了:"关于法律和秩序?"

"嗯,你说得很对。"路子涵点头,"卓北崇拜蜘蛛侠,他不缺乏勇气,但是他的信任已经崩溃,想必是经历了很大的失望的打击,罗羽那天的说法是对的。"提到罗羽,就想到那次让江江痛哭崩溃的催眠过程,他心里不由得一沉。

江江却道:"罗医生的专业水准没的说,我后来又跟他联系过,希望

第十五章 孤岛的微光

在这件事忙完之后,能有时间预约他的专业治疗,关于唤醒记忆的。"她说到这儿,拍拍额头道,"对了,我还没有跟你说过,在我十六岁那年,因为一场……意外,我就像电视剧中的女主角那样,失忆了,十六岁之前所有人所有事,都不记得了。"

"你想要……把过去的记忆找回来?"路子涵感觉自己的声音有点涩。

"对,这甚至是我回南岛最重要的原因。"江江又想起了那封邮件。

"但我感觉那天的催眠治疗让你很难过。"

"嗯……所以我想,我大概是偶像剧女主角的命,拿了悬疑剧的剧本,但是又怎样呢?就算是不好的,也不能借着失忆逃避。如果往事真的很痛苦,那我忘记了,必然有记得的人在替我承担,我不愿意这样。所以……你祝我好运吧!"江江目光明澈坦然。

路子涵胸口似有万顷海潮澎湃而过,庆幸前方有个红灯,让他一脚踩下刹车,能够深吸口气掩藏心绪——维系这世界需要法律和秩序,但是他放在心里的女孩,她一直有平凡生活中闪耀发光的英雄主义。

许家的私家停机坪设施完善,看来利用率不低,许嘉琪说她姑姑热衷于享受各种闭店服务,明明每季新款都会由专人送到府上,但她仍然乐于飞去巴黎、纽约、米兰,让别人全店上下服务她一人。停机坪旁边有栋造型别致的白色小房子,落地大窗看进去是喝咖啡的地方。

靳铭和几个警员坐在沙发上。他们对面坐着许沉璧和许宸赫。

这是已经正面刚上了?

许沉璧想必年轻时是个美人,现在也不差,但她不是许嘉琪那样明艳照人,她是矜贵的古典美人,眉飞入鬓,双目秀长,但在岁月大神和各项美容驻颜大法的拉锯合力下,那份秀致变成了工整的刻薄。她端着杯咖啡,扬着尖削的下巴,那气场,真得亏靳铭是个心大的,还能大大咧咧满不在乎地坐在她对面。许宸赫沿袭了他母亲的美貌,那张脸如果放在娱乐圈可以随意吊打流量小生,气质也是和母亲一模一样的矜持贵气,正在百无聊赖地玩魔方，一丝一毫的担忧慌乱都不见。

他们，就这么笃定？

"许嘉琪还真是和他们家人不一样，她亲切随和多了。"江江感慨。

路子涵没有去纠正她，默默停好车，示意："过去吗？"

"哦，谢谢，不了。我宁可待在车上。"江江赶紧摇头，"有能够追踪的线索我相信警方比我专业，我不想过去挨尴尬。"

"好。"路子涵点点头，下车对靳铭做了个爱莫能助不讲义气请你自己扛的手势，然后在后备厢拿出罐白桃汽水递给江江。这款汽水原产地是日本，在南岛不太好买，但是是江江以前的最爱，他就忍不住总是想办法买一些放着。

不出所料，江江打开喝了一口就两眼放光，浓浓的天然白桃香，不甜不腻，满口清爽。路子涵这品位也太好了，她下次见到宁小蕙一定要告诉她，她这个路师兄，最大的优点根本不是学神、学霸、有头脑，而分明是，会吃！真太会吃了！

"后面还有很多，都给你。"路子涵看她喝得很珍惜的样子，心里软软的，温言道。

"这么好！"江江很雀跃。她坐在车上喝着汽水，看着私人飞机一步步准备到位，行李也一件一件送上飞机，心里不由得忐忑起来，犹疑地问："他们真的要走了？"

"我看是。"路子涵也有些无奈。

"但许宸赫要是走了，以后就算有证据也很难抓了是吗？那包一宁呢，他被害的真相呢？"江江着急，明白只要许宸赫出境，以后要再抓他就难了。

"也是可以理解，这个世界的现实之处就在于，利益永远比真相重要。"路子涵的目光里浮起阴郁神色。

看到许沉璧和许宸赫走出咖啡室，走向飞机，江江也下了车，只见许沉璧扬一扬下巴，轻描淡写地对靳铭道："我说过，我们会堂堂正正地走。"

第十五章
孤岛的微光

许宸赫嘲讽地轻笑一声，跟着妈妈上飞机。

正在许沉璧踏上舷梯时，有个警员对靳铭道："有辆车过来。"

果然，山道上有一辆破破烂烂的小货车玩了命地飞驰，冲进停机坪的停车道猛地停下，车门打开，先跳下来的是卓北，跟着白小纹，最后是个白发苍苍的老太——卓北的奶奶。

卓北看着眼前这情景，还有些胆怯和犹豫，回头看了看他奶奶，卓老太身上沾满鱼血污迹的围裙都没来得及摘，冲卓北挥挥手道："去，别怕，奶奶在这儿等你。咱们做错了什么认什么，该怎么着就怎么着，奶奶不怕，你也别怕。"

白小纹也冲他点点头。

卓北看看他们，又看看站在另一边的路子涵和江江，咬着嘴唇下定决心似的走向靳铭和许宸赫，声音不高但很清晰："我愿意做人证，证明是许宸赫为首的一伙人害死了包一宁。"

许宸赫目光阴冷，许沉璧正欲发难，一个警员已经大声道："靳叔，你看下面！"

只见山道上陆续出现了很多车，有私家车、出租车、自行车、摩托车……他们都奔着停机坪来。

车停下后，一个个孩子从车里出来，走向靳铭。

"我愿意做证，许宸赫他们的狼人杀游戏真的死人了。"

"我做证，许宸赫他们在游戏里霸凌同学。"

"我证明，他们的游戏和其他的不一样，只欺负一个人。"

"我愿意当证人，许宸赫他们欺负人。"

"我做证，包一宁是在他们的游戏里被欺负死的。"

……

他们的脚步，有的坚定有的迟疑，他们的声音，有的洪亮有的细弱，但是没有一个人后退，没有一个人逃跑。

走在最后的人，面色惨淡，法令纹深刻，正是程易安，她头发被风吹得凌乱，对靳铭道："我自首，是我销毁了卓北手中的证据，并阻拦了他救人，我有罪……"

许沉璧完全不可置信，想要打电话，拿着手机的手却簌簌发抖。许宸赫手里的魔方已经砸了出去，他阴冷地嘶声道："你们现在来指控我？你们都是同谋，那天你们谁有勇气来救那个胖子？你们还不是眼睁睁看着——"

"宸赫！不准说话，在律师来之前你一句话都不许再说！"许沉璧绝望地厉声道。

靳铭看着卓北，沉声道："你清楚地告诉我，杀害包一宁的凶手是谁？"

"是许宸赫，还有周云旎、乔然他们一群人。"

"你有证据吗？"

"这是我在湖边捡到的袖扣。"卓北瘦弱的手中托着一枚钻石袖扣，许沉璧不用细看，就知道那是他们许家的定制物什，袖扣上染着一抹干涸的血痕。

"为什么之前不拿出来，不及时报警？"靳铭皱眉。

卓北低头不语。

"你是否受到过威胁恐吓？"靳铭问。

卓北轻轻点头，哑声道："但我们也有罪，包子的死我们也有责任。"

"具体的我们会调查的，但我需要你先告诉我，威胁恐吓你的人是谁？"

"校长。"卓北低而清晰地说出这两个字。

第十六章

有多绝望，有多清明

你可曾感受到绝望的滋味，你可曾眼睁睁看着整个世界在眼前崩塌。

在那一天，卓北都懂了。

他们的想法很简单，录下狼人杀游戏的真相，公之于众。

"我们可以直接报警吗？"卓北问。

"但是上周听我妈说，他们在高尔夫球场遇到警署署长和许宸赫的舅舅打球。"包一宁总是带来这样的坏消息。

"总有一个地方许家周家他们管不了呗，我们只要有证据一定能行的。"白小纹抱着手臂坚定地说。

在蒋琪琪砸场子之后，加上放暑假，他们也很久不玩这个游戏。开学后，他们故技重施，新一轮游戏开始，被拉进去的是卓北。

在那间华丽无匹的会客室，瘦小的卓北像是掉进陷阱的小动物毫无挣扎的余地。乔然放学后要去打网球，正在把玩新到手的网球拍，一拍挥过来卓北的鼻血就温热温热地流了出来。周云旎嘘了一声道，猎人，你太暴力了。然后一杯冰水兜头浇下，说着，我用女巫的药水给你洗一洗。冰水里面似乎还混了芥末，卓北的眼睛立马就痛得睁不开。他从小就胆子不大，这时候怕得要死，整个人都发起抖来。他畏缩地想站起来跑掉，但乔然的手死死压着他的肩膀，还顺势手肘下压，一个标准的跆拳道姿势，让他的脸压在桌面一阵摩擦。他从来没有那么痛苦那么害怕……

这时包一宁过来，卓北听得出来包子一定也很怕很紧张，因为他的呼吸声很重，还未说话就喘着粗气。但是，他喘着气把那张狼人的牌从卓北手中抽了出去，呼吸依然很急促，但口中说道："这张牌是我的，我是狼。"说到"狼"这个字时，他的声音在发抖。

"胖子，你是来做清洁工的，没有参加游戏的资格。"许宸赫坐在法官的位置，懒洋洋地说。

"他就是个'弱鸡'，有什么意思，让他走，我和你们玩。"包一宁撂着狠话，呼哧呼哧的喘息声越发沉重，声音也越发底气不足，但他胖嘟嘟的手坚持把卓北拉到了自己身后。

"你什么时候跟勤力的废物混在一起的，讲义气？"乔然把网球拍在手里拍着，斜眼看着他们。

"为了他跟我们翻脸值得吗？"周云旎撇嘴。

"你真的想好了？不能反悔的。"许宸赫看到包一宁点头，露出一个完美笑容，说道，"恭喜在座诸位，你们拥有了一只最肥的狼。"

卓北眯缝着眼睛，拼命想推开包一宁，但他的力气远远不及包一宁，被包一宁使了蛮劲儿一路推向门边。

"包子，你等着，我去叫老师叫同学来救你……"卓北记得自己慌乱地不停这么说，听着像是空洞无力的威胁和承诺。

许宸赫抬抬手，说的话轻描淡写："你尽管去，如果有人来插手管我的事，这个法官，我交给你来当。"

第十六章
有多绝望，有多清明

卓北被包一宁推出门去，奔出去拼命找人。

但是，没有一个同学愿意跟他去救人。所有人都躲开了。人家枫叶的人玩游戏，我们管不了。大多是这般回答。程老师也不在办公室，他找到了教师宿舍，心想程老师一定会管管他们的，她是老师，她会主持公道，不会袖手不管。仓皇中，他举起手中的微型摄录笔，急切地说："程老师，我都录下来了，你看看，是真的，他们霸凌同学，是真的……"程老师让他坐下，给他擦干净鼻血和眼泪，那支摄录笔，程老师抽走后，扔进了抽水马桶按下冲水键，转过头来表情异常严肃，她说："卓北，你回家去，不要多管旁的事，你要好好学习，考一所好的高中，那才能改变命运。"

空气都仿佛被抽水马桶抽走，他机械地拿出手机想要报警，但被程老师切断了电话，说："卓北，你听老师的，老师不会害你，老师送你回家。"

"我不报警，我给奶奶打电话。"卓北僵硬颤抖的手拨通奶奶的电话，熟悉的市场喧哗里，一听到奶奶的声音他就开始眼泪疯狂地往外涌，哭喊着求奶奶帮忙报警。但奶奶疲乏的声音只是说："玩游戏？欺负人？你们小孩子能有什么事情，玩不过人找警察，卓北你是还小吗，还不懂事，净添乱。"

奶奶已经挂断电话，程老师拿走了他的手机，苦涩地还是那句话："卓北，别的事不要管，你好好学习……"

要怎么回忆当时的心情？当他只能孤身冲回那间会客室，还未进门就闻到诡异的气息和……血腥味。看到门外孤零零的他，许宸赫他们开始狂笑。他们笑得那么开心、愉快、无所顾忌。而包一宁躺在地上，悄无声息，后脑浸在血泊里。他跪在地上看包一宁的脸，一遍遍叫他，他已经一动不动，大概在那时就已经停止呼吸。而许宸赫他们一群人，还不知道闯下了大祸，以为包一宁只是逃跑不及摔了一跤，这个胖子总是这么笨拙！他们狂笑着拖着包一宁就往湖边去，摔蒙了就让你醒醒神！

那个湖卓北知道，湖水很深很凉，里面还有很多鱼。

包子，在水底。

什么是绝望至极的冷,那就是。

第二天,卓北又被带到了那间会客室,他苍白着脸看进去,那里一切恢复如常,坐在里面的,是平时难得看到的——校长。

"如果当作一个小游戏,那就是意外,如果要恶意揣测,那,不要忘记,你们都是同谋。"

"你知道的,小许他们不会有什么事,但你们这些同谋,包括程老师,包括你奶奶,所有同学,都需要负法律责任。你们怎么办呢?你自己好好想想。"

好好想想,怎么去想?卓北觉得自己的世界已经坍塌,他不是没有勇气,只是不知道还有什么可以信任。

蜘蛛侠可以变异,但是他不能,他没有能力保护任何人。他感觉自己像是偌大世界的一只微小飞虫,无论怎么挣扎,都不能影响任何人,无论是他爱的人,还是他恨的人。

通灵吗?他自己也不信,但他也没有其他办法。包子也不曾来到他的梦里,他一定是失望极了。

对这个世界失望极了。

他一度也对这个世界、对自己失望极了。幸而,遇到了江江和路子涵。他们让他明白,世界没有蜘蛛侠,但总有人在坚持追索真相,还有法律和秩序,只要你有站出来承担责任的勇气。

卓北苍老的奶奶走过去,将卓北紧紧抱住,看到一边的白小纹,一把也将她搂进了怀里。

"怎么,卓北这个案子也算告一段落,你怎么也好像不太开心?"

路子涵看着江江把头靠在车窗上,沉默的样子有点忧悒。她今天白天代表仁心医院向媒体发言,声言对生命科学的未知状态仁心永远保持开放的心态和积极的探索,但始终坚持理性与科学。而在整个事件中,最值

第十六章
有多绝望，有多清明

得关注的是青少年心理的健康。精英教育不应失去爱与温度，求学向上也不能忽略责任与担当。仁心医院将开启面对青少年以及青少年父母的系列免费心理咨询和诊疗，希望能让每个少年的成长都照进阳光，助力他们勇往直前但内心柔软。她的发言为仁心医院赢得许多好评，她的忧郁是因为什么？

"好像自己能做的也都做了，但还是觉得有点低落，有点慌。"江江撑着额头。

"你有没有发现，自从你回来后，带来了很多改变。"路子涵温言道。

"是吗？"江江蒙蒙的。

"是，你也许自己没有意识到，你给仁心的对外公共事务科，给很多人，都带来了改变，是好的改变。"路子涵声音清冽温和，"卓北也说，是你让他觉得或许可以再次尝试信任。"

"哪有那么好。"江江有点不好意思，她心里明白，路子涵的付出更多。

"但是，就像在一杯水里，投进去一块明矾，水会变得更清澈，但是这块明矾本身可能吸附很多杂质。"路子涵道，"很多事，尽其所能就事论事也许是最好的方式，如果把别人的负面情绪都吸附到自己身上，未必是好的。"

江江心底泛起清甜的暖，感觉压抑紧张的神经像被这几句话顺了毛，都渐渐柔软舒缓下来。侧头看去，车水马龙间路子涵眉目清秀，他真的是特别好看，但他今天的面色好像白得不太正常。

她还没问，路子涵已经在说："带你去个地方，你也许会喜欢。"他看起来若无其事的样子，应该只是她敏感了。而且，这算是约会吗？

路子涵带她去的地方，还真是出乎意料——居然是半山上的一间禅寺。

禅寺不大，但地理位置很妙，靠山临海。他们到的时候已是暮色低垂，夕阳沉落入海，暗金色的波光中，天地静谧又浩瀚。禅寺的门已经虚掩着关了，路子涵轻轻叩门，来应门的婆婆慈眉善目，见是他立刻打开门，请他们进去。

禅寺中古木参天，夏末天气暑热全无，清淡的檀香沁在空气里，江江莫名觉得自己的心沉了沉，又静了静。

这时分，住持慧觉大师正在偏殿外，摆了茶案，与寺中居士们闲谈讲经，僧袍洁净，言辞温雅。看到他们，慧觉大师有见到故人的欣然，目光在江江面上停了停，却看路子涵轻轻摇头，也不多言，立刻敛了心绪，问候之后慈和地道："先去斋堂吃碗素面吧，明师父还在。"

"大师看起来好亲切。"走出来江江感慨，"我没有什么宗教信仰，在国外也没信过教，可是在这里，忽然觉得心里就像有很多委屈，但又觉得都不用说，天上的神明和这位住持，他们都懂得一样。"

"那就把自己的委屈都交给他们。"路子涵眼中有渺渺的怅然。这里的慧觉大师，曾突发急病，当时他哥哥戴澄恰好在，冒着大风险，用身上简单的器具给大师做了一个帮助呼吸的紧急手术。后来接诊医生说，多亏他及时救治，不然病人恐怕很难撑到救护车到来。后来戴澄来寺里看望、回访出院后的大师，他缠着要和哥哥一起上山，哥哥给大家义诊，他就在寺里看书玩耍，与诸位师父都成了朋友。

他那时候也经常带江江一起来。少女时期的江江，外表沉默乖顺，内心桀骜孤寂，并不是一个快乐的孩子。记得那年正值深冬，而且遭遇南岛几十年难逢的寒潮，居然下了雪。寺里众生平等，没人把她当大小姐，她也和大家一起铲雪、扫雪，为怕冷的树木穿衣，干完活才能堆雪人玩耍，在柴堆里烤红薯烤土豆，与寺里的大金毛一起疯跑，听慧觉大师淡淡静静地聊天，每次离开的时候都依依不舍。慧觉大师也很喜欢她，送了她一块琉璃坠子，喻之内外明澈。

后来，哥哥出事，他心中极之郁郁，慧觉大师将他带到寺里，日夜陪伴了几天，为哥哥诵经超度之外，大师并不与他谈佛法，只道，世间事，终有云破天青之时，可常怀于心，但不可伤于苦执。

第十六章
有多绝望，有多清明

到如今，他却依然没有放下执念。

饭堂做斋饭的依然是干净利索的明师父，看到他们就笑眯眯地去煮面。

"我有个猜想，不敢说，就是很多居士来这里礼佛的一大原因就是想吃到明师父煮的面。"路子涵微笑着低声对江江说。她当年还是个小女孩的时候，就能吃满满一碗。

一会儿，明师父就端出来两碗面，盛在素白的瓷碗里。面是有点粗的手工面，浸在清澈的汤里，上面盖着香菇和青菜，看着也没有十分特别。江江在路子涵的示意下，挑了一筷子放进口里，立马就眼睛亮晶晶地对他连连点头。路子涵心里明白真香定律再次应验，浅浅一笑，拿了个空碗把自己那碗面盛出一大半，放在她面前。

"是不是不能请师父再做一碗呀？"江江小心地悄声问。

"不是，是我真的不饿，在寺里不能浪费食物，你帮帮我正好。"路子涵温和地说。他的面色在饭堂的灯光下显得更苍白。

"你是不是生病了？"江江有点担心。

路子涵揉揉眉心："没事，可能没睡好觉，有点头疼。"

"你带药了吗？"江江记得上次陈晓曦自杀事件时，路子涵也头疼过，吃了药才好一些。

"放心，有的。"路子涵面不改色地撒谎。其实是最近因为频繁想起过去，加上工作比较多，劳累少眠，大概脑子里那块血肿情况不太好，头疼的症状加重。常规的药虽然在吃，助眠止疼的药早就超剂量吃完了，忙着也没时间去找医生，就一直硬撑着。

江江意犹未尽地吃完了两碗面，路子涵收拾了碗筷自己动手清洗，寺中用的水是净化过的山泉，特别沁凉。路子涵手放在水中，觉得刺痛得有些眩晕的头终于清爽了些，再看江江，已经把他洗干净的碗接过去细细擦干。这是江江回来后，他们第一次在一起做些家常琐事，恍惚间生出妄念，

141

只盼一切都未曾发生，一切未曾改变。

擦干净手，路子涵听到江江小声地欢呼，转头只见饭堂门口齐刷刷地蹲了一排金毛，一大四小，最大的那只已经盼望地伸着脖子往他这边看。

"麦子带着它的崽来看你们了。"明师父大笑。

麦子被训练得听话，不进饭堂，也管着自己的仔都乖乖蹲在外面。四只小金毛正是活泼好动的阶段，不时着急顽皮地把爪子搭在门槛上，麦子就伸爪子温柔地拍下去，看得江江心都要化了，奔过去蹲在它们跟前，问路子涵："我可以摸摸吗？"

不等路子涵回答，麦子已经亲近地往她身上蹭，还抬起爪子想抱她，隔了这么几年，它还记得这个小姐姐。

"啊你这么亲人啊，来，抱抱。"江江欢喜地搂着它，摸着它顺滑的毛，幼稚地念叨着，"做个马杀鸡好不好啦，咦，你还挺胖，都是肉哦，不是毛厚……"麦子舒服高兴得直用头蹭她，伸出舌头呼哧呼哧舔她的手。它的四只崽崽把路子涵包围着上蹿下跳，叼来松果让他陪它们玩，可着劲儿撒欢。

江江一直喜欢大狗，最爱黑背，然后是金毛萨摩耶拉布拉多，但没机会养，现在有只萌得让人肝颤的大金毛主动示好，还有几只小的时不时冲过来顽皮捣蛋，把她高兴得什么心事都扔到一边，脸上的笑也变得傻乎乎二了吧唧的，嘴里的碎碎念听得路子涵直想笑。

今天带她来是来对了。

江江与狗狗们玩得不亦乐乎，好一阵子才发觉没听到路子涵的声音，看到他在旁边的石头台阶上坐着，手按着额角。

"喂，你还好吗？"江江直起身子扬声道。然后就看到路子涵抬头目光有些飘忽地看向她，似乎想站起身，但身子一晃，就那么晕了过去。

第十七章

只为一人

江江皱着眉头守在客房外,担心地想要不要叫救护车,慧觉大师为路子涵诊了脉,出来柔声道:"让他休息一会儿再看。"

"他这是怎么了?"江江蹙眉。

"思虑太甚,自然伤身的。"慧觉大师微微摇头。

"他最近工作上的事是挺费神,哎还是不能太拼,身体熬坏了怎么办呀。"江江嘀咕道,刚刚她惊吓之下跟宁小薏报告她男神晕倒了,宁小薏直接就道:"累的呗。最近顾师兄有个并购的案子又死活给他派活,我听我们所的大律说的,说顾师兄在他的律所大发脾气开了好几个业内大牛,说他们加起来比不上一个路子涵,你说这波仇恨拉得哦,真是狠。"

"他白天都在忙卓北的事呀。"江江疑惑。

"晚上熬呗。"可以想象宁小薏在那边翻白眼,"你不觉得他就是有点猝死的气质？……啊呸呸呸，怎么能这样诅咒我的男神……总之，你给我小心侍候着，有什么问题拿你是问！"这一连串的听得江江七窍生烟。

气愤地挂断了宁小薏的电话，江江还是放不下心："我可以进去看看他吗？"

"去吧。"慧觉大师颔首，"有什么事可以随时来找我。"

江江推门进去，小小的客房窗明几净，路子涵安安静静地躺着，眉间清冽郁色倒是比他醒时更清晰，因为，这时候没有更多伪装和掩饰了是吗？

一个瘦小的婆婆进来，颤巍巍放下一碗药说："刚才他喝的药都吐了，重新煎了碗，等会儿他舒服点了你让他喝一些。"然后指指屋角说，"如果他的头还是痛，你就用水壶里的热水浸了毛巾给他敷一敷额头。"看着江江似乎有点无措的样子，婆婆忧心地问："会不会做呀？"江江连忙紧张地点头。

待婆婆走后，江江傻眼地坐在床边，对着一碗中药一个病人，她这几年都在加州，哪里接触过中医和热敷这些，在她的认知范围内，头疼的时候只需要一粒布洛芬。呆呆坐了一会儿，觉得似乎还是应该做点什么，凑上去闻了闻中药，啊好苦……还是算了吧……江江小心地倒了些热水出来，把那块干干净净的小方巾浸湿拧干，轻轻放在路子涵的额头上。

路子涵动了动，声音低低地唤了句："江江。"

"哎哎，我在呀。"江江松了口气，心想这时候他要是叫一声别的女人名字，她可就狗血地窥破天机，但看他还挺清醒嘛，知道在这儿的可不就是她。

"不要太晚回家啊……等会儿我送你回去。"他低声说着，眉心又蹙了蹙。

"好啦好啦，别操心了，我已经请好明天的假，不着急回家，你的律所那边应该……不需要请假？"江江盘算着，没听说律师还得打卡上班的。心里默默吐槽，您都这样了，还送什么送，且歇着吧。

第十七章 只为一人

"下次再给你买蛋挞,多买点,也带点给麦子吃,它太瘦了。"路子涵的声音低哑得有些……温柔?莫名让她鼻子有点酸。嗯,买蛋挞是很好的,她记得那个好吃的蛋挞,但是,麦子太瘦了?他病糊涂了?那大金毛一身扎实的肉哦,比他们俩都壮好嘛!但这时候也没什么好跟他争论的,江江换了个毛巾过来继续给他热敷着,看着他似乎昏昏沉沉地又睡了过去。

这一晚江江没怎么睡,半夜路子涵还发烧,脸色灰白地冒冷汗,连嘴唇都褪了颜色,如果不是慧觉大师拿了药给他吃后渐渐退烧,她真要吓得招救护车送他看急诊。这么折腾下来已经凌晨五点,五点半寺里开始早课,江江虽然困但总觉得心里不太平静,索性不睡觉了,起身与大家一起去偏殿。

早课就是诵经。她不太懂,只是跟着念念静心。佛教的经文有极美的词句,纵是不明,也觉心有感念。一个小时的早课结束,她走出大殿,晨曦清朗里看到路子涵站在一棵柏树旁,身边蹲着麦子,此时细碎阳光点滴散落,晨钟一声声清远悠长。人心若真有丝弦,便是在那一刻呼应了潮声钟鸣,起伏回荡不过只为一人。

"你好些了吗?"江江突然就有了点不好意思的羞涩。

"嗯,好多了。"路子涵看着江江明显熬了夜的眼圈,歉然道,"昨天看你心情不太好,本想带你来这里散散心,没想到给你添了这么多麻烦。"

"客气什么,"江江笑笑,她毕竟不是别别扭扭的性格,看着路子涵一张脸白得没有血色,温柔地说道,"你这都快病出仙气了,我觉着需要沾染点人间烟火,明师父刚跟我说了,早饭有白粥和豆腐香菇包,走吧。"

路子涵喝了一小碗白粥,江江觉得香菇豆腐包异常鲜美,但她奇怪地吃不太下,连熬得香香糯糯的白粥也只喝下一碗,并不是胃里饱了,而是觉得心里像被什么时而雀跃时而惆怅的情绪填得满满的,第一次没有被食物牵走注意力。

和寺里告别后,江江走到车旁,伸手道:"给我车钥匙,我来。"

"没问题?"路子涵也确实不太能开车。

"当然。"江江道,"回国之前我还自驾去墨西哥玩了一大圈,一个人哦。"

"胆子这么大,妈妈怎么放行的?"路子涵随口道。

"那肯定是不能让她知道呀!哎,坎昆的海啊,真是我走遍世界看到的最美的……"江江忽道,"你怎么知道我妈妈是个特别周密不允许一点冒险的人?"

路子涵顿了顿,平静地道:"因为你说你是因为事故失去了记忆,出过事,妈妈自然会更小心更紧张你。"

"嗯,对。"江江释然,但又叹口气,"不过啊,妈妈说爸爸和我出了车祸,既然事件都严重到吓得我把记忆都忘光了,可我现在怎么对开车毫无心理阴影?毫无!"她发动了车,一连串操作果然流畅利索。

"怎么样,信了吧?"江江侧头看看路子涵道。

"嗯,开得很稳。"路子涵点头。

"这主要是考虑到你生着病,怕你晕,不然你这车在我手里,哼。"江江大言不惭地吹嘘着,一副跃跃欲试的样子。

"好的,我相信你,真的。"路子涵立刻诚恳地认输。

江江请了假本想回家休息,但路上就接到夏乔的电话,通知她,医院出事了,恐怕她得再坚持坚持,不能撤退。

有位小有名气的音乐人跳了楼,重点是,她之前不到一个月刚在仁心医院做了剖宫产手术生下儿子,现在家属认为是手术出了问题导致后遗症严重才发生惨剧,已经报给了媒体。

这是大事,江江一打方向盘把车直接往医院开,到了后对路子涵道:"别怕麻烦,你还是去挂个号看看病吧,看完后找个代驾,我得忙去了先。"

第十七章　只为一人

她一路小跑冲进对外公共事务科办公室，大家都在盯着手机和电脑看，神情凝重。

"具体怎么回事？"江江赶紧问。

"就这位音乐人，谢欣然，写了很多经典的歌和曲子，虽然这几年没什么产出了，但以前那些歌都还红着呢。前段时间在我们医院生的孩子，回家没几天就跳楼了。"徐冉解释。

"产妇自杀……这最大可能性应该是产后抑郁症，为什么来医院闹？"江江的意思是产妇回家之后抑郁跳楼，也要医院来负责？

"产后抑郁是个结果，重要的是原因，家属坚持认为是手术过程有失误，导致病人伤口恢复缓慢，脊椎持续性长期剧痛，诱发抑郁。但我看了主刀医生是陆舟，虽然陆医生是个暴脾气，但医术很硬核的啊……"夏乔话音未落，冯静之的电话已经打进来："家属抱着孩子冲妇产科去了，夏乔和江江去现场处理下，必要时通知保安，我和高副院长也会到。"

江江立马和夏乔往外跑，吴悦越和徐冉继续和媒体沟通。

妇产科在一栋单独的楼，夏乔一边跑一边道："他们肯定找陆医生去了，我刚查了，在四楼。"两人电梯都来不及等，一路奔上去，果然在三楼就听到四楼的吵闹人声。

一群人已经把四楼的医生办公室围了起来。粗嘎尖厉的声音正在边哭边嚷嚷："你赔我媳妇儿的命，你这黑心医生，谋财害命啊你这是，缺那几千块钱手术费我们给你啊，你别害了她，现在我们可怎么办……"江江好不容易挤进去，只见一个老阿姨就那么坐在地上拍着地号。旁边站了个面容阴郁的中年男人，应该是死者的丈夫，怀里还抱着个小婴儿，孩子连月都没满，被这么一吓，哭得撕心裂肺。

旁边围了不少人，总有那闲得慌的爱凑热闹，在旁边就搭腔问："怎么回事啊？做手术做坏啰？"

"可不就是！都是做手术给做坏啰！我们本来就说要顺产，不做手术的，从一开始建档就跟医生反反复复地说，不做手术的啊，对孩子不好对大人也不好，主治医生听得清清楚楚，答应得好好的，我们才在这儿生孩子的。你非得给她剖一刀，现在我媳妇儿没了！你拿什么来赔，说，你能拿什么来赔……"那老阿姨号得更来劲了。

"哎呀这生孩子肯定还是能顺就顺的好，划那么一刀，那么大伤口，人泄了元气，不出事的少……"

"对，手术要麻醉的呀，还带累孩子那么小就跟着受麻醉药，造孽啊，说不好还影响智力。"

"女人嘛，都到生娃这地步了，还娇气个啥，只要能坚持，没有不能顺的，当年十个八个的还不是得靠自个儿生，也没见怎么着。"

……

周围的人七嘴八舌的，配合着老阿姨抑扬顿挫的号哭，江江立刻就觉得头大，掏出电话叫了保安，起码把这些看戏的给疏散下。

夏乔已经冲过去，仗着力气大，一把把老阿姨给搀扶起来，往办公室里面走，边走边笑出一朵花地说："阿姨您别急，我们院长都知道您的事儿了，特别重视，要亲自负责调查，看看到底怎么回事，您先坐下喝口水，发生这样的事大家都伤心难受，您得保重身体不是吗，看您这血压应该不低吧，我等会儿给您免费测测……"他一个男的，絮絮叨叨把老阿姨往沙发里一放，然后给江江丢了个眼神。

江江会意，配合着保安把吃瓜群众请走，留下那个抱着孩子的中年男人，咣当一声拉上办公室的门，这才看到了事故的疑似主要责任人，陆舟。陆医生很年轻，身形高大但整个人失魂落魄，满脸憔悴，萎靡地杵在一边。夏乔还说他暴脾气？一点没看出来。孩子还在嘶声大哭，陆医生像是疲惫至极，之前被人撒泼大骂也一声不吭，现在听到孩子哭却倦乏地开口道："你们怎么闹都行，先把孩子抱回去，别折腾孩子。"

"你这说的什么话，怎么叫我们闹，我们折腾孩子？那么小的孩子你给他吃麻醉药，现在这孩子日也哭夜也哭的，倒还是我们的不是了？"好不容易被夏乔劝着摁在沙发上的老阿姨一听这话又站了起来。

第十七章 只为一人

"阿姨您坐着,您坐着,这位大哥,您也坐,陆医生这是好心,孩子这么小,被吓着了回家更得夜哭了不是。"夏乔忙接着摁住,煞有介事地给儿科打电话,"对,请你们最好的儿科医生来看看,我们这里有个非常重要的新生儿,哭!爱哭!这是大问题你知道吗?哦,对,你们是儿科,你们是专业的,那赶紧派个最好的医生来,妇产科这边,四楼,赶紧的吧……"

江江让这个戏精去演,明白冯静之让他们俩来处理,就是因为夏乔能扛又能哄,而她就得担任讲道理的角色了。她看死者的家属戴着眼镜穿着西服像是个文化人,轻咳一声道:"发生这样的事我们也很痛心难过,如果是医院的责任我们不会逃避,但确定解决方案需要先厘清事实,陆医生的手术过程是否存在失误会有权威的第三方机构来进行鉴定,产后抑郁的发生也有多种成因,您……"

不料,那个中年男人抬眸看了眼陆医生,那眼神阴冷得让江江心里打了个突,要说的话都不自禁地咽了下去,只听他冷冰冰地道:"不管手术过程有没有问题,重点在于,这个手术我们是不同意的,我们作为家属,没有在手术同意书上签字。"

江江眉毛一抬,做手术前必须要签署同意书,这是基本流程,她转转眼珠只能道:"如果出现紧急状况,医生也会根据具体情况做出决策……"

又被打断,那人断然道:"没有什么紧急状况,当时我太太和孩子的各项指标都没有到必须进行手术的地步,这都是有据可查的。"

江江被噎住,不太明白状况地看向陆医生,陆舟颓然,声音沙哑:"当时产妇十分痛苦,强烈要求终止顺产,进行手术。"

——他的意思是说,确实没有签署手术同意书咯?

夏乔也被这情况给惊了,一时没摁住老阿姨,任她身手矫健地冲到陆舟面前,口水星子就往他面上喷去:"我呸,哪个女人生孩子不痛的?哪个不是鬼哭狼嚎,喊着不要生了不要生了?听女人哭几声就不让她生?你还是个医生呢,脑子坏了吗,没见过女人生孩子啊?"

陆舟被她推搡得一个趔趄,眼眶通红,他看着倒比人家家属更像家属。

"我这儿媳妇自从怀孕起,就在家好吃好喝地供着,家里我一个,还加一个全职保姆,喝水都没自己动手倒过,怀孕九个月安安生生一点小病小灾都没有,她咋就不能生了?"老阿姨还在猛戳陆舟的胸口。夏乔忙按着她的手:"阿姨您小心,这哥们儿跟我一起练健身的,胸肌厚得像铁板,您仔细伤着手,坐下坐下。"

江江正想把陆舟拖到一边问问到底怎么回事,办公室的门被哗啦一声踹开,兜头一坨不明物体就飞了过来,江江下意识抬手去挡,吧唧,她和陆舟还是中了招,一兜生鸡蛋碎了他俩一头一脸。

江江心里哀号一声,来了来了,经典医闹必备的砸鸡蛋还是来了。问题是,她还没躲得过,看来还是回国之后懈怠了,疏于练习,运动神经也迟钝了。她不是什么有洁癖的讲究人,但这黏糊糊的也太恶心,正找纸巾擦,那扔鸡蛋的老大爷气吞山河地吼出一句:"难怪你非得把她往死路上整,你跟她的关系……不清白!"

江江分不清楚自己是被砸蒙了,还是被这一波未平一波又起的信息量给击晕了,一时竟然张口结舌没说出话来。忽然看到办公室门又被推开,气得呼哧呼哧喘大气的老大爷身后,出现了路子涵。他脸色还是不太好,但那冷静淡定的气度让这时候的江江由衷地想哭。他走过来,先递给江江一方手帕,看着作势要揍陆舟一顿的老大爷,挡在陆舟身前道:"报警吧。"

"你说什么?"

"报警,就你们还敢报警?"

"没有家属签字同意就给病人做手术,你们敢报警我们就敢打官司。"

路子涵的三个字激起对方三层浪。

正在擦脸擦头发的江江心里也有点慌。

"陆医生,我愿意做你的律师,免费。"路子涵看向那三人声音冷下来,"如果你们再敢动手,我不介意多打一场官司,起诉你们人身伤害。"

江江忽然就明白了,路子涵他生气了哎。

第十七章 只为一人

"路律师,浑水别蹚了,这个官司不好打,流程确实有缺失。"陆舟说得坦白又颓唐。

"好不好打不重要,重要的是不会输。"

江江服了,以前觉得顾辰微气场强大,现在发现,路子涵生气的时候也不差……那三人被路子涵的气势压了压,中年男人把怀里一直哭哭啼啼的孩子往老阿姨怀里一放,并没有看路子涵,而是阴沉地看着陆舟,道:"那走着看,看看法律是站在哪边。"老阿姨抱着孩子,拉了一把气咻咻又不太敢再上前的老大爷,小声恨恨地说:"别动手,别吃明面上的亏,儿子不会放过他们。再说我们跟他们拉扯什么,我们要见院长!让院长给个说法。"

当高临和冯静之来的时候,路子涵正在医生办公室洗手的地方,给江江擦拭脸上的鸡蛋液,摘头发里的鸡蛋壳。夏乔特别有眼力见儿地没来帮忙,陆舟把头伸到水龙头下一阵囫囵冲,也没打扰他们俩。

"没事儿,我等会儿回家洗洗就行。"江江有点不好意思。路子涵的手冰冰凉的,擦拭的时候偶尔会碰触到她的皮肤,不知怎的倒让她的脸一点一点地热起来。

"别动。"路子涵这两个字让她不敢动弹,看着他又从她头发丝里掂出一块蛋壳,莫名觉得,这办公室里气压更低了。

高临他们的谈判预料之中地破裂,眼睁睁看着那三人抱着还哭哭唧唧的孩子扬长而去,冯静之摇摇头。仁心医院虽然大多数时候都更倾向息事宁人,但对方提出的赔偿价格也实在过于离谱,而且谢欣然的先生强烈要求吊销陆舟的执照并逐出行业,他们暂时无法应许。

"看来这次还真的要走法律程序了。"冯静之长出一口气。

"他们就是抓住没签字这点,这个也确实是流程上的硬伤啊。"高临摇头,走出会议室,踱步到路子涵身边,沉吟道,"小路,如果需要的话,你刚才说——你愿意转换下身份,做医院的代理律师?"

路子涵停下手，静了静道："我愿意做陆舟医生的代理律师，但并不是代表医院。"

高临有点诧异，但仍貌甚恳切："能帮陆医生打赢官司，自然也就是帮了医院了，我们对年轻人寄予厚望。"

"我会尽力。"路子涵简单回应，眼神却深晦不明。

"这个官司，你真的接了？"待上司们都离开后，江江迫不及待把路子涵拉到一边问。

"接了。"路子涵点头。

"有可能真的非常难打。"江江拧着眉头。

"所以需要共同努力，"路子涵牵牵嘴角，也不知道着急，对她微笑，"预祝合作愉快。"

江江看他这样，也只好笑了："哎，你身体怎么样啊？去看病没？"

"看了，没事，只是神经性头痛而已。"路子涵不在意地道，他熟悉的医生也确实没有更多的话好说，无非是拍个片看看现在的出血情况，以及，建议手术处理。他不再管这个，只道："凡事分主次，先完成重要的。"

"什么是重要的，你说？"江江立刻进入准备阶段。

"最重要的就是送你回家洗澡休息。"路子涵隐约叹了口气。江江回来之后，不管多忙多累，都干净清爽，只有今天，她熬了夜后眼圈发青，一头鸡蛋液虽然被擦去大半，但头发还有几缕被黏在脸上，丝质白衬衫上也有好几片污渍，看着很有些狼狈可怜，让他心里说不出的难过。

江江自知这样也确实无法工作，只能接受安排，回到家洗澡换衣服，庆幸热水没在她的头发里冲出鸡蛋花。琢磨着难道陆医生真的和死者有什么关系？对方手里可有实证？……正想着要不要回办公室，就收到冯静之的微信，让她今天不用再去办公室，好好休息，调整好状态明天投入工作。她这时分也真有点困，扑倒在自己的大床上，准备与妈妈例行联系下就睡

第十七章　只为一人

大觉。

语音接通，妈妈的声音却有点异样，但迟疑许久只是问："你昨天玩得高兴吗？"她去禅寺这事告诉了妈妈的。

"高兴还是高兴的。"江江表示遗憾，"如果不是有个朋友生病，那还得更高兴。"

"有个朋友？"妈妈的声音冷了冷。

"其实也还不十分算朋友啦，工作伙伴更确切。一个律师，经常和我们医院打交道。"江江心虚，害怕妈妈过于敏感地盘问，赶紧撇清。

"哦，因为他生病你昨晚没有回家？"

"是这样，总不能扔下他自己跑了。哎，妈咪你怎么知道呀……"江江诧异。

"听你的声音就知道你一夜没睡，我是你妈妈我有啥不知道的。"妈妈立刻给她撑了回来，让她只好撒娇胡缠："好啦，妈咪你怎么这么英明啊？没事，我就是在禅寺里住了一晚，宗教场所我又不能干啥坏事，这有什么可担心的——"

"江江！"妈妈却有些严厉地打断了她，吓了她一跳，懵懵懂懂地问："怎么啦，怎么啦？"

感觉妈妈在那边强自深呼吸了一下，才声音平稳地说："不要乱说话。是工作伙伴就把关系维持在工作层面，不要和同事做朋友，这是职场第一铁律，你又不是不知道。"

"知道，知道。"江江打了个哈欠，"妈咪我困了。以后我都听你的，坚壁清野，生人勿近。"也没听清妈妈说了句什么，她扣下手机几乎是一秒钟就陷入了沉睡。

第二天，江江睡饱了，感觉精神奕奕，在医院旁边大家都喜欢的店里买了五杯咖啡，走路带风地冲进办公室，然后，就呆住了——多了个人。她旁边闲置的工作台边坐了个人，一尘不染的象牙白衬衫、深色正装，薄薄的白金腕表，眉目清洌俊秀，不是他路大律师是谁？他这么一坐，让人感觉那张简陋的工作台都高大上起来。而他对面的徐冉脸都是绯红的，吴悦越这个有了主的花，也忍不住一直往这边偷瞄。只有夏乔，看到江江后夸张地表示失落，他再也不是办公室室草了。

"路子涵，你怎么在这里？"江江惊讶。

"我现在是陆医生的代理律师。"路子涵说得自然而然。

"那……你不是应该去法务那边？"仁心医院的法务部有专属的楼层，办公配备和环境都比这儿好多了。

"这件案子的舆论影响预想会很大，我觉得我还是与对外公共事务科的同事在一起配合工作会更好。"路子涵摊手，平淡说道，"再说我也不需要其他法务人士的协作。"

江江为他最后那句话献上一个含蓄的白眼，但又忍不住心底小小的雀跃，提了提手里的咖啡道："不知道你在，买少了，但为了欢迎新人，我可以把自己的那杯给你。"

"江江，路律师已经把办公室的咖啡机从机器到豆子都换了。"夏乔在旁边举起自己的杯子，"你闻到没，多香，以后都不用外带咖啡了！"

江江看过去，果然，换的居然还是她在加州用惯了的同款，这个巧合就很有点让人惊喜了，而路子涵带着一抹微笑煞有介事地道："只是为了更好的工作状态。"江江还没笑出来，徐冉这个小闷骚已经在微信群里嗷嗷叫："完了，我没有心思工作了，我坐在这里，分分钟只想劝这位路先生不要当律师了，咱出道吧，我都快背叛我家崽了！"

夏乔回了个白眼。吴悦越矜持地表示了附议："路律师气质就完胜。"

"你是看气质吗？气质还不是建立在看脸的基础上……"夏乔觉得自己气质也十分好，就没听办公室里这些妹子赞过他一句。

没等他们轻松几分钟，江江边开电脑边看手机，愣了愣："这篇公众号文怎么回事？"

《剖腹产背后的真相：后遗症痛过宫缩，惨过侧切》——这标题槽点

第十七章 只为一人

太多,但是,它在朋友圈刷屏了。下面的评论嗖嗖嗖增加,都是诸如:

"哇哇哇,好害怕,我不要生了!"

"姐妹们还是咬牙顺吧。"

"顺什么顺,剖什么剖,不生才是正道。"

"不婚不育保平安啊!"

"医院有啥权力自作主张剖,为了收手术费创收?"

"不是说剖的比例有规定吗,仁心真是飘了,管不了了?"

"别人私立医院,谁管,还不是爱怎么就怎么。"

"反正我是不生了,顺也惨,剖也惨,让男人上。"

……

冯静之走出来,显然她也看到了,道:"吴悦越,你查一下这个公众号的背景,看看它的转发路径,这应该是有人授意的。"

"这篇文章虽然知识错漏多,但煽动情绪有一手,还知道很多没有公开发布的细节……"江江沉吟。

"我约了陆医生,你要一起去吗?"路子涵站起身。

江江点头,当天晚上的具体情况,还得跟陆舟确定。

陆舟已经被暂时停职,他的状态也实在不适合继续上班。他整个人都很颓,眼眶青黑泛红,身上的衣服也像是几天没换了,皱得不行。

看着他们,陆舟先把一张照片推过来。那是一张在这个数码年代已经很少见的旧照片,照片上站在"C位"的是谢欣然,当时还很年轻,大约二十岁出头,穿着长裙子戴着草帽,帽子上还攒着些野花,放在豆瓣一定会被评为最美文艺女神。背景看样子是大山深处的农村,她周围也簇拥着好些个土土的农村小孩,其中一张面孔,是陆舟。

"那时候,她参加一个慈善活动,关爱罕见病的救治,我爸爸有多发性硬化症,我妈托村里念大学的堂哥到处找人帮忙,网上发帖,她看到了,带人来看我爸。"陆舟哑着声音说,"我那年十三岁,连县城都没去过,看到他们……别说我了,村里好多大人都跑来围着看,说她像仙女,是观世音菩萨大慈大悲派来的。"

路子涵和江江静静听他说,他声音更是沙哑,仿佛咽下了一个沉重啜泣,接着道:"从那时起,在我心里她就是仙女。我学医,知道世界上没有菩萨,但她,就还是仙女。他们组织资助我爸治病,她资助我读书。问我长大想做什么,我说想要当医生,因为从小到大看我妈求过最多的人就是医生。她说好样的,然后一箱一箱地寄书给我,鼓励我好好学习,考医科大学。"

陆舟手滑过自己放在桌上的名牌:"没让她失望,我考上了。哪儿都不去,就想在南岛的医院工作,想着她也在这儿,我心里就踏实。这么多年,我们一点多余的联系都没有,她一点都不愿麻烦我,有啥事也从不找我帮忙。我以前逢年过节给她送礼物,她说她什么都不缺,不如都捐助给那个关爱罕见病的组织。"

"那这样的关系是从什么时候开始改变的?"江江已经噙着眼泪在唏嘘,路子涵冷静地问。

"没有改变。但当我们再次见面,我,我很……"陆舟说不下去,捂着脸冷静了一会儿才道,"她怀孕了,在我们医院建档,做产检。看到她的时候,我……我本来以为她的样子是刻在我心里,永远不会忘,可事实是我差点没认出她来。当然,我当然知道怀孕会让一个女人身体产生变化,但是她整个人的气质、感觉,甚至相貌,都跟以前不同。我觉得她过得不好。"

"然后呢?"

"也没有然后,我想要关心她,但是她不给我任何机会。她很压抑很低落,有时候做完产检一个人坐在外面哭,但是我看了她的检查报告一切正常,所以不是身体上的病理原因。我判断她有产前抑郁的状况,建议她看看心理医生,她拒绝了我的建议。"陆舟说完陷入了沉默。

虽然孕育生命是一个非常艰辛的过程,但是健康的幸福的孕妇,也会

第十七章
只为一人

从这个过程得到滋养,纵有困难,也能在家人的帮助下支撑、克服过去。但谢欣然日益枯萎,她苍白浮肿,神情飘忽,明明是灵气四溢的艺术家的眼睛,却一天比一天空洞。他仿佛能看见她在深渊边缘,但是,他无法拉住她的手。

"谢欣然的公公说你和她不清白,这是为什么?"路子涵道,"我是你的律师,希望你坦白告诉我一切。"

陆舟痛苦地闭了闭眼睛,又沉默了片刻才道:"就在她生产的前一天晚上,她住进了医院,家里给她请了护工。她先生之前也在这里陪她,但后来据说他们吵了一架,她先生愤怒地走了。我忍不住去看她,她在医院的露台上哭。她以前不是这样的,你们看照片也能看出来,她就是被宠着长大的人,脸上一点点受委屈的痕迹都没有。但她这时候都快生孩子了,一个人孤零零地在医院哭,哭得很伤心。"

"她父母呢?"

"她结婚不久就去世了。"

"于是你去……安慰她?"

"嗯,我就觉得心里特别疼,也不能做什么,只能陪着她,她哭完了就主动抱着我,这是这么多年,她第一次跟我有肢体碰触。她还说她想好了,生完孩子要为自己活着,要离婚,去为自己做一件大事。"

"什么事?"路子涵感觉这件事很重要。

"她没有说,但看得出她下了很大决心。她问我是不是会支持她,我说,不管你做什么我都支持你。她就笑了,靠在我肩上,小声地哼歌。"陆舟突然泪水就涌出来,他也不抬手去擦去挡,就直挺挺地坐着掉泪,"我后悔没有好好问清楚她要做什么,现在还能替她完成。当时我整个人都傻了,觉得这辈子从来没有那么幸福那么开心过,她靠着我,哼了好久的歌,我一句话没说,我……"

路子涵明白了,应该就是那一幕让人看到,传到了谢欣然的公公耳朵里。

江江倒了杯水过来，放在陆舟面前，轻声问："陆医生，你还能继续吗？"陆舟沉重地深呼吸了两口，点点头。

"手术是怎么回事？"路子涵问。

"手术是我做的，没有经过家属签字同意。"陆舟依然一句辩白都没有。

"为什么？"

"她太痛了。她从来都怕痛，这没什么可说的，每个人对疼痛的忍耐力不一样。她从小到大，没伤筋动骨，没做过手术，她怕痛，没有什么错。"

"当时是什么情况？"

"当时开了不到四指，她已经痛得快要崩溃，不，就是已经崩溃，一直用头去撞墙，撞床的围栏，护士拦都拦不住。她是个音乐家，对嗓子特别爱惜，但当时她哭喊的声音已经不像人了。我知道，如果她不是痛苦到超出忍耐程度，她不会这样。"陆舟哽咽地补充，"我听不下去，也看不下去。"

"孩子的情况？"

"孩子的胎心音在逐渐变弱，因为她羊水破得早，如果产程太长也确实有危险。但是，当时的确没有到必须进行手术的地步，如果单从数据指征来看。"

"家属的意见呢？"

陆舟眼中闪过怒意，嘲讽地道："她的公婆在外面跟人说，儿媳妇叫得这么大声，他们孙子肯定块头大，是个壮壮的孩子。他们很紧张孩子生下来没有，但是没有过问她怎么样。当然这是常态。如果你们在产房外待上一个星期，可能会对婚姻有更多层面的认识。"

"她的先生呢？"

陆舟眼神变得复杂，有些困惑，犹豫了会儿道："他坚持不同意手术。后来她疼得不成样子了，他被允许进去陪产，其实我也是想让他知道他太太的真实感受，能够同意手术。但是……"陆舟的神情越发茫然，他有些

第十七章
只为一人

困难地形容,"他当时的表现,很……不一样,他在床边,一直让他太太……叫他的名字。"

这是什么剧情?喊他的名字?

"他太太,也就是谢欣然什么反应?"江江狐疑。

"她似乎不太搭理他,不过她当时估计连人都不一定能认得出,就一直拼命哭喊,说不要生了,要做手术,要麻醉,还喊救命,求放过她……但她没有喊她先生的名字。"陆舟压抑笃定地说。

"她先生依然不同意手术?"路子涵问。

"是的。"陆舟黯然,"他没有做出任何积极的决定,我看他在那儿也不像有什么用,让护士又把他请出去了。"

"于是,手术是你单方面的决定?"路子涵蹙眉问。

"她也同意了,其实我有让她签字。"

"那你昨天怎么不拿出来?"江江诧异。

陆舟苦笑,拿出一份文件:"你看看就知道了。"那是一份皱得厉害的手术同意书,上面的签名,扭曲潦草,实在难以辨认。

"而且当时我的手术助理留了个心眼,录了音,但是……你们可以听听。"陆舟神情越发灰暗,他找到一段音频,虽然已经刻意调低了手机音量,但那个声音的撕裂、悲惨、歇斯底里还是听得江江一身汗毛都竖了起来,仿佛那人正置身地狱被油煎火烤一般,她突然就懂了为什么陆舟会在没有家属签字的情况下,给谢欣然做了剖宫产手术。

"我是医生,明白剖宫产之后的恢复也会痛,会有一些不可预测程度的后遗症,但在当时我的判断是,以她当时的状态和耐受度,支撑不到产程结束。"陆舟沉声道,"我明确告知了她的家属,但他们不相信。她先生只问我数据,我很无奈。我当时也有点失态,与她先生产生争执,并且擅自把她送进了手术室,给她做了手术。"

无影灯下,照得雪亮的是她麻醉后虚脱的脸,和他痛彻心扉的心情。

在那些漫长的岁月里,她是他暗夜中的光,上天怜悯的慈悲,改变一

159

生命运的转折，是他最温柔崇拜的渴慕。他恪守距离，遥遥远望，如她所愿成为一个有本事、知分寸的人，从南岛最好的医学院毕业，进了南岛最好的医院工作。虽然不曾靠近，但他生活中每一个细节都有她的影子，他听她写的歌，看她在社交平台上推荐的书，去餐厅点她喜欢的菜，学着她略有余力之后开始做慈善，关爱罕见病组织他每个月都会去义诊，也不断捐钱……如果当年她没有从天而降，突兀地出现在那个深山村落，那他的人生肯定是另一种样子。他一直在追逐，在仰望，但是，没想到，自己放在心尖上不敢触碰的人，她的人生却在他不知道的地方折了翅膀，过得这么郁郁。

如果她幸福、快乐，他会平静祝福她和宝宝一切安好，而不是在冰冷的手术室，要为她做一场一意孤行、极大可能会断送自己前程的手术。

没有家属签字的风险，他明白。

产妇一个几乎不可辨认的签名、一段精神状态不稳的录音极大可能不能证明什么，他也明白。

但他已经别无选择。

"还有重要的一点，她的家人也许无法原谅我，但我也无法原谅他们。"陆舟抬起眼睛，"之前她本来要求了无痛分娩，家属也同意了，但临时变卦，她公公听人说无痛分娩的麻药会影响胎儿，临时跟我们说取消，让我们打点生理盐水，起到心理安慰、鼓励的作用也就差不多行了。"陆舟声音极其疲惫森冷。

江江在心里爆了句粗口。

路子涵都跟着叹了口气，问："手术过程顺利吗？"

"顺利，但是术后出现腰背疼痛是进行脊椎麻醉后比较常见的后遗症，一般来说可以慢慢恢复，也有可能她恢复较慢，对她造成极大困扰。"陆舟黯然。

"今天就这样，陆医生，想到什么可以随时与我沟通。"路子涵道，陆舟精神太差，今天已经不能再谈下去了。

第十七章 只为一人

陆舟点点头,晃晃悠悠地站起来,走向吸烟区。

路子涵和江江往对外公共事务科走,两人都觉得心里沉沉的。

江江想着有些气恼:"我觉得陆医生他没错。"

"那你需要更多的证据来证明。"路子涵淡淡地道。

"我是在跟你聊天,又不是上庭。"江江气笑了,道,"就问你,如果是你,你会在你太太生孩子的时候因为怕影响孩子就取消无痛,然后在她疼得死去活来的时候跟她说一切都会过去的这种……话吗?"江江自动消音了一个粗口。

路子涵看着她气呼呼的脸,忽然微笑道:"不会,心爱的人,哪里舍得让她生孩子。"

江江被逗乐了,莫名觉得有点甜,蹦跶着说:"想要孩子怎么办呀?你自己上?"

"那贵院的科研部要努力啊。"路子涵曼声道。

第十八章

晚一点，天上见

两人说着话出了电梯，看到对外公共事务科的办公室外，站着许嘉琪。她今天完全是一身职场打扮，还拿了个职业范儿的包，国际名牌的当季新款，特别好看。

"嗨。"许嘉琪走过来跟他们打招呼，看着路子涵道，"今天第一天在贺叔那儿上班，还说请你这个师兄带带我，结果一上午没见人，跟你助理打听半天说你来这儿了。"

"你还真来我们所上班了？"路子涵有点意外。

"是啊，许宸赫那事出了，姑姑疯狗一样追着我，说我给警察通风报信，闹个没完，我索性避出来躲躲，让我爸也不会难做。"许嘉琪无奈地摊手。

"那出去玩玩散散心得了。"路子涵这句话说出来就觉得不太妙，果

第十八章 —— 晚一点，天上见

然，许嘉琪看他一眼，落落大方地就来了一句："哪有时间玩，还是追你比较重要。"江江憋着笑，想溜墙脚走掉。

路子涵轻咳一声，许嘉琪接着笑道："好了，我就过来跟你打个招呼，贺叔这个资本家，看我自动送上门来可没放过我，今天给了我一堆事儿，我忙去了。"她说完后还对江江叮嘱一句，"他忙起来就不要命，你帮我看着他点。"然后潇洒地挥挥手干脆利落地消失在电梯里。剩下江江和路子涵尴尬地对视一眼，路子涵也挥挥手："刚才这一段不重要，属于可删除剧情，你不用放在心上。"

"我有什么可放在心上的？"江江瞪他一眼，径自走进办公室。

"江江，快来，我们要忙炸了。"一看到她，夏乔就开始大呼小叫。

"来看，"吴悦越发资料给她，"今天那篇文是一个著名的田园女权主义公众号旗下的矩阵号发的，节奏也是一堆女权主义号带起来的。"

"田园女权？"江江对这个还不是很懂。

"这么跟你解释，争取平权是女权，争取特权是田园女权。但这个不重要，她们是以这个案例来宣扬反婚反育那套。"吴悦越拧着眉，"她们向来是特别会煽动的，但这个过程中，明显有水军下场把节奏往抹黑医院那个方向带。"

"谁家的水军？我们竞争对手？"江江疑惑。

"现在还看不出来。但都是医院，说实话谁没点不规范、不符合流程的操作，他们不至于抓住这个对我们下狠手吧？"吴悦越摇头。

"你们和陆医生沟通怎么样？有转机吗？"夏乔问。

"不好说。"江江无奈，从感情上她理解陆舟，还深觉恻然，但从法理、证据层面来讲，看路子涵的样子并不乐观。

"不是吧，又出现爆料的——陆舟是仁心医院妇产科被投诉最多的医生？"夏乔一声惨叫。正在写新闻稿的徐冉听到这个噩耗把键盘一推，也哀号了："这层出不穷的黑料谁投的呀？不带这样黑人的。"

路子涵走进来，道："我刚和高院长申请了权限，我们需要知道陆医生经手的病例的真实情况，尤其是有投诉的。"

冯静之抱着手臂问路子涵："这件事路律师怎么看？"

"现在还无法断言。"路子涵坦白地说。

"我怎么觉得这些爆料和投放，像有内部人士的影子在里面啊。"江江皱眉，媒体那边，哪怕是狗仔，也没可能这么了解具体情况。连陆舟被投诉的次数都能爆，奇了怪了。

"我们先去看看吧。"路子涵和江江往仁心的数据管理中心去。仁心医院庞大的人事部有一个专属的人力数据库，里面存储着所有员工，尤其是医生的资料。

在路上居然迎面遇见了陆雅，仁心医院院长曾海鸣的助理，那个身份暧昧又超然的女人。真正的大美人啊，江江每看到她一次都在心里心悦诚服一番。许嘉琪也漂亮，但许嘉琪可以看出是精心维护到头发丝儿的那种精致妍媚，陆雅就明显是老天爷赏的，给其他众人加颜值的时候是小心翼翼撒一点，给她是直接扔了一把。江江忍不住去看路子涵的表情，看他有没有对大美人垂涎三尺，却发现他神情奇怪，冷而淡，还微微有点冷诮。而陆雅与他擦肩而过的时候，深深看了他一眼，那眼神，可相当复杂。江江看不懂了，待陆雅走远后，暗暗地问："你们，认识？"

"不认识。"路子涵断然否认。

"我怎么感觉你们之间好像有什么事哎。"江江不怕死地还在说。

路子涵根本不搭理她，自己快步往前走了，那个孤绝的背影，让江江想起第一次在仁心医院见到他——人来人往中，只他一人的背影孤单伶仃。忽然江江心里有点不是滋味，他们认识这么久，也一起经历了那么多事，怎么遇见一个陆雅，他就又把自己封闭起来拒人于千里之外了？想想有点生气，江江也不理他，自顾自地找了台电脑开始干活。

她调出陆舟自从来到仁心医院之后的所有记录，感慨陆医生真的很拼，他的接诊量足足是他同级别医生的两倍不止。发表的论文数量只有两篇，

第十八章
晚一点，天上见

但质量很高，都是国际权威医学期刊。江江点开投诉记录，果然不少，加上以往他做实习医生科室轮值时期来看，如果说他是被投诉最多的医生好像同比起来也不算完全是黑他。为什么投诉记录居高，他还能在仁心医院一直待下去？她好奇地点进去细看，看完大部分后她心里算是明白了——

陆医生的投诉大多数来自家属，但病人绝大多数都是病愈出院。

仁心人事部让她觉得尤其难得的是，每次投诉意见都附有详细的院方说明和处理建议，每一个都像一篇短小说，从中真是可窥见世间百态。

其中有一例，发生在陆舟ICU轮值时期，病人已经年逾八十，一子一女想要放弃治疗，但病人求生意志强烈，想要继续治疗，他太太性格软弱，说不过子女只能找医生哭诉。陆舟坚持给老爷子治疗，与病人子女发生争执冲突，遭到好几次投诉，好在最后老爷子自己争气，不但从ICU转了出去，病好了还是和太太手牵手自己走出医院的。

他对自己的医术有信心，认为自己可以帮到病人，当这病人是他心心念念的人时，他能一意孤行在没有家属签字同意的前提下给她做手术，也完全可以理解了。

只是，这次他输了。

谢欣然从十八楼一跃而下也许有多重原因，但其他各种原因都没有实证，只有她因为腰背疼痛一次次来复诊的记录和病历说明都是实实在在的，随时会被作为呈堂证供。

江江整理资料，做记录，写分析，心情倒是越发沉重。她完成后抬眸找了找，看到路子涵还在专注地做事，也就没有打扰，忽然想起另一桩事——如果真如陈晓曦所说，那个绑架案的凶手戴澄也是仁心的医生，那他的记录也可以查到？江江放在键盘上的手有点发抖，咬着嘴唇迟疑了下，还是键入了"戴澄"这个名字点击搜索。

跳出来的照片上，戴澄的笑容俊朗得让江江意外。他高大英俊，有一双异常干净明朗的眼睛，笑起来的样子温暖极了。江江诧异，这就是凶手？虽然她不至于迷信颜值即正义，但不还有个说法是相由心生吗？他看起来

165

怎么也不像是心存恶念下手残忍的人。而且，看着他的照片，江江也丝毫没有潜意识的抵触和恐惧，反而莫名觉得有点心酸难过。

江江拧着眉头开始看他的资料，他也是南岛医学院毕业的，成绩顶尖，每一年都拿一等奖学金，在校期间就发表论文，给他写求职推荐信的人看头衔都大名鼎鼎，多有公开表示甚为遗憾 Mr. 戴不愿加入他们的实验室一同共事。同样是医术优秀的年轻医生，比起陆舟那一长排投诉记录，戴澄这里很少有人投诉，其中一个像是来搞笑的，一位妈妈投诉说戴医生相貌气质过于出色，待人过于温柔可亲，导致女儿隐瞒病情久久不愿出院。这也能行？江江扶额。但最后刺目的红色字"已解聘"，让江江心里一阵迷惘。

戴澄轮值完，正式担任仁心医院肝胆科医生，本来是最有前途的可以独立进行肝脏移植手术的年轻医生，竟然走上歧路落得这样的结果。江江看着他的病案资料，忽然觉得缺了点什么，是什么呢？对了，是陈晓曦，她说她也是戴澄的病人，而且是出事前不久找戴澄看病的。但最末的看诊记录里，陈晓曦的名字并没有出现。江江想也许是病人太多，她输入陈晓曦的名字，按下搜索键，结果依然是空白。难道是陈晓曦说谎？但这个谎言有什么必要？江江蹙眉，细查之后，发现缺失的不仅是陈晓曦的病案，戴澄出事前三个月的接诊记录都是一片空白。以仁心数据管理中心如此严谨细致的管理，不应该有这样的疏失。还是说，那三个月发生了什么不能公开的事，所以记录都被隐藏了？

江江拧着眉头自己琢磨，不觉已然过了下班时间，管理中心要关闭了。她抬头看路子涵已经不在，连忙收拾东西，刚走出去就接到宁小薏的电话，一迭声地让她一起吃饭，她前段时间加班太狠，跟江江描述她已经奄奄一息，必须一起吃顿好的回回血。江江想着今晚没有更多可以做的事，也就答应了，一转头突然看到刚才消失的路子涵正在她面前，而且，是她眼花了吗，为啥这位一向走高冷路线的哥们儿现在看着她的样子还挺萌挺可怜，就好像——把他抛下自己去吃好吃的这事挺不厚道？江江望天，问宁小薏："我这里多个人行吗？"路子涵见她已经领会，立马恢复平静淡

第十八章
晚一点，天上见

定——他这是玩儿变脸呢！

"谁啊？谁啊？"宁小薏八卦地追问。

"我……同事。"江江没好气。

"行吧，为了你建设和谐办公环境，带上蹭饭的一起来吧。"宁小薏说完，江江平静地回答："好的，那我就带上蹭饭的一起来了。"路子涵轻咳一声转开头。

宁小薏订了一家椰子鸡，又是依循她"穷街陋巷出珍馐"的原则，店藏在一个偏僻的椰子林里，如果不是她发了定位，江江绝对想不到那里面会有餐馆。

宁小薏等她的时候，已经点好了菜，椰子鸡现煲，能吃上就是四十五分钟之后了。椒盐皮皮虾先上，伴随着让人流口水的酥香，江江和路子涵出现在她面前。宁小薏手里一根手臂粗的皮皮虾啪嗒掉在了桌子上。

路神！路神真人！路神本神！活的！

"把虾捡起来，别浪费。"江江无语，宁小薏好歹也是在大律所上班的专业人士，现在这表现，宛如智障。

宁小薏可没觉得丢人，哪里还管什么虾，立马擦干净手跳起来给路子涵拉开椅子，笑得春风满面的："路师兄好，路师兄您请坐，路师兄您上班辛苦啦。"

江江哑然，看她招呼完路子涵，完全没有理会自己的意思，生气地道："我呢？"

"你自己坐。"宁小薏毫不在意，已经在挥手叫老板，"胖叔，上最好的茶！"

路子涵微笑，给江江拖椅子，又帮她把包放好。小店，依然是照着南岛小饭馆的习惯，给了一个盆一壶茶，江江现在知道那茶不是喝的。路子涵自然地拿过她的餐具，用茶水细心地烫过，他的手指修长，做这些琐事看起来都姿态优雅利索。宁小薏看得赞叹连连："路师兄您这哪里是在洗碗,完全是开光!"江江听得实在没忍住,哈哈大笑。

"你们聊天,不用管我,我只是那个——蹭饭的。"路子涵一边给她们处理餐具一边牵牵嘴角。宁小薏回忆起自己电话里大咧咧的口吻,羞愤欲绝,立马表决心:"如果早知道是路师兄,我们就去船上开它一桌海鲜全宴!"

"哎,说真的啊,我觉得你这后援团不给力,都没有发现你路师兄最大的优点。"江江拿了只皮皮虾,一边剥壳一边悠悠地道。

"什么?"宁小薏赶紧问,连路子涵都投过来疑惑的目光。

"会吃。"江江郑重地说,"早想跟你说了,贵师兄真的太会吃啦,随手买的甜品什么的都好吃到爆,车上放的汽水也真是好喝极了。"江江说得兴起,没注意被皮皮虾壳上尖尖的刺扎了手。看她手一缩,路子涵拿起她盘子道:"放下,去洗手。"自己接手了那只被剥得乱七八糟的虾,用刀叉就利落地去了壳,剥出来一条完整的虾肉,还一点没脏手。

那两人都看呆了。江江是觉得神乎其技,宁小薏嘛,是闻到了八卦的味道。

这家店的椒盐皮皮虾,没有用多的调料,就是现捕捞上来的皮皮虾,选大只带黄的,炸酥了之后撒上店家自制的椒盐,吃起来满口咸鲜肥美。江江十分喜欢,和宁小薏吃得很开心,路子涵也就在旁边默默地展示剥虾大法,流水行云地剥出小山一般的虾壳。

"哎,路师兄你自己也吃呀。"宁小薏道。江江不好意思地吐吐舌头:"我吃太快了吗?没关系我可以自己来。"

"放着,你从小就不会剥虾。"路子涵随口道。江江奇怪:"你怎么知道?"

路子涵一怔,平静地说:"看你刚才剥虾动作那么笨,就知道是从小不会的。"

江江无奈:"其他虾都还好啊,但皮皮虾真的太难了。"

路子涵没再说话,他方才是失言了。恍惚间,还真以为是从前。

第十八章
晚一点，天上见

清楚地记得，哥哥出事前，他们在一起吃的最后一顿饭，就是皮皮虾的全虾宴。他们买了两桶活蹦乱跳的皮皮虾，在海边烧烤。嗯，他们四个人，他带着江江，哥哥身边陪着陆雅。

陆雅那时候也还是学生，南岛中文大学的校花，实在太美，蹲守她的星探从来没断过，追她的人更是能绕赤道三周。但她自从校际辩论赛的时候认识了哥哥，两人就成了公认般配的一对。江江曾经不止一次地问他："等我长大以后，我们能不能像澄哥哥和小雅姐那样？"

"哪样？"他总是这么逗她。

"就特别好呗。"少女江江就已经很有自己的想法，总是认真地说，"特别好的意思就是不只别人看着好，他们自己也很开心。"

是，那时候哥哥和陆雅都很开心，有很多未来可以期许，有很多当下值得共度。

那天他们在沙滩上烤皮皮虾，烤熟了直接撒上粗盐吃，鲜甜无比。江江说，比家里的波龙什么的好吃一万倍。但她从来就不会剥，默不吭声地剥完一只，手指头上被扎得都是伤，虾肉还没吃到多少。哥哥在医学院一直以手术操作利索精准出名，先从皮皮虾的构造开始讲理论课，然后教他们依循结构地用刀叉剔出完整虾肉。他一学就会，从此接管了给江江剥虾的任务。看着她吃得那么开心，他心想，如果能给她剥一辈子虾，就是最大的运气。

终究还是奢望了。

那段时间哥哥的心情不是很好，总是有点心事的样子。那天吃完了皮皮虾，他听到哥哥在和陆雅聊天，听不清哥哥说了什么，但他依稀听到陆雅温柔坚定的声音说："如果你认为那么做是对的，我一定会支持你。毕竟，权衡再多总也还是要做对的事呀。"然后他看到哥哥一扫眉间阴霾，轻轻地亲了亲陆雅的额头，笑容又明朗得发光。

可是，接着就出事了。

他无论如何不能相信，哥哥心里所谓对的事，陆雅也赞同的事，难道就是绑架，并……杀人？

更令人不能置信的是，哥哥官司败诉后，陆雅毕业，也进了仁心，却很快成为新任院长曾海鸣的秘书，而且医院里人尽皆知她有另一个暧昧的身份——曾海鸣的情妇。

仿佛一夕之间，世间的所有人、所有事，都翻天覆地，让他想问一句，为什么？

但答案都是沉默，都是无解，都是心底的沉沉郁结。

"路子涵，你不吃虾，那喝点汤吧。"听到江江说话他才发觉自己有点恍神。

这家的椰子鸡做得确实不错，虽然很多家做椰子鸡也都是用新鲜椰汁，但这家的椰子选得特别好，味道清爽甘美但不会过甜，香味却是足足的。鸡肉也筋道不柴，蘸着店家自制的调料，清口又鲜甜。江江为了报答剥虾之谊，给他盛了碗汤，笑眯眯地放在他跟前。

"谢谢。"路子涵默默喝汤，听江江和宁小薏聊天。

江江大致讲了讲陆舟和谢欣然的事，宁小薏道："我觉得最奇怪的是，谢欣然这样的，怎么说也算是艺术家，怎么和她先生那样的人结婚？听描述，这两个人，包括他们的家庭背景什么的，都差太远了吧？"

江江也不太清楚谢欣然先生的背景，路子涵道："我请靳铭查了，谢欣然的先生——孟国威，他曾经是谢欣然父亲带的学生，他妈妈曾经还在谢家做钟点工。"

"这样，听起来像是近水楼台。"宁小薏点点头。

"谢欣然是在三十三岁时结的婚，那时候孟国威虽然已经离开大学，但离开之前年纪轻轻晋升教授，应该学术水平很不错，而且自己开公司也做得有声有色，以世俗标准衡量，也不算十分不般配。"路子涵道。

"但陆医生说她过得不好，她怀孕了不是经常一个人在医院哭吗？"江江皱眉道，"她后来跳楼很大可能是因为她先生，还有那样的公公婆婆。薏米你是没看见，超能撒泼的，在那样的家庭里可不得产后抑郁吗？你能

第十八章
晚一点，天上见

想象，她婆婆坐地上哭闹，她公公，一老头子拿鸡蛋砸我！"

宁小薏本来一本正经地要跟她讲讲证据的重要性，在路师兄面前展示下自己同为法学人的专业素养，听到江江最后一句话，又好气又好笑，凑过去看，果然江江光洁的额头上还有几道小血痕，立马生气地说："告他人身伤害！尤其是对你的精神造成了不可逆的伤害，让他赔个倾家荡产！"

路子涵轻咳一声，宁小薏缩缩头，回到案子上问了相对靠谱的问题："警方已经认定谢欣然是死于自杀？"

"是的。"路子涵肯定地说，"我跟警方确认了，没有他杀的嫌疑。"

"有留下遗书吗？"江江问。

"没有。或者说，没有公布。"路子涵道。

"她已经出院快一个月，现在自杀了，要把锅甩到医院头上，这算怎么回事？"宁小薏琢磨着。

"她确实出院后有好几次复诊记录，主诉症状是腰背疼痛，主治医生给的判断一是劳损，二是麻醉后遗症，所以他们就跟医院死磕了。但按常理推断，一个刚生了宝宝的妈妈不会因为腰背疼痛的困扰就跳楼自杀吧？"江江无奈地说。

"每个人的承受能力不同，谢欣然会因为难以忍受顺产的痛苦，坚决要求剖宫产，也难说会不会受不了后遗症的折磨而自杀。"路子涵道。

江江瞪他一眼："你是不是忘了你是陆医生的代理律师啦？"

"我没忘，所以我需要证据。"路子涵轻轻嘘口气。

"好了好了，"宁小薏觉得这天快要被聊死了，赶紧转移话题，"吃个饭也别都聊工作，会吃出胃溃疡的。江江，你在那儿住得怎么样？"

"还不错，小区很安全，进出检查都很严格。"江江最在意的就是这个。

"那是，特意给你选的。"宁小薏道，"不过你也就只能想起这点吧，你说我们这样上班上得天昏地暗早出晚归的人，别的都是虚的，你当时还羡慕别人有露台，这给你一个露台你也没时间打理嘛。"

"还是羡慕啊！我观察过了，我邻居的邻居，有露台那间，旁边有一棵高高的银杏树，树冠就在露台边，秋天指不定多美。想想，放张躺椅，躺着喝红茶，看银杏，美死了。但你说得也对，我打量过他的露台上也啥都没有，荒着。"江江遗憾地道。

"估计是个没什么生活情趣的人，暴殄天物。"宁小薏道。

路子涵没有说话，默默拿出了手机。

当晚回家后，江江在微信上被宁小薏一番土拨鼠尖叫，嗷嗷叫她们的路神，居然被她拿下了，"敢情你长途跋涉地回来，是为了收割男神的啊，我的天！"宁小薏愤愤不平。

"瞎说什么，没有的事。"江江一口否认。却想起了禅寺中的夜晚，路子涵病得昏昏沉沉的，说话的声音倒是白日未见的温柔，甚至有点宠溺。想起早课时分，晨钟清朗中看到他清隽面容带着微笑看着她，想起他在车水马龙中拿着蛋挞走过来的样子，想起她被人砸了一头鸡蛋他眉间郁郁的怒色，想起他自然地为她剥虾……那些瞬间，都软而甜地在心上留下印记，却又说不清缘由地有些心酸恻然。

江江被自己复杂的情绪有点吓到，难道真是——认真了？

"对了，江江，有个事我觉得非常有意思，还是想跟你分享下！"宁小薏鬼鬼祟祟的语音听起来像憋着坏。

"什么事？"

"你今天不是畅想了在露台上躺在躺椅上喝红茶吗？你说巧不巧，今天分别时我无意看到路师兄的手机亮起，打开的页面正是户外家具，还是意大利那个贵得吓死人的牌子。你说，其中有什么联系吗？"

江江有点蒙。

"我认为，是……"宁小薏拖长声音，然后快速说道，"恰好路师兄的宅邸也拥有一个露台，而他觉得你的畅想非常靠谱，于是准备自己好好享受。"

第十八章
晚一点，天上见

"喂。"江江哭笑不得。

"好了好了，我觉得他有可能在计划邀请你去他家玩呢，这请客的诚意令人感动。"宁小薏结束了八卦，"总之，你们之间一定会发生什么，或者，已经发生了什么。我已经掌握了很多有形无形的证据，法官大人和陪审团一定会同意我的意见，所以，这个瓜我吃定了，晚安。"她噼里啪啦说完，结束语音通话，留下江江还有点怔怔的。

突然，手机跳出路子涵的微信，江江一时心跳都快了几拍，但一看，人家是在正经说工作的事。他查到谢欣然的工作室还有一个合伙人，是她的版权经纪人。她在加拿大蹲移民监，每年要有一半时间在国外，这次听闻谢欣然出事连夜赶了回来。路子涵已经与她联系上，约在谢欣然的私人工作室。谢欣然平时深居简出，一心做音乐，也没有查到有什么亲近的朋友，这位童瞳是他们已知的除家人外与她关系最近的人了。江江立刻表示要一起去，她这两天听了好些谢欣然写的歌，心里越发感慨，她的音乐让人想起凡·高的画，想起她小时候看过的一本叫《荆棘鸟》的书，都充满了一种无望的炽烈，脆弱到一击即碎，但又坚韧到生生不息，很打动人。

第二天江江走出小区，路子涵的车已经停在路边。路子涵站在车旁等她，他高挑瘦削，一身浅灰色衣服穿得干净清爽，伸手递给她一个小纸袋。没打开就闻到扑鼻的鲜香，但江江不太认识，疑惑地问："这是什么？"

"肠粉。"路子涵回答。这是江江小时候特别爱吃的一家，为了买到，他六点起床去排队，搞得一身都是肠粉店各种食物的味道，回来洗澡换了衣服才又出门。

江江上车坐好，拿着筷子好奇地观察，半透明的米皮裹着饱满的虾仁，浇了琥珀色的不知名调料，旁边还配了点翠翠的青菜。实在太香了，她尝试地放了一块进嘴，立刻冲路子涵比画："好吃！"

路子涵看她吃得津津有味一点不意外，只是，忽然想到——虽然江江失去了记忆，但她喜欢吃的东西口味一点没变，那她喜欢的人呢，还和以往一样吗？

173

谢欣然的私人工作室在一处花园小楼，据说是她从小长大的地方。他们见到了童瞳，她一脸倦容，墨镜后的眼睛红肿，似乎还处于对这个结果不可思议的惊痛之中。

"她不喜欢百合花，喜欢鸢尾。"童瞳怔怔地看着宽大书桌上的花束，话未说完就已哽咽。

江江叹息。

"我连她的葬礼都没有赶上……"童瞳眼泪又落下来。

路子涵轻声道："纠纷还未解决，她还没有举办葬礼。另外，她的家人也还没有举办任何追思礼。"

童瞳有点愕然，但转而道："那一定是她先生过于哀痛不能理事了。"

这下轮到江江愕然——她先生过于哀痛？不能理事？她还真没看出来，他们来医院大闹一场，忙不迭诉诸媒体要向医院维权的样子，可是十分精明强悍的。

"他们夫妻，很恩爱？"路子涵比江江情绪控制得好，不动声色地问。

童瞳点头："孟总很疼她，对她非常温柔体贴。之前他们来加拿大玩，欣然感冒，孟总把药放在掰开的橘子里哄着她吃，欣然都说她不怕吃药，但孟总说他怕她觉得苦……说真的，这么个疼和宠，见过的人没有不羡慕的。"

——听起来很是甜宠，但是，她的回答也没有说是否恩爱呀。江江看了眼路子涵，正对上路子涵若有所思的眼神。

童瞳哑声道："我实在太意外，没有想到她会走这条路，是我们不够关心她？可是，她一直都过得顺风顺水，过得那么好，我是真的没想到。她怀孕之后停了工作，我也没有催她，想着她过得幸福最好……"

"可能，每个人都有自己过不去的关隘。"江江只得说句空泛的安慰。

"她从小家境好，爸妈宠着长大，学音乐学艺术，钢琴、乐理都请的最

第十八章
晚一点，天上见

好的老师，大学时候写的歌就红了，好多歌手都跟她约歌。她能选定我一起合作，不怕你们笑话，我当时真有点受宠若惊。她经济上完全不成问题，父母留给她的资产加上她自己的，很宽裕，结婚后先生对她又这么好，难得的是婆婆也顺着她，这还怀孕生了孩子，为什么会走这条路？"童瞳痛苦又迷茫，忽然咬着嘴唇道，"也许真是那个手术没做好，顺产和剖宫产的区别，还不是长痛和短痛。她如果当时顺产，熬一熬过去了，生完就好了，指不定就没这后面那么多事了。"她说完之后想起身边这两人是医院的代表，有些尴尬，但仍然坚持道，"除此之外，我真想不出什么理由她会自杀，就算激素失调产后抑郁，我也想不明白她为什么就真的过不去。"

"你说的情况我了解了。"路子涵始终平静。

从窗口看出，可以看到不时有陌生人过来，在花园里放下花束离开，应该都是她的粉丝。

"对，她还有很多粉丝，大家都爱她崇拜她……"童瞳哑声道。

忽然，他们看到花园外，定定地站了一个人。

那人瘦瘦高高的身形和路子涵差不多，戴了顶帽子，低着头，但站姿笔挺，天气还是夏末初秋他已经穿了长袖的风衣。似乎意识到有人在看他，他微微侧头，江江看到了一张有些岁月风霜但清癯秀挺的脸，只是，异常憔悴。

他们走了出去。"你是？"童瞳觉得她似乎见过这个人，但又想不起来。

"我是小谢的……朋友。"他似乎有些艰难地说出"朋友"二字。

童瞳思索了会儿，拿出手机翻找出一张照片，递过去道："这上面的人是你，对不对？"江江也看到了，她这几天补课，知道那张截图的由来。几年前谢欣然曾经制作过一张纯音乐专辑，里面有首大提琴曲《炽》，明明是热烈得有些迷狂的曲风，选了大提琴来演奏有种说不出的哀冷，配合的视频更是奇怪，镜头里都是一个平凡家庭的日常空镜，没有人出现。童瞳手里的图，正是那个视频的一幕，原木书桌上放着鸢尾和透明的水杯，还有一个简洁的镜框，在里面笑得很好看的，正是眼前人。

那人看到童瞳手里的图，面上憔悴之色更甚，点点头："是我。"

"原来真有你这个人，"童瞳声音发涩，"那首音乐的视频录制是她自己完成的，我们问这放的谁的照片，她说就是那个，若此生无权什么什么的人，就几句网上流行的句子，我们也没认真听，还开玩笑说她叨叨这些网络梗，自降逼格。"

"我知道，那几句话后来用小字印在了专辑的册子里，'若此生无权惦念，晚一点，天上见'。是这个，对吧？"江江忽然就觉得自己懂了，懂了谢欣然音乐里那炽烈绝望的情绪，懂了她为什么在曲风那么渴慕热情的音乐，配上最日常的画面，因为那就是她心底最深的炽热啊，她一直爱着一个不可得或者不能爱的人。

童瞳也敏感地领会到了这点，神情有些恍惚。而那个男人听了江江的话，似再也克制不住，侧开头去，喉间有极力压抑的哽咽。

"这位先生，我们可否借一步谈谈？"路子涵上前道，"我是一名律师，路子涵。"

"你是她家人的代理律师？"显然他也对谢欣然的身后事有所了解。

"不，相反，我是医院陆医生的代理律师。"路子涵坦然道。以为会遭到拒绝，但那人听他这么说，点了点头道："好。"

童瞳提前告辞，他们三人在谢欣然工作室附近的咖啡馆坐下。江江倒了一杯热茶给他，他道谢后自我介绍："我叫高霆。"但一句多的话都没有。

"高先生，您这是从外地赶回来的？"路子涵试探地问。

他点点头，索性直接道："抱歉，关于我的职业和其他情况，不便告知。"江江觉得他说话措辞有点文绉绉，但气质又很有几分凛冽，一时猜不透他是做什么的。

"小谢的死，我有责任。"高霆的第二句话让路子涵和江江都怔了怔。他清癯面容流露怆然，握着杯子的手轻轻颤抖，又侧头冷静了好几分钟，才能勉强维持不致崩溃。他拿出一张卡片，上面是一个邮箱和密码："这是当初小谢和我约定共用的邮箱，大多数邮件都已经被她删掉，但最后一封，我看到时太晚了。"

第十八章
晚一点，天上见

路子涵投去询问眼神，他点点头："虽然现在不能确定医生是否有手术失误的情况，但我希望把真相还原得尽量全面。"

"高先生，谢女士她一定很爱你吧？"江江没忍住问出了这句在她心里来来去去的话。

高霆的眼中有与他凛冽气质不符的凄恻，声音沙哑："如果她能够醒来，我……罢了，这世上哪里有如果。不过好在，她说的晚一点，也不会晚太久。"他站起身，看到咖啡馆外有一辆军车已经静静地停在那里，便对他们微微颔首，"抱歉，先行一步。"

一名年轻警卫敬礼，恭肃地为他拉开车门。军车慢慢驶走，江江看到了一个数字很厉害的车牌。

"他这是，做什么的？军队高官？"江江好奇。

"他应该是一位投身国防科研的科学家。"路子涵选择了很温和的措辞。

"谢欣然肯定一直都爱他，不对，应该是他们相爱，但为什么没有在一起？"江江心里有点沉重。

"大概是因为他的职业，不仅仅是一份职业，还需要更多的牺牲与奉献。"路子涵叹息，"刚才你注意到他的手腕了吗？抬手时露出来的都是皮下出血的瘀红，看起来应该是受了放射性元素的伤害。而且很严重了。"

江江背上一凉："那他刚才说的话，晚一点，不会晚太多，是说他自己……也不能活太久了？"

路子涵点点头："是这个意思。"

江江呆了呆，心里难过极了。

"我也听过一句网上的话，'这世上哪有什么岁月静好，无非是有人在替你负重前行。'南岛的平安和繁荣，背后是他们在支撑。他们付出的，不仅是时间、精力、智慧，还有更多更沉重的感情与——幸福。"路子涵轻声道。

江江拧着眉，怅然地道："谢欣然在选择自杀的时候，知道她爱的人

177

身体已经这么坏了吗？如果知道，她会不会……哦，不对，她既然那么爱他，为什么嫁给了别人？"

"我们来看看这个邮箱。"路子涵在手机上键入邮箱名和密码。

里面孤零零地躺着两封邮件。

第一封是两年前，第二封是几天前。

两年前的那封，江江看到了这样的段落：

我曾经想着，既然你可以献身国家，我也可以心许艺术，这样虽然没有与你在一起，也是与你做了同样的人生抉择，以你的方式过完我的一生。

但是我还是软弱了。今年父母都做了大手术。守在手术室外，我这才知道，于单身女性而言，独自换灯泡修马桶何足挂齿，最难的，是独自支撑父母重病。巨大的心理压力让我崩溃，我可以不在乎别人怎么说，可是当爸妈在病床上说看我孤身一人，他们死不瞑目时，我退让了。

是，我要结婚了。虽然从我明白事理起，就没有想过，我会和一个不是你的男人结婚，这是不可思议的。现在我写下这封邮件时，依然觉得五味杂陈。

但我又有什么资格悲哀，一切都是自己的选择。我选择了退让。

所以，我删除了其他邮件，以后也不会再写。对不起，我终究还是妥协了。既如此，便要对我妥协的结果负责。

她一个字都没有提到自己的先生孟国威。

第二封邮件可以明显看出她是在精神状态很不稳定的情况下写的，里面甚至出现了"救救我"这些语句，看得出来受到很大困扰。

"谢欣然求救，难道是孟国威家暴她？"江江骇然道。

"没有，警方的尸检报告没有陈旧伤。"路子涵摇头，"也不一定是

第十八章
晚一点，天上见

在遭受暴力伤害的时候才会求救，谢欣然估计一直把那位高先生当作内心的支柱，遇到她觉得撑不下去的时候本能会去求助，但是高先生看到这封邮件的时候太晚了。"

"她没有出去工作，生活的重心就是在家庭，那肯定是家里出了事，才会让她这么受伤这么难过。"江江道。

"孟国威无论是在学校，还是在后来的公司，口碑都不错，学生、同事对他的评价都很好。而且人所共知，小孩们那个词怎么说的来着——宠妻狂魔。"路子涵摊手，"我还得继续调查证据。"

江江与同事沟通了之后道："今天媒体那边还算平静，没有继续爆医院的黑料，我偷会儿空，要去办点自己的事。"

"什么事？"路子涵自然地问。

江江敲敲自己的头："这里，很重要的事。"

她约了罗羽。

罗大医师依然在看最新的韩剧，今天从爱情剧换了一部刚出来不久的丧尸剧，可是，他看丧尸剧都能看得感动涕零，江江觉得这确实是一种天赋。

但当她在诊疗椅上躺下，罗羽眼泪一擦，变脸一般恢复专业温和的样子，郑重地问她："你真的确定要开始治疗？"

"对。"江江今天特别有感触，"没有任何人的生活是轻松的容易的，哪怕是不好的回忆也是我生命的组成部分，也是我需要承担的，我决定了。"她说这话的时候想到了高霆，还是觉得恻然，如果他与谢欣然就是一对普通夫妻，就像谢欣然那首《炽》的MV里展示的那样，在一个温暖干净的家里平淡度日，就是弥足珍贵的幸福。

"为什么说得这么悲壮？"罗羽托腮。

"讲真，我回到南岛之后，每一天的感触都比在加州一个月还多。"江江感慨，"这才知道，以前过得真是没心没肺。"

"那也是让人羡慕的人生境界。"罗羽问，"那，你有没有想过，回到加州，回到那种生活状态？"

江江摇头："我不想走。现在我觉得自己活得——很真实。"

"真实……嗯，那我们现在可以开始了？"罗羽微微一笑。

随着罗羽的引导，江江渐渐又进入某种状态，这次没有在她的房间，而是重现了那个梦境。但色泽不如以往晦暗，似乎稍微明亮些许，但那个人的背影依然触不可及。

"你看到了什么？"

"雾，灰色的雾，我看不清……"江江此时的声音带着几分青春期特有的青涩，场景颇有点诡异，但罗羽低沉如丝弦般的声音平静如神祇，问："雾里有什么？是不是有个人？"

"是。有人，我追不上。"

罗羽这时候没有过多追问，只是倾听江江每一句细微琐碎的描述，不断地引导、重建，然后轻声问："他是谁，你看到了吗？"

这句话一出，江江的眼睫毛猛地一抖，她突然睁开了眼睛，惊惧地看着周围。

罗羽知道这次算是失败的催眠治疗，为了避免给江江造成精神上的伤害，连忙安抚、镇定。江江渐渐醒过神来，沮丧地问："我是不是表现得不好？"

"不，你表现得很好。"罗羽道，"不要急，这只是第一次催眠治疗，我们有一个疗程，以后我们把节奏再放缓一点，慢慢来。"

江江还有些喘息未平，握着杯子喝了几口水，沉默地点头。

"后悔吗？"罗羽问。

江江坚定地摇头："下次继续。"罗羽看着她离开的背影，眼中流露出些许心疼不舍。

路子涵的哥哥戴澄是他的好友，他也明白要想为他洗清冤屈，只有还原当年的真相，可是作为专业的心理医生，他知道真的要找回、面对这样一段回忆，有多么难，需要多么勇敢。

第十九章

自 欺

当江江去罗羽那儿接受治疗的时候,路子涵难得地没有继续工作,而是回了家,站在自己空荡荡的露台上。

抬腕看看时间,他预订的躺椅、阳伞、绿植和花架应该都快送来了。就像江江说的,露台边有一棵大银杏树,树冠刚好在露台之上,那躺椅放在树下?遮阳伞大而美,不会阻挡视线,绿植他毫无经验地选了一些琴叶榕、龟背竹之类,没有时间做功课,只能以后慢慢完善了。顾辰微送了他一套据说不错的茶具,现在是不是有了用到的机会?江江平时都喝咖啡喝汽水的,她会不会不喜欢喝中国茶?但红茶应该无妨。路子涵站在露台上,规划着,想象着,嘴角不由得带着一丝笑,这丝笑意在听到门铃响拉开门时还没有退去,但在看清来人后瞬间凝固——来的不是家具绿植,门外站着的中年女士,优雅、贵气,目光阴沉矜持,他认识,永远忘不了,正是江江的妈妈叶绚亭。

一刹那，两人都有被对方蜇了一下的错觉。叶绚亭穿着整齐的套装，头发一丝不乱，定定神开口："我想与你谈谈。"

路子涵蹙眉，并不想请她进屋，但想到江江，也只得退一步，把叶绚亭让进客厅。

叶绚亭在沙发上坐下，姿态矜贵，看了路子涵半分钟没说话，待到房间里空气快凝固，她才道："你的目的我很清楚，但是，你不许利用江江。"

路子涵目光一暗，没有说话。

"你哥哥的事……我知道你不服，不能接受，但事实如此——等等你不要说话，请你从自己的世界里抽离出来看看，你认为你哥哥被人冤枉是事实，我们家被害得家破人亡也是事实。你要翻案，凭自己本事翻，你要报仇，找清楚谁是凶手，但是，江江是无辜的，我不许你利用她。"叶绚亭道。

路子涵站起身，清冷气场逼得叶绚亭心神一顿，他漆黑的眼睛看着她："您说得没错，我一定会让哥哥摆脱强加给他的罪名，也一定会报仇。但我对江江，不是利用。"

叶绚亭轻轻冷笑："大律师果然都擅长诡辩，利用她找回来的记忆，不是利用？"

"那么说，利用她失去的记忆，又何尝不是利用？"路子涵同样语音清淡地道。

叶绚亭闻言有点按捺不住："她失去记忆是身体出于自我保护产生的应激反应，她受了那么大惊吓，吃了那么多苦，她已经承受不了了，所以大脑把那段记忆删除了！我不去触碰会伤害她的事，鼓励她往前看，有什么不对？"

"于是您就当作什么都没有发生，篡改了她的回忆，让她像一张白纸那样生活，以为假装一切没有发生过就能掩耳盗铃。但我们都知道，那不过是自欺欺人，所以，您不也回来继续监视她了？"路子涵唇边牵出冷笑。

第十九章
自 欺

"还不是因为你!你撒了这张网江江不知道我知道,你把她骗回来,居心叵测地接近她,在她面前扮演道貌岸然的正人君子,不惜利用案子来设计她,让她冒着大风险去做催眠唤醒记忆,还与她……夜不归宿,这都是你做的好事。"

"原来已经知道这么多,那您应该很早就回来开始监视江江,之前为什么躲着呢?是在等什么,还是不敢出现,江太太?"路子涵那一句轻轻的"江太太"唤出来,叶绚亭脊背都僵硬了,深吸口气道:"我自然有我的事情要处理,如果不是你令我忍无可忍,我也不至于来找你。当年的事江江也是受害者,你这样欺骗她,算计她,利用她,不觉得自己太过分了吗?!"

"欺骗江江的人,不只是我吧?"路子涵淡然道,眉间浮起一丝倦色。

在对待江江这件事上,他与叶绚亭,都不是好人。他坐下,按着眉心低声道:"江太太,我们都没有立场指责对方,我是为了哥哥,您是为了自己。江峰那个求救未遂的电话,您没有办法跟江江交代,对不对?"

叶绚亭僵直的脊背晃了晃,陡然道:"我没有什么不好交代,我根本不知道江江也在一起——"说到这里她立刻住口,但已经来不及,路子涵看她的目光更是冷冽讥诮:"原来那个电话真是打给你的。而你选择看着自己的先生——江江的父亲——去死,却不知道一并害了江江。"

叶绚亭猛地站起身,抖着手去拉门,路子涵起身一手压住门,冷冷地问:"你到底还知道多少真相?"

"我不知道!"叶绚亭愤然,"这个案子已经结案,家破人亡的也不只你一个,你不要为了自己的偏执再伤害江江!"

叶绚亭用力拉开了门,门外正是来给路子涵送户外家具的小哥,愕然地看着他们。

叶绚亭扬长而去,路子涵看了眼推车上的纸箱,疲倦地道:"东西都不要了,你自由处理吧。"掩上门,头部剧烈的刺痛让他瞬间有失重的晕眩,不得不扶着门缓缓坐倒,把剧痛的头枕在手臂上,回忆与现实密密地

183

交织，蒙冤去世的哥哥，去而复返的江江，属于他们的被删掉的回忆，都让他的胸口压抑到不能呼吸。

偌大的客厅，路子涵一人孤单地蜷缩在角落，而此刻，暮色低垂，黑夜将临。

突然，路子涵的电话响起，接起来竟然是江江，她语速很快地说："南岛广场，你快来。"没等他多问，她已经挂断了电话，背景嘈杂。

路子涵压着额头在沙发上扶了一把才站起身，眼前还是有些眩晕，钝重的疼一阵紧似一阵，他吸口气，胡乱拿了两粒止痛药吞了，拿着外套出门。他这状态也不敢自己开车，所幸走出小区就拦到辆出租车，直奔距离他住地只有一个街区的南岛广场。坐在车上，止痛药的作用下头不那么疼了，但越发晕得厉害，司机瞅着他的脸色问："先生，您这是病了？要送您去医院吗？"

"没事。"路子涵开口才发现自己声音哑了，低低咳了几声。

南岛广场占地不小，到了之后路子涵指点着司机往西边那片开，因为他看到了一片烛光。果然，是谢欣然的粉丝在这里为她开追思会。地上和台阶上点着大片的白蜡烛，一束束的鸢尾花重重叠叠，中间是谢欣然的照片，音容宛在，依然带着她标志性的灿烂笑容与忧郁眼神。空气里回荡的是她写的音乐，炽热又绝望。

这样的氛围很是催泪，大多数粉丝都眼眶泛红，时不时小声抽泣。

他走近就明白了江江让他来的原因——因为陆舟也在这里，拧巴又颓废地坐在一边，看着照片上的谢欣然发呆。身边聚集了一圈人，对他不太友善，而江江气呼呼地站在他身边，竭力维护。

"医院为什么要安排一个这么差的医生给然然做手术？"

"陆医生是非常优秀的医生，他的接诊量和……"

"我们不管那些，只知道他被爆出来投诉记录是最多的。"

"投诉也要分情况，而且谢欣然女士手术过程的司法鉴定还没有正式

第十九章 自欺

出结果。"

"没出结果那就是存在医疗事故的可能,而且哪怕过程没问题,能证明后遗症不是因为手术了吗?然然不知道受了多少折磨。"

"您所说的确实没有必然联系……"

"……"

刚开始只是粉丝们自己的风言风语,有了江江的回应,双方索性掐起来了。路子涵看着大有以一敌百斗志的江江,觉得头更疼了,走过去,把她护在身后,对那些围攻他们的粉丝道:"我是陆舟医生的代理律师,我有义务提醒,在案情尚未明确前,任何不负责任的推论和指控我都会替我的当事人保留追诉的权利。"然后轻咳一声放缓了语气,"谢欣然女士的遭遇我们也深表遗憾,今天大家来这里是为了追思和悼念,就不要在这里吵架让亡灵不安了吧。"

周围渐渐静了下来,有人认出了他,小声道:"路律师?路子涵?"

路子涵点点头,他现在还很难受,只想先带陆舟和江江离开,这时却听到有人说:"孟先生来了。"他们转头,看到谢欣然的先生孟国威一身黑衣,面容肃穆憔悴,手里一束白色的玫瑰,默默地走过来。在谢欣然遗像前放下花束的瞬间,两行眼泪簌簌落下。大家被转移了注意力,好些个女孩子已经上前轻声安慰请他节哀,在一堆"然然姐在天上也会希望你们好好的"这样自说自话的劝慰中,江江听到一声轻轻的冷笑,她立马看去,但一时也分辨不出声音到底来自谁。

孟国威追思完毕,对那些安慰他的女孩子彬彬有礼地点头致谢,低沉地道:"我会照顾好然然留下的孩子,他是上天留给我最后的怜悯。"在一片唏嘘中,江江又听到一声冷笑,这次她捕捉到了一个离开的背影,快步追上前,但那个女孩子只是淡淡地对她道:"我不是粉丝,只是路过的路人。"江江深深看她一眼,道歉:"对不起,打扰了。"转身回来,看到孟国威离开的时候,看向陆舟和路子涵的目光分外阴沉。他不用说什么,但已然有人代他开口:

"一丘之貉。"

"上次陈晓曦事件里，不是一副道貌岸然为受害女性呼吁的样子，怎么这次就去偏帮医院了？收了多少律师费啊。"

"我算看明白了，势利眼的戏精一枚呗，上次演维权律师，是因为陈晓曦是公众人物，有名有钱，他跟着蹭一波热度，这次就不一样了，热度要蹭，钱也要挣，越来越精明。"

听着话说得越发离谱，路子涵眉心微微跳了跳，江江都要急了，被他拉了一把，让她不要回应，直接道："你带陆舟离开这里。"

陆舟耷拉着头，闷声道："我不走，她的追思会没有结束，我不是来装装样子的。"他满眼血丝，刺了孟国威一句。但他说的也是实情，谢欣然没有举办葬礼，他能参加的，只是这个小小的追思礼。

孟国威明显不肯善罢甘休，怒气上涌，但看看前方似乎有什么忌惮，最后冷哼一声拂袖而去。

周围叽叽喳喳的议论声更大，路子涵蹙眉，他本来心情差到极点，身体也不舒服，说话的语气不由得硬了一些："心存哀思，在哪里不能追悼，拘泥于形式有什么意义，逞一时意气更是无聊。"

"路子涵……"江江觉得他作为知情人半句安慰都没有，开口就是命令和训斥，也有点不自在。

路子涵没有理会她，看向陆舟，压低的声音异常清冷："陆医生，我有必要再次强调，你作为我的当事人，我的义务是最大限度地维护你的合法权益，基于此，对你情绪化的不当行为我也有劝诫的权利。而你，"他看向江江，"作为医院对外公共事务科的发言人，明知身份敏感，仍纵容同僚出现在不当场合，还不顾身份陷入争执，我也认为十分幼稚。"

"不当场合，你什么意思？！"江江被他这几句话说得火也上来了，路子涵不是不知道陆舟对谢欣然的感情，他来参加追思会也是情理之中，而她有理有据维护同事竟被说十分幼稚？

"我现在不想也不能在这里与你争执，只想说，你看看刚才已经有多

第十九章 自欺

少人在举着手机录像录音了,心里没有数吗?要想负面新闻和谣言少飞几条,那就把哀悼时间平平静静地留给真正的粉丝,虽然这里混入了相当部分……属性不明的群体。"他目光掠过方才出声挤对他的人,江江莫名觉得他的眼神还挺可怕。等等,他的脸色也很不好,白得吓人,比那天在禅寺晕倒时候还煞白。

江江虽然心里有点发堵,但理智尚存,知道路子涵说得对,吸了口气不再任性,拉着陆舟道:"走吧,路律师说得也对,心意重于形式。"

陆舟本质是个负责的医生,本来还想拧巴几句,瞪着路子涵却突然顿了顿,闷声道:"你生病了。"

路子涵对他们摇摇头:"没事,你们走,我自己回家。"江江有些担心地看着他脚步不太稳地走开,慢慢在广场的长椅上坐下,俯身拿出手帕掩到唇边,看样子是吐了。

"去看看他。"江江奔过去,路子涵晕得厉害,埋着头控制不了地反胃,但他胃里是空的,也吐不出什么来,喉咙被翻上来的胃酸激得火辣辣地疼。

陆舟这时候恢复了一些医生本能,扶着他,给仁心急诊科打了个电话:"来个车,南岛广场接病人,到了直接跟我联系。"

路子涵脸色灰白,眼圈倒是泛着红,还想拒绝,被江江果断一句"你别说话了,我陪你去医院"给堵了回去。

急诊科来的医生是陆舟的朋友,一看病人是路子涵,就半开玩笑道:"我看你是惹上大麻烦了,官司小不了,庭还没上呢,就把你的律师给折腾成这样。"

陆舟自嘲地苦笑。

"不关他的事……让救护车来,太浪费医疗资源了,我休息会儿就好。"路子涵哑声说。

"没事儿,费用抵扣在你的律师费里。"急诊科医生哈哈笑,俯身问,"能走吗,我们这来都来了,还是去一趟医院吧,看你这脸色够呛。"

"当然能。"路子涵话是这么说的，站起来眼前就是一黑，江江在他旁边撑了他一把，觉得这人真是不诚实。

路子涵神思还算清醒，他自己联络了经常给他看病的主治医师，熟门熟路地拍了个片，挂上了点滴。江江关心之下想问问，却见那医生对着路子涵乐了："江江可是我大仁心的对外发言人，我招架不住，你自己说吧。"

江江看向路子涵，路子涵这时候稍微好些，但在镇静剂的作用下昏昏欲睡，强撑着精神对江江道："就跟以前一样，紧张或者累了就有点头疼，没事。"

江江不愿他强打精神，不再追问，点点头道："好的，那你睡吧。"她转头冲蔫头耷脑坐在一边的陆舟道："陆医生，你也回去休息吧。"

陆舟闷闷地起身，看了眼合上眼睛的路子涵，道："他睡醒一觉应该会好很多，你也可以回去休息，我叮嘱护士看着他。"

"没事，急诊科的护士多忙啊，我还是多陪他会儿吧，今天也是我把他叫出来的。"江江自觉路子涵病倒她有一半责任。

陆舟自从谢欣然不在了后，神情总是有点茫然，他看着路子涵，忽然对江江牵动一丝冷诮笑意："你说，路律师他算是我们违背病人个体意愿，被强行带来医院的吗？如果他在治疗过程中出了事，我是不是又罪加一等？"

江江有点愣怔，又听到陆舟幽幽地道："刚才是我胡说，但……我就是忍不住一直想，如果我不给她做手术，她没有受手术后遗症的折磨，是不是现在还好好的？"

江江想了想，选择了坦白地说："我想不会有很大区别，她不会好好的，她的心碎了。"她那么炽烈而绝望地爱着一个无望的人，她的心是碎的。

"为什么？"陆舟茫然地问。

"在我看来，谢欣然走上这条路，更大的原因是她做错了一个关键的

第十九章
自欺

人生抉择。"江江道,她不能忘记谢欣然在写给高霆的邮件里,提到的"妥协"。曾经以为可以,但事实证明,不可以。

陆舟似有所悟,没有再多说,低头走了出去。

仁心医院的急诊留观室,不多时就送进来两个因车祸受伤的,一个危重病人急救的,还有一个吞了不明物体的小朋友。好在路子涵半个多小时就醒来了,他不肯再占用病床,江江问:"叫个车送你回家?"但她的神情有点欲言又止的,路子涵蹙眉:"有事?"

"没有,明天再说。"江江觉得这时候还拖着他谈工作似乎不太人道。但路子涵站定身子:"去办公室说。"

两人坐在仁心医院对外公共事务科小小的办公室里,白色灯光下,江江打开电脑:"我一时兴起,用谢欣然留下的邮箱名和密码登录了某社交平台你懂的,居然登录成功了。"

谢欣然作为半公众人物,自然有社交媒体的大号,一般都用来分享音乐,很少涉及私生活。这个小号,发的内容也很少,有一些很低落的心情记录和旁人看来不知所云的文字,江江知道了有高霆这号人物的存在,看得懂其实都是意有所指的表白。

"你看,她的关注栏,除了几个军事和科技的官方号,近期多了一个私人号,而据我的观察,这也是一个小号。"江江示意,用鼠标点开,"有意思的是,这个小号,参加了'Me Too'(我也是)。"

路子涵知道"Me Too"是女性表达反抗性骚扰、性侵害的一个网络群体活动,随着江江鼠标点开,这个小号参与"Me Too"所说的内容是:我被尊敬的前辈诱奸了。

"你知道我在怀疑什么,对不对?"江江看着路子涵,"我想不是捕风捉影。"

路子涵面色苍白,眼神流露悲哀,他是律师,懂得法律,依照现行法律条款，诱奸定罪难度极高，而且涉及上司和下属的从属关系，这位女士面临的压力会极大，很可能会被裹挟进舆论里被吃尽人血馒头，最后惨淡收场。他轻轻嘘口气："我知道，极有可能是孟国威作的恶，这也许是压垮谢欣然的最后一根稻草。"

"你记得吗，陆医生说过，谢欣然生产之前，曾经跟他说，她决定了，要做一件大事，然后离婚。是不是和这有关？"

"那最后她为什么保持了缄默，选择了自己轻生？"

江江摇头："不知道后来又发生了什么，要是能找到这位女士，也许能知道真相。"

追思会上，那两声冷笑和淡漠的背影，浮现在她心里。

"有可能，我能找到她。"江江若有所思地说，但，他们有权让她曝光吗？

路子涵没有接话。沉默中，他看着江江，她眉间有点倦意，面容比起刚回来时，更多几分沉静，倒是越来越像少女时代的她，这，是好还是不好？是不是他真的做错了，她妈妈努力了这么些年，让她彻底忘记过去脱胎换骨，拥抱新生活，而他，却把她拉回过往，让她看见人间伤心，是不是真的——太过残忍？

思绪飘浮，让他头部的钝痛又开始明显，他抬手揉了揉，听得办公室的门被人轻轻敲响，两人转头去，竟是许嘉琪。她穿得很职业，但首饰含蓄贵重，在灯光下熠熠生辉，映出她一脸妆容精致的明艳。

"猜到你们在加班，我也刚下班，带了夜宵过来。"许嘉琪大方地走进来，手里拎了两只看起来就挺奢侈的打包盒，里面是炖燕窝和烤乳鸽。

路子涵毫无胃口，只能辜负心意。许嘉琪着意看看他："咦，脸色这么坏。"

——"没事。"

——"他刚在急诊挂点滴。"

两人同时说道，很有默契地南辕北辙。眼看许嘉琪就要如临大敌关怀

第十九章 自欺

备至了,路子涵立刻道:"我有个电话需要打。"说完快步走出门外。

江江哭笑不得,对许嘉琪解释:"他说是神经性头疼,但最近发作比较频繁,还晕倒过,可能是太累了。"

"他之前病了一场后这个毛病就一直没能好。"许嘉琪叹息,把夜宵捧到江江面前,"不介意我们一起吃点?我忙到现在也还饿着。"

"好。"江江尝了尝,觉得燕窝不够清甜,乳鸽皮也不够脆,要说会吃还是路子涵造诣深厚。她没发觉自己心思还是在他身上,问:"他这个头疼的毛病以前就有了?"

"是的,他做事特别拼,每天就没有休息的时候,从大学时候起就这样,念书、接兼职,我们大家都还热衷于享受生活的时候他已经跟着顾辰微做事,还深得赞赏。但就是玩命地压榨自己,那次是流感还是什么,发烧三十九度多,还在拼命做事,喝黑咖啡吞止痛片顶着,不眠不休熬了几天,顾辰微的案子漂亮完成,他……又遇到点事,倒下了,病得一塌糊涂,后来就常常头疼。"许嘉琪声音有些伤感。她说得含糊,并没有完全说出实情。

江江听得怔住,原来他是陪着那位养狮子的顾大律这样拼出来的,难怪顾大律待他可不一般。可他那么轻忽自己地玩命……果然是没有人能够随随便便成功。江江心里抽着疼,想起宁小薏说路子涵有种猝死的气质,还真是有点慌。

"你担心了?"许嘉琪似笑非笑地看着她。

"他现在是我院医生的代理律师,官司成败干系重大。"江江轻咳一声,知道许嘉琪才不是要听她的官方辞令,连忙转移话题,"许小姐,你想过会和一个自己不爱的人结婚吗?"按说以许嘉琪的家庭背景,难免不会出现强强联姻的可能。但许嘉琪诧异地看她一眼,问道:"为什么?"

"因为案子的原因,我想要知道女性对于婚姻是否需要爱情的真实看法——"江江解释这个突兀的问题的由来。

"不,我是问,为什么要和不爱的人结婚。"许嘉琪摇摇手。

"因为人生总有很多无奈吧。"

"比如?"

"你爱他,但他不能和你在一起。"

"那我就去和他在一起,把阻碍都铲平。"

"呃,你爱他,但是阴差阳错……"

"我不会允许这种事情发生。"

"你爱他,但是他不爱你呢……"

"我爱他,他为什么会不爱我?"许嘉琪说着,看到路子涵走进来,莞尔一笑道,"他没有任何理由不爱我,现在不爱,以后也会爱的。"路子涵做一个无奈的手势,又往外退,许嘉琪爽朗地大笑起来。

江江每次都觉得许嘉琪令人叹服,也许她说的是对的,男人没有任何理由不爱她。如果谢欣然有她一半的生猛,也不至于活不下去。人与人的差别,大得如同跨越了物种。

中午时分,江江从医院办公室出来,来到孟国威创办的公司,公司在南岛科技大学附近。她在公司转悠了一圈,公司不是很大,但设施很能体现特色,科技感十足。触屏点进去,在公司团队介绍里,江江找到了孟国威的名字,果然一连串科研成果和头衔颇为闪光。叹口气,她走到一楼的咖啡馆坐下,呆萌呆萌的机器人过来请她智能点单。她也没有心情逗机器人玩,虽然它确实设计得很有趣。她打开手机,翻出那条 Me Too 的微博看着,有些发呆。这个账号粉丝寥寥,发了这么一条内容关注的人也不多,而她能把这个女孩找出来最直接的办法就是,联系营销号,付费转发,不用费太多力气炒作,也必然一石激起千层浪,再加上一点爆料和引导,极大概率这位道貌岸然的孟先生会被人肉出来,但这样,这个女孩也不能幸免。江江摇头,她做不出这么没有底线的行为。正想站起身离开,一个人影走到她跟前,神情淡淡,却正是在昨天谢欣然的追思礼上冷笑的女孩。

"都不用猜,你应该是来找我的。"那女孩径自在江江对面坐下。

第十九章 自欺

江江不解。

"不用装了，昨天我和孟……嗯孟国威，"她又露出一丝古怪的表情继续说，"在那儿公开吵架，你们不正在抓他的把柄吗，不会放过我这个机会吧。"

"你们……吵架？"江江暗自咂舌，居然错过了这么精彩的事。

那女孩表情僵了僵，也有些意外。

"抱歉，昨天我的工作伙伴身体不太舒服，忙着送他去医院，并没有看到你们吵架。"江江诚实地解释。

"那你来不是为了找我？"

"不，其实是为了你。但是我没有下定决心是否要找到你。"江江的话说完，就看到她面色变了，似乎很想立刻起身就走。江江没有继续说什么，她给予她最大的自由，选择逃避还是面对都是她自己的权利。

沉默中，那女孩的表情渐渐浮现真实的慌乱与惶然，但又被自己强硬地压了下去，问出一句："你在说什么？"

"坠落的猫。"江江说出这个网名，明显看到对面女孩的表情像瓷器出现裂纹，然后江江补充道，"你也许不知道，你那个账号的关注者之一，正是谢欣然。"

那女孩神情执拗，有一双本来就不小的眼睛，这时候睁得很大，声音略为颤抖："真的？"

"我不会骗你。"江江道，"这也是我能找到你的原因。"

"她怎么会知道……"

江江摊手，温言道："但我想这对她是很大的打击，当然，对你应该也是。"

那女孩的表情极为复杂，咬着嘴唇挣扎许久，闭了闭眼睛带着嘴唇上几个整齐的小牙印道："不，那条是我生气时胡乱发的，不能当真，事实是，我喜欢孟国威，他也喜欢我，事情就是这样……谢欣然受不了自己先生出轨，是的，她肯定接受不了他爱上别人了……"

"这么说，那个所谓尊敬的前辈是孟国威没错了。"江江静静看着她轻声道，"如果这样想能够让你心里舒服点，过得去这个坎，那么我不会追问。"

她像被刺了一下："你什么意思？"

江江没有再多说，自欺欺人是受到伤害后的应激反应之一，有相当比例的性侵受害者，都会把与加害人的关系自我催眠成爱情，无非是虐恋情深的戏码。这样心里能够过得去。而谢欣然，她心中另有所爱，爱着一个高贵如明月皎洁的人，如果孟国威变心，她只会痛快离婚，也许还会感觉到解脱。而能够对她构成巨大打击的，多半是，当她发现自己对生活妥协，与之结婚相伴的人，实则品格低劣猥琐，甚至是一个诱奸女性的罪犯。这对内心骄傲纯粹的谢欣然才是巨大的伤害，让她感觉肮脏、无耻，进而否定自我，无法面对生活，也无法面对流着孟国威血脉的儿子。

所以她自高楼纵身跃下，很有一点《红楼梦》中妙玉"质本洁来还洁去"的玉碎之感。

但真相……并不一定都要拆穿。眼前这女孩，她内心深处何尝不知，不然也不会注册小号发这样一条 Me Too 发言，她只是，还不能在现实中面对。

软弱与恐惧都是人性的组成部分，发生在自己身上，可以努力克服，发生在别人身上，更多时候只能尊重。

"我先走一步，再见……如果你的想法没有改变，我不会勉强你，但如果你想要联系我，这是电话。"江江起身离开。

在公司门外，看到路子涵，他虽然面色还有些苍白，但穿着蓝灰色薄毛衣，瘦削清爽地站在那里，眉目清秀，修长挺拔，来来往往的女孩子都忍不住对他多看两眼。

"来接我？"江江扬手，"待遇这么好，但我一无所获。"

"不是为了有所获才来接你。"路子涵为她拉开车门。

第十九章
自欺

昨晚他并没有回家休息，而是去见了顾辰微。他对自己有清晰的认知，在与叶绚亭见面之后，他不可能睡得着觉。而夜深人静时，在城中最繁华地段高处不胜寒的办公室，也总是能找到顾辰微。人人都说顾大律师的生活纸醉金迷，但那是不知道背后拿什么换的。都夜深了，会议室里还有不少人衣冠楚楚，精神得像刚起床那样的严阵以待。顾辰微人性尚存，看他一眼就说："你今天的状态不适合工作。"

然后两人在雪茄吧，他喝茶，顾辰微点燃了一支 Gurkha 黑龙。

"我没有跟你说过我的私事。"路子涵道。

"不用你说，我全部都知道。"顾辰微说得落落大方，"我请人调查过你，也许我现在比你还了解你自己。"

路子涵失笑，想起顾辰微以前说过的一句话："对于律师来说，只相信实证，不相信人性。"

"所以我们之间的信任有足够坚实的基础。"顾辰微给他的杯子添一点茶，英俊的脸上笑容十分……欠揍。

"你大概说的是单方面的信任。"路子涵无语，他可对顾辰微的私生活除了工作狂这点外一无所知。

"你想知道什么，我统统告诉你。"顾辰微勾勾嘴角。

路子涵不搭理他因为工作而扭曲压抑无处宣泄的荷尔蒙，低声道："那你一定知道回来的，就是江江。"

"当然，我一直在想你到底是打算结婚还是私奔，举办中式婚礼还是西式婚礼，去海岛还是古堡度蜜月，并且支票已经准备好，随时送你大礼。"顾辰微曼声道，看到路子涵露出诧异神色，他才更是诧异，"难道这不是你一直想的？"

路子涵有点语塞。顾辰微看他一眼："你如果当局者迷到这种程度，我需要重新评估你的专业能力。"

路子涵摇头："我只是不知道怎么做才是……最好的。"

顾辰微扶额，深深觉得人一旦陷入感情，智商就会呈现断崖式下跌，这种话蠢得不像他这个头脑精明犀利得让他都暗暗吃惊的师弟说出来的，但，这难得一见的呆萌还是挺可爱的。他微微眯起眼睛，准备自顾自看会儿戏，欣赏一下聪明人犯蠢。好景不长，路子涵已经很快醒悟："根本不存在什么最好的做法……"无非是看清心意，承担责任。

纵有千头万绪，他只知道，他想见她。

此刻他站在这里，看着她利落地走出来，惯常的丝质白衬衫穿得干净舒展极了，一直纷乱起伏的内心果然沉静下来。

原来前尘旧事、辗转未来，诸多考虑思量中，最重要的，是人在眼前，人在身边，是有她在。

江江坐上车，感慨："孟国威这个人真是个……"她有点找不到词语形容，说了句英文，"Sneaky person.（卑鄙的人。）"

"你去找他了？"路子涵面色一沉，"他是不是对你——"

"没有，我没有找他。"江江心里有点暖，路子涵这样一个职业律师，深谙法律规则被她以前偷偷骂"讼棍"的人，刚才一瞬间，她相信他会为了她罔顾律法而把孟国威痛揍一顿。她打开手机又看了看，果然，那条 Me Too 的发言已经删去了。

江江静了静，问："除此之外，我们还有什么办法证明，谢欣然的自杀是有家庭的原因？"

"暂时没有。"路子涵道，"不过，如果能找到那位女士，我可以做她的代理律师，她想要起诉孟国威，官司我可以帮她打，哪怕仅仅以她的名义向孟国威发一封律师函，我相信足以震慑，让他不再纠缠陆医生和医院，除非他想身败名裂。"

"不行，那个女孩子已经否认了诱奸的说法，她说她与孟国威是有感情的。"

路子涵挑了挑眉："你找到她了？"

"算是一个巧合。"

第十九章 自欺

"她不能面对?"

江江点头。

"今天上午我见了笔迹专家,专家认为手术同意书上谢欣然的签名确实过于潦草扭曲,不足以判断她当时是不是完全民事责任人。"路子涵道。

江江皱起小眉头:"那录音呢?"

"笔迹尚不足以判定,那段录音……"路子涵话没说完,但可想而知。

江江回忆了下录音里谢欣然丧失理智的哭号,不禁轻轻抖了抖。

"而且孟国威的律师团队申请了拒绝交换证据。"路子涵微微冷笑,"他们就这么笃定?"

江江一时也有点茫然。

"不过没什么好怕的,我有自己的办法,你不用太担心。"路子涵道,在一间小店外停车,"来,我们吃午饭。"

店里主打一鱼四吃,鱼头和鱼骨煮粥,鱼片涮清汤锅,鱼腩清炸,鱼尾巴烤了做椒盐味小吃。鱼是老板自己凌晨四点多出海打的,每天收获多少卖多少,完全新鲜。江江小时候就喜欢这间店,难得老板夫妻俩这几年虽然生意不错但十分拎得清,依然只好好经营这间小店,没有扩大规模,也没有另找货源。老板娘说,她只会烧老板捕的鱼,别的不行。所以这品质多年过去一点没变,手艺还更精进一些。

粥清甜绵软,一点鱼腥味都无,鱼片涮一涮,鲜美脆韧,炸鱼腩最精彩,酥脆的外皮下竟然感觉是一包鲜汤,多汁得很,鱼尾则香得让人舔手指。江江吃了一轮,满足地叹息,眼巴巴地看着路子涵:"以后你给我写个南岛美食攻略好不好?"

"不好。"

"这么小气。"江江瞪他。

路子涵声音温柔:"我挨个带你去吃。"

这,算是表白了……吧?江江脸色绯红,老板娘在一旁看了半天,觉得自己应该没有认错,这就是当年的小囡囡,忍不住满脸都是笑,把自己刚做好的软炸虾又盛出一碟送给他们，对江江道："还不快答应了，阿姨一直给你看着的，他对你是真心。"这么多年来，这个年轻小哥，从来没带别的女孩子来她这儿吃过鱼。

江江傻乎乎的，听得似懂非懂，只觉得心里被某种说不分明的情绪涨满，是开心的，又有点茫然，是甜的，但又有点想哭，无措之下她选择了——先吃虾，毕竟虾凉了就不好吃了。

路子涵也不说什么，自然而然地给她剥虾。老板娘用的海虾又大又新鲜，咬下去鲜甜紧致简直想跳舞。江江吃完一只，见盘子里已经放上了剥好的三只，突然道："好的。"

"什么？"

"我说，好的！"江江大声道。听得老板和老板娘都忍不住哈哈大笑。

路子涵牵牵嘴角，却觉得是这么多年来，第一次又能体会到笑这个表情是什么感受。

吃完午饭走出来，站在阳光下，南岛没有什么秋天的感觉，依然是夏日风情，两人看着对方都有点不自在，又总是想笑一笑。终于，路子涵轻咳一声，很有些不舍地结束这种傻气的氛围，道："你计划去哪里？我送你去。"

"我回办公室，你呢？"

"我回律所，晚上来接你下班……吃晚饭。"嗯，刚说好的，要把好吃的地方挨个去吃。

"好。"江江笑眯眯地点点头，"但律所和医院南辕北辙，我自己回去。"她招手叫了车，又回头对他笑，"六点半应该就能结束工作。"

"知道了。"路子涵为她关好车门，觉得自己内心一直刻意压抑的柔软在江江的笑容里，一点一点地重新活了过来。

第二十章

我错了

江江走进办公室的时候,脸上依然笑意盈盈的,办公室那仨一眼就看出不对,都围了过来。

"这是怎么了?中六合彩了?"直男夏乔问。

徐冉虽然是个追星的,但心思还是细腻多了,白他一眼道:"活该你单身,心里只有六合彩,江江这样子,和吴悦越前阵子明明一样一样的嘛。"她说着再看了看吴悦越,修正道,"哦,她现在也差不离。"

吴悦越最近胖了一点点下巴都不那么尖得戳人了,据说林医生做饭手艺相当不错,嗯,但现在依然笑得很狐狸精,歪头看江江,一语中的:"你把路大律拿下了?"

江江傻笑了一下,大方地点了点头,秉持对外公共事务发言人的谨慎道:"目前看来有这个可能。"

办公室里立刻响起柠檬精们含义复杂的嗷嗷叫。

"我要这近水楼台有何用?"这是夏乔。

"谈恋爱了还怎么出道啊!"这是徐冉。

"那你要跟我一起看婚纱照吗,江江?"这是吴悦越。

冯静之的咳嗽在门背后响起,大家连忙噤声:"嘘,工作工作。"

江江打开电脑,习惯性先看看热点新闻,突然倒抽一口气,热搜里明晃晃的是什么?前南岛科大教授诱奸实习生,Me Too 重磅!点进去,只见那条被删掉的发言截图已经发得到处都是,营销号都在纷纷震惊,爆料人更是此起彼伏说什么的都有,但看这趋势,人肉出结果是很快的事。

夏乔他们也发现了,讶然道:"这是老天爷看不下去出手了吗?这被人肉出来的前任南大教授姓孟,新近丧偶,不是孟国威是谁?"

"可是现在 Me Too 这个活动的走向很谜,"吴悦越皱眉,"有很多人开始出来主张必须有证据,不然 Me Too 就是栽赃陷害最大的幌子,但证据呢,对于很多女孩子来说如果当时没有留存,过后很难举证。"

"社会环境和舆论环境都这样,举证难度太高。"徐冉叹气。

"别太发散了,现在这件事对我们来说难道不是好的吗?孟国威完了,他太太自杀肯定是被他气的,我们只要证明这点就行了。"夏乔把大家的思路拖回来。

"这关头,谁爆料这么给力……"徐冉疑惑。

大家发现江江一直没有说话,不禁好奇地看她:"江江,你知道怎么回事吗?没有这么巧的事吧?"

江江站起身:"我出去打个电话。"

这件事,她只告诉过路子涵,他所谓的他有办法就是这样?拨通路子涵的电话后江江直接问:"你干的?"

"什么事?"路子涵明显不明所以。

"在网上爆料,让网友人肉孟国威?"江江有点急了,想起路子涵曾

第二十章 我错了

经为了赢官司,连陈晓曦退出围棋界这种事都能在庭上说谎,不觉冲口而出,"你不能这样不择手段,这个方式我们都能想到,但是没有做,就是因为……"

路子涵声音明显冷下去,打断她的话:"你说的这件事不是我做的。"

"那还有谁?"江江愕然。

"不知道。"路子涵直接挂了电话。

江江拿着电话,忽然觉得委屈,像鼻子被人砸了一拳。

"江江,有人开始爆照片了!"夏乔在喊。江江默默地回去,冯静之也出来了,正在和大家一起看电脑,看她神情不对,大家都静了静。

江江迅速收敛情绪,揉揉鼻子问:"女孩子的身份被爆了吗?"

"当然少不了。"徐冉道,"这个女孩子的照片比孟国威的还多。"

"我们是不是应该想办法保护她?"江江低声。

大家都知道她说的是谁,现在那女孩的身份名字顺溜地被人肉出来,名叫金添,目前还在南岛科技大学读大四,即将毕业,在孟国威的公司实习。

"我们保护不了所有人,而且,院方,包括路律师,应该都不会放过这送上门来的证据。"冯静之声音沉郁,"这大概率能让法官和陪审团裁定,谢欣然的自杀是受家庭影响更多,而不是医院的剖宫产手术后遗症。"

"而且鼓励被害女性站出来,激励大家维护自己的权益,不是好的吗?"吴悦越道。

"但是,如果她自己没有这个心理建设呢,她如果是在不能面对的情况下被推出来,会怎么样?"江江很低落。她想起,那个女孩坐在她面前,明明忍着眼里的泪水,慌乱惶然,咬得嘴唇上都是牙印,但还是执拗地说,她其实和孟国威有感情,他们互相喜欢,在谈恋爱。结果,现在这么明明白白地被推向了性侵害的风口浪尖。

定论人言是否可畏的,不能是旁观者,只能是受害者。

如果女权运动的进步,是以牺牲女性为代价,那有谁考虑过被碾压的人的心情？

这件事，如果真的不是路子涵做的，还会有谁？而且，他还那么冷漠地打断她，否定她，挂她电话！就像中午那又暖又甜的一幕完全没有发生过一样！说他不择手段也没有冤枉他，他做事不一向如此？

江江又愤怒又难过，不愿和同事再争执，立场不同而已，只是她可能想得太多。走出办公室想再沉淀下心情，忽然，是她眼花了？走廊那边优雅说笑着走过来的，竟然是妈妈！她身边的，是医院的人力资源总监。

叶绚亭一身高级灰的套装，首饰发型一如既往地搭配完美，精细妆容下估计只有江江看得出来有些憔悴。她走过来，笑吟吟的："妈妈不是来检查你工作的，只是迫不及待想看到你。"

江江还很吃惊，但在这时候看到妈妈心里分外亲近，蹭过去抱着她："妈咪什么时候回来的，怎么也不提前告诉我，吓我一跳。"

"为什么吓一跳呀，是不是背着妈妈做坏事了？"叶绚亭半真半假的，听得江江赶紧笑着混过去："怎么敢，不信我上司同事们都在，你问他们。"

人力资源总监看样子是妈妈故交，笑着道："表现非常优秀。说起来当时她第一天来报道，我才是吓了一跳，还真是没想到……"

叶绚亭没有接话茬，只是微笑："小孩子就是一心想做点事情，没有给你们添麻烦就好。"然后与冯静之得体寒暄，给办公室里每个人都带了礼物，贵重，但不至于贵到让人不敢收，大家都很开心。江江在一边心里默默偷笑，妈妈总是所向披靡，但忽然一个疑问冒出来，妈妈她是怎么知道她有几个同事的？

不待她多想，冯静之已经放了她半天假，让她先陪妈妈。

"妈咪，你的行李在哪里？"江江问。

"当然是在酒店。不过不着急，先去看看你住的地方。"叶绚亭不容江江拒绝，已经示意她把地址告诉司机。江江吸口气，想到自己的单身小公寓，内心忐忑。最近太忙，家里也来不及收拾整理，估计要被念叨了。

第二十章 我错了

进门果然看到早饭的麦片碗还放在小桌上没洗,衣服更是扔了好几件在沙发上。江江吐吐舌头,蹦过去想藏,叶绚亭却笑笑:"不错,知道吃早饭。"

"妈咪,我在这里把自己照顾得很好啊。"江江一边手忙脚乱地把杂物从沙发上移走一边嘿嘿笑。叶绚亭把小小的 loft 楼上楼下看了看,点点头:"不错,看样子是长大了,独立生活打理得还行。"

"是啊,妈咪你大可放心!"江江松口气,不料叶绚亭接着道:"但这地方也实在太小了,你在美国住惯了大房子的,在这里能习惯?"

"能,能,觉得这么大一个人住刚好合适。"江江赶紧保证。但叶绚亭淡淡地道:"住的地方很重要,影响一个人的格局,妈妈给你留意着,有合适的换一个。"她说着抬手捏捏江江的脸,"别皱鼻子,放心,妈妈不和你住,知道你长大了要独立要自由!"

"不是这个意思,我是真觉得这里蛮好。"江江不好意思地解释,讲真享受了一个人的自在还真怕再和妈妈同住。

"这个交给妈妈来安排,你专心忙事业。"叶绚亭站在窗前,看着繁华街景和远处的大海,有点失神,好一会儿才转过头来道,"回来感觉怎么样?"

"跟以前的生活完全不同。"江江的眼神闪避了一下,本能地有点害怕妈妈提到那个关于过去的问题。但叶绚亭没有提及,却道:"走,妈妈带你去喝一杯上好的咖啡,好好说说有什么不同。"

叶绚亭轻车熟路将江江带到医院附近一间不起眼的咖啡馆,走进去江江就道:"好香。"醇厚的咖啡香让她精神一振。一杯咖啡喝到晚饭时分,江江讲了陈晓曦,讲了卓北,讲了白小纹、蒋琪琪,还讲了陆舟、谢欣然,但没有提及路子涵。而整个下午,路子涵也没有再联系她。

"在等什么重要的信息吗?"叶绚亭发觉江江一直在无意识地看手机。

江江立马摇头,但在吃完晚饭后终究忍不住道:"我要回办公室跟一下工作进度,最近陆医生那个案子正是关键的时候。"

203

"好。让司机送你。"叶绚亭没有阻拦。

江江在仁心医院通往对外公共事务科办公室的长廊上越走越快，最后禁不住小跑起来，但要问心里在期待什么，却又惘然。办公室在走廊深处，到了夜晚灯光越发不明，一盏盏感应灯非要近到眼前才亮起，江江一边跑一边觉得心神恍惚，仿佛坠进了自己日常重复的梦境里——昏暗迷雾中，她一直在无措地奔跑，想要找到一个人，但就是找不到，无论如何都找不到，他藏在沉沉的黑暗里……江江渐渐脚步加快呼吸急促，密密的汗珠都从额头上沁出，莫名的压力越来越大，在她神经紧绷到快崩溃的一刹那，她猛地推开门，路子涵在暖白色的灯光下转过身来，周遭影影绰绰，只他一人目光清冽。江江只觉心中莫名一恸，双腿发软，迈步就是一个趔趄，泪水已经簌簌地滚落下来。路子涵急忙上前将她抱着，声音紧张得有些低哑地连声道："江江，江江，怎么了？"

江江许久才平复喘息和心情，渐渐找回平静，这时才觉得自己方才失态了，但醒悟过来后，怒气和委屈冲上心头，愤愤地说："你挂我电话！"

路子涵一怔，想说什么但忍了回去，只道："对不起。"

"打断别人说话和擅自挂电话都是很没有礼貌的。"江江眼里还有点泪没干，气呼呼地说。

"我错了。"路子涵声音温柔。

"你这么快就认错，什么意思？！"江江嘴角其实已经带了笑意，但仍瞪着他。路子涵有些错愕，就听江江愤怒地道："你认错这么快，让我还怎么继续生气？！"路子涵失笑，忍不住抱着她的肩膀，当她小女孩一样，轻轻拍着温言道："那我等你生完气，夜宵也等你，姜葱蟹等你，清蒸软丝等你，白灼大虾也等你……"江江扑哧笑出来："今天不能再吃，妈妈回来了，一起吃的晚饭，我心里生气就不小心吃了太多。"

听她提到妈妈，路子涵眼神一冷，但瞬间敛去情绪。江江不好意思地揉揉眼睛，看到工作台上路子涵的电脑亮着，问："你来这里加班？"

第二十章 我错了

"其实是等你。"路子涵坦白。

"可是你怎么知道我会来？"

"不知道，但等一等心里会踏实点。而且，这不就真的等到了。"路子涵牵牵嘴角。

江江心里已经软了，声音也柔和下来："你……不要总是熬夜。"明明身体也不是很好，前两天还惊动了急诊科。

"好。"路子涵关电脑，"我们回家。"他这话说得有些歧义，但江江爱听，在心里又默默重复一遍，嘴角的笑意渐浓。

回到家才发现，她也没有追问孟国威被曝光、人肉那事，到底是不是路子涵在背后操纵。如果不是他，到底是谁？看来自己还真是……"色"令智昏。

因为受害人尚未毕业，孟国威目前还保留着大学名誉教授的教席，南岛科技大学迫于舆论的压力，很快出了公告要协助彻查此事，暂时先解除了与孟国威的合作关系。江江混进了一个学生群，这件事自然是讨论的热点，但让江江有点意外的是，其中的众说纷纭完全是一片混战。有的骂孟国威道貌岸然衣冠禽兽，竟然利用前辈身份诱奸大学还没毕业的女实习生，必须追查到底，这是江江内心认可的。有的不断刷屏"孟国威是个好老师"，而且看样子真情实感不是水军，列举了孟国威当初在学校时怎么给贫困生争取奖学金，甚至为学生私人垫付课题研究所需费用，尤其是，在他的倡议和力推下，学校废止了贫困生领取助学金需要上台演讲"比惨"的环节，而且他还带着自己的研究生研发出了一套系统，能够智能监测到哪些学生在食堂消费水平持续走低，学校则可针对性进行补贴。这些事让他虽然离开了大学，但在学生中依然是个传说，声望颇高。有的则直接开骂金添平时就嗲里嗲气，一定是她主动勾引，最后条件没谈妥所以爆料讹诈。他们举的例证是金添曾经有过一个校外的年纪挺大的男朋友，常常开着豪车接送她，甚至有人刻薄地暗示她在做援交。看样子，金添在同事和同学里人缘都不算好。学校和公司里帮她说话的声音，远远不如网络上群情激愤的声援。还有的阴谋论，认为是仁心医院串通了金添，让她来抹黑孟国威，好让医院赢官司。连路子涵和她自己的名字都出现了好几次。

江江看得头疼，正想关掉静静，忽然一句话冒出来：金添疯了。还有图有真相，是金添站在一栋楼下与人拉扯。那栋楼，正是谢欣然一跃而下的地方。

江江呼吸都紧了紧，连忙跟爆料人联系，那人没什么防备咋咋呼呼地说："她披头散发跑到孟总楼下来堵门，跟每个人解释，她是和孟总谈恋爱，孟总要跟她结婚的，不是丑事……我跟孟总住同个地儿，真被她硌硬得慌。"江江听完就往外走，在仁心医院外看到路子涵，来不及解释就道："你车呢？我们走。"

赶到谢欣然家的楼下，果然看到了金添。她执拗地拉着路人絮絮叨叨，身边有个女孩在拉她，拉不住，气得直哭。江江上前，觉得金添的精神状况确实不太对，问她同学："需要我打电话给医院吗？她现在需要医疗帮助。"

"你是谁？"她同学戒备心很强，哭着问，一边把金添使劲往自己身边拽。

"我是仁心医院的。"江江说了实话，她同学一听就带着哭腔嚷道："她都这样了你们还来逼她，把她抓到医院继续逼她吗？看不到她都魔怔了吗？你们就放过她不行吗？"

"可是你现在这样有用吗？"路子涵蹙眉，干脆利落地把金添带上了车，示意她同学，"上来。"

"路律师？"看来路子涵一战成名粉丝还挺多，知名度不错。

"是。我可以做金添的法援律师。"路子涵点头，"但我需要了解更多情况。"得到对方懵懵懂懂的点头后，他先将还在絮絮叨叨的金添送到医院，交给医生安排，自己和江江与那同学找了个安静地方坐下。

"我叫罗茜茜，金添的同乡。"那同学低头擦眼泪，"从小和她一起

第二十章 我错了

长大的。"

她们出生在某个民风淳朴又彪悍的地方，那里发展缓慢，相对闭塞，人们的观念都非常守旧。现在还讲究宗族祠堂，家法森严。金添是家里的老大，名字里的"添"，也就是希望能给家里添个小弟。可惜的是添了两个妹妹，家境越发拮据，弟弟再没有指望。江江本来以为这样的陈规陋俗都是电影里的，没想到现在还在上演。

"所以，学校通知金添的家长来协助处理……这件事，她一听就疯了。"罗茜茜呜咽，"她家里只要知道她出了这种事，说不定真的会打死她的，起码书是没法念了，她今年都快毕业，考研肯定能考上，但……就全完了，按我们家那边的风气，就会直接说她丢了全家的脸，要去叔叔伯伯面前跪祠堂的。"

"可是她明明是受害者啊。"江江愤慨。

"他们不会管，只要是女孩子，出了事，那就是自己不检点，就是丢丑，以后没人要的。"罗茜茜沮丧又绝望。

"那你知道她和孟国威之间到底是怎么回事？"路子涵问。

罗茜茜皱着眉："我也不是特别清楚，她是挺崇拜孟……不然也不会去他的公司实习，有天晚上，孟约她去谈工作的事，回来后她状态就不对，一阵一阵地流眼泪，我问她出什么事了，她不肯说，在房间里闷了几天，饭都不出去吃，但有一天突然又兴兴头头地打扮起来去上班，说她和孟好了。"

路子涵听得目光沉冷："那是什么时候的事？"

"就一个月前。那时候孟的太太还没有跳楼。"罗茜茜小声说。

江江只觉胸口憋闷，站起身走到窗前深呼吸。同事告诉她，金添有精神分裂初期症状，目前已经注射了镇静剂睡着了。路子涵还在细问，她不怀疑路子涵能够说服金添出庭做证，陆舟医生的案子他不会输，但是，那对金添而言，毫无疑问是再一次的伤害，她岌岌可危的精神状态真的能支撑？她与宁小薏说起这件事时，宁小薏说她的路师兄是正确的，哪怕整件

207

事都是他在背后操盘也可以理解,让她不要太圣母,但她却坚持认为,这不是网络上贬义的"圣母心",而就是单纯的不忍。

罗茜茜说得没错,金添的家长来了后,当着医生、护士的面一个耳光抽得瑟瑟发抖的金添差点没滚到床下去。大家纷纷上前阻拦,气得发抖的中年男人从牙缝里憋出一句:"还不跟我回去,你要丢人现眼到什么时候!"看样子是她妈妈的人哭得脸都黄了,到底还是心疼女儿,但只知道抱着女儿大声哭号。

原本只是有些神经质的金添完全失常,一直声音尖厉地说着:"他会和我结婚,他要娶我的,他娶我就没事了,我们是谈恋爱,我没有丢人……"她爸爸正想上前拉扯,江江完全对暴力零容忍,站到金添身前直接给靳铭打电话报警。气得金添的家长抖抖索索地指着江江破口大骂:"你是个什么东西,我管教自己女儿你报警?你……"路子涵毫不犹豫按下他指着江江的手,声音冷漠:"都已经现代社会了,还没搞清楚自己子女不是你的私产,殴打子女也是故意伤害,看来是有必要接受警察的教育。"他气质本来冷淡,面色一沉很有点吓人。金添的爸爸缩了缩,也不知道这个人是什么来路,又看到人高马大制服笔挺的保安冲进来一堆,立马收敛了,小声骂骂咧咧地道:"还在这儿干吗,还不走?"说着想去拉金添。江江拦住:"警察马上就到了,她现在不能跟你走。"真被带走了,少不了还得挨打,而且金添精神状况这么差,哪里敢放走。

靳铭带着名小警察很快就到了,把金添的爸爸妈妈带到一边了解情况。金添缩在床上神情恍惚,嘴唇上又咬出了牙印。

江江正想安抚下金添,忽然传来金添爸爸断然一声喝:"你们不能去调查,你们真把他抓了谁娶我女儿?"江江听得差点要扶墙,她不是没想过好好劝说金添,为了维护自己的权益指证孟国威,但现在觉得无力无奈。金添似乎也感应到了她的心情,一双没了光彩的眼睛定定看着她,再无怔忪,清醒无比,看了许久,沁出两行泪水。

第二十章 我错了

最终,金添还是办理了休学。据说她父亲去与孟国威"认亲",但直接被公司保安架走。孟国威的公司出具了金添的精神病理分析报告,声明实习生金添罹患精神分裂及被迫害妄想症,对公司创始人孟国威先生的声誉造成巨大损害,请大家不要以讹传讹,人人有义务秉持实事求是的精神,平息谣言。校方也发声明予以支持。

"结果竟然就这样?"江江懊恼。

"金添的父亲收了一大笔钱,算是封口费。"路子涵低声道。

"但就这样放过孟国威?"

"就快开庭了,他的律师团队拒绝交换证据,拒绝调解,态度很强势。"路子涵微微苦笑,"所以是他不肯放过。"

"怎么会有这么厚颜无耻的人啊。"江江气得转圈,忽然发现路子涵嘴角有点瘀青,诧异地问,"怎么了?难道是被打了?"

"陆舟气得发狂,脱了白大衣想拼着不干这行了去揍孟国威,我拦了一下。"路子涵道。

"什么,他竟然殴打律师,你会告他吗?"江江一边小心观察,确认只是单纯的表皮瘀青,一边念叨。

"暂时保留权利。"路子涵觉得江江专注又心疼的样子很可爱。

"陆医生……他这么冲动如果被媒体拍到了官司更麻烦。"江江皱眉。

"他知道了金添的事,不能忍受和谢欣然在一起的是这样一个禽兽。"路子涵声音有点低沉。

江江停住,眼神黯然:"也只有他一直想着的是谢欣然。"

"但我们也更理解了谢欣然为什么会绝望。"

"可是,有用吗?"江江叹气。她心情复杂矛盾,从未感觉如此无奈,惘然地道:"我以为你会……"立刻又打住没有继续说。

"没有用。"路子涵扣下笔记本电脑,办公室里其他人都下班了,只余他们两人,他站起身看向江江,清冽目光深处藏着晦涩不明,"你以为我会怎么做？江江，你有没有想清楚，你到底希望我怎么做？"

江江怔了怔，道："原来你一直介意那天我说的话。"

"其实到现在你也觉得煽动网络暴力人肉搜索的人是我，不是吗？"路子涵声音淡淡。

"我也确实想不出还会是谁。"江江承认。

想不出并不意味着就没有，那个账号你能发现其他人也有途径可能发现，金添这件事知情者也绝不是没有……有很多道理可以讲，有很多理由可以说，有很多路径可以反驳自证，路子涵却被"不信任"这一点给击中了——被冤枉在先，然后我说了我没有，但你依然不相信。在江江心里，他就是一个为达目的不择手段的人，而这一点，他没有办法辩驳。他默默装好了电脑道一声："抱歉，我先走了。"就往门外去，突然听到江江在他身后喝了一声："你站住。"

路子涵停住脚步，那一瞬间他竟然觉得后背有点凉，江江，知道了什么？他有点迟疑地转身，看到江江一手叉腰一手撑着办公桌，很霸气的姿势，白衬衫的袖子卷了上去，头发也有点乱，但气场一米八，明亮大眼睛对他简直是"虎视眈眈"。

看他不走了，江江抱着手臂，迈开长腿围着他不紧不慢溜达一圈，也不说话。

路子涵被她搞得有点蒙，尴尬地道："江江……"

"不要说话。"江江立马道，"什么也别说，你先好好想想。"

"想什么？"路子涵觉得自己出庭都没这么紧张无措过。

"上次你就是认错太快，所以一点都没有走心，一点都不知道改！"江江一本正经地看着他。

怎么还是他的错？路子涵无语。

"上次没说几句你就挂人电话，今天也是，听到不爱听的转身就走，这比挂电话还恶劣。"江江认真说完，流露出几分弱小可怜又无助，声音也软了，"有什么你要好好跟我说呀，我误会你冤枉你是我不对，但是啊，

第二十章 我错了

用你们的话来说就是你没有给我足够的事实依据,我可不只能自己胡思乱想吗。"她一边说一边把路子涵拉到办公室的沙发上坐下,把他手里的包拿走,远远放在沙发另一端,然后特别乖地坐在他身边。

路子涵有点哭笑不得,不得不承认他的小女孩真的长大了,迅速扭转局面,还真的挺有道理的样子。

"我本来呀,真的很生气,本来你也有错啊。我都气得想让你走,在你背后摔门,再也不和你说话,但是,你这么好看又这么懂得吃,说好要带我去吃的店一家都还没去,现在就跟你闹翻我不是亏了吗……只得好好跟你说呀,你看,你就是缺乏这一点理性……"江江小声念叨着,眼神楚楚可怜,但嘴角分明噙着坏笑。路子涵被她这一连串的胡说八道给击败,丢盔弃甲:"是,是我不对。"他都可以想象,如果师兄顾辰微目睹这一幕,估计要与他断交。

江江忍不住笑出声,但笑一笑就收敛了,大方地道:"我也不对,但我也会改。"

"江江,我只是最恨也最怕被人冤枉。"路子涵低声道,他瘦削清隽的面容流露出一丝带着怆然的激愤,看得人心里咯噔一下。

"对不起。"江江轻声道,"但以后你可不可以好好跟我说?也让我了解你更多。我自己以前的记忆还没有找回来,什么都想不起来,等我找回来了都会告诉你……但你可以多跟我说说,了解了,也才不会误会,不会再冤枉你。"

路子涵听江江这么说着,猝然低下头去,藏住眼眶突然的泛红,但他还未言声,江江的电话响了,她接起来唤"妈咪",是叶绚亭。

"忘记约了妈妈吃饭,今天我要先走了。"江江不舍地站起身,"她已经在楼下等我。"

路子涵深呼吸之下神色已尽量恢复平静,对她微笑:"好。"

叶绚亭站在楼下的大厅,她身材一向保养得好,穿着剪裁精良的定制成衣，气质拔群。接待处的几个小姑娘一直在偷偷打量她，还悄声议论。

"来找医生的病人家属？这范儿应该在 VIP 那边接待啊。"

"不像，她看起来没有那种家里有病人的焦虑。"

"气场挺强大。"

"像是来收购我们医院的。"

小姑娘偷偷笑起来："我们曾院长好久没回国了，怕不是医院真要换大老板了。"

这时候江江下来，对叶绚亭挥手："妈咪。"

大家这才恍然，原来是江小姐的妈妈。难怪江小姐一来就能做对外公共事务科的发言人，人家妈妈气质就这么好，才养得出来这样的女儿。话题迅速转变成了怎么富养小孩，几个几乎恋爱都没有谈过的小姑娘谈论得津津有味。

江江挽着叶绚亭道歉。叶绚亭淡然看一眼楼上，只道："每天都需要加班到这么晚？会不会太辛苦？"

"也不是，有个医生的案子快开庭了，留下来与律师多讨论了会儿。"江江说得冠冕堂皇。

"律师？"叶绚亭言有所指，"没听你提起过。"

"嗯嗯，医院的代理律师，专门做法援案件的。"江江顿了顿，还是笑着说道，"他很棒。"

"哦？评价这么高，什么时候让妈妈认识认识。"

"好呀。"想到介绍路子涵给妈妈，江江心里有点忐忑又有点甜蜜，嘴角一直翘翘地带着笑。还忍不住发微信给宁小薏，讲述心得："敲黑板，重点来了，男神也是需要调教的。"

"哎？这是在开车吗？"宁小薏发了一通翻白眼的表情包。

"停止你糟糕的脑补，你的路神他也是人，并且擅长撑人加气人。"江江自认十分客观。

"这是一名律师的职业修养，他怎么撑你的？"宁小薏幸灾乐祸的。

第二十章 我错了

"其实也没有撑……一个案子,唉。"江江想到金添的事,心情又低落下去,问叶绚亭:"妈咪,如果我在外面被人欺负了,你会觉得我丢人吗?"看叶绚亭面色微变,赶紧强调,"这只是假设,我很好,非常好。只是一个案例让我很……惊讶。"

叶绚亭坚定地道:"妈妈不会让人欺负你。"又拍拍她脸颊,"但你要乖。"

"我一直都很乖啊。"江江心虚地吐吐舌头,觉得自己真的很幸运。

第二十一章
——
证人的身份，是我们

孟国威起诉医院的案件很快到了开庭的时候。之前金添事件虽然纷纷扰扰闹了一场，但网络上的热点向来是各领风骚三两天，在孟国威公司和南岛科技大学不断的辟谣和公关下，舆论大多数都认同了金添精神失常诬陷上司的"反转论"。毕竟，没有证据支撑的事件也就只是八卦而已。

江江曾经想过，路子涵会在庭上怎么利用金添事件，但意外地路子涵全然不曾提起。

控方律师死死咬住手术流程不全，家属未曾签署手术同意书，所以医院和医生失职，应当负起责任。路子涵出示的笔迹和录音，都被认为有效性不足。眼看着情形越来越不利，江江身边坐着的冯静之，神情也越来越凝重。"我们会输吗？"江江讷讷地问。冯静之眉头深锁，她看到院方高层代表也坐不住了，明显流露不豫之色。

第二十一章
证人的身份，是我们

中间暂时休庭休息时，路子涵被团团围住，估计都是责问，他也没有申辩什么。陆舟挺身道："关于这个案子路律师已经与我有充分的沟通，我同意他的主张。""这不是你一个人的事，这关乎医院的声誉。"医院的高层代表拍了桌子。

"作为陆医生的代理律师，我会尽最大努力保护医院声誉。"路子涵沉声说道，看他神情也并不轻松。江江特别想过去问问路子涵到底有没有藏着什么撒手锏，看到院方代表和一行人气咻咻地出了小会议室，而靳铭，却来了。

"靳警官！"江江跟上去，莫名觉得有了希望。

靳铭没有让她失望，对路子涵道："按我们推论的线索，排查了金添在校的同学，尤其是和孟国威公司有关的，谈了一轮就查到了，人也跟我来了。"

"看看。"路子涵关上了小会议室的门，电脑上播放的视频让人齿冷。它记录了孟国威如何半是诱骗半是强迫一个女孩与他上床。不是金添，但同样年轻。

"与金添同系的学生，也在孟国威公司实习，金添的料是她爆的，因为孟国威这个变态都录了视频，她看到了金添。"靳铭阴沉着脸，"她不敢自己出头，于是爆了金添。"江江心里有点涩，她果然冤枉了路子涵。但来不及想这个，视频里的画面越来越不堪，而孟国威，压制着女孩的时候口里一声声喊着"然然"。陆舟听到这个就坐不住了，起身就想往外冲，被靳铭一把压住，他挣扎未遂，眼眶赤红。视频还在继续，孟国威身下的女孩反抗、推拒，细弱的声音哭着说："孟总……孟教授，不行，不能这样……"而孟国威一个耳光抽在女孩脸上，暴躁地念叨着："叫我的名字，然然，叫我的名字，你嫁给我了连我的名字都不愿意叫……"后面的话江江听不下去，顿时明白了当谢欣然在生产过程中极端痛苦挣扎的时候，孟国威没有更多安慰和支持，反而只是纠结于让谢欣然叫他的名字。但哪怕是在最脆弱最痛的时候，谢欣然也没有叫一声他的名字，她心里的支撑从

215

来不是他。他只让她绝望，让她憎恨自己对生活的妥协。

陆舟捂着脸，发出粗重的呜咽。

"这个女孩……她在外面我的车上，她同意出庭指证孟国威。"靳铭沉着声音说。

江江上前关掉视频，心情复杂地沉默。出庭之后即将面临多么巨大的压力，她真的准备好了？她的家庭和朋友，是否能给她有力的支撑？如果真的能够，为什么她现在也是孤身一人等在外面？

路子涵眉间沉郁清冷，他握了一把陆舟的肩，道："这个选择的权利在你。"

陆舟竭力平复情绪，沉默了好几分钟，道："路律师，我们有没有更好的方案保护证人？"

"封锁舆论非常困难。"路子涵看了眼江江，江江只能难过地默认，"而且她上庭势必会遭遇控方律师的刁难，可能造成很大的二次伤害。她一旦站出来，就必须承担这一切。"

"那我选择按原来的主张，我们回归这个案子本身。"陆舟又擦了擦泪，"小然姐她最后选择了自己去死，应该……不是没有这些考量。她曾经说过想去做，但最后看来是放弃了的大事，我想与这有关。"

"孟国威不能放过。"路子涵对靳铭点点头，"但需要和警方一同以更保护受害者的方式进行。"

"对。"靳铭嘘了口气，还是有点担忧，"可……你们的案子会不会输？"

"路律师尽力而为就行，我做好了心理准备。按我们的主张，不管结果怎样，我想但凡有所触动都是进步。损伤医院声誉的责任我愿意尽我所能地承担。"陆舟道。

"好。"路子涵只应了一个字。江江鼻子有点酸，走过去默默抱了抱他，又抱了抱陆舟。

开庭在即，江江回到座位，冯静之问："刚看到靳警官来了，是有什

第二十一章
证人的身份，是我们

么关键证据了吗？""没有。"江江轻声否认，接着道，"但我相信路子涵有合理的庭辩主张。"

控方律师大概是觉得胜券在握，洋洋洒洒地列举了女性在生育时的各项生理指征，坚决认定谢欣然当时并未处于必须手术的状况，医生的行为实乃擅专，应负全责。他说完之后，路子涵站起身，声音依然清冽平静，没有沮丧也没有激昂，他平和地说："法官大人，各位陪审团，我方没有证人可供传召，因为在这件案子里，我认为我们在场的每个人，都是一个证人的身份。"所有人的目光都投向他，路子涵镇定地继续道，"因为这件案子的本质，并不是女性生育问题，也不是医院的流程是否完备，而是，关乎我们每个人，在面临疾病和生死时，是否能有自主的选择权。

"当你躺在病床上时，你的身份可能是一名痛苦得快要昏厥的产妇，也可能是罹患绝症痛不欲生的老人，或者有更多其他可能，按照生命的自然规律，我们每个人都会经历这样的阶段。诸位可以试想，如果有一天，当你被病痛折磨，在面临不同的治疗方案时，你希望可以少经受巨大的痛苦，希望更多地为自己保留一点尊严。在这种情况下，医生在考虑病情的同时，是否应该将病人的个人意愿和心理状态也纳入考量标准？毕竟，我们生而为人，不只是一组组数据。

"这在医学上是一个永恒的伦理难题。它的难，在于医生、病人、病人家属……每个环节和因素都具有极大的不确定性，在于人性永远是复杂的。但正因如此，我们是否能以更柔软的态度去面对，去解决，而不只是简单粗暴地拘于数据、限于流程。如果医生在做决策的时候，能兼顾病人的身体和心理，体恤病人的意愿，体谅病人的脆弱，珍惜病人的尊严，这是进步而非失责。另外，专业的第三方鉴定机构也已经得出结论，我当事人的手术过程不存在任何失误和不当的环节。"

路子涵说完之后控方律师憋出一句："我反对……反对辩方律师过度发散，不当类比……"

路子涵欠欠身："我方是否真的过度发散，这个可请您的当事人自行考量。"孟国威自看到靳铭之后就脸色铁青，此时失控地对他的律师低吼道："闭嘴！"他心里有数，已经预知了比输掉这场官司更严重百倍的后果正在前方等着他。这下非但控方律师反对无效，还得了一个法官的肃静警告。

等待陪审团商议结果的时间，路子涵忍不住转头看向江江，隔着人群，迎上她明澈闪亮的眼睛，她对他笑得又骄傲又甜美，如晨曦时分的光。

很快，法官宣布了陪审团的决议，仁心医院的管理流程需要完善，但陆舟医生对谢欣然的死不承担责任。

休庭后，江江作为发言人照例被媒体重重包围，有人提出了这样的问题："控方孟国威先生之前曾经被爆与下属的丑闻，辩方律师却没有在庭上提及，是否说明真的子虚乌有？"

江江清晰地道："我们只是希望将关注集中在案子本身，希望仁心医院相关的每一起纷争、每一场官司，甚至每一个投诉，它们的解决都能够为推动医疗事业多方位的进步起到正面的作用。至于其他的问题，路律师是非常优秀的法律援助律师，他和警方会有更合理的解决方式。"

"江小姐，你作为官方发言人，这么眼里有光地夸赞路大律，是不是爱上他了。"一个平时关系比较好的女记者忍不住开了个玩笑，大家都哄笑起来。江江面色绯红，也不否认，只是微笑。记者们顿时八卦模式全开，第二天报出来的新闻，江江和路子涵的"绯闻"承包了所有花絮部分。还有人配了图，江江被媒体包围着在回答问题，路子涵站在远处，目光却望着这边。柔和的光影中，一人明朗大方，一人清隽优雅，看起来美好异常。

"选个吉日出道吧，你们俩这颜值，扔在明星里不逊色啊，气质还更好。"徐冉兴奋地嗷嗷叫。

"以后我也别叫夏乔了，你们叫我夏柠檬。"夏乔跟着哀号。

吴悦越比较正常，发过来一个文档："结婚流程参照，我都做了表格的，连购物清单都有，免费送你。"

江江招架不住，脸上的笑容却有点勉强。昨晚，她少有地和妈妈几乎

第二十一章
证人的身份，是我们

算是吵了一架。叶绚亭强势地要求她回美国，并且在回国之前要换个房子住，哪怕直接住酒店，也不让她继续住自己的小窝。她觉得莫名其妙，努力跟叶绚亭讲述自己回国之后的感触和改变，讲自己多么热爱这份工作，叶绚亭却道："你可以为了你的热爱奋不顾身，但我作为你的妈妈，必须为保护你设想周全。"

"妈咪，我已经长大了，懂得自我保护，而且我正常地上班生活，有什么危险值得放弃一切来防范？"江江不明所以。

叶绚亭吸口气，没有说话。

江江的心沉下去，轻声道："妈咪，如果你还有什么隐瞒我的，是不是可以坦白告诉我？过去到底发生了什么？"

叶绚亭闭了闭眼睛，疲倦地道："不是妈妈隐瞒着什么，妈妈只是知道什么对你来说是更好的。"

"好与不好，不是应该由我自己来判断吗？妈咪啊，我已经成年了。我认为我现在活得很好很真实，我很珍惜这种生活。"江江坚定地道。

叶绚亭凉凉地看她一眼："你以为你现在活得很真实？"

"难道不是？"江江哑然。

叶绚亭往外走去，走到门边淡然道："所谓真实，不是那么简单的。你有分辨能力吗？单说你上了心的那个律师，你对他又了解多少？他在什么地方长大，家里几口人，爸爸妈妈做什么，这些实实在在的事，你知道吗？"

"我会慢慢了解的。"江江不服气。而且，重要的是他本人，不是吗？

"那我希望你所谓的了解不是别人说什么你信什么。"叶绚亭离开，留下江江懊恼地在沙发上坐下。妈妈不是个蛮不讲理的人，她不会毫无根据地针对谁，但她偏偏不放过路子涵。她没有跟宁小薏聊这件事，她想也想得到宁小薏会说，他都把女儿拐跑了，你妈咪不针对他针对谁？……她心里知道，不是这么简单。

之前她本来和路子涵约好一起吃晚饭，但顾辰微临时要人，把他拽去卖命了。江江心情恶劣，索性下楼夜跑，绕着小区的健身步道跑了两圈后，终于感觉窒闷的心情好了一些。

第二天一早，江江走出来就看到路子涵的车。他站在车旁，清晨总是上班族兵荒马乱的时候，他却依然穿得整整齐齐的眉目清冽，但仔细看就会发觉眼底有青黑阴影。

"昨晚通宵了？"江江问。顾辰微真是资本家，这么压榨人。

"没事。"路子涵示意，"上车，给你买了早饭。"

今天的早饭是流沙包和咖啡，流沙包的馅儿金黄润泽，但江江昨晚也没睡好，心里总有点沉沉的，吃着东西没有平日里香甜，倒是猛灌了几大口咖啡。

"怎么？现在不喜欢吃流沙包了？"路子涵随口问。

江江心里一动，反问："我什么时候喜欢吃流沙包？"

路子涵微怔，却也还算自然地道："你不是喜欢吃甜点吗？"

江江看着他，他神情平静，并无迹可寻。

所以当办公室的小伙伴开着玩笑的时候，江江一边觉得自己受了妈妈影响疑神疑鬼过于小心，一边又忍不住开启搜索模式在记忆中串了一条线。但两相矛盾中，这条线始终磕磕绊绊理不顺。最后，江江决定，今晚和路子涵吃晚饭的时候，她一定要直截了当问个明白。她丢失了记忆，但也可以说清楚自己从十六岁到现在的经历。坦诚相对，再不猜疑。而且，她也是真的想要知道他更多。问宁小薏，得到的只能是一串嗷嗷嗷彩虹屁。彩虹的原理不过是水蒸气折射太阳的光辉，终究会化为虚空，她想知道的，是真正的他。

第二十二章

谈　判

结束工作后，与路子涵约见面地点，路子涵的声音却有些迟疑，难道要被放鸽子了？

"又要被抓去加班？顾师兄不给你吃饭时间吗？"江江脾气虽然爽朗却也有点不悦，她可是有很多疑问要问的，今天的晚饭至关重要。

"不关师兄的事，是我有个……客户。"路子涵似乎叹了口气，选择了直接问，"你介意我带着客户和你一起吃饭吗？"

江江顿了顿，和客户一起吃饭？那岂不是从私人聚会变成了商务应酬？本能想要拒绝，但路子涵不像是这么没有分寸和边界的人，他一定是有为难之处，江江放缓了声音，只道："不介意。晚饭后我们可以一起喝咖啡。"

"江江，谢谢你。"路子涵声音里的如释重负，让江江微微失笑，心里倒是舒服了不少——他是真的很在意她的感受。

到了见面时，江江诧异，路子涵的"客户"是个十多岁的小女孩。顶着个非常朋克的蓝绿色发型，穿得倒是很正常，越发显得那闪着荧光的炸裂式头毛很突兀。

"好了，我建议你可以停止对新发型的炫耀。"路子涵对那小女孩轻咳一声，示意她不要压抑不住地拨弄头发，摆造型。

小女孩很兴奋，眼里放光，刻意做出桀骜不驯的样子，但又对江江好奇，侧头问路子涵："你的女朋友？"

"是，我的女朋友。"路子涵声音不自觉地温柔起来，转头道，"江江，这是黎霓。"

"你好。"江江嘴角也微微带笑，眉目舒缓。

小女孩黎霓看着他们，像是下定了决心般地说："我也要谈恋爱。"

"等你成年后，拥有了完全民事责任能力，大可以自由选择。"路子涵声音平板道。

"大叔，你能不能别私下说话也像上庭一样？"黎霓不满地嘟了嘟嘴。

路子涵本想说"你这是主观臆断，因为你并没有看过我上庭是怎么回事"，突然被那个"大叔"给堵了回去。江江看得笑出声，出言安慰："宁小蕙跟我科普过，'大叔'不是说你老，是年轻小女孩对高颜值的成年男性的统称。不过，"她看一眼黎霓，为路子涵扳回一城，"这个称呼现在已经过气了。"她本来也是开个玩笑，没想到黎霓张张嘴，似乎深受打击，竟然哭了出来。

路子涵本来只是觉得她缠夹不清，一下午非要跟着他走来走去，还破坏他与江江的约会，心里有点恼火，所以说话不那么客气，但也没想欺负人，怎么江江一句话就把她说哭了？江江也有点慌，赶紧解释："我只是说这个称呼，嗯，从韩剧来的吧，以前很流行，但现在它也是个正常的称呼，啊，你不要哭……"

黎霓捂着脸还哭得很是伤心，上气不接下气的，抽抽搭搭。

第二十二章 谈判

现在青春期的小孩比江江那时候麻烦多了……路子涵忍不住在心底叹气，打开车门，对黎霓道："上车来吧，我们找个清静的地方吃饭，好好讨论下你的案子。"

黎霓抹着泪上车，江江陪她坐后排座位，抽纸巾给她。

小女孩十分委屈，抽泣着说："我说的话、穿的衣服、喜欢的明星，什么都是过气的。因为爸妈不让我看电视，不让玩手机，不让看别的书，我知道什么都比别人晚。在学校同学们讨论的话题我也插不进话，一开始他们笑我是火星人，后来连火星人这个说法都过气了，我比火星人还土。"

江江愕然，这是怎么回事？

"今天黎霓来找我，让我起诉她父母。因为父母控制欲实在太强，对她的管教和限制过于严格，她认为这已经对她的生活和成长起到了很大的反作用，甚至可以说是，嗯，违背人性。"路子涵解释。

"对啊，我看了你给陈晓曦辩护，你都让她得到了自由，可以脱离原生家庭，为什么我不行？"黎霓鼓着嘴，她其实长得偏于古典秀美，顶着这个潮得过分的发型不伦不类，现在哭得两眼通红，乱七八糟的，有点可怜。

江江想给她解释，陈晓曦案和她面对的情况不同，就听到小姑娘决绝地继续说："是的，我的爸妈是非常爱我，他们不可能打断我的腿，但是看不到的伤痕就不是伤了吗？精神控制比打一顿更惨不是吗？"

看不到的伤痕就不是伤了吗？类似的话陈晓曦也说过。江江想着那一晚陈晓曦说出的种种，心里也是黯然，她轻轻握一握黎霓的肩膀："我明白，等会儿你可以好好跟路律师说，看看有什么我们可以帮你。"

"有时候我真希望自己是个孤儿。"黎霓闷声道。

江江从后视镜里看到路子涵眉心轻轻一蹙，有阴郁之色掠过。

一时，车里的气氛压抑。这也许就是，每个人都有自己的深渊。

路子涵将车停在一个闹中取静的地方，没有选择包间，而是坐在大堂安静的确保监控可达的角落。

黎霓看他在观察摄像头，有些泄气地问："你看什么？"

"不能有任何诱拐未成年人的嫌疑。"路子涵严肃地回答她。

黎霓愁眉苦脸地坐下来道："总之我今天不回家。我动用了九个同学一起帮我撒谎，才得到今天的自由，你说什么我都不会回去。"

"你必须回家，要保障你的安全。"路子涵头疼。

"我在你看得到的范围内活动，总行了吧？"黎霓可怜地说。

"可是我要回家。"路子涵按着眉心，"而且我的女朋友在，我拒绝与任何异性在私人时间相处。"

在黎霓被噎得几乎又要哭出来的时候，点完菜的"女朋友"江江终于抬起头来拔刀相助："如果只是一晚，你可以跟我回家。"

"真的吗？"黎霓泪水还没收回去眼神就亮起来，"那我们今晚可以去玩吗？"

"不可以。"江江笑眯眯地拒绝。

黎霓失望，但想到不会被送回去了，还是很喜悦，长长地舒了口气。这让江江想到她自己从美国几乎算是逃到南岛的行为，也是感觉自由太美妙，倒对这小女孩生出了些莫名的同情。

菜一道道地上来，清鲜爽口。但黎霓吃得很少，眼睛一直往外面看。江江顺着她的视线看去，哦，汉堡王，不禁乐了，问："你想吃汉堡？"

"嗯嗯，我想吃夹了厚厚牛肉饼的汉堡，还要吃薯条，喝可乐！"黎霓两眼亮晶晶的，"平时爸妈不许吃，而且特别奇怪，我偷偷在外面买了吃，回到家一定会被发现。"

"我陪你去买吧。"江江听乐了，对路子涵摊手笑笑，和雀跃的黎霓往外走。

路子涵看着她的背影，眼神变得微妙，当年江江和他偷偷出来，曾经也在肯德基抱着全家桶吃得津津有味。

当江江和黎霓抱着可乐薯条汉堡笑眯眯地回来后，黎霓兴奋地宣布：

第二十二章 谈判

"吃了饭我们要去打电动!"

路子涵给江江一个疑问的眼神,江江吐吐舌头:"去玩一下也不会怎么样,她都没有玩过,怪可怜的……"

"是的是的,很可怜的。"黎霓边大口地吃汉堡边猛点头。

路子涵有些无奈有些了解,也许江江潜意识里纵容的,正是少女时代的自己啊。

于是,他们一起玩了街机游戏。不管是古早的经典款,还是最新出的,江江都不太会,黎霓更不会,好在大家学习能力都不错,一会儿也就上了手,玩得津津有味。

路子涵提着三大杯冰奶茶,看着江江闪亮的眼睛和汗津津的额头,忍不住微笑。等到她们俩终于玩尽兴,天色已晚,三人坐在路边的长椅上,黎霓兴奋地问:"小江姐姐,你以前也没有玩过吗?是不是很好玩?!"

"我也不记得以前有没有玩过。"江江敲敲自己的额头,"小时候的事情都忘记了。"

"记忆力消退?"黎霓不可置信,"这么好玩的事都能忘记。"

江江失笑,却转头去看路子涵:"你呢?你玩过吗?"

——你的童年和少年,是什么样子?

"没有。"路子涵摇头,那时候他与哥哥自顾不暇,没有钱也没有时间玩游戏。见江江满眼期待地看着他,想说的话张张嘴却只觉无从说起。路灯下江江只见他眼睛漆黑如深湛湖水,藏着的都是她不了解的过去。

此刻都归于无从说起的静默。

黎霓似乎也感受到了什么,安静下来不再聒噪,在一边静静地喝奶茶,眼神时不时在路子涵和江江身上来回。

路子涵沉默了好一会儿,声音微微有些低哑:"小时候父母生意失败,家境一直窘迫,后来他们为了挣钱还债,租了大货车运货,白天黑夜都在忙,太累,出了事。就留下我和哥哥两个人,哥哥一边念书一边打工,供养我,还把债都还了。日子过得很紧张,游戏什么的,那时候不敢想。"

江江心里有点疼,也有点歉疚。回忆对她来说是空白,但别人的记忆也不都是桃花源,而是各有各的黑洞,她逼着他翻开不堪回首的过往,又何必?

却听黎霓小声感叹:"你哥哥好棒。"

路子涵眼神一黯,有些逃避地转开脸,声音已带了点喑哑:"是的,我哥哥他,非常棒。"

"你哥哥现在在做什么?在哪里?"黎霓忍不住问。

"他被人冤枉,在监狱里去世了。"路子涵静了静才慢慢地说,声音如淬了冰,听得江江猛然心惊肉跳的。黎霓也被吓到,后悔问了这个问题。

"路子涵。"安静中,江江轻声叫他。路子涵慢慢转头看她,眼中的深湛湖水有万千暗涌,看着江江,甚至流露出压抑不住的怆然。他自己也觉得失控,低头缓缓深呼吸,终于回归平常,道:"差不多应该回家了。"

但方才他那一眼,看在江江眼里,如一道松动的封印,再难镇住背后的惘然。

黎霓跟着江江回家,对她的单身公寓羡慕得口水滴答。她抱着靠垫坐在窗边,美滋滋地看着窗外的夜景,喃喃道:"我就是想这样。"

"你想怎样?"江江看到她一个小少女的脸上竟然是万分惆怅又向往的表情,觉着她就算暗恋哪个小哥哥也绝对没有现在这么深情了,不禁觉得好笑。

"你看我的手。"黎霓给她展示手上的茧,"我从小学竖琴、小提琴,每周打网球、高尔夫球,还学了点花滑,当然,画画书法那些也不少。"

"多才多艺。"江江评价,生出些同病相怜。

"爸妈一直希望我在艺术和体育上能够表现出不一样的天赋,但是我没有,他们就寄望于勤学苦练能够把天赋唤醒。但是呢,我不仅没有天赋,还没有兴趣。"黎霓坦率地说,"我爸是个餐厅的厨师,妈妈在公司里做财务,他们总是说,他们踏踏实实地奋斗了一辈子,就是希望能够让我自

第二十二章
谈 判

由选择，让我不受物质条件的影响，可以去做自己热爱的事情，不用考虑钱的事。"

"这不是大家很羡慕的吗？"江江笑，"毕竟大多数的艺术都不能变现，艺术家很大的风险是要饿肚子。"

"可是，我就不想做艺术家啊，我的理想就是像爸妈一样踏踏实实地挣钱，然后享受生活。这有什么不好？挣钱本身不就是艺术？"黎霓不忿地说。江江一怔，觉得她说得很有道理，点头同意："对，你说得对。"

"脚踏实地地工作、生活怎么就没有理想了？写出一支好的曲子，画出一幅好画，是人类文明的宝贵闪光，那做出一道好菜，难道就不是了？"黎霓哀号一声倒在沙发里，用靠垫蒙着头，"其实爸妈不让我染发穿潮服，不许吃汉堡炸鸡喝可乐，不许打游戏玩桌游，不准看肥皂剧，这些也都算了，但是他们说是给我最大的人生选择的自由，都是假的！他们只是在往我身上套他们的理想，他们的选择。妈妈小时候想学芭蕾没机会，就非得让我学，她喜欢那她现在也可以自己去学啊！爸爸年轻时候觉得网球明星很帅，就让我打网球，那他为什么自己不打？哦，是因为他现在太胖了，跑不动了……"

江江听得哈哈大笑，但深表同情，拍着她的肩膀，觉得她那一头蓝绿荧光色头发都没那么刺眼了。"那你打算怎么办？"江江问。

"我要请路律师做我的律师，告他们，请他们尊重我的自由，我是说——真正的自由。"黎霓坚定地抬起头。

"坦白说这个很难。"江江道，"你需要的是与爸妈进行更充分的沟通。"

"小江姐姐，你真的觉得沟通有用？"黎霓看着她，江江想到自己的逃离，有点被噎住。

"而且沟通也得有个平等的条件啊。"黎霓无奈，看着江江道，"我知道你会懂我说的是什么意思，第一眼看到你，就知道你跟我是一类人。"黎霓笃定地道，"我有雷达感应，遇到同类，立马能接上。"

看来她虽然说自己没有艺术天赋，但这种与人交往的灵性和直觉倒是厉害，江江觉得她说不定会成为一个职场人精。

晚上睡觉闭上眼，江江脑袋里就都是路子涵那一瞬间眼中的暗潮涌动，心里就有那么点抽疼。之前也不理解路子涵为什么那么拼，原来竟有这般身世。说起来，她似乎也未曾见过他真正开怀大笑的样子。他心里，还藏了多少事？

大约有点心事，那个熟悉的噩梦来的时候，分外有种压抑凄清的感觉，那个她一直想要追上前的人影越发缥缈，在浓雾中渐行渐远，她想要大声呼喊，但始终不能言声，只能眼睁睁看着他消失。

没睡好，江江起得很早，但叶绚亭来得更早，看到黎霓，略有点责备地压低声音对江江道："为什么这么不小心留宿陌生人？"

"她不是陌生人，是路子涵的小客户。"江江把妈妈拉进厨房，顺手关上门解释。

"那跟你有什么关系？路子涵的客户，他自己都……"叶绚亭顿了顿，道，"你尽可以带她去住酒店，不要随便带陌生人回家住。"

"好的好的，她年纪太小，我们不放心嘛。"江江赶紧安抚妈妈，但叶绚亭脸色很不好看，十分生气的样子，她也不明白这事为什么会让妈妈如此动怒。"不要生气啦，没事的，我自己有分寸。"江江觉得今天运气不太好，第一次收留人借宿就被妈妈抓个正着，只好耐着性子多哄两句。叶绚亭看起来不是容易被糊弄过去的样子，嘴唇都微微有点发抖，道："那位路大律师，他向来是这样的，怂恿撺掇小女孩同家里搞叛逆，他就是这么一套……"江江听得疑惑了，问："妈咪你什么意思？路子涵向来是这样？你知道他向来怎样？"

"我没有什么意思。"叶绚亭极力控制情绪，冷冷地道，"妈咪只是希望你离危险的人越远越好。现在的南岛已经不是过去的南岛，你在这里

第二十二章
谈 判

多留无益。"

江江却站定了,看着叶绚亭,面色沉静,道:"不,妈咪,你以前就认识路子涵。"

叶绚亭嘴唇抿紧,脸色发白。

"以前到底发生了什么事,妈咪?你们都不告诉我,都让我猜,我也觉得很累。"江江昨晚做了一晚上的噩梦,到现在还觉得头昏沉沉的,很疲倦。

"江江,以前发生过什么真的那么重要,比未来更重要?"叶绚亭声音苦涩。她用了几年的时间,带着江江脱离了过去的环境,重建了一切,让江江脱胎换骨,为什么还要回到过去?

"过去也许不够好,但那也是我生命的一部分。只有我知道它的真相,我才能判断是放下,还是继续背着。"江江声音很轻但很坚定。

"那你需要自己去判断和思考。"叶绚亭疲惫地道,"任何人告诉你的,都不是属于你自己的真相。"她转身拉开厨房的门,走了出去,也没有继续停留,江江听到了她出门的声音。

"小江姐姐,你还好吗?"门外探进来黎霓的头。

"不太好。"江江诚实地说。

"是不是我给你添了麻烦?"黎霓小声问。

"不关你的事。"江江长嘘一口气,看着黎霓可怜的小模样,努力振作精神,挥挥手,"走,我们去吃双层厚牛汉堡当早饭,加罪恶的金沙咸蛋黄酱,再喝一大杯可乐!"

黎霓觉得好笑,又觉得窥见了一点成年人的心酸,过去抱了抱江江:"小江姐姐,我喜欢你。"

大口地吃着汉堡,黎霓道:"在家每天早上我妈都要给我灌一碗银耳汤,说润肺,我真的一点都不爱喝哎。而且那么甜,糖分摄入太多,我皮肤都坏掉了,全年长痘。"

229

"那可乐也很甜呀,你不怕糖分摄入太多吗?"江江示意她手里那一大杯肥宅快乐水。

"可是喝可乐的时候我是开心的,心情愉悦可以抵消掉其他不好的方面。"黎霓狡辩得理直气壮。

"所以那碗银耳汤并没有什么错,错只错在它不是你想要的。"江江道。

"我爸妈就是理解不了这一点。"黎霓老气横秋地叹口气。

"其实,也不是他们不能理解,而是他们不能信任,不能信任你做出的判断是正确的。比如——"江江话没说完,就看到黎霓手中的汉堡啪唧掉进了盘子里。有两个人急匆匆地从外面冲进来,那气势,把汉堡店里其他人都惊呆了。

他们俩和黎霓相对,彼此把对方都吓一大跳。

"爸妈你们怎么来了……"

"女儿你的头发……"

双方都很是惊悚,看样子都受到了惊吓。江江瞅着黎霓的老爸,果然是胖,典型的漫画中的大厨形象,此刻急得眉毛都快竖起来了,大颗大颗的汗珠往下滚。

妈妈则瘦瘦的,戴眼镜,抖着手指着黎霓的发型,半天才说出一句:"我排了半年的队,给你预约了最好的古典舞老师,你这个头发怎么见人!"

黎霓却还沉浸在被抓包的打击中:"怎么这就找到了?等于提前强制下线。"

这时,路子涵才从后面赶过来,对江江苦笑:"他们估计一晚没睡,打听到我这里来,急坏了,车没停稳就跳车往这边跑,我差点被警察拦下来。"

就在黎霓快要哭出来的瞬间,路子涵上前,站到她身边,客客气气彬彬有礼地道:"黎先生,曾女士,我昨天已经接受了令爱的委托,担任她

第二十二章 谈判

的代理律师,烦请二位有什么需要沟通的移步我的律所会议室。"

这下大家都蒙了,江江觉得自己这个周末还真是……别开生面。

不等当事人家长反应过来,路子涵已经发挥控场能力,把大家都带离了可怜的汉堡店,温文有礼地请到车上,风驰电掣地到了律所。大家懵懵懂懂地在会议室坐下,路子涵范儿挺足的,一副专业人士特有的六亲不认的架势。会议室里两个窄裙高跟鞋的助理给大家泡咖啡,送资料,也是恭恭敬敬面无表情。许嘉琪通身高定加珠宝地进来加了个戏,煞有介事地提醒他,半小时后的时间已经安排给了一位百亿身价的委托人。江江怀疑莫不是在说她自己。

黎霓的妈妈,曾女士,不愧是做财务的,很能抓住重点,她疑惑地确认了下:"霓霓,你说这位是你的代理律师?"

黎霓努力告诉自己稳住,点点头。

曾女士立马道:"律师费怎么算?"

——哪怕女儿告的是自己,也要先帮女儿把价砍了!

江江觉得好笑,路子涵依然淡定,道:"具体的报价单已经发到令爱的邮箱,根据实际情况进行结算。考虑到委托人的年龄,我愿意延迟至三年后收款,并以分期的方式收取。当然,这三年的利息我也会计算进去。"

对面立马炸毛,连黎霓都流露出惶恐之色。路子涵修长的手指在桌面上轻轻敲了敲,沉声道:"鉴于我的收费标准是以分钟计,建议大家进入正题。我的委托人提出的诉求是,请监护人尊重她独立、自由的生活空间。当然,如果委托人的诉求得到满足,获得了独立、自由,相应地,监护人权利对等,也可以自由选择是否继续对其提供经济上的资助。但不得不提醒的是,委托人尚未成年,监护人有抚养的义务,建议监护人在必要的生活、学习费用之外,可全部收回对于我委托人的增项付出和投资。比如,"他翻开资料,一一历数,"竖琴、小提琴、国画、油画、芭蕾、马术等的学习,以及高尔夫球、网球、花滑、游泳等的练习费用,以及,"他看了眼黎霓道,"超出基础需求的置装、旅行费用和——零花钱。"

"零花钱都没啦……"黎霓有点傻眼。

"对。权利和义务对等。"路子涵肯定地说,"不可以双重标准。"

黎霓委屈地扁扁嘴,还没说话,妈妈倒先心疼了,道:"零花钱我们还是会给……给一些的。"

"那好。"路子涵给财务专业人士曾女士投去赞许目光,果然说话滴水不漏,接着道,"那我们现在可以进入谈判阶段,Chris,"他侧头叫助理,"做好记录,以便形成合约。"Chris端庄矜持地点点头,手在键盘上飞出花来。

"黎霓小姐,你可以对你的诉求提出修改,将履行范围做调整,以换取想要得到的物质支持,看是否能与监护人达成共识。"路子涵做个手势。

江江心里已经闷笑很久,快要稳不住了。路子涵优雅地站起身,对Chris道:"双方达成一致后通知我。"然后带着江江离开了会议室。

回到他的办公室,江江就哈哈笑出声,瞪着路子涵道:"以前怎么没有发现你在虚张声势上这么有天分。"

路子涵摊手:"并没有虚张,起码我的律师费账单是实在的。"

"你还真跟人家小姑娘收钱?"

"起码三个汉堡。"路子涵微笑。

江江笑着道:"不过说起来,不管他们能协商出个什么结果,有了一个能让黎霓与爸妈这样平等沟通的机会已经很好。"

路子涵点点头。父母总把子女当作附庸和所属品,很难接受他也是一个有着同等社会属性的人。而子女又把索取和得到看得太过自然,很难接受在父母处的所有受惠并非理所应当全无条件。

半小时后,Chris把路子涵请回会议室。黎先生和曾女士都是在社会上工作多年的聪明人,已经有所领悟。黎先生站起身,胖乎乎的手伸出来:"路律师,谢谢您。"曾女士也文雅地致谢。

黎霓莫名有点害羞,对他说:"我会把头发染回去。"

"这也是你的谈判结果之一?"路子涵问。

第二十二章 谈判

"不,我只是意识到它不适合我。"黎霓看向江江,"我要像小江姐姐那样。"清爽的黑发——应该也是他喜欢的样子。

告别的时候,黎霓郑重地把江江拖到一边道:"小江姐姐,我觉得你也可以请路律师做你的代理律师。"江江不解,黎霓犹豫了片刻还是道,"我觉得你妈咪好像……不太对。她那种感觉,很像我妈咪,但是比我妈咪更可怕。你有没有感觉?"江江知道黎霓是什么意思,面色微微一变。黎霓没有时间再多说,最后匆忙道:"小江姐姐你检查下房间,我觉得不对劲,跟你说,我妈咪以前偷偷安监控看我学习时有没有看漫画,这事你妈咪也肯定会做!"

第二十三章

被抹去的过往

"怎么了？"黎霓一家离开后，路子涵转头看到江江脸色不太好，担心地问。

"没事。"江江勉强笑笑。许嘉琪已经从后面走过来，对她笑得爽朗："抱歉，要征用你的新晋男朋友一会儿，有个案子我希望路大律给点意见。"

江江微微愕然，没想到许嘉琪作为路子涵后援团团长已经知道花落谁手。许嘉琪看出她的诧异，只道："我怀疑我是第一个知道噩耗……不，喜讯的人。被第一个通知到也是荣幸……但是呢，既然你们现在的关系还没有得到法律的保护，我还是保留挖墙脚的权利。"

"墙脚表示……不太同意。"路子涵牵牵嘴角，对许嘉琪道，"你去办公室等我。"然后他认真地看着江江，问，"你脸色不好，是身体不舒服？"他清冽眉目看她的时候温柔专注，竟让江江觉得有点想哭，她忙摇

第二十三章 — 被抹去的过往

了摇头。路子涵还是不放心:"那我先送你回家。"

江江依赖地抱了抱他,抬头笑了:"真不用,哪有那么矫情?你先忙,晚点联系。"便挥挥手离开了。

江江回到自己的小公寓,打开门,第一次迟疑着没有迈步进去,背脊上莫名地起了一片小寒栗。如果黎霓说的是对的,那就难怪她的所作所为妈妈好像都了如指掌。她吸口气,进去,锁门,然后抬头四下检查一番,并没有发现什么异常。她心里有点乱,发了会儿呆,索性打开电脑开始整理思路。

她失去了十六岁之前的所有记忆。转折点:十六岁。

十六岁那年到底发生了什么?真的是车祸?

她回到南岛是想知道真相,起源是那封邮件。她已经托朋友查询过,那封邮件的发送是用的动态 IP,藏在背后的是谁?

妈妈不愿意她找回记忆,为什么?怕她受到伤害?

同样,妈妈希望她回美国,理由同样是怕她受伤。

究竟,会造成伤害的是什么?

至今,妈妈明确针对的人只有路子涵。

关键在他身上?会伤害她的人,是路子涵?

江江单独敲下他的名字,摒除所有感情层面的描述,路子涵,他是一名律师,职业身份堪称清白,唯一一点,是他有一位死在监狱里的哥哥。

能与自己有所关联的,判刑入狱的人,只有戴澄。

陈晓曦跟她说过,见过她与戴澄关系亲近,而后,戴澄绑架谋杀,她失去了父亲,也失去了记忆。

路子涵提到哥哥是被冤枉的。

想到此节,江江心里微微一动,但现在时间已晚,她不能再去查证,只好吃了粒褪黑素强迫自己睡觉。

第二天清晨,江江径直往医院去。

周末的医院门诊部比平时人更多,但行政楼这边安静多了。在大厅里江江意外地看到了陆雅,她和一个微微有点胖的中年男人在一起。那个男人并没有什么实际的亲昵动作,但肢体语言都在显示他对这个大美人的所有权。而且他的脸,还有些面熟啊。江江的目光往墙上一扫,对上了,原来是院长大人,曾海鸣曾院长。他终于从国外回来了?

曾海鸣也看到了她,呆了呆,方才还挺霸道总裁的表情换成了慈爱长辈,口里慨叹着"故人之女",上下打量她,甚是欣慰的样子,几乎就要擦拭热泪。江江回忆空白,不免难以入戏,但看到曾海鸣深深感慨的样子,心里也有所触动。他是不是可以告诉她关于过去的事,告诉她,她爸爸是怎样的人?可是,还不待她问出"曾伯伯,我是不是可以跟您谈谈?",陆雅已经在一旁柔和清冷地开口:"院长,我们快要迟到了。"曾海鸣看看腕表,道:"江江,实验组在等我开会,我们改天好好聊聊。你回来很好,很好。"江江只得点头,目送他们离开。她继续去数据管理中心。

她要查的还是戴澄。键入戴澄的私人简历,履历很简单,而且闪闪发光,主要是学业和工作相关,私人的只有父母姓名。她再次查询了戴澄的病案记录,缺失的三个月依然没有。江江想了想,找到同期肝胆科医生的名单,输入后查询,并没有出现这个情况。这就有点奇怪了。江江继续看了看戴澄相关资料的查询记录,看到了,除她之外还有一个IP,同样是在这里,时间与她上次查询是同一天几乎同一时段。那天,和她一起在这里的,是路子涵。

江江走出数据管理中心,在仁心医院的花园里发呆。

手机放在包里,莫名觉得有点沉。她很想直接拨通电话,去问他,或者径直去找他,当面问清楚。为什么他不曾告诉她?他们都瞒着她。

但是,她又犹豫了。她缓缓地在长椅上坐下。南岛是热带气候,秋天也不见萧索,天空依然蔚蓝清透,云朵分外地白,白得如有光晕。风里有海的味道,这里是她的故乡,她回到这里来,是想找到一段空白的回忆,

第二十三章 被抹去的过往

虽然没有找到,但是她吃了很多美味的食物,结交了新的朋友,第一次切实体会到踏实工作中的人间悲喜,还认识了一个人。他与她并肩打完一场又一场战役,说出她心底的话,保护并实践着她的信念,他眉目清冽,如世间有光。

如果这一切,都只是一张密密织就的有所图谋的网。

她可以理解,但心如刀割。

江江闭了闭眼睛,拿出手机,打给的却是罗羽。她在电话里说:"今天我似乎想起了以前的一些事,我觉得有可能记忆在恢复了,你现在有没有时间为我做治疗?"

罗羽犹豫了几秒钟,应道:"好的,你过来吧。"

江江微微眯缝眼睛,再望了一会儿明澈天空,深深吸了口气。

罗羽在他的咨询室等着江江,今天他少有的没有看韩剧,神情也略有些复杂。

江江没有多说什么,在那张已经熟悉的躺椅上躺下时,她流露出一丝凄惶,问:"一个人的记忆是非常重要的,对吧?"

"这取决于你怎么看待。"罗羽道,想想又说,"其实一个人的记忆,无论你是否想得起来,它实际已经内化成你的行为和思想,已经与你成为一体。"

江江没有再多说,示意罗羽可以开始。

催眠疗程的步骤江江也已经不陌生,虽然每次罗羽都有细微调整。渐渐地,江江进入了状态,而且,今天似乎还颇为顺利。

罗羽引领江江又回到了那个风雨欲来的午后,进入压抑、焦躁,想要逃离一切的氛围。离开这样的生活,离开密不透风的保护,离开随时随地的看管,离开神经紧绷的家庭,她要离开那一切,要去找到那个人,他会带她逃跑,带她海阔天空拥有自由。

江江睫毛颤动,但体征尚还平稳,没有出现之前几次的剧烈心跳和急促呼吸，也许，可以再进一步？罗羽沉宁温和地问："你出门去找他了，是不是？"

"是。"江江依然是带点执拗青涩的声音，喃喃地道，"我要去找他。"

"你去哪里找他？"罗羽问。

"我们约好了。"

"他在等你？"

"嗯，"江江如在梦中，"他在等我，要带我一起走。"

"你跟他很熟悉吗？"

"嗯，他经常和我在一起。"

"能跟我说说他什么样子吗？"罗羽专业沉稳的声音在问出这个问题时也有一丝气息不定。也许，真的会如江江所说，她的记忆要找回来了。起码——关于路子涵这一块拼图，能对上了。

江江睫毛微动，顿了顿，轻声道："他很瘦，很高，眼睛……眼瞳好像要比正常人的更深更黑一点，嘴唇是薄的。"

"他的样子，很清楚？"罗羽不自觉地屏住呼吸，"你可以跟我说得更具体一点吗？比如他的发型、他的肤色、他的……"罗羽没发觉自己的提问，其实急躁了。

而躺椅上的江江忽然静静地睁开了眼睛，双目清明，哪有半丝被催眠的迹象？她看着罗羽，只道："更具体的，罗医生，你不是比我更清楚吗？"

罗羽如同被冰水浇头，木然说不出话。江江站起身，走到房间的一扇隐形门前，以前她见过有家属在这扇门后等待病人做治疗。她手按着门，对罗羽冷淡地牵动嘴角，不待罗羽阻止，轻轻一按，门开了。

门后站着的，是面色一片苍白的路子涵。

"你刚才根本没有被催眠。"罗羽喘了口气，颓然陈述这个现实。

江江点头："是的，我什么都没有想起来。"她看着路子涵，轻声道，"只是觉得遗憾，人类的大脑除了储存记忆，它还多少有一些思考的能力。"

"江江……"罗羽觉得这是他职业生涯最大的滑铁卢，"我很抱歉。"

第二十三章 被抹去的过往

江江却没有看他，只看着路子涵："有什么话想对我说吗？"

路子涵沉默。

"我也很想知道真相，但我不喜欢自己一直被人算计。"江江目光渐渐变凉，"那封邮件应该是你发给我的，对不对？当时你想带来做催眠治疗的其实也不是卓北，是我。你放弃了大好前程，做与医疗相关的法援律师，做得那么成功，形象那么好，能让医院换掉长久合作的律师，让你接下陆舟医生的案子，为的就是能有权限查询仁心的内部数据库？每一个案子你都有所图，那我呢？我被当作什么？……对不起，你想知道的我全都想不起来，以后，也许永远都想不起来，你煞费苦心，但对不起，我毫无价值。"江江眼中已经涌上泪水，转身往外走去。

路子涵本能地追上去，江江站住，没有回头，道："我现在不想再与你说话，请你不要跟来。"

路子涵身形不稳，手胡乱地往墙上一撑，如果不是罗羽扶了一把，他可能已经支撑不住倒下去。罗羽将他带到沙发上坐下，小心地让他的头能够在柔软的靠垫上枕着，没顾上其他，只道："你不能急，先缓缓。"

"我没事。"路子涵只觉脑部神经突突跳动，头疼得厉害，眼前一阵一阵地发黑。

"对不起，是我搞砸了。"罗羽低声道。他今天给路子涵打电话说江江有记忆苏醒的迹象，会抓紧来做治疗，路子涵赶来后，说的第一句话是："我想放弃了。"他当时疑惑不解，为什么努力到现在要放弃？路子涵说，他不想再以这种方式强行让江江唤醒记忆，他要把所有的一切都告诉她，让她自己选择，如果她不愿意想起，他也接受这个结果。

罗羽看着他交握在一起指节发白的手，问："你真的能够接受？可是，戴澄接受吗？"路子涵立刻就觉得头部剧烈刺痛如受电击。活人是否真的有权替死者释然？蒙冤的永远在煎熬，却再没有发声为自己争取的权利。

"其实江江每次的催眠治疗都有进展，就让我再试最后一次。"罗羽道，把路子涵推进隐形门背后，"也许会有奇迹发生。"

但生活中哪有那么多奇迹。罗羽立了一个 flag（目标），最后一次的努力，往往就意味着激进与越界，随后是失败。

"不能怪你。"路子涵稍微缓过一口气，用力揉着眉心，还是想往外走。

"现在不是沟通的好时机。"罗羽困难地劝阻他。

路子涵没有说话，也没有停下。他记得江江小时候心情不好就喜欢暴走，她今天果然也没有叫车，笔直的长路，他看到她已行到远处小小的单薄倔强的背影。

路子涵吸口气，正想跟上去，一人出现在他面前，挡住去路。

是陆雅。

江江无目的地在街上乱走，南岛这座城市时而极为现代，时而低到尘埃，来来往往的人都有一张处变不惊坚韧的脸。每一张面孔的主人，不管经历了什么，全都这样努力而忍耐地活着。她也是南岛人，并不怯懦，可以勇敢，并且理解成年人的社会有各种技巧策略谋算，但是，那个人为什么是路子涵？

江江茫然地走着，虽然妈妈也来到了南岛，虽然她有了宁小薏这样一些新朋友，但这个时刻，她谁也不想见，只觉得异常孤单。她茫茫然走着，路过一间大排档时，一声暴躁的怒吼却突然让她惊醒，因为那声音还挺熟悉的。

"孩子说他肚子疼你要带他去看病！他这是病了！你吼他有什么用？！"这声音的主人是靳铭，那个随时都一脸沧桑的警察大叔。他这时候看起来比平日更沧桑，都已经到午后，他还一副刚睡醒的样子，因是周末，没有穿警服，一件松垮的格子衬衫皱巴巴的，显得分外潦倒，头发也乱蓬蓬的。他坐在大排档一张小桌子前，桌上几碟小菜，还有瓶酒，但他也没顾上吃喝，扯着嗓门在跟老板对吼，旁边还有个哭唧唧的小朋友。

老板把那个小朋友往自己身后一抓，冲他吼回去："我们自家孩子

第二十三章 被抹去的过往

自家不会管？他就是不爱吃青菜，每次吃完了肉轮到吃菜了都撒谎说肚子痛，要你在这里管闲事？"

"他没有撒谎，他刚才吃了青菜！他是真的肚子疼，你耽误了给他看病有你哭的时候！"

"喂，你这人说话怎么这么毒？不听你的你就咒小孩！"

"我没有咒小孩，我是咒你！"

"你咒我哭，咒我哭小孩扑街！"

"这话可不是我说的！"

……

江江呆呆地听了一阵，觉得实在荒谬，上前拉一拉靳铭道："靳警官。"

听到这个称呼，那个大排档老板倒是一愣，上下打量靳铭，怀疑地说："警官？"

靳铭一把把警官证拍到他面前，兀自气咻咻的。

老板拧着脖子，也是不服气："警官又怎么啦？警官就能管我们怎么教小孩？"

"你哪有教小孩？你连小孩有病都不管！"

"我们仔没病，你才有病……"

眼看他们又要吵起来，江江头大，对两边都做一个暂停的手势，自己把那个委屈的小朋友拉过来，柔声问："你怎么啦？肚子疼吗？"

小孩点点头，泪汪汪的，双手捂着肚子，倒是不像假装。但他旁边小桌上的小碗里，确实剩下了半碗绿油油的青菜。

"如果是不想吃青菜，可以偷偷告诉姐姐。"江江悄声道。

"不，是真的肚子痛。"小孩把肚子捂得更紧，还搓揉着衣服。夏天衣衫单薄，他这么一扭动，江江看出有什么不对——小孩的腹部有一些深色的瘀斑。江江让他背转身，轻轻掀起衣服，见胸口也有一大片。这是怎么回事？小孩扁着嘴巴说："每天都会肚子疼，尿尿还是红色的。"

江江皱眉，随着她的检视，老板也发现了不对劲，惊恐地看着小孩身

241

上的瘀斑，结结巴巴地说："这……这是什么？"

江江立马给仁心医院消化科打电话，简单描述症状，打开视频给看了小孩的瘀斑，对方毫不犹豫地道："报具体地址，我让救护车来接人。"老板已经被吓傻了，江江看着他叹口气道："别怕，医生一会儿就到。你先去给孩子收拾下东西吧，估计要住院的。"

"我就说孩子不会骗人，他就是病了嘛，吃青菜吃青菜……"靳铭愤愤地道，转而对着小朋友，声音温柔得吓人，只道，"你不要怕，听医生的话，很快就能治好的，不要怕哦。"但是他突然想到了什么，瞪着江江，"仁心医院来接？"江江不明所以，点点头，她当然是找仁心啊，还能是哪儿？

靳铭眉头紧紧皱着，像是纠结又挣扎，半晌指着小孩问："他这是什么科接手？"

"消化科。"江江回答。

靳铭似乎稍微松口气，但还是很紧张，搂着小孩，在他肝区轻轻按压："这里痛不痛？"

小孩摇头："不，是肚子痛。"

靳铭这才喘了口气，但眉头一直没有舒展开。江江也是不懂，幸而救护车很快到了，老板店都来不及关，咋咋呼呼地陪着儿子上了救护车，拉响鸣笛一路远去。

靳铭看着救护车消失，脸上的神情复杂又伤感。

"靳警官？"江江小声叫他。

靳铭回过神来，拍拍桌子："来，坐，今天得谢谢你，不然我们白白吵半天，还真是耽误了给小孩看病。"

"坐不了了，刚才接诊医生说小孩的症状可能是毒物反应，不排除中毒可能。"江江看看这家店，"后厨需要查查了。"

靳铭一愣，看了眼自己还没动过的小菜，低声骂了句什么，立刻打电话招来一班同仁，当即就该检查检查，该提取提取。江江跟在旁边，力所

第二十三章 被抹去的过往

能及地帮点忙,倒也没空再去想自己的事。

忙完后大家闹着要一起吃饭K歌过周末,靳铭今天闷闷的,遇上个江江也没什么玩乐的心情,结果是他们俩单凑一起,找了个小酒馆喝酒。

靳铭喝伏特加,江江嘛,一杯果酒,白桃味的。

靳铭握着杯子,再次道:"今天多谢你。"

"主要还得你发现,而且,你有热心肠,换旁人不一定会管的。"江江觉得这个大叔看起来落拓,内心却很温柔。

"我啊,是这里,"他敲敲自己胸口,"这里坐下病了,对不起我儿子,看到这样的就受不了,就难受。孩子在的时候,能跟你哭跟你闹的时候,你不上心,不当回事,以后就——晚了。"他说着倒了满满一杯酒,仰头一口吞了,眼睛渐渐泛红。

江江静静地听他说。靳铭拿出手机,开机屏幕是一个正在摩天轮上大笑的小男孩,在换牙时期,两颗小虎牙刚冒头,加上圆圆的脑袋,威风得像个小虎崽。

"这是我儿子。"靳铭很自豪地说,然后声音就哑了,"没了。"

江江一惊,问:"发生了什么?"

"刚开始也是说肚子疼,我们只当小孩子肚子疼肯定是乱吃东西了,让他不要在外面吃零食,不要吃冰。我工作太忙,常常几天不能回家,老婆一边顾着家里一边还要接单给人做设计挣钱。她跟我说过几次仔仔肚子疼,我也没放心上,她带去楼下小诊所拿了些驱虫的、治肠炎的药给仔仔吃了,也没多管。后来就发现他不爱吃饭,动不动就吐,脸也黄黄的,送去医院才知道肝病已经很严重了。"靳铭又灌一口酒,这些陈年往事他已经极力克制不要再对人反复念,因为没有人愿意一直听你家的倒霉事,但今天,似乎又有点控制不住。

"去的仁心医院?"江江有些了悟靳铭今天的紧张。

"是的,仔仔住院后看到我第一句话是:'老爸,我没有吃冰激凌,我就是肚子疼……'听得我这心里……"靳铭捂着脸顿了顿,接着说道,

"嗯，治了一段时间，治不好，说唯一的办法是肝脏移植。我们家里所有人都去配型，如果配不上就只能排队等待肝源，结果，"靳铭用惨苦的语气说出一个喜讯，"我老婆，仔仔他妈妈，配上了，也通过体检，可以移植。"

江江蹙眉，明明有了希望最后还是绝望，这个也许比无望更残忍。

"于是，就准备手术。仔仔那时候身体已经很差，每天都需要吃一种什么促进细胞再生的药，为了提高移植成功率，很贵，手术费用也很贵，我们卖掉了房子，想尽一切办法，还是……仔仔没有扛到做手术的时候。"靳铭倒酒，一口饮尽，完全没发现江江担心他喝醉，偷偷给他的伏特加混了些矿泉水。"仔仔没了，老婆也崩溃了，骂我没有用，连药都给仔仔用不起，收拾东西走了，至今没有消息。"靳铭眼神整个都空了。

这种事完全无法用语言安慰，江江听得难过。以前她的中文老师摇头感叹"众生皆苦"，她觉得是一种书生气的迂腐，原来，这世间真的有太多伤心事。

靳铭用力揉揉脸，苦笑："说起来我老婆一走了之，也不是单纯嫌我没钱，还因为，仔仔的主治医生一个月不到就被爆出是绑架杀人犯，老婆恨透了我还是个警察，竟然人都不会看，让这样一个人给仔仔当主治医生，瞎了眼。我跟她说那个案子有疑点，不对劲，但她哪里肯听？我后来想，也不能怪她，案子怎么着仔仔也都回不来了。"

江江冲口问出："戴澄？"

"对，戴澄，你也知道？几年前的事了，闹得挺大的。"靳铭说到案子，恢复了几分平日的神采。

"靳警官，你还记得仔仔住院的时间吗？"江江问。

靳铭不用回想就报出时间，江江一算，也正是那消失的病例范围。看她皱眉思索，靳铭不解："怎么了？有什么不对？"

"戴澄的案子，绑架了仁心医院当时的院长和他女儿，我就是那个女儿。"江江吸口气坦白说道。靳铭明显吃惊了，打量着江江道："并不太

第二十三章
被抹去的过往

像……"他细看两眼,再凭着职业生涯锻炼出来的记忆力一想,露出一个慈祥的表情,"你长大了。"不再是当年卷宗中惊惶阴郁的小女孩,她长得这么落落大方清爽舒展。

"可能是因为……我失去了所有记忆,包括那件事,和之前所有的。"江江无奈。她忽然开始懂得妈妈的心情,用了那么多努力让她脱胎换骨,而她却执意回顾。她也理解了妈妈对路子涵的愤然,因为他就是那个布局设网让她回到过去,想要唤醒她记忆的人。

"原来是这样。"靳铭拿酒杯轻轻一碰江江的果酒杯子,两人有了同是天涯沦落人的感觉。

"戴澄的……他的家人一直不接受那个判决,觉得是冤案,一直在试图找到真相。而我,也想知道当时到底发生了什么。"江江缓缓地道,"我查询了医院数据库里戴澄有关的所有信息,事发之前三个月,他的医疗病案记录被人删除,他接诊了哪些病人,开具了什么处方,用了什么药,都是一片空白,这删掉的记录应该包括靳警官你家的仔仔。"

靳铭做了几十年警察,一听就知道异样:"他们在隐藏什么?"

"不知道。"

"这个不对劲。"靳铭两道浓眉几乎皱到了一起,"戴澄这个医生其实给我印象很好,他很认真,对病人和家属的态度都很温和、耐心,仔仔当时也很喜欢他。但有一点,我觉得……"

听着靳铭沉吟,江江有点急,又不好催问,好在靳铭不久就接下去道:"就是在仔仔没了后,本来戴医生在从专业角度告知我们……病人死亡,交代情况,但是他突然哭了,哭得很厉害。我们只当他心好,也喜欢仔仔,所以陪着我们伤心。但现在想想,他那个情绪失控的程度,确实超出正常。"

"靳警官,你还能联系到当时和你们同期在仁心住院治疗的病人或者家属吗?"江江问,"需要是戴澄做主治医生的。"

靳铭想一想,点头:"可以,我和当年同一个病房的几个病人家属互

245

相留了电话,大家条件都不怎么好,约好了互相照应,互相通知。"他的神色一扫颓唐,又恢复了工作状态,只道,"我会仔细查访,看看其中是不是有问题。"

"靳警官,那你还记不记得,我父亲,他是怎么样的人?"江江犹豫片刻还是问出口。

"你父亲……江院长,我就真的接触不多了,印象中挺严肃,不太笑。他应该很欣赏戴澄的,我亲耳听过他夸奖戴澄是肝胆科最有前途的医生。所以后来戴澄居然闹出绑架杀人,确实奇怪。"

江江有点惘然,靳铭说她父亲欣赏戴澄,陈晓曦曾经说过她和戴澄很亲近,当年,究竟发生了什么?

看样子靳铭已经急不可待这就要开始查访,江江正想与他告别,手机响起微信提示音,打开是黎霓这个小丫头,她还没放下心,特意追问:"小江姐姐,你检查屋子了吗?你是不是也觉得,不管你做什么,你妈咪都知道?!"江江咬咬嘴唇,想到自己回到南岛以来,看起来是脱离了妈妈的管束,但她外出留宿,哪怕回家略晚,或者带人回家住什么的,妈妈还真是都知道。她叫住了靳铭:"靳警官,我还有个问题……怎么能测试出屋子里有没有安装隐蔽的摄像头?"

靳铭听江江问这个,索性跟她回屋帮她检查。路上,靳铭问:"你怀疑谁会做这种事?"

江江含糊过去,忍不住留了三分钟自我嘲讽,怀疑完喜欢的人怀疑自己的亲妈,这人生还真是艰难啊。

靳铭经验丰富,没过半小时,就拆出三个摄像头摆在江江面前。分别安装在卧室和客厅,角度都不太寻常。但江江一看就知道企图,那几个角度都能看到她的电脑操作界面。能这么熟知她生活习惯的还能有谁?

"是房东干的吗?我这就去把他给抓了。"靳铭火大地说。

江江连忙摇头:"应该不是。"

"那……你有怀疑对象吗?告诉我,这需要警方介入,已经违法了。"

第二十三章 被抹去的过往

靳铭很严肃。

江江摇头，低声道："靳警官，请求你，先让我自己处理。"

靳铭看了她一会儿，不放心地问："你确定？你是不是真的知道这件事的严重性？"

"我知道。我确定。"江江勉强笑笑，"有你的电话，随时可以联系。你的查访如果有什么进展，可不可以也随时跟我同步？"

"没问题。"靳铭点点头。

靳铭离开后，江江来到物业管理处，她都无需申请看监控，只询问了有没有人来取用她房间的备用钥匙。她租住的小公寓是整体出租管理，为了便于管理，物业是存有备用钥匙的。

"没有别人取用过……"工作人员查询着嘀咕了一句。

"没有？"江江疑惑。就听他接着道："只除了有一天你妈妈开门给你取药。"

江江嘘口气，想了想问："什么时候的事？"

"9月10日。"物业工作人员报出的这个时间让江江真实地吃惊了。9月10日，她刚搬到这里不超过一个星期，那时候妈妈不应该还在美国？她心里一动，难怪那段时间家里的电话总是没人接，妈妈的手机也打不通，更多的是通过微信联系。妈妈没说错，她真的不爱动脑子，明明所有迹象都很直接很明白，她却一径相信自己的"以为"。

"江小姐，是有什么问题吗？我们当时核实过，她确实是你的母亲——"工作人员见江江面色有异，不由得担心起来。

"没事。"江江摇头，"谢谢。"她走出物业管理中心，南岛温暖的夜风扑面，她却感觉后背一阵发冷。妈妈——那么早就追到了南岛，为什么不告诉她？她为什么宁可选择默默地监控，还一直骗着她、瞒着她？

路子涵和妈妈，他们都藏着多少秘密？隐瞒了她多少事实？

江江回到家，盯着那三个摄像头看了半天，默默地在沙发上躺下。落地窗外天空一片墨蓝，深邃宁静，南岛这样的大都市看不到星星，只有无数灯光，江江怔怔地想，那每一盏灯光下的人，是否也会觉得这般孤单。手机上微信跳动，宁小薏给她发了些絮絮叨叨的日常，吐槽新上线的一部电影，她认真地一条条看着，看到宁小薏问："路师兄什么时候再一起吃饭？"想起上次他们一起吃饭时，路子涵熟练自然地给她剥虾，说，你从小就不会剥虾。其实一切都明明白白，她以为的"犹如故人归"，不是两心默契，是字面意思。一直都是她在明，他在暗，他清楚分明，她懵懵懂懂。

更糟的是，他另有所图，她一心投入。

那一切不是假的，所有温暖的热血的瞬间，不是假的，只是他想要的，和她以为的，不一样。

江江眼眶有点酸涩，在这孤独的安静里，放任自己落下泪来，这时，她听到了门锁传来声响。

当陆雅出现，挡住路子涵的去路时，他的太阳穴和眉心都在剧烈地刺痛，让他眼前有些晕眩，看过去，陆雅的脸仿佛不太真实。

她依然是美的，但这时她目光有些阴沉的戾气，这在以前的陆雅身上从来没有出现过。她那时候一直温柔甜美，此刻陆雅沉着眉，却叫他："弟弟。"

这个称呼，是她和戴澄在一起的时候，带着戏谑叫开的。当时戴澄带着女朋友和他一起喝可乐，吃炸鸡，搂着他肩膀对美得惊人的女朋友道："看，我弟弟，亲的。"

虽然，他们没有血缘。但戴澄心里，踏踏实实把他当作亲弟弟。

陆雅看着他就笑，伸出手："弟弟，你好。"然后眨眨眼说，"我是你嫂子，亲的。"

戴澄一听笑得仰倒，赶紧拉住陆雅摇头："不行不行，不能让你掌握求婚的主动权，这是属于我的。"

第二十三章 被抹去的过往

陆雅后来就一直这么叫他,她有一把温柔轻软的声音,这声"弟弟"被她叫出来分外甜糯。

但今天,她这么叫,感觉却已经全然不是当初。

可路子涵还是在听到的瞬间就红了眼眶。

陆雅神情凄恻,眼泪猝然就簌簌往下落,好像压抑许久的爆发,她捂着脸,无法自控地在这车水马龙的路边蹲下身去,浑身发抖。她这样,路子涵没办法,只好轻轻扶起她,把她带进罗羽的咨询室。

三个人沉默地坐在罗羽的心理咨询室,脸色都不太好看。罗羽给陆雅倒了一小杯酒,给自己也倒了一杯,破了例,在工作间饮酒。路子涵不能饮酒,他面前是一杯白水。

陆雅一口喝完,终于能说出一句话:"我……还是很想他。"

这句话听得路子涵和罗羽都觉得胸口的清水与烈酒无一例外都变成毒,灼得内心深处一阵生疼。

有谁不想呢。谁能忘记。

路子涵只觉喘不上气,按着眉心走到窗边,扶着窗台低下头。

"我还是想他,但是他从来没有到我梦里来过,他是不是在生气,因为我做不到为他洗脱冤屈。"陆雅低声说道。

路子涵回头看了她一眼,目光沉冷痛楚,且若有所思。

陆雅不再说话,静静地流泪,又坐了片刻后起身离开。

路子涵没有送,罗羽送她出门回转来,也在琢磨,道:"她这是……什么意思?"

戴澄不在后,陆雅后来成了曾海鸣的情妇,在医院地位超然生活优越,与他们也没有什么联系。他们都以为她已经忘记了过去,如果她今天的崩溃只是一时的情绪,那出现的时间和地点都过于巧合。

路子涵沉默许久道:"我不想揣测她的想法。但是,"他声音低哑了几分,"你是朋友我不能对你说谎,我们都忘不了哥哥,都想还他清白,可是,我也忘不了江江。"

他从未忘记江江，何止忘不了，甚至，事隔经年，他又重新爱上了她。

在罗羽的沉默里，路子涵静静走出门去。

江江自然不见踪影。

他给江江发了微信，没有回复，她还在生气？那也是正常。

路子涵茫然地等了很久，开始想，她去了哪儿？今天她心情不好，会不会去找小姐妹吃饭散心倾诉？她那个朋友是哪个律所的？他回忆着，正想托人查问，倒是接到了靳铭的电话。今天他与江江偶然遇见的那个闹肚子疼的小孩，送去医院后查验出是鼠药慢性中毒，这就有的查了，他来委托路子涵做小孩的法援律师。交代完正事后，靳铭说起江江提到的戴澄医生的病例记录缺失，还说起了江江家里的监控。他完全是凭着老刑警的直觉，觉得江江说到的这些事，都不是那么简单，让他心里总觉得有些不安，忍不住拿出来和路子涵说道说道。

路子涵蹙眉："她提出的疑点你查问过了吗？"

"这不还没来得及嘛，不过我已经和当年几个病友的家属联系上了，会挨个查访下。"靳铭道。

路子涵的眉心却越蹙越紧，心里升起不好的预感，静了静对靳铭道："靳警官，你现在能否联系下江江？"江江如果只是心情不好对他失联，那对靳铭不会。

靳铭不明所以，听出路子涵情绪有异，还是拨通了江江的电话，无人接听。

路子涵知道后立刻道："去她家里看看。"

两人在江江家小区会合，靳铭下午刚来过，熟门熟路。保安看到他的证件，一边放行一边道："江小姐好像不在，刚我们巡逻的时候，发现她家的门没关，我们叫了几声没人应，还正想给她打电话呢。"

两人心里一沉，都觉得不太好。冲上去一看，果然，江江的房门开着，屋里却没人，家里倒是不太凌乱，但路子涵猝然道："她的手机……"果然，江江的手机掉在地上，屏都摔碎了。

第二十三章 被抹去的过往

"她很可能是被人强行带走的。"靳铭道,"走,先查监控。"

公寓走道上的监控筛查不难,但上面出现的画面让大家都有点愣怔——拖拽江江的是一位中年女士,而江江看起来又是无奈又是生气,但还是被拽着慌乱离开。

"这、这、这不是江小姐的……"保安结结巴巴地说。

"这是江江的母亲,叶绚亭。"路子涵沉声道。

靳铭诧异:"那,江江只是被她妈妈带走,不是出了意外?"

"不,被她妈妈带走,这就是意外。"路子涵目光有些阴郁,"靳警官,内情说来话长,但我希望能继续追踪她们的去向。"

靳铭犹豫片刻,担心自己是不是公器私用,但路子涵接着说了句:"我有理由怀疑,江江屋子里的监控,就是她妈妈安装的。"

"今天江小姐是来问过谁进过她屋,确实只有她妈妈……"保安小声补充。

听到这儿,靳铭果断道:"回警局。"

动用警方资源一路追踪,看到叶绚亭开车带着江江走上了去山顶的路。

"明朗路……"路子涵低声道。那条路,他们都知道最终通往哪儿——许家的私家停机坪。

"追。"靳铭立刻安排行动。

第二十四章

杀人嫌疑

明朗路17号,许家的私家停机坪旁边,有栋造型别致的白色小房子,是许家人登机前后偶尔小憩喝咖啡的地方。现在咖啡室里只有两个人,站着的是江江,笔直坐着的是叶绚亭。

"妈咪,再说一次,我不能这么离开南岛。"江江无奈至极,"别的不说,我有正当工作,不能一句交代都没有就跑掉。"

"你现在大可以打电话辞职。"叶绚亭不为所动。

"辞职还有个提前三个月递交辞呈的职场规矩,我这么走了算怎么回事。"江江气急,在叶绚亭身前蹲下,还试图讲道理,"妈咪,你从来都是最明理的,你跟我说,为什么要这么急着回美国,有什么理由你告诉我,我不能这么糊里糊涂地走。"

"理由我也已经说过很多遍了,南岛不适合你,你在美国会有更好的

第二十四章 杀人嫌疑

生活环境和发展空间。"叶绚亭道。

"妈咪你到现在仍然不对我说实话吗?那抱歉,我不能走。"江江眼中流露失望,径直往外走。

"你站住。"叶绚亭站起身拉住她,手劲大得出乎意料。江江一怔,在妈妈眼中看到从未见过的尖锐得有些狂乱的光。

江江心头一软,安抚地握着叶绚亭的肩膀,但依然觉得要把话说清楚:"其实你不说,我也能猜到,你让我这么着急地离开南岛,无非是不想让我知道真相。当年到底发生了什么,爹地是怎么死的,我在其中又做了什么,我一定要知道!这次如果我回去了,也会再来。我已经是成年人,妈咪不能限制我的人身自由。"

叶绚亭定定看着她,嘴唇有点发抖:"这一套,是那个路子涵教你的?他说得一套冠冕堂皇的好说辞,真相?你知不知道,他完全是利用你来达成他自己的目的?真相到底是你想要的还是他的算计?"

"这些想法不需要路子涵教我,我不是三岁小孩。至于他的身份和目的,我已经知道。"江江顿了顿,接着道,"但是,真相是他想要的,也是我想要的。妈咪,你为什么就不理解,我是一个正常人,我想要知道过去的自己是什么样子,想知道爹地是什么样,这不就是所谓的人之常情吗?"

"你过去什么样,你爹地什么样,就那么重要?就比你现在的一切更重要?你不在了的爹地,比妈咪重要?"叶绚亭声音拔高。

"妈咪啊,不是非得这么比较二选一的,我爱你,也很感激你给我最好的生活,但是——"江江无可奈何地说道,却听到叶绚亭声音幽冷嘲讽:"但是什么,但是就还是不满足,意难平?放不下好奇心,还是人性本来就是不知足的?"

"妈咪……"

"过去的一切都已经过去,你爹地他已经不在了,这是既成事实,你还想知道什么呢,你现在过得不好吗?还非要虚无的过去不存在的爹地给你增光添彩？你又怎么能确定那都是……好的？"

"我没有想过都是……好的。"江江声音低下去，"我只是想知道真相。"

"好，真相，你们都爱用这个词，可是这个世界上的真相……好吧，如果你真的那么想知道，那我也不是不可以告诉你，这所谓的真相到底是什么。"

江江怔住，叶绚亭向来优雅的面容上浮起从未有过的刻薄讥诮，眼中却有隐约的泪光，冷笑道："我只希望，你听了不会后悔。"

叶绚亭在高背椅上坐下，拉起裙摆，露出腿上一片至今看来仍很狰狞的疤痕，冷冷说道："这片伤疤确实是去瑞士滑雪时伤的，但不是摔伤，是被你爹地抡起滑雪板打的，因为没有看好你，让你跟路上偶遇的小朋友出去玩了半小时。"然后，她拂起衣袖，露出一片烫伤，道，"这里，是烫伤，但不是我不小心，是没有躲过你爹地泼过来的热咖啡，因为你又离家出走了。是的，我说的是，又。"她按着自己的左侧头皮，"你第一次离家出走，我这里的头发被揪掉一块，至今需要仔细梳头遮掩。"她看着江江煞白的脸，冷淡而尖锐地道，"怎么，你还要听吗？对你听到的一切满意吗？是不是和你想象的父慈子孝差距很大？哦，是的，父亲固然不是你想象中的慈父，但你也……你是我所见过的，最让人操心最难养最不知满足的小孩。"

江江跟跄地后退了一步，睁大眼睛看着陌生的妈妈，仿佛看着陌生到让人震惊的事实。

"所以当我发现你失去了所有记忆时，天知道我有多高兴！那个让我每天晚上头痛失眠、简直束手无策的坏小孩消失了！我可以重新塑造一个新的孩子，一个新的女儿，我觉得这是上天最大的慈悲。"叶绚亭说完后，眼中流露怜惜与一种狂热的恋慕，她拉住江江的手，轻轻抚摸她的面颊，喃喃道，"没关系，囡囡没关系，你已经重生了，妈咪让你重生了，你是一个新的江江。"她拉着江江站到落地玻璃前，看着玻璃上映照出的影像，

第二十四章
杀人嫌疑

轻声道,"你看看你,现在的你,这么健康这么美,你开朗、爱笑,老师说你拥有亚裔女孩的落落大方舒展气质,你是妈咪完美的作品,全新的、完美的作品……为什么还要去找回记忆,被过去困住手脚?那都是很糟糕、很坏的,不值得……路子涵自私自利,为了自己,不惜毁了你,我不会让他得逞。"

"原来……我是一个最坏的小孩?"江江被妈妈这样近于狂热地赞美着,心底却是一片茫然的冷,"爹地他,也这么坏?"

"那些都不重要,已经过去了,你跟妈咪离开这里,当作一切都没有发生,你也本来就都忘记了,没关系的。"叶绚亭将江江搂进怀里,紧紧地抱着,声音温柔,"你和妈咪好好地生活,那些都伤害不到你,我们回美国,走得远远的,再也不要回来。"

"爹地到底是怎么死的?"江江低声问。

"都是因为他们医院的事,他们闹出事来,但妈咪不知道把你也牵扯进去了,妈咪是真的不知道……"

江江忽然感觉自己莫名地呼吸发紧,叶绚亭这句话让她突然说不出的心慌,她定定神,问出一句:"那如果妈咪你知道呢?"

叶绚亭僵住,声音又变得尖锐:"可是我是真的不知道!"

"那如果你知道,你是会不做帮凶还是不做……主谋?"江江觉得好像管不住自己,这句话有它自己的独立意识,硬生生问出了口。

叶绚亭的手紧紧抓住她的肩膀,厉声道:"妈咪只是不想他再回来伤害我们,可是我什么都没有做!"

"那也就是说,你本来可以做点什么,是不是?"江江面色雪白,管不住自己地一径追问,"妈咪你有机会救我们,但你没有?"

叶绚亭正想说什么,忽然顿住,紧张而慌乱地问:"你?怎么会是你?"

"妈咪?"江江一惊,诧异道,"你跟谁说话?"她看到叶绚亭戴了个蓝牙耳机,应该是有人通过这个耳机在与她对话,但不知道对方是谁。

却见叶绚亭神情急剧变化，越来越惊恐。她松开了抓住江江的手，下意识地捂住戴着耳机的那边耳朵，站起来扫视屋子一圈，突然扑到吧台，拿起上面一柄锋利的水果刀，握在胸前慌张环顾。

此等情景，江江心中也是一阵战栗，这间咖啡室的装潢是华贵的欧式，大吊灯影影绰绰，有种古堡怨灵的惊悚感，她强迫自己环顾周遭，但并没有其他人或者生物的存在。而窗外夜幕深黑，玻璃上映出的人影如在梦中，她一时也分不清是未知的外界比较可怕，还是明显已经不是常态的妈妈更吓人。

"怎么会是你！不可能！怎么会是你！"叶绚亭不知道又听到了什么，已经近于狂乱。江江鼓起勇气，过去想摘掉妈妈的蓝牙耳机，拿下她手里的刀，问清楚到底发生了什么。当她的手握住刀柄的时候，叶绚亭突然崩溃地尖叫："你放开！你受伤他会杀了我！你放开啊！"江江被这一声惊得整个人都蒙了，挣扎间，忽然脑后一阵冰冷的剧痛，她眼前一黑失去了知觉。

当确认江江和叶绚亭的目的地后，路子涵联系了许嘉琪，询问他们家私家停机坪那边是否有工作人员在，许嘉琪也不甚清楚，只说自从她姑姑的儿子许宸赫在那里被逮捕后，那个停机坪他们已经很少用。

警车一路拉响警报，直奔停机坪，漆黑夜色中只见那一栋白色小楼灯光璀璨，有种不真实又不祥的感觉。推开门的瞬间，路子涵已经闻到刺鼻的血腥，在近于窒息的紧张中，他看到叶绚亭和江江都倒在血泊里，而江江的手里，握着一柄染血的刀。

所有人都被这场景惊了一跳，路子涵明白不得破坏现场，便极力克制自己先等警方人员上前，他们查探后，立刻呼叫救护车。靳铭第一时间对路子涵道："江江还活着。"后一句是，"她妈妈已经死了。"

路子涵这才撑在墙上喘了口气，只觉一阵腿软晕眩，吸口气竭力定神上前帮助照顾江江。她手中的刀已经放进证物袋，现在她自己静静躺着，

第二十四章
杀人嫌疑

面容苍白沉静,像是陷在最深的梦境里。路子涵看着她,喉间有微微的哽咽,不敢想方才她经历了什么,更不敢想的是,接下来她需要面对的一切。他是律师,这时候的第一反应是,江江在失去母亲的同时,还有极大可能被控谋杀。

他第一次觉得,自己是不是真的做错了。

他想要得到的真相,竟要让江江付出如此巨大的代价。

江江醒来后,看到床边眼泪汪汪的宁小蓠。她后脑疼得厉害,一时还不清楚到底是怎么回事。

"蓠米,你怎么在这里,我妈咪呢?"江江看出这是在医院,摸到自己的头被严严实实裹了一圈。

"路师兄告诉我你出事了,我来陪你。你的同事刚也都来了,医生说不要妨碍你休息,让他们走了。"宁小蓠带着鼻音,却不敢回答后一个问题。

"我被谁砸伤的?我妈咪呢?"江江吃力地撑起身子。"喂喂,你别乱动。"宁小蓠扶她靠在枕头上,有些为难地低头。这个路师兄,他给的任务也太难了,猛不丁的她还接受不了,又怎么跟江江报这个丧?她正在腹诽,路子涵轻轻敲门后走进来,对她道:"我来和江江说吧。"宁小蓠松一大口气,立马道:"我去给江江买蛋挞。"就想溜出去。

"蓠米你别走!"江江却突然道。霎时间病房内的氛围有点尴尬。

路子涵犹豫了下,没有动,蓠米有些疑惑,敏感地觉察出路子涵和江江之间出了什么问题。她默默停住脚步,走回去,握着江江的手。江江在路子涵眼中看到沉郁的哀凉,也看到宁小蓠近于惊惶的怜惜,心莫名被抽紧,既希望立刻知道答案,又本能地害怕他们说话。

终于,还是路子涵开的口,他简要说完后,江江的眼神空了一空,沉默了。他一度以为她会大哭大闹,少女时期的江江,遇到挫败时会歇斯底里地痛哭,但她现在,只是整个人都安静了。她静静地低着头,洁白的被子立刻被她的泪水沾湿。宁小薏的眼泪跟着滚了出来，紧紧抱着江江，拍着她的肩，却说不出什么宽慰的话。

静默中，路子涵轻咳一声低声道："江江，警方在等待你做笔录，我希望能作为你的律师，陪你一起去。"两个穿着警服的人影站在病房外。

依然是沉默，许久，江江抬眸看他，问出一句："你希望做我的律师，是因为——想帮我，还是需要我的记忆？"

江江的目光，哀凉而清湛。

"我只想……无愧于心。"路子涵静了静，这么回答。

——他的心里，有江江，也有哥哥，有这世间的清白与真相。

但怆然的哀痛，让病房里的空气都变成冰冷的海水，渐渐将他没顶。

等到江江表示她可以亲自接受询问、做笔录时，路子涵和宁小薏一起陪她来到警局，询问室里坐着靳铭。宁小薏的专业不是诉讼类案件，她帮不了什么忙，只能留在外面。"江江，你别怕，路师兄那么厉害，有他陪着你没事的。"宁小薏轻声道，却被江江流露的凄凉神色刺得心头一紧。

江江走进去，坐下，努力控制情绪，开始陈述。她言语简洁分明，讲述了叶绚亭急于带她离开南岛，说有私人飞机可用，直奔许家的停机坪，在咖啡室等待飞机。

"等待期间你们是否发生争执？"靳铭问。

"是，我们发生了激烈的争执。"江江坦然道，"我不想这么匆忙离开，但妈咪坚持带我走，我认为这牵涉到七年前一桩旧案。"

这句话说出，靳铭微微眯眼，路子涵神情一沉。

"你们都知道，我也就不赘述七年前的事，我在那件案子里失去了记忆，至今也想不起来。妈咪说，那段记忆会伤害我，"她的声音哽咽了下，"她说……过去的我，很糟糕，我爹地，也……很不好。"

路子涵忍不住轻咳一声道："我的当事人情绪和身体都受到极大创伤，可能需要稍作休息。"江江这样的供词，无疑对她十分不利。

258

第二十四章
杀人嫌疑

"没关系,我能告诉靳警官到底发生了什么。"江江不看他,也不听他的。

"好,你们发生了争执,然后呢?"靳铭问。

"……我很伤心。"江江好像因为想到了什么而瑟缩了一下,但紧闭嘴唇没有说话。

"你们的争执内容还有什么?"靳铭敏感地察觉到了。

"……没有。"江江摇头,靳铭怀疑地看着她,她再次坚决地摇摇头,"没有。"

"那之后发生了什么?那把刀是谁携带的?"靳铭暂时放了放,回归关键问题。

"妈咪像是听到了什么人说话,哦对,她戴着一个蓝牙耳机,不知道她听到了什么,她变得很害怕很慌张的样子。"江江皱眉。

"现场并没有发现蓝牙耳机。"靳铭道。

"有的,她真的戴了一个。"江江坚持。

"她和耳机里的声音对话了吗?"

"对话了,她说,怎么会是你?她又吃惊又害怕地重复了好几遍,怎么会是你?"江江惶然,回想那一刻还是不解——那人是谁?为什么会让妈妈那么恐惧?妈妈到底是被谁害了?

看到江江呼吸急促,路子涵低声道:"需要休息会儿吗?"

江江依然没有转头看他,只是自己尽力深呼吸,摇摇头,声音沙哑地接着说:"她很害怕,冲到吧台那边,拿起了放在那里的一柄水果刀,像是要保护自己。"

"刀是那间咖啡室里本来就有的?"

"是,就在吧台那里。"

"她拿起刀之后做了什么?"

"到处看……很戒备,像是要找出坏人在哪里……"江江蹙眉,"我当时很怕很混乱,记不太清楚。"

259

"最后刀怎么在你手中？"

"我不知道发生了什么事，当时我觉得妈咪不是很……正常，她有点失控了，于是我想夺过刀，怕她伤害自己，但刚刚握住刀柄，突然我就被砸晕了。"

"你被，砸晕了？"靳铭强调地问了句。

"是的，被一个冰冷的东西砸晕了。"江江道。

靳铭若有所思，他们对江江后脑的伤口做了专业查验，没有任何其他凶器残留的痕迹，比如木纤维、石质粉末、铁屑等，法医更倾向于是踩到血迹滑倒后在地上磕伤的。这就存在巨大的决定性分歧——在叶绚亭受到致命伤时，江江是否已经受伤晕倒。

"你看到行凶的人了吗？"靳铭问。

江江摇头。她当时的注意力完全在失态的妈妈身上，确实没有留意周遭。

靳铭和路子涵都很清楚，江江这份笔录，对她十分不利。

江江睁大眼睛，看向靳铭，问："会是谁杀了我妈咪？"

靳铭和路子涵对视一眼，一时顿住没有说话。

沉默中，靳铭艰涩地开口："目前来看，最大的嫌疑是你——江江。"

"证据不足。"路子涵立刻道。

但江江恍若未闻他的话，眼中有深觉荒谬的痛楚，轻轻地重复了一遍："最大的嫌疑是——我？"

"江江，这不能说明什么……"路子涵忽地站起身，转向靳铭，"我申请保释我的当事人。"

"抱歉，谋杀是重罪，不得保释。"靳铭闷声道。

"……我的当事人身上有伤，她需要就医。"路子涵的声音压抑不住地气息不稳。

"我们可以提供必要的医疗，但是……不得保释。"靳铭沉声解释。

江江茫然地看了他们一眼，转头看向窗外，此刻正值黄昏，询问室只

第二十四章
杀人嫌疑

有一扇高而窄的窗,但也能从其间看到南岛特有的瑰丽晚霞。江江怔怔看着,声音很轻地道:"之前不听妈妈的话,不愿意离开南岛,现在妈咪不在了,我也……走不了了。"

在让人呼吸凝滞的静默中,她声音更轻地接着道:"如果我之前就听话,就走,或者,根本不回来,是不是妈妈就不会死?"

路子涵心中极痛,是为了他。把江江"骗"回来的,是他。

"江江,我不会让你受冤枉,不会让你待在这里,也会给你妈妈一个交代。"路子涵听到自己的声音空洞。

靳铭叹息,但不得不站起身,立即有警员进来带走江江。

宁小薏虽然出于专业判断有所预感,但真的看到江江被带走还是惊了,腾地站起来叫道:"江江!"又看向路子涵,连路师兄都没办法吗?

江江眼神空茫地看了她一眼,从头至尾没有看路子涵,只沉默地跟着警员离开。宁小薏心中越发疑惑。

江江在拘留所已经待了四天,其间不断地接受警方询问。只见了路子涵一次,会面的结果是她提前结束见面,站起来拂袖而去。

她已然濒临崩溃。

每合上眼睛就是噩梦缠身,梦见妈妈一身是血,梦见过去时常陷在其间的茫茫大雾,甚至,梦见绞刑架,梦见注射器,梦见徒有四壁的监牢,而有人告诉她她再也不能出去。她不知道一切是怎么发生的,怎么就竟至于此,她想找回过去的记忆,却断送了未来,从此,她什么都没有了。没有亲人没有自由。

她没有办法控制自己去想,如果,如果路子涵没有用一封邮件将她引回南岛,一切会不会都还安好?妈妈还在,生活依然笼罩在南加州的阳光下,她也许会拥有一份正常的职业,努力工作,闲时滑雪潜水登山钓鱼。是,她也许永远都不会记起过去发生了什么,但那真的重要吗?那对路子涵很重要,对她呢,重要吗?

她明白自己神思混乱,可是当痛楚和焦虑日夜煎熬,她已经找不到平日里的自己。而且妈妈不是也说吗,她从小就是一个糟糕的小孩。曾经她以为自己足够勇敢,事实是,她并没有那么强大。

过去的自己颠覆、否定了所有想象,现在的自己是妈妈口中重新塑造的完美作品,却是谋杀妈妈的最大嫌疑犯。

她是谁?她到底是怎样的人?她是否还能相信自己?

路子涵在江江离开后,自己坐了好一会儿才扶着桌子站起身。他后脑疼得直恶心,方才用了极大毅力才能让自己表现如常。走出去靳铭看到他就皱眉:"怎么了?脸色这么差?"

路子涵摇摇头,低声道:"没事。"看到一人在警察局局长的陪同下缓步走出,是曾海鸣。

"这点小事曾院长还亲自过来一趟,放心,我安排好了,会处理妥当。"局长笑得满面春风的,大声说道。

"应该的。"曾海鸣一派谦谦君子恂恂儒雅,抬眼看到他们,若有所思地停住脚步,有些为难地看向局长,"说起来,我有一位故人之女最近出了点事……"

"谁?出什么事了?"局长很热络关切地立马问道。

"她名字叫江江,是我老友的遗孤。"曾海鸣道,叹了口气。

"江江……哦,"局长露出有些难办的神情,"她的案子还在侦破过程中,确实,这个……"

曾海鸣点点头,道:"当然我没有任何让警方为难的想法,只是这个孩子我看着长大的,也算命途多舛,自小出了不少事,其中就包括她父亲身遭不测……"他沉吟了下道,"但我绝不相信她会杀害自己的母亲,我这也算仗着是故交多说两句,当年她父亲爱女心切对她是过于严格了些,她当时正值青春叛逆,高压之下难免性情偏激,想有所反抗也是在情理之中,有一些出格的行为也是可叹可悯,我们也都只会极力保护,但她和妈

第二十四章 杀人嫌疑

妈一直感情很好,这些年叶女士也把女儿保护、照顾得很好,所以我认为弑母这件事绝不可能。"

这番话听在每个人耳朵里都自有不同的意味,路子涵眉心一跳,果然听见靳铭敏感地问:"曾院长,您的意思是当年江江有过一些什么不当的行为吗?"

"哎,都是小事和……不确定之事,只是闲话感慨,不可当作呈堂证供啊。"曾海鸣故作轻松地开了个玩笑。他看了眼路子涵,接着沉声道:"当年闹出的最大的事,就是江院长被绑架殒命一事,已经判罚分明,伏法的凶手也是我院的医生,堪称青年才俊,他去江家赴约怎么会闹到如此地步,我们也是心痛不解。"

靳铭若有所思,曾海鸣摇头笑叹:"罢了罢了,都是旧事,不堪一提,只是想说,江江经过这么多年,和母亲感情深厚,想必内心的偏激戾气也已经化解,我前些日子见到她还感慨宛如新生,当不至于做出弑母这种丧心病狂的恶行,一切就拜托诸位明察了。"他徐徐走出,局长殷勤相送。

靳铭的手轻轻敲着桌面,路子涵低声道:"当年的事,不可能是江江。"

"你怎么能确定?"靳铭怀疑。如果七年前离奇的绑架、杀人案有江江的影子在,那么一切似乎都有了合乎逻辑的解释?虽然细思极恐,但他从警多年,也不是没见过天真无邪的外表下极致的罪恶。

"我很了解那时候的江江,出事那天我也与她有约。"路子涵声音涩然。

靳铭吃惊,但思索片刻仍不放松,问道:"你与江江在一起?她怎么被绑架的?"

"那天我没有见到她。"路子涵道。他没有说,那天他与江江的约定是,他带她离家出走,离开江家。

"那……你有没有怀疑过?"靳铭问。路子涵当然明白靳铭什么意思,他那天临时有事迟到了,也许江江就以自己的行为做出了彻底摆脱江家和她父亲的决定。只不过,利用的人因为他的迟到,而变成了出现在那里的

263

戴澄。

"你想到了什么？"靳铭追问。

路子涵摇头："没什么。"

靳铭怀疑地看着他，道："小路，你应该知道我也希望江江是清白的。"

"我会找到证据证明江江的清白。"路子涵只道。

第二十五章

放不下，就不放了

江江度日如年地熬了九天，终于被带出了拘留所。

靳铭在外等着她。看到她，靳铭如释重负地舒口气："没事了。"

"没事了？"江江迟疑地问。

靳铭点头。将她让进接待室，第一个冲上来的是宁小薏，她心痛地紧紧抱住她，眼泪立刻冲出眼眶，哽咽着不停说："我一直想来见你，但除了律师，别人都不能见你。你看看你，瘦了一大圈。"

江江抬眸，看到宁小薏身后站着的路子涵，他面色十分憔悴，对着她勉强微笑。江江黯然，不自觉地转开头去，意外地发现，接待室的另一边，居然坐着好久不见的顾辰微，他在这里做什么？

宁小薏觉察到她神情不对，立刻挡在了江江面前，第一次用冷淡的语气对路子涵道："路……律师，我来陪着江江，有法律需求再与你联系。"

江江有些诧异,但宁小薏扭头在她耳边悄声道:"之前就觉得不对劲,你进去这几天,我也琢磨透了,那个给你写邮件的人,其实就是路师兄对不对?"

　　江江点点头。

　　"那我就都明白了。没事,走,我们回去。"宁小薏紧紧握着江江的手。

　　江江低头跟着她往外走。

　　"江江……"路子涵终究哑声唤了一句。江江没有回头,却听顾辰微发出一声嘲讽的冷笑。她仿佛被刺了一下,不禁转头看去,但路子涵已经抢在前面阻止道:"顾师兄……"

　　"小路你别拦我,我没什么好说的。"顾辰微本就强势,他此刻眉眼讥诮很有几分煞气,目光凉凉地扫过江江和宁小薏,再一视同仁秋风扫落叶地掠过路子涵,只道,"你想要自己背地里玩火加玩命地感动自己,那应当达成目的了,我有什么话好说。"

　　气氛沉寂,江江转向靳铭,轻声问:"靳警官?"

　　靳铭正要开口就被打断,一个警员过来低声和他说着什么,他越听越是皱眉,中途还看了路子涵两眼。

　　路子涵脸色极差,他手扶着桌子,指节处发白,似乎用了很大力气才能支撑自己。江江只觉得心底有如针刺般地疼,想说什么但又开不了口。顾辰微又是一声冷笑,站起身,扶了路子涵一把,说了一个字:"走。"路子涵似乎真的有些撑不住,微微点头,身形不稳地靠着顾辰微走了两步,被靳铭拦住了。

　　"且慢,路先生,你现在还不能走,警方要以破坏犯罪现场和非法动用物证的罪名正式拘捕你。"靳铭眉头紧锁,沉声说道。

　　江江和宁小薏都是一惊,连顾辰微都有点动容。

　　路子涵倒是十分平静,似乎早有预料,淡然地伸出手去,看着锃亮的手铐铐上他苍白瘦削的手腕。他微微低着头,看不到他是什么表情,只是

第二十五章
放不下，就不放了

忽然看到一串血珠滑落，溅在手铐上，殷红殷红。而路子涵走出几步后悄无声息地直接软倒下去。

"他是一个专业能力强得惊人的律师，为了你去做破坏现场和动用物证这种事？"顾辰微很是震惊，喃喃道。

路子涵被警方监控着送进了医院，他们站在急救室外，顾辰微的低语没人回应。江江只是问："他怎么了？"

"我刚问了警方，他为了找到洗脱你嫌疑的证据，破坏了现场，越界动用了物证。我看着他折腾了几天，今天在律所看到他鼻血流得止不住，一池子血跟命案现场似的，然后还不肯去医院，说是要来接你。别人谁敢陪他犯这个出人命的傻，只得我来了。"顾辰微很觉荒谬，还甚是同情地对江江道，"你现在抽身跑还来得及，这个人的智商吧，我怀疑是出了点问题的……"

江江落下一行泪。

"不过吧，他还是把想做的事做成了。"顾辰微一副他躺下了只能我来帮他做案情陈述的无奈，道，"打晕你的凶器之所以无迹可寻，与任何棍、棒造成的伤痕都不同，也让法医怀疑是你滑倒跌伤，因为凶手用的是一块能造成较大接触面积的冰砖。它的来源就是那间候机咖啡室里的中型制冰机，凶手用它打晕了你以后将它直接扔进了草丛，化成水无影无踪。小路没日没夜在那儿转，发现了端倪。说起来也好笑，这几天天气酷热，没下雨，草坪上别的草都打蔫，就那一片青青翠翠的，小路就在草叶上发现了你的血液样本。明确凶器后，对你伤口的凝血时间有更精准的推断，是在你母亲死亡时间之前不少。而那个凶手，之所以在监控上找不到他，是因为当天的监控记录无懈可击，动了手脚的是前一天的，他之前就躲在那里，这整个是一个圈套。"

"凶手是谁？"江江低声问。

"确定了有这么个隐形的凶手在，小路用了最笨的办法，比对上山和

267

下山的车辆，因为上山路上只有许家的停机坪和一个加油站。他几天没睡地看监控，看哪些车辆的停留时间有异常，终于锁定了一个人，现在还在通缉中。不过我估计这就是个当枪使的，还得看背后的人是谁。"顾辰微摊手，"哦对了，他就是在做这一系列事的过程中，把警方的现场破坏得一塌糊涂，对警方的物证也多有插手，他作为当事人的律师，不会不知道这是犯忌的。"

"但，警方也不是没人管，他怎么做到的？"宁小薏忍不住问。

"让我帮忙啊。"顾辰微说得很是大方，"我们认识这么多年，他没有为私事求过我，但我没想到，他会这么不计后果地把自己兜进去。啊，我也得想办法怎么解释善后……"

江江怔怔地问："他的身体怎么了？"

顾辰微倒是又吃了一惊似的，玩味地看着江江："你还真是什么都不知道？"

"我应该知道什么？"

顾辰微扶额："他没有告诉你？"看着江江确实不知，顾辰微想一想，道，"他为什么选择隐瞒我不清楚，也不想评价，但我认为你有知道真相的权利。他之前头部受过重伤，里面有一处颅内血肿，有可能再度恶化，终极治疗方案是手术，但因为位置不太好，手术风险不小，而他认为自己还有重要的事情没有完成，所以一直硬撑着——其实他也没有告诉我，我是自己查的。"

江江面色雪白，茫然地问："所以他经常都会头疼？"

"对。别人像他这样早就躺下来卧床休养着了，还折腾个什么劲儿……"顾辰微仿佛也有些头疼，揉揉额角道，"他也是太不把自己的身体当回事了。"

"他受伤是什么时候的事？"江江问。

"六七个月前。"

江江心中明了，那之后不久，她就收到了邮件。他的布局就是从那时

第二十五章
放不下，就不放了

开始。他拖着不愿意手术，因为要完成——重要的事。他没有时间去走更平缓的路。

她可以依然怨怼他的算计，但是，他的生命里埋着这么大的风险，他等不起。

宁小薏这时候也明白过来，难过地握住江江的手。

路子涵被推出来后，顾辰微与医生交流了几句，对江江道："能留下来陪他吗？"见江江点头，他挽起外套道，"那我去处理他惹出来的事了。"说完转身即走。

宁小薏也很懂事地站起身道："我去给你买杯咖啡。"

医生给路子涵挂上点滴，叮嘱了江江几句让他多休息之类的话。江江默默地坐下，看着路子涵苍白的脸，忽然想起那次在禅寺，她也是这么守着他，那时候他温柔的低语，到底是说给谁的？

路子涵眼睛下方有明显的淡青色，他多久没休息了？江江心中酸涩，忽看到他睫毛颤动，像是有些吃力地睁开眼睛，看到她，眼中是浓重的歉意和心疼。

"江江，对不起。"他低声说。

这句在心中煎熬无数日夜的道歉说出口后，没有听到回应，他只感觉江江把面颊贴在他的手上，然后立刻是一片冰凉。

江江的泪水无声地汹涌而出。

他以为她还在责怪他，有点慌，却听江江哽咽着说道："我还是什么都想不起来，如果我能早点记起来，是不是就不会这样……"

"不，之前是我太心急，只想着你找回记忆就能知道真相，但这是不对的，"路子涵的声音低哑温和，道，"我自己是学法的人，却没把实证精神放在第一位，是我的错。江江，其实，不管你有没有找回记忆，真相也一定会被找到、被证实。是我太着急——不择手段。"

江江抬头，不让他继续自责，眼睛和鼻子都红红肿肿，哽咽着问出一句："真的能找到吗？"这让路子涵想起了少女时候的她，爱哭，脾气差，总是郁郁寡欢，随时都有一种想要孤注一掷的孤勇，他不自禁就心软心疼，抬手轻轻在她的鼻子上一刮："真的。"

"我没有妈咪了。"江江的泪水又落下来，"在这个世界上，我再也没有亲人。路子涵，你也是。"她很认真地伤心难过了，哽咽着说，"你不要有事，不能……死。"

"我保证，不会有事的。"路子涵肯定地说。

"我连自己都没有了，不能再没有你。"江江落泪。

顾辰微费了大力气让路子涵能从官司中脱身，当路子涵被医生放行离开医院后，他第一时间就是去宁小薏家接江江。两人一起陪江江办理好叶绚亭的后事，将她安葬在墓园风景优美的地方。然后，路子涵留下来陪着江江，等她不再流泪后伸手道："来，我带你去一个地方。"他手背上有着重重的几处挂点滴留下的针孔和瘀青，眉目间是恻然的温柔。

他开着车，带江江来到一片别墅区，其中一栋已然荒废，高墙上都是爬藤植物，铁门后的花园里野草已经齐腰。路子涵示意江江下车，看着她迷惑的神情，道："这是你以前的家，你以前住在这里。"

"我的……家？"江江心中震动。

"是的，这边来。"他示意侧边小露台下的花园角落，唇边浮起一抹微带苦涩的浅笑，"我们第一次见面是在这里。那天是我生日，哥哥说好一起去看电影，但是电影刚开场就被你父亲召唤，来家里交代一件工作上的事。那时候我只觉得，你父亲对哥哥太严厉，而且随时都会叫走他，让他很多时候都不能好好吃饭、睡觉，等在这里的时候有点生气，就用哥哥刚送的画笔在你家花园这面墙上画了一个……你父亲的漫画像。"说到这里，路子涵有些惭愧，但是立刻微笑，"我以为没有人看见，但是刚画完，就听到了有人在笑。"

那，就是江江。而且是用登山绳固定着，边笑边从二楼露台溜下来的

第二十五章
放不下，就不放了

江江。

那是他们第一次见面。

他以为她会生气，会责备，会叫人，第一个念头是想逃走，但笑够了的江江冲他伸出手："拉我一把。"

他就那么傻乎乎地拉着她翻过花园的矮墙，然后听她说："愣着干什么，还不快跑！"

说不清楚到底是谁拉着谁，他们就一口气跑掉了。

漫画已经被风雨清洗干净，但那天的回忆依然历历在目。"妈咪说得没错，我果然是不省心的小孩。"江江看着那个露台，想象着自己哧溜溜下，不由得苦笑，扭头问，"我们跑去了哪里？"

"来。"路子涵带着她，来到了别墅区外繁华的街道，走不多远，就闻到蓬勃的甜香。他们站在卢记蛋挞前，加入排队的行列。路子涵道："你本来说要一鼓作气跑到……世界尽头，但是，结果在这里绊住了脚。"

江江不能想象自己会在生活中说出这么"中二"的台词——世界尽头……但没来得及好好尴尬，已经被塞了一盒胖乎乎的蛋挞。她拿起一只，看着，突然道："你作弊。"

路子涵抬抬眉毛表示不解。

"还以为你真的很会吃，其实都是因为你知道。"江江小声道。

路子涵微微一笑："那天你吃掉了整整一盒蛋挞，说，原来外面路边摊的食物这么好吃。"

"难道我从来没有吃过路边摊？"江江讶然。

"我想是的。"路子涵点头，"哥哥他们提到你，说你是城堡里的公主，塔里的女孩，不食人间烟火。"其实，是有点可怜的。去任何地方都车接车送，保护严密，除了必要且稀少的社交，她与生活仿佛隔着真空，没有朋友。"你曾经站在这里，一边吃蛋挞一边说，"路子涵扬起唇角，"我要海阔天空，自由自在，要随心所欲去世界上每个角落。"他目光温柔，"江江，我认识过去的你，我们慢慢来，我可以带你去你以前去过的每个地方，跟你说你在那里说了什么，做了什么。放心，你不是……糟糕的小孩，只是……家教严格，所以格外向往自由。"

江江困惑，想到在美国的时候，妈妈给她的生活空间一直心态开放，给她充足的自由，鼓励她多交朋友，时常用心在家举办各种主题派对，非常欢迎她邀请邻居、同学、朋友来玩或者一并出行。而且，她交往的朋友，只要人好，无论是什么肤色、国籍、年纪，甚至性取向，妈妈都一概温柔大方地爱屋及乌，多加善待，让她备受羡慕。她能在美国人缘好到爆，一有假期就呼朋结伴到处游历，过得那么自在开心，妈妈功不可没。但她小时候，为什么竟会这样？

"听哥哥说，是因为你小时候有一次差点被来医闹的病人绑走，你父亲从那次之后就非常在意你的安全。"路子涵道。

江江想起妈妈说的那些话，妈妈身上的那些伤……因为她顽皮脱离保护，妈妈就会遭受爸爸的暴力。她心下黯然，香喷喷的蛋挞拿在手里也吃不下去。忽然，她想到了什么，手一抖，路子涵接过差点掉落地上的蛋挞，担心地问："怎么了？"

江江面色煞白，咬着嘴唇，但最终摇了摇头："没事。"

她只是突兀地记起了妈妈说的最后一句话，她握住刀柄，妈妈尖叫，说了句："你受伤他会杀了我！"这个"他"，难道是她父亲？但她父亲不是已经死了吗？江江脊背一阵发冷，呼吸也有点气紧。

路子涵护着她，将她带进一间小小的咖啡馆，叫了热咖啡，看着她喝了两口，稍微回魂。

路子涵一句都没有问，江江许久才从氤氲的咖啡热气中抬起头，喃喃地道："我接受现代教育，原本不应该从怪力乱神的角度想问题。"

路子涵静静地听她说。

"这世上是没有鬼魂的，对不对？"江江仿佛是要说服自己。

"其实……还是有的。"路子涵道，"就是人们常说的，魑魅魍魉，都在人心里。"

第二十五章 放不下，就不放了

江江有所悟，深深地叹了口气，叫了声："路子涵。"

"我在。"路子涵温和地回应，她小时候也这样，叫戴澄就很乖地叫哥哥，对他就喜欢一遍一遍地叫名字，连名带姓地叫，反而有说不出的郑重的亲昵。

"我以后不会有什么隐瞒你。"江江看着他说。

路子涵也放下了手中的咖啡，认真地说："我也是。"

"你知道吗，最后……造成妈咪精神崩溃的，是她听到了……或者说，她认为自己听到了我、我爹地的声音。"江江困难地说，"她还说了很多我爹地的事，我之前不知道他是个什么样的人，想象中也跟大家的爹地差不多，但是，妈咪说的话，让我害怕。"江江瑟缩了下，说不下去。

路子涵不愿看她这么为难地诉说，平静地道："江江，我知道，哥哥当年曾经对我说过，危急时刻，你的父亲曾经打电话给你母亲求助，遭到拒绝，也……断绝了最后的生机。这大概也是你母亲不愿意你找回记忆很大的一个原因。"

江江感觉呼吸都有点不畅，竭力深呼吸，长长吐出一口气，带着几分年幼时候的懵懂道："他们，为什么这样？"

"大概是因为人性都有许多复杂的侧面。从世人外在的客观的评价来看，你的父亲非常成功，博学、能力卓绝，带领仁心医院建立了成功率在世界范围来说都领先的肝脏移植工作室。经由他们的救治，不计其数的人获得新生，你父亲的墓碑至今每年清明都被鲜花包围。但是，从你母亲和你的角度，他大概不是一个好的父亲，他有自己人性层面难以克服的弱点。"路子涵慢慢地说，迎上江江虽然哀伤过多但仍是澄澈的眼睛，微微苦笑，"我自己也是这样，每个人都是这样。只是，我们活在这个世界上，就如你所说，必须尽最大可能遵守维持社会有序运转的法律和秩序。当然，现在的我也没有资格说这句话。"他想起自己不还是为了给江江洗脱嫌疑，各种犯禁，还多亏顾辰微保释他，并利用自己的人脉为他收拾了残局。欠师兄这个情，也不知怎么还了。

"很多个侧面。那我的过去,在妈妈眼里是个糟糕的让人操心的小孩,在你眼里呢?"江江轻声问。

路子涵还未言声,就被江江截了回去:"不要说……让我自己想。"

这晚,江江选择回自己家,总不能一直和宁小薏住吧。她的猫很可爱,每晚都跑来陪她一起睡觉,胖胖的软乎乎的一团,能带来奇妙的治愈感,但她总得回家。

到家,随着感应灯亮起,江江一眼看到桌上拆下来的监控摄像头,不由自主地转头避开,脸色又是一白。路子涵放下蛋挞走过去,替她全部收起来,装盒子里准备自己带走。他看着她问:"要朋友来陪你吗?"

"不用,我自己可以。"江江低声道。

路子涵点点头,拿起装着摄像头的盒子,退出去带上门。

江江开亮了屋子里所有的灯,努力振作洗了个热水澡,在沙发上慢慢躺下,也不关灯,眼睁睁看着灯光。

虽然眼睛有点涩,但她不敢关灯,甚至,闭眼的瞬间心里都有点慌。

过了许久,江江对着手机发了很久的呆,还是给路子涵发了一条微信:"我把蛋挞热了三分钟,它煳了。"

其实,蛋挞好好地凉凉地躺在盒子里,她连开都没有开。

几乎是立刻,路子涵回复了微信:"别怕,你站起来,拉开窗帘。"

江江有些意外,她微微拉开窗帘,只见那个她每天都会看着幻想一下的露台上,站着一个人,身段修长挺拔,夜灯下也可见眉目清俊,不正是路子涵?

江江诧异。

路子涵流露一个略有些尴尬的微笑,发过来一条微信:"其实……那个暴殄天物浪费露台的人,就是我。"以前总想找个机会再告诉江江,没想到竟到了这一天。

第二十五章
放不下，就不放了

江江只觉恍如隔世，但想起以前和宁小薏在背后的吐槽，也忍不住牵了牵嘴角。

"别怕。"路子涵在微信里这么说，"我就在离你不远的地方，有什么事随时可以赶到。"

江江回复一个"好的"，静静看了他一会儿，关上窗帘回到房间。

心里那种孤清的感觉退去不少。她真的拿起一只凉了的蛋挞，慢慢地啃着，还有很多事情需要面对需要完成，身体不能垮。

慢慢啃完了蛋挞，她忍不住偷偷从窗帘缝隙看出去，只见路子涵在他那个被她们嘲笑为空无一物家徒四壁暴殄天物的露台上，专注地看文献。深夜里，他身边的小夜灯，映着银杏树，照着他瘦削的身影，看着不知为何有些心酸又有些心安。

江江抱膝在窗边坐下，不承想自己蜷缩一起的单薄身影也在窗帘上投下影子，让路子涵默默地看了许久。

清晨，江江一夜似睡非睡，倒是奇怪没有做那个噩梦，她揉着生疼的头，听到门铃响。拉开，门外站着宁小薏和——许嘉琪。

"江江，我给你买了早饭。"宁小薏手里拎着一大袋食物。

"我也买了，在楼下偶遇了宁小姐。"许嘉琪也拎着一大盒。

宁小薏神情诡异，一副和我偶遇你为啥要跟着我走的样子。

许嘉琪坦然道："我本来是想给路师兄送点温暖，但是想到他已经有主了，于是就送到江小姐这里来了。"

于是，一大早，江江小屋的餐桌被摆得满满当当中西合璧，光咖啡都有曼特宁、摩卡、卡布奇诺、美式好几种。路子涵过来后餐桌四边各坐一人。除了妆容精致的许嘉琪，其他三人都像没有睡好。

宁小薏有点担心地看着江江，眼下她虽然洗脱了嫌疑，但她失去了妈咪，是个孤女了。江江拿起一杯咖啡，路子涵自然地轻轻一按她的手，为她盛了一小碗许嘉琪带来的海鲜粥，道："昨天也没好好吃饭，先喝点粥再喝咖啡。"江江捧着粥,在那氤氲鲜甜的热气里,看到路子涵淡然静定的眼神,就觉得自己心里也缓缓安静,浅浅一笑:"好。"宁小薏咧咧嘴,这狗粮一大早吃到饱。许嘉琪也笑了,用手里的咖啡杯与宁小薏做一个干杯的手势。

什么是生活呢?就是在风和日丽的清晨也要面对无数的暗礁与风浪。

而什么是爱呢?就是在度过这一切时想到有你在身边会心安。

吃完早饭,许嘉琪告辞,路子涵送她出去。走到楼下,路子涵问:"一早过来有话跟我说?"

"是的。"许嘉琪当然不是单纯地过来送温暖,"你看到网上那些言论了?"

"看到了。"路子涵点头。网上的舆论风暴从前些天江江被关进去就已经开始,仁心医院女发言人竟成弑母凶嫌,这个话题被冠以各种耸人听闻的标题已经转了一轮,但还相对没有爆发。真正引爆的点是他,是他作为一名律师,为了给当事人洗脱嫌疑,不惜破坏现场擅动警方证物,各种越界。"法律到底是不是精英阶层手中的玩物?""公平正义说到底不过一纸谎言""高知权贵为达目的不择手段,重新定义知法犯法"……类似的话题最能戳中民众的心,加上有人在背后操纵舆论,一夜之间就铺天盖地,立马掀起舆情风暴。之前在陈晓曦的案中,他开启过一场救人的直播,当时为他吸引了很多小姑娘的爱慕,但这时候她们中的一部分脱粉回踩起来也是毫不留情,开始直接骂他精虫上脑,枉顾正义颠倒黑白,对他担任江江辩护律师一事极尽嘲讽抹黑。总之就是,公众形象已完。也不是没有人为他们解释,但立马就被打成了"水军",是收钱办事为虎作伥,被骂得那叫一个惨烈。

"江小姐还不知道?"许嘉琪问。

"可能吧……没关系,我会跟她一起面对。"路子涵道。

"路师兄,我从没有隐瞒,我很喜欢你。"许嘉琪看着他,精致面容

第二十五章 放不下，就不放了

上是坦荡的热情。

路子涵微微颔首，只道："谢谢。"静静听她的下文。

"你真的……就从来没有喜欢过我？"

"抱歉，是真的没有。"

"这次事件的影响，你真的考虑清楚了吗？贺叔一早给我打电话，他不太方便跟你直说，以你如今的情况，他的律所恐怕不敢再用你了。"许嘉琪清楚地说。

路子涵微微吸口气："好的，我明白了，谢谢你的转达。"

"你如果不与这件事做一个干净的切割，坏了口碑，以后你会在这行很难做，贺叔不敢留你，顾师兄那边也难说。"许嘉琪说到这里，神情倒是坦荡地继续道，"但我不在乎。我迟早会回去继承家业，许氏有实力给你最好的机会和支持，我想你不会怀疑。"

许嘉琪说完，路子涵还没有说话，手机铃响，那边是靳铭的声音："……你把之前做法援律师的案子资料都交回来吧，包括那个小孩误食鼠药的。虽然这次的事……要说呢，我也是能理解，脱了这身警服我能对你说声佩服，但警方不能再与你合作了。"

"好的，我知道了。"路子涵平静应道。

靳铭沉默了会儿道："警方有警方的立场。"

"我明白。这次的事，我有错。"路子涵坦然道，挂断电话。

许嘉琪带出一抹嘲讽的笑说道："你有多大的错呢？大众就是这样的，当你说出他们想听的话，你用的手段是为他们牟利，他们就认为你是正义的化身，但他们的信任和支持都非常廉价而且脆弱，不要说考验，就是挑拨，也经受不起。"

路子涵的面色在这清晨里有些苍白，他抬头轻轻吐出一口气，对许嘉琪道："我违背了程序正义，自然要付出代价。你慢走，不远送了。"

"我只是想让你知道，我能给你更好的选择。"许嘉琪不甘。

"选择哪里分什么好坏，"路子涵淡然道，"只有愿不愿意。"他抬头看了看,其实那么远的距离什么都看不见,但他还是不由得微笑,对许嘉琪道,"从九年前认识江江,到现在,我没有想过这可以成为一种选择,只是一直都放不下,也就只能一直都不放了。"

放不下,就不放了。就是这么简单。纵有万千阴霾恩怨纠缠,但是,他放不下江江。她始终是他生命里骨血里最闪亮也最心疼,最向往也最纠结的,再无人可以替代。

许嘉琪眼眶红了红,点点头:"我也谢谢你……对我坦白。不过,你对我一直都这么坦白。是我自己也……放不下。"

路子涵没有再说什么虚伪的废话,欠欠身,转身要走。

"虽然我知道自己毫无希望,但这个礼物依然要送给你。"许嘉琪不待他拒绝,递过来一个用专业证物袋装着的东西,路子涵一怔——那是一枚耳机。

"某天深夜,有位先生,在他很不常去的地方,非常随意地丢弃了它,就像一件平常的垃圾。但这位先生,曾是我的姑姑,就是许沉璧女士最得力的私人助理。"许嘉琪勾出一抹意味深长的浅笑。

路子涵接过,蹙眉,江江的口供中提到她妈妈戴着耳机,最后精神崩溃也和耳机中人说的话有关,但现在并没有找到什么耳机,那是否就是这一枚?叶绚亭和江江是在许家的私家停机坪出事,警方和许家联系,许沉璧只说她与叶绚亭相识,确实提出过愿意借出私人飞机送她们离开南岛,但纯粹是朋友之谊。可是——如果有这枚耳机在,一切就不那么简单了。

第二十六章

别 怕

在他们楼下说话时,宁小蕙蹭到窗边看着,小声嘀咕:"那位许大小姐怎么有那么多话要和路师兄说?"

江江没有回应,沉默地坐着。

宁小蕙还是不放心,时不时就去看一眼:"她都知道路师兄有主啦,这路师兄后援团团长也该卸任了……"

"你嘀咕什么呢?"江江略觉好笑,想起以前初来南岛,宁小蕙给她看路子涵和顾辰微的照片,大发花痴,八卦得眉飞色舞。那样的日子仿佛还很近,但已经再也回不来了。庆幸的是,他没有离她更远,而是走到了身边。

路子涵并没有让她久等,回来后道:"许嘉琪给了我一个重要线索。"

"什么?"江江站起身。

"一枚耳机。"路子涵举起手里的证物袋。

那枚耳机交到警方那里,得出的第一个检验结果是,上面——没有指纹。

"那岂不是无法锁定了?"一个小警察拿着报告有些失望。

靳铭瞪他一眼,叹道:"你懂什么,有人聪明反被聪明误了。"

一个正常的耳机,上面怎么可能毫无指纹,过分的掩盖即是画蛇添足欲盖弥彰。

靳铭给路子涵打电话:"那个耳机确实有问题,我们就要顺着线索查下去了。"意思是证据得来的路径可有所避讳?

"好的,知道了。"路子涵道,意思是,查吧。他心里明白,许嘉琪做这一切,那个耳机能够落到她手里,她精心筹谋着准备着,无非是要让她姑姑许沉璧一脉彻底退出,不再给她继承许氏添任何麻烦。父亲对她私底下的偏爱,一定要成其为董事会明面上也无话可说的肯定。

江江其实不是不知道网上有些言论,但她以为那会随着她洗脱嫌疑而平息,但一切都出乎意料。以前她是旁观者和某种程度引导、操控舆论的人,如今她自己身置网络暴力的旋涡中心,才知感受有极大的不同。原来,法律不能给她定罪,但舆论可以。法律需要证据,而舆论不需要,或者说,在舆论的狂潮中,她就连呼吸,都是犯罪的证据。

有人挖出了她的学校背景,结论是西方精英教育缺乏东方人伦滋养,早就埋下了亲情淡泊的因子。掀起东西方教育之争,狂转一波。

有人在脸书搜索出了她以前在外游历的照片,编出了一整篇富二代用父母的钱挥霍奢靡,索取不足弑母的故事。煽动民众仇富情绪,又来一波。

有人摘录了她之前在仁心医院的公关事件中的发言,嘲讽她可以凭借演技拿奥斯卡奖,并要寻找藏身她背后的百万级文案。她以前说的话,配合着事件,都成了段子,被极尽调侃之能事,众多才华横溢的大手们开始

第二十六章 别 怕

下场。

她的照片被转得上了诸多热搜，真不幸，她不算丑陋，于是这似乎间接实锤了路子涵为何为了维护她"丧心病狂颠倒黑白"。无数小姑娘痛心疾首骂他恋爱脑是非不分，一条让他"醒醒"的微博可以被点赞数万……

江江嘘口气，觉得这要说没人在背后煽风点火、操控舆论她还真不信了。她以职业素养忍不住估算了下这背后的投入，恐怕真不小。不是没有效果，看了一轮，连江江都怀疑自己是不是真的是被黑幕了的凶手。只觉时而激愤，时而心灰，想跳出来奋力地解释、证明自己没有，自己不是那样的人，但又深知一切都是徒劳的。

如果世间的真相都是如此，她如此执着地回来找寻，又有什么意义？

路子涵也在一旁看，这时候却听得他带着一丝微妙的笑意道："我觉得，比起我效力的律所，仁心医院赢了。"

"怎么说？"江江不解。

"贺叔已经通知我不用去工作，但仁心医院居然挺到了现在仍然没有发布对你的解聘公告。"路子涵起身倒了一杯咖啡。

江江不禁也有些疑惑，按说遇到这样的重大事件，很有可能让医院受到牵连，按仁心医院以前的做派一定会第一时间就发布公关通稿，最有利的做法应该就是做直接的切割，宣布解聘，并强调员工私事与医院无关。但现在，却没有看到呢。她点开部门的工作同事群，里面哗啦跳出一堆消息。

夏乔："江江，我已经跟所有媒体的哥们儿和姐姐妹子打过招呼，让删除那些乱七八糟的，不要发。"

吴悦越："媒体已经控不住了，有内幕消息说有人在背后砸钱黑你。"

夏乔："很久没见这么多营销号同时下场黑人了，江江，你和路大律这是得罪了谁？"

徐冉："这时候还是靠我们，我让后援会的妹子们全部下场，控评。"

夏乔："要说控评哪家强，还得……"

吴悦越:"可如果真的是有钱在背后猛砸,后援会的妹子们扛不住。"

徐冉:"反正不管,能控成什么样算什么样。"

吴悦越:"也是。不过,讲真我没想到这次最刚的竟然是——"

夏乔:"之姐这次真的刚。"

……

看到这儿,江江刚才一直憋在心里的一口气突然就变成了眼眶的酸涩,她想了想拨通了冯静之的电话,想的是不要让他们为难,自己提出辞职。但冯静之以她一贯带着疲倦的语调说道:"出了这样的事,医院的名誉确实难免受到牵连,院方解聘你也是合理,但医院不是乌合之众,也不愿受人利用。"她顿了顿道,"等你调整好心态,如果我还在这儿,就赶快回来上班。"她这句话其实信息量很大,但江江一时没多想,只怔怔地问:"冯老师,你相信我?"这次,对方毫不犹豫地说:"当然。"

江江轻轻地吸吸鼻子,低声道:"谢谢。"

江江挂了电话,看向路子涵:"冯老师说我还可以回去工作。"

"那真好。"路子涵从厨房的岛台探出头来,"怎么办,我失业了。"

江江最在意的不是这个,她担忧地问:"你的身体最近怎样?"他那个颅内的血肿真让人不放心。

"对啊,我还有病。"路子涵微微一笑,又退回厨房。

"喂!"江江跳起来去看他在忙什么,突然就闻到浓郁的香,差点滴下口水,一看路子涵正把几尾虎虾投入放了黄油的平底锅,然后撒上海盐和几片香叶,香得江江脑子里都空了一瞬。

"你在做饭?"江江呆呆地问。

"是啊,如果律师做不了了,培养下其他专业技能也好。"路子涵动作熟练,盛出大虾,顺手摆了个盘,又照顾了下旁边的汤,烤箱里亮着,依稀是在烤生蚝。

"坐下。"路子涵让江江在餐桌边坐下。自己像个魔术师,菜一道一

第二十六章 别怕

道上上来,最后是丰盛的一大碟海鲜饭。

"午餐只是桌子上的这些,不包括厨师。"路子涵见江江一直看着自己,对她笑道。他相貌本就清俊,这时候笑得一片清澈潋滟,让江江不由得也笑出来。

"好好吃饭。"路子涵为她盛汤。在她喝汤的时间里,路子涵已经剥好了三只大虾,放在她的盘子里。

"为什么突然想做饭给我吃?"江江没想到路子涵厨艺甚好。

"不是突然想。"路子涵在心里说,是从很多年前,就开始想。在他忙碌的学习和工作生涯里,其实哪有闲情逸致学做菜,唯一的动力不过是当初看到江江吃东西那津津有味的小模样而暗下的决心。所以在与客户吃的一餐餐饭局中,谈工作谈得胃疼的间隙,他偶尔会分神琢磨下桌上的菜色,就这么倒也积累了一两个招牌菜,今天全用上了。

江江吃完了路子涵剥的虾,喝了汤,吃了两大匙海鲜饭,发现路子涵没怎么吃,立刻担心道:"你怎么了?"

"没事。"路子涵确实有些头疼,不太吃得下东西。

"是不是你的头又疼了?"江江紧张起来。

"没事,没事。"路子涵有些无奈地安抚她,"约了下午复查,不要担心。现在还有很多事情要做,我不会乱来。"

"那我陪你去。"江江道。

吃了午饭,江江陪路子涵去医院,她开车,让路子涵好好休息。路子涵也难得地听话,系上安全带后安安静静地合着眼睛靠在椅背上。他的眉眼生得好,睫毛长而浓密地覆下来,十分优美。

江江开着车,在每一个等待红灯的时候都忍不住扭头去看他。他的鼻梁高而挺秀,下颌的轮廓清俊,脸颊瘦削,如果胖一点,可能更符合大众审美标准,也是,他似乎比初相识的时候又瘦了些,特别是最近,憔悴不少。顾辰微说,他那样一个法学院的高才生,对法条倒背如流,最是讲究

283

程序与公正，最清楚界限在哪里，为了她去越界取证、破坏现场，教科书式的知法犯法，差点坐牢，现在被舆论钉死了，也许以后连律师都做不了。他从来没有说过什么，但他的心里，是不是也有很多挣扎？

到了医院，停好车，江江轻声唤他："路子涵？"他睁开眼睛的一刹那好像有点迷茫，一个人的相貌、气质可能会有很大变化，但声音若非刻意伪装其实差别不大，江江那一声轻唤，仿佛突然就击穿了时间。她叫他名字的时候，一直都是尾音微微上扬，有独此一份的温软。恍惚了一下，后脑的钝痛让他回到现实，他抬手压了压额头，哑声道："我竟然睡着了。"

"那我们现在去CT室？"江江看过他的复查项目，他需要去做一个增强CT，看看颅内血肿和大脑血管有没有异常。

"好。"路子涵点点头。两人到了后，被告知预约的时间有点变动，需要再多等半小时。路子涵问江江："你要不要去看看同事？"

"我陪你。"江江坐在他旁边，看着他没什么血色的脸，心里总有点不安。

"做个检查而已，哪里至于。"路子涵道。

江江瞅着他，忽然笑了。

"怎么？"路子涵不解。

江江声音不自禁地软了软："受个伤啊生个病啊都是正常的事儿，用不着有人陪着就这么局促。"

路子涵第一反应是要否认，江江不待他说话，就指指他们前方的玻璃，上面清晰地投影出，路子涵的坐姿笔直，确实不是放松的姿态。路子涵牵牵嘴角，放弃抵抗地默认了，确实自从哥哥不在后，虽然有罗羽、顾辰微，甚至许嘉琪这些新朋旧友，但真有什么事的时候还是习惯了自己躲起来处理。

"以后我陪你。"江江温柔地说，还加上一句，"你别怕。"

想说自己并不怕，但内心深处真的不怕吗？当然是怕的，怕冷不丁猝死了，再也没有人关心久远的真相，也怕会让她伤心。

第二十六章
别 怕

江江轻轻握着他的手，慢慢地，一根指头一根指头，穿插而过，十指交握，然后微微用力，她的微温他的薄凉，都一起安宁沉静。路子涵僵直的脊背渐渐放松，虽然他一贯有优雅挺拔的体态，从不会在椅子上放松瘫倒，但整个人都说不出地柔和起来。江江有些酸涩有些甜蜜，轻轻把脸颊在路子涵的肩上贴了贴。

两人这么坐着，在安静的候诊室还待出了几分岁月静好的意思，原来，有人陪的感觉真的完全不同。但一刻钟不到，江江的手机响起来，那边是夏乔压低了声音急促地说话："江江，你现在怎么样？能不能复工？"没等她回答，夏乔已经着急地说，"医院出事了，肝胆科死了个病人，闹挺大……"江江没吭声，转头去看路子涵，路子涵无声地用口型说："去吧。"江江犹豫，刚说好要陪他，难道又把他一个人扔下？路子涵示意电话，那边的夏乔已经急得一迭声道："喂喂喂，江江，你在听我说话吗？之姐让问你的，我觉得她也挺需要你的。"听到这儿，江江咬了咬嘴唇，道："我正在医院，十分钟内到办公室。"挂断电话，江江满是歉意："对不起……我要去工作。"

"快去。我这边等待加上检查的时间不会超过两小时，完了后去接你。"路子涵微笑。

江江点点头，忽然在他的面颊上轻轻一吻，才快步奔了出去。

仁心医院的对外公共事务科完全是战斗的状态，还有一个伤兵——吴悦越。她面无人色地趴在桌上，看到江江如见到救星，抓住她就带着哭腔道："江江你来了！救了命了，我是真顶不住了……"说着她又往洗手间奔。江江愕然，徐冉简明扼要地解释："孕早期，吐得够呛。""悦越怀孕啦……"江江本能地惊诧感慨一句，冯静之已经拉开门直接道："江江，进来。"

她在冯静之的办公室里看到了完整的资料，肝胆科一名叫李木的病人死亡，这是个自媒体人，在微博粉丝逾百万，转做自媒体之前是报纸的调查记者，现在仍以揭露真相而在网上有不小的影响力。他自入院起，就在微博同步更新自己的用药情况和病症。他患有遗传性肝病，入院时确诊肝癌早期，但以江江粗浅的知识也可以看出当时的情况尚不足以致命。目前医学昌明，对肝癌，尤其是早期的有多种治疗方式，预后也比以前有较大提升。但奇怪的是，随着住院治疗，他的情况急转直下。能够做网络"大V"的人还是有实力，他的笔力确实惊人，把病程描述得惊心动魄，还对每天的用药都有注解说明，于是，问题来了——在一堆疗效和副作用都明确的肝病类药物中，一种名叫维丙海森的保健品显得尤为醒目。这个保健品，标注疗效为"促进肝胆祖细胞正常分化和肝胆组织再生"，问题是，副作用是"不明"。

江江立刻发现这个重点，点出这个保健品问道："冯老师，这个维丙海森是怎么回事？"

"没有人知道是怎么回事，我院医生开具的处方并没有它。"冯静之翻开后面部分的资料，"病例和处方齐备可查，主治医生快要被气疯了，他表示完全没有给病人开具任何保健类药物。"

"那这个保健品的检验报告出来了吗？"

"还没有。但查过基础资料，目前这种保健品已经停产。"

江江翻到病人的死亡说明、尸检报告，确实是死于短期内急剧恶化的肝癌。

"治疗方式和用药都是严谨的，经得起检验，唯一就是这个维丙海森，它的存在带来很多不确定性。"冯静之说着接了个电话，挂断之后对江江道，"他的粉丝被煽动，今天来医院讨说法，占据了医院大厅，要求院方给个解释，好歹被劝到了会议厅。现在院方需要我们做个公开发言，大概十五分钟后。"

江江明白为什么会急着召唤她，毕竟除她之外唯一一个长于言辞的吴悦越已经倒下了。但这个发言，院方的态度和立场是什么？不待她问，冯静之先开口问："你有没有好的切入点？"

第二十六章
别 怕

"我还是觉得应该以客观事实为准,公布证据,澄清院方的治疗方案没有问题。"毕竟,真相是最有力的语言,江江问,"主治医生能一起出席吗?"

冯静之嘘口气:"主治医生无法解释病人病程发展怎么会如此迅猛,除非那瓶保健品有问题。现在检验报告没出,单纯公布已知实情,死者的粉丝们能被说服?"

"但以其他说辞来遮掩、转移恐怕更无效。"江江拧着眉,"我会以现在泛滥的保健品为切入,提醒大家保健品不是药物,需要在专科医师的建议下摄入,不建议自行服用。"

"也只能这样了。"冯静之叹口气。

江江略做整理,用手机思维导图软件迅速理出清晰的发言提纲。但,她忽然想到什么,手上的动作停了停,问冯静之:"冯老师,您让我去发言?"

冯静之点头,完全知道她是什么意思,只道:"总要去面对。"

江江用力点点头,和冯静之一起往外走。

走进会议厅,江江被乌压压的人吓一跳,这个"大V"看来影响力真不小。江江站在发言人位置,开始有条不紊地在投影上出示整个诊疗过程中医生下的医嘱,开具的处方,清楚陈述事实。

虽然江江身份是官方发言人,但她的发言向来亲切有温度,会议厅里渐渐安静下来,冯静之正要松口气,觉得江江依然能镇住场子,但忽然听得有人一声嗤笑,声音不大不小地说了句:"这些所谓的证据,还不是由得你们炮制。"语落,顿时响起细细碎碎的议论,一位记者接上去问:"对,如何证实这些处方都是真实的?"

"我们有原件备查。"江江示意。

"这些还不都是医院自己说了算,我们怎么知道。"

"你们说那个保健品没在处方上就没在?万一是医生私下让吃

的呢?"

"难说,而且出事了就甩锅保健品,这也太荒谬了吧,那玩意儿就算是吃不好还能吃死?"

"这才是不治还好,一治就挂。"

"依我说,别说保健品的检验报告没出,就算出了又怎么样?你们都属于医药系统,糊弄份报告有什么难。"

大家此起彼伏的议论中,似乎又是方才那不高不低阴阳怪气的声音说道:"连杀人的证据都能造假,还用说这些吗……"听到这句,方才小声的议论终于哗然。

"什么意思,说谁呢?"

"是说有点眼熟,就是前些天报道的那个杀人嫌疑犯,杀了她妈妈的!"

"听说她的律师为了她连警方的证物都敢乱来的……"

"什么背景啊,这么厉害吗?"

"事儿才过去几天,这就又敢冠冕堂皇地出来忽悠人了。"

"怕不是把大家当傻子。"

"李木这样肯为大家说真话的人被你们医死了,你们让个嫌疑犯出来糊弄我们?"

"……"

会议厅里已经乱了,大家都纷纷站起身,咄咄逼人地向前逼近。

江江面色一片煞白,手也开始微微地颤抖。冯静之心里一沉,示意夏乔通知保安,自己正想上前,却见有两个中学生模样的孩子奋力挤上前,一个头发剪得乱七八糟但相貌妩媚的小女孩,挡在江江面前,气恼地大声道:"你们不要胡说八道!小江姐姐是好人,她才不是什么嫌疑犯。"另一个身形单薄的小男孩握着小拳头站到江江身边,他声音不如女孩声音大,但还是坚定地附和着:"是的,小江姐姐是好人,你们不要冤枉她。"

"白小纹!卓北!"江江惊讶,看他们俩孩子这样护着她,不由得眼

第二十六章 别怕

眶一热。"小江姐姐,你别害怕。"卓北牵着她的手,自己倒是紧张得说话都有点喘。白小纹自来比他胆子大,但她也说不出什么别的来,只顾很有气势地把围拢来的人一个个猛推开。好在保安很快到了,维持了现场的秩序,但这个想要厘清真相安抚李木粉丝的发布会无疑是搞砸了。

院方的高副院长亲自出面善后。江江被保安送回办公室,白小纹和卓北一直跟着,担心地看着她。江江去洗了把脸,对他们勉强笑笑:"没事。"

"小江姐姐,你别难过,他们说的不算。"卓北轻声道。

白小纹瞪他一眼,她琥珀色的眼睛越发灵动,撇嘴道:"他们爱怎么说怎么说,那些废话听多了听烦了,也就不上心不难过了。"她这话一出,倒是让江江心疼地摸摸她的头发。

其他同事都知道方才的情形,办公室里气氛低沉,江江抬头看了眼走廊的方向,冯静之还没有回来,她低声道:"希望没有给冯老师添麻烦。"夏乔他们都露出情况叵测的表情,之前高副院长就跟冯静之说过几次,要她做好与江江的切割,尽快发公告解聘江江,表示她的行为与院方毫无关系。但冯静之扛住了,她认为法律都没有给江江定罪,医院不可冤枉好人。今天这场合,冯静之也大胆让江江上了,却是这样的结果,难保高副院长不对她大发雷霆。

十多分钟后,冯静之回来了,和她一起回来的,还有高副院长。奇怪的是,高临面色甚是和煦,甚至比以前江江工作出色时都还要更和煦几分,笑眯眯地对江江道:"这些个流言不用放在心上,清者自清,不用介怀,院方也会帮助你辟谣,没关系没关系。"

——这倒是奇了。夏乔他们都惊诧地互相看看,不可置信,而冯静之,露出了一个淡淡嘲讽的表情。只听高临接着道:"曾院长也很关心你,你也太低调了,我们都不知道你是曾院长知己故交的女儿,院长他很挂心,在办公室等你,想请你前去一叙呢,非要看看你怎样才放心。"

众人了然,江江听到曾海鸣找她,她也确实有话想问曾海鸣,也就站起身，对身边俩小孩道："医院出门往右有一间很棒的甜品店，你们去那儿先点东西吃，我请客，等一会儿我去找你们。"他们一起走向电梯，叮的一声，电梯门开，里面赫然是路子涵。他面色白得有点吓人，看到江江后，他走出电梯人就支撑不住地一晃，江江连忙扶着他，发现他额头上全是细密的冷汗，身体也一片冰冷。

"路子涵！"江江吓一跳。卓北赶紧去叫人。夏乔冲出来把摇摇欲坠的路子涵架进办公室，让他在沙发上坐下。

"你怎么了？又是头疼？"江江慌了，第一反应想要打120，但突然反应过来他们就在医院。路子涵摇头，手按着胸口凌乱地喘息，拉着江江："不是……没关系，一会儿就好。"江江给他擦拭着额上的冷汗，还在想应该叫哪个科的医生，一位医生已经奔了过来，看到路子涵在这里立马连珠炮地道："你跑什么？！造影剂过敏严重了会死人的，跟你说了要静卧观察半小时，气都没缓过来就跑什么跑？"看那医生的样子显然是真的急了。

"造影剂过敏？你造影剂过敏了？"江江也跟着急。

"已经……缓解了。"路子涵这时候心里还是一阵阵发慌，胸闷难受，但确实比方才好得多了，转而对医生抱歉地道："对不起。"

那医生用听诊器听了听他的心跳，让他在沙发上半躺下，道："继续观察，如果渐渐缓下来就好，半小时内别让他起来，有任何问题赶紧给我们打电话。"江江连连点头，医生看她一眼，接着道，"嗨，原来是找你来了，刚才不知道是谁多嘴说了句，如今这医闹不光家属闹连带着还有粉丝闹的，一群闹腾腾的人把人家发言人小姑娘给围了。喏，这位造影剂过敏的，就躺不住了，刚还心慌得气都喘不上，推了针地塞米松后一个没看住竟给跑了！"

江江哑然，送走那医生，对高临道："今天我走不开，请您跟曾院长说一声，我改天拜访。"又回头看着路子涵，想抱怨又舍不得开口。办公室里其他人都觉得自己像个明晃晃的大灯泡，冯静之默默走进自己的小办

第二十六章 别怕

公室关上门，夏乔装模作样去院办取资料，徐冉赶紧跟上，吴悦越也对江江眨眨眼站起身说要出去走走。只有卓北和白小纹俩孩子不明所以，倒是真的很关心路子涵，担忧地数着时间认认真真地"观察"着他。

路子涵慢慢好了一些，对他们俩道："没事了，不用担心。"

江江见他又是一额头的冷汗，轻轻地擦了，虽然心疼，终究忍不住，轻轻地在他眉心弹了下，道："以后不准这样！"

"好。"路子涵温言回答。

这下子，肉麻得过于明显，让白小纹都看得害羞，故作嫌弃地"啧"了一声，扭开头，表示没眼看。

"喂，今天你们怎么会在这里？"江江赶紧转移话题，问。

白小纹看卓北："你说。"

"我们看到前段时间的消息……有点担心小江姐姐，但不知道去哪里找你，只好有空就来医院附近看看，看能不能遇上你。今天，我们看到好多人拥进医院，里面有几个人……"卓北皱皱眉，但声音很笃定，"那几个人，我们看到他们和许宸赫、周云旎他们一起玩过，就想跟着进来看看他们又要干吗。"

"果然他们就是最会起哄的！"白小纹愤愤地道，"许宸赫他们的朋友都是坏蛋。"

路子涵眉心微微一动，道："又是许家……"江江和妈妈出事是在许氏的私家停机坪，现场失踪的耳机被许沉璧前私人助理丢弃，现在江江被围攻里面也有许家相关人的影子。

他们掺和进来有什么动机？

江江自然知道路子涵在想什么，但卓北他们在，不方便谈论，遂开始问他们的近况。白小纹先开口，没提学校，说的是："现在社区有义工定期来照顾琪琪的妈妈，每个星期还有医生来一趟，她现在过得好多了。"

"那就好。"江江当时组织仁心医院和社区有一个长期的慈善义诊活动，看来没有半途而废。

"学校里,我们也能用实验室和体育馆了,也没有人再玩那些欺负人的游戏,而且下学期我们的学校建完就能搬回去。"白小纹接着道。

"但是包子不会回来了。"卓北闷闷地说。白小纹也低落了:"蒋琪琪也不会回来了。"

"那你们要把他们那一份也好好地活啊。"江江想到自己的妈妈也再不能回来,有点黯然。

卓北向来是内敛的小孩,他那双在他瘦小脸上越发显得大的眼睛这时郑重地看着江江道:"因为当时没有保护好包子他们,所以我要保护小江姐姐。"

"对!"白小纹大声道,又嫌弃地瞪了眼卓北,"那你好歹多吃点长高长壮点,就你这小身板,能保护谁啊!"

卓北气闷。江江笑了,安慰地拍拍他,想到他们当时在人群里挤得满头汗,个子小小还非要站在她面前的样子,眼眶有点酸:"哎呀,还真有点感动怎么办。"

"大份草莓蛋糕。"白小纹立刻答道。

路子涵忍不住一笑,代江江回答:"没问题。"

将卓北和白小纹送回家后,路子涵问江江:"我们约一下靳警官?"

"靳警官未必肯见我们。"江江道。这是实话。

路子涵想了想,还是拨通了靳铭的电话,当他说出"我们可以谈谈维丙海森"时,靳铭的声音依然冷淡,但沉默了半分钟后,还是道:"说地方,我现在过来。"

靳铭赶来的时候,江江有点意外,他一贯形象落拓随意,但今天分外狼狈,警服皱皱巴巴,脸上的胡楂已经不是所谓五点钟阴影,也不知几天没有刮过了,而且满身浓浓的酒味。江江疑惑,虽然她在休息日碰见过靳铭喝酒,但他还挺节制的,心里绷着随时可能遇到警情的弦,不会把自己喝得这么醉。

第二十六章
别 怕

路子涵为他叫了杯热茶,没有言声。

靳铭一口把热茶喝了半杯,声音沙哑地问:"维丙海森,你们有什么线索?"

"维丙海森和仔仔有关,是不是?"江江轻声问。

靳铭喉结动了动,把头又埋进茶里,像喝酒那样喝干了茶水,再双手用力抹了抹脸道:"是的。听了你的话,我把当年能找到的病人家属都找到问了,我们都是戴澄医生的病人,大家虽然其他用药有不同,但维丙海森都吃过,前前后后问了十六个人,在等待肝源时就走了的有十二个,都吃过这个。虽然好几个本来就病得重,但这概率还是高了点。"

"李木也是你调查的病人家属之一吧?"路子涵道。

"是,我发现这点后,跟局里提出要立案重新调查,被驳回了,说证据不足,说我这样打电话问问得出的结论是不科学的,不能作为立案的有效证据。"靳铭手在桌案上砸了一拳,"李木知道后,就说他有办法。他有什么办法?他的办法就是自己吃药?去自杀?"他说着口里愤愤地又骂了一句什么。知道李木去世的消息后,他冲去局长办公室大吵了一架,所以得到了停职一周的处分。

"今天下午李木的主治医生把维丙海森的检验报告发给了我,它不是毒药,它的主要作用是促进细胞的生长,但它被用于等待肝脏移植的病人,相关临床检验数据是空白。"江江道,"我怀疑李木的死,主要是他没有遵医嘱接受治疗,主治医生说在他的枕头套里发现很多残留药片。他这是一心求死,为了引起大家对维丙海森的关注。"

"这个傻子。"靳铭苦涩地道,"当年死了的是他女儿,他们家遗传性肝病,女儿出生后肝就不好,等移植。他做记者的,工作辛苦,跑断腿熬秃头,就为了筹钱给女儿治病,结果,嗯,花大价钱吃上了这个维丙海森,人却很快就没了。"

路子涵叹口气:"当年仁心医院的肝脏移植水准在国内是一流的,有最前沿最顶尖的肝脏移植实验组,学术领头的就是江峰江院长,他的副手

293

是现任院长曾海鸣，我哥哥戴澄是他最得意的学生。"他看了看江江，"当时哥哥说他们在攻克一个治疗肝脏病变的最大难关，只要这个解决了，会改变整个肝病治疗的方向和格局。"

江江握着茶杯，有些失神，道："我还是完全想不起来。"

路子涵拿掉她手里的茶杯，握一握她的手。

江江振作下精神，道："虽然我想不起来，但既然靳警官这样问问都能有这么高的概率，想必对这个维丙海森记忆深刻的还有很多人，他们并没有失忆，那就让大众的注意力都集中在这上面吧。"

"然后我们需要查生产它的厂家，还有当年负责将它列入医院采购名单的，是谁。不是业务员，是有决定权的人。"路子涵道。

靳铭给他一个"还用你说"的表情，道："已经查过了，厂家早已经关了，法人跑得影子都没有，而院方的采购记录，得不到搜查令不能查。"

"我来想想办法。"江江点头。

分别的时候，靳铭瞅着路子涵，道："虽然我拼了命地想知道真相，想知道谁害了仔仔，但你如果像上次那样越界，那就不是那么好解决的了。不管顾辰微想什么办法都没用。只要我还穿着警服，就一定抓你。"

"我明白。"路子涵应道。

看着靳铭摇摇晃晃地上了车，江江冲路子涵道："哎，终于还是被骂了。"

"该骂，但我也没有后悔。"路子涵与江江在南岛明净的月光下慢慢走。椰子树投下错落的影子，远方依稀还有海浪的声音。江江徒劳地远望，除了高楼还是高楼，她叹口气道："我有点想念你带我去过的那个禅寺，想念寺里的慧觉大师，也想念那只大金毛，叫麦子对吧？"

"对，麦子。"路子涵眼神也变得悠远，"是被人遗弃的流浪狗，刚捡回来的时候特别瘦，肋骨一根一根的能数得清，后来生活安定就胖了。"

原来，麦子以前是瘦的。江江心里有点恍然："以前你是不是也带我去过？"

第二十六章
别怕

"是呀,你每次去都很开心,所以上次你心情不好,我习惯性又带你去了那里。"路子涵想起结果自己病倒在寺里,连累江江觉也没睡守了一晚,就觉得惭愧。但江江眼里目光闪亮,忽然抱着他,踮脚在他面颊上轻轻一吻。

那个晚上,她陪着他,他温柔得近于怜惜的低语,是说给多年前的自己。他恍惚间,听她唤他,还以为身边是过去的自己。他的心里,念着的人,是她。

这已经是一天之内,江江第二次主动轻轻吻他。路子涵转身将她抱进怀里,凝视她,江江觉得心跳得有点快但又说不出的心安,看到自己在他深黑的眼瞳里越来越清晰……路子涵的唇微微的凉,气息清冽,温柔又渴慕,爱惜又缠绵,江江感觉自己像要沉溺又像要融化,埋在他怀里喘息的时候,听到他低哑地唤她:"江江,江江。"

"是的,是我。"她哽咽地回应——是我回来了,不是那支离破碎无法触及的回忆,是真正的我,回来了。

第二十七章

一城一池

　　引导网上的舆论热点对江江来说不算难，白天医院的发言虽然被搅局，但大家的关注依然被李木拉得死死的，都还是在关注维丙海森，关注各种保健品，只不过有的骂医院，有的骂直销机构，有的埋怨自己不听劝的父母，有的鼓吹进口的就是比国产的好，林林总总，不一而足。

　　江江只需要联动一些KOL（媒体上的意见领袖），将关注点锁定在维丙海森的实际案例上，相关内容就自动露出。

　　第二天清晨，江江一边喝咖啡一边刷着网络，对路子涵道："当年受害者还真不少，看得难受。"

　　"真确定是维丙海森的问题？"

　　"继续送检了，但是它在临床检验数据完全不足的情况下，居然就投入了使用，这本来就是——我认为是犯罪。"江江叹气，而且维丙海森售

第二十七章 一城一池

价昂贵,好多家庭都是节衣缩食给病人买,只希望能提高移植成功率,结果没想到反而受害。

"也就是在那时候,突然就出了绑架案,怎么看都很蹊跷。"路子涵道。

"难道是你哥哥不惜牺牲自己,为了阻止院方用这个保健品?"江江放下咖啡杯傻傻地问。

路子涵尴尬地牵牵嘴角:"我哥哥虽然善良,但……也是一个非常聪明的人。"

"你是说我笨?"江江反应过来。

"你刚才的样子……是不太聪明。"路子涵扶额,顿了顿道,"你有没有想过,从法律判决上来说,江江,我的哥哥,是杀害你父亲的凶手,还害你失忆。"

"然后?"江江看着他。

路子涵哑然。还问他然后?他们不应该是通常意义上的世仇?他因为相信哥哥,从来没往这边想,而江江似乎也没有?

"首先,你哥哥是你哥哥,你是你,我不会混为一谈。其次,我不信。我回来后,在仁心医院的医师档案里看到过你哥哥戴澄的照片,看到过病人对他的评价,我信任他。"江江目光清澈,道,"你是律师,你相信证据,而我相信真相,我自己真实的感受也是真相的一部分。"

"你不怕信错了人?"

"信错了,愿赌服输吧。"

路子涵没有说话,想起以前在禅寺,慧觉大师曾经送江江一块琉璃坠子,喻之内外明澈。他的女孩,从过去到现在,始终当得起这句话。

江江不知道自己这些话在路子涵心里有多大的震动,她只当是寻常,冲了冲咖啡杯,准备上班。

路子涵拿了车钥匙准备送江江,手机却响了,是顾辰微,他在那边曼声道:"本来想让你欠着我人情,以后还个大的,没想到这么快就来找你了。"

"你说。"

"我也是帮别人的忙,有个案子,当事人希望你接,是二审了,非赢不可。"

"什么案子?"

"包一宁谋杀案,你应该很清楚。"

"凶手是许宸赫。"

"对,跟他脱不了关系,但我觉得你会更关心对方的律师是谁。"

"谁?"路子涵心中隐约有预感。

"谷裕。"顾辰微果然说出一个熟悉的名字。

当然是熟悉的,就是这个人,让他的哥哥蒙冤入狱。

"怎么样?"

"我接。"路子涵回答道。

江江在一旁自然听到了他讲电话,有些诧异:"小包的案子?"

"对。"路子涵看着手机,顾辰微已经将双方约见面的时间、地址发来,他还是一贯的雷厉风行。路子涵道:"辩方律师是谷裕,把我哥哥送进监狱的控方律师就是他。江江,你说律师相信证据,但我也是后来才知道,如果只是盲信表面所见的证据,那其实非常可怕。当年我能为哥哥做的太少,是最大的遗憾。"

"现在去扳回一城!"江江握拳。

路子涵微微一笑,笑意清冷。

包一宁的父母虽然形容憔悴但精神尚可,两人都穿着自家品牌的运动服,气质平易,做事的态度也很务实。小包的案子之前一审,判决许宸赫一行故意伤人致其死亡罪名成立,考虑到未满十六周岁,主犯许宸赫刑期酌减之后定为六年,其余从犯,按情节严重程度分别判处一至三年刑期。

第二十七章
一城一池

许家不服，继续上诉。

"我们的儿子已经不在了，他坐区区六年牢怎么了，人不还在吗，他们还想怎么样？"包爸爸恼火地在卷宗上拍了一掌。

"好了。"包妈妈拉住他，"路律师会帮我们。"

"我最近……名声不太好，你们了解吗？"路子涵静了静，还是说了这个问题。

"只要你能让我们赢了官司，那些不重要，你让我去做什么都行。"包爸爸大声地说。

包妈妈无奈地对路子涵笑笑，但也坚决地点点头："是。一审他们太贪了，想打无罪，但证据确凿抵赖不过；二审他们想打限定刑事责任能力人再求减刑，但我们不能接受。"

"我明白。"路子涵看着资料说道。谷裕这个老狐狸，如果从精神状况上来证明许宸赫是限定责任能力者，那么他们所图的岂止是减刑，后续什么保外就医肯定都安排上了。

因辩方有大量专家报告将在二审时作为证据，需要预先提交。双方见了面，谷裕看到路子涵时，有些讶然，连谷裕身后的助理赵照，都有点吃惊。惊的不仅是路子涵接了这桩案子，而且，路子涵看起来似乎变了很多。上次他们见面他一身阴森戾气，现在倒是明朗了许多。奇怪，最近关于他的风言风语那么难听，他还真看得开？

"以为包家请动了哪尊大神，原来是路大律，好久不见，怎么样，最近可是红得很啊。"赵照看到路子涵这样，心里隐约不信不忿，总忍不住上来撩拨他。

路子涵不言声，也不与他握手，让他的手尴尬地在空中画了个圈又收了回去。待他脸现愠色时，路子涵微笑，淡然回答："最近很好。"他这四个字，不知怎的听起来很有真情实感，赵照觉得心里更不舒服了。谷裕低咳一声，示意他不要再找事，他只能默默闭嘴。

路子涵拿了全部资料走出来后，江江帅气地坐在司机座位上等他，冲他道："上车。"已是初冬，天气转凉了一些，江江穿了件抹茶绿薄毛衣，满目清爽，问，"这位乘客，请问去哪儿？"

"去……罗羽心理咨询室。"说出这个目的地，路子涵有点尴尬，他就是在那里被江江拆穿的。

"正好，再去砸场子吓吓他。"江江一点都不心胸广虚怀若谷，哼一声道，"谁让你们合起伙来骗我。"

"也不是骗……"路子涵小声地解释。

江江已经一踩油门冲了出去。等真见到罗羽，看着对方一脸惭愧，江江也只说了句："上次的治疗不算，我们什么时候接着来？"

"还可以继续？"罗羽意外。

"是啊，有什么办法，南岛没有比你更优秀的心理医生了。不过，为了表示惩罚，账单打折，再拆一拆，一半给路子涵一半给我。"江江干脆利落地说。

路子涵和罗羽听她这么说，立马同时开口：

"全部给我。"

"账单全免。"

江江挥手笑笑："好了，你们说正事。"她也饶有兴味在一边听。

谷裕果然是这么打算的，从他出具的报告来看，是想证明许宸赫有抑郁症，是一名限定刑事责任能力人，属于"尚未完全丧失辨认或者控制自己行为能力的精神病人犯罪的，应当负刑事责任，但是可以从轻或者减轻处罚"，认为一审判决过重，申请减刑。做的准备不可谓不充分，连他母亲许沉璧的抑郁症病史都有。此外，精神鉴定、心理分析、验血报告、脑CT等一应俱全。

"你有什么看法？"路子涵问罗羽。

"从报告来说，肯定是无懈可击的。"罗羽摇头，"谷裕不会在这上面犯错。重点是需要证明许宸赫在凌虐包一宁并致其死亡时的精神状态如

第二十七章 一城一池

何,是否能对自己的行为负责。"

"我在来的路上已经查询了当天学校的课程表,尝试联系了几门课程的老师,毫不意外地全体失语。"路子涵浮起一丝冷诮的笑。

"我们还可以走访同学?"江江问。

"枫叶中学的学生家庭之间,有盘根错节的利益关系,估计希望不大,不太能指望谁出来指证许家的继承人。"路子涵道。

江江不太服气:"可是在许宸赫他们要逃走那天,不是来了很多同学指证他吗?"

"那些都是勤力中学的孩子,但要证明当天出事之前许宸赫的心理状态,必须得是一同上课、活动的枫叶中学师生更有说服力。"路子涵道。

江江想想也是。路子涵接着道:"但没关系,我会再想办法。"却听到罗羽发出一声:"咦?"两人都投去不解的眼神。罗羽指着报告上面的签名道:"裴文?"

"对。他是仁心医院的医师。"江江凑过去看,有印象。

"我应该没有记错,这个人曾经撞在我手里过。"罗羽敲敲额角,回忆,"很早了,好几年前,一个来我这里做咨询的女病人,我判断她根本没有自己宣称的双重人格。她听到我这个诊断开始大哭,我费了很大的劲儿才问出来,她曾经在另一个医师那里被诊断为双重人格,并且另一个人格与他发生了性关系。伪造病历,诱奸病人,这在我们业内是很大的禁忌,最后我鼓励那位女士投诉了无良医生,难道他居然没有被吊销行医执照?居然还继续在医院工作?"

另外两人都听得很吃惊,路子涵问:"那位女士现在还能联系上吗?"

罗羽摇头:"她去了国外,隐姓埋名,再没有联系。这事涉及病人隐私,未曾公开,但是我这里有留存资料。"

"快给我看。"路子涵想到了什么,催促道。

资料调出来,显示这件事发生在八年前。路子涵接着查询,八年前,仁心医院兼管人事的副院长是曾海鸣。

许宸赫的抑郁症病理检查报告由裴文签发,仁心医院出具,曾海鸣则从副院长成了院长。

这就有点耐人寻味了。

讨论完工作,罗羽担心地问路子涵:"身体怎么样?"

"没问题。"路子涵不在意,还在想案子的事儿。

"顾辰微也是,嫌你不够累?还给你找事。"罗羽觉得路子涵对自己的身体也太不在意了,万一来个颅内出血恶化,岂不是就完了。

"那是师兄了解我,知道什么是我想做的事。"

"是说我不了解你了?我认识你多久他认识你多久?我懂心理学还是他懂?"罗羽白他一眼。

"咳咳,你们,"江江实在看不下去了,指指自己,"正牌女友在这里,请不要争风吃醋。"罗羽这才收了口,江江瞪一眼路子涵,"你笑什么,你再不管好自己的身体,让他们有机可乘对你关怀备至的,我就要去知乎回答问题——当你的男朋友又有两个男朋友是什么体验了!"

"好。"路子涵听她胡说八道还笑得挺美,脸上不由得浮上一副"你是我女朋友你说什么都对"的表情。

傻不傻,以前怎么没觉得这么傻。罗羽一边腹诽一边觉得这单身狗的日子是过不下去了。心里念叨着,忽然也笑了,如果戴澄还在,看到这样的小路,一定比谁都开心。

路子涵开始忙小包的官司,江江继续自己的工作。

维丙海森一直是关注焦点,越来越多的爆料出现,在医院里也能听到很多议论。但肝胆科的医生不是对此缄口不言,就是一无所知。而江江在医院内部各种记录查找维丙海森,一无所获,如果不是相信靳铭跟她说的是事实,兼之网上也有很多人提到在仁心用过这种药,她几乎怀疑这是空穴来风子虚乌有。

第二十七章 一城一池

江江再一次对着电脑里空白的记录傻眼,冯静之走到她身边,轻轻敲桌子:"跟我进来。"

在冯静之的小办公室,她带上门,示意江江坐下,问道:"江江,你是想知道什么?"

"我想知道当年究竟发生了什么事。"江江道,"冯老师你也知道我的身份了,当年出事我失去了记忆,被妈咪带走,现在妈咪也死于非命,我总感觉,这和当年的事有关系,我想知道。"

"那和维丙海森有什么关系?"冯静之不解。

"我也不知道,但那是我们唯一追到的线索。"江江有点沮丧。

"唯一的线索,你想继续查证什么?"冯静之缓缓踱步,"虽然我不一定知道,但也许可以给你提供一些方向。"

"我想知道当年仁心医院决定购入这种保健品用于临床的人,是谁。"

"数据库里完全没有相关信息?"

"没有。"

冯静之沉吟片刻,道:"我想起来了,医院每半年,会由行政和财务一起对药品、器材的购入做审计,一直秉持着谁签批的谁对审计报告负责的原则。那个报告会纸质存档,如果没有被销毁,应该能查到。"

"那我可以怎么找到?"江江眼睛一亮。

"年限久远的估计已经存到行政部的资料室了,你不能自己去找,太引人注目。"冯静之想一想,"走,我带你去。"

行政部的资料室偏僻安静,进门处的办公室空荡荡的,只坐了一个女孩,她估计百无聊赖极了,正对着镜子在把自己的脸当艺术品精雕细琢。

"小可,这么认真打扮,你这是要当网红?"冯静之淡淡笑着道。那名叫小可的女孩一听这话,乐得就笑开了,亲昵地说:"之姐,我能不能当网红还不是你一句话!"江江咋舌,才知道严肃冷淡的冯静之交际应酬起来挺不一般,很能踩住人的痛点啊,不愧是做了这么多年外宣公关的人。

303

"我带个小朋友来查她的档案资料，小糊涂虫，对自己的事都记不清楚，也没个备份。"冯静之示意江江，"去吧。"转而对小可道，"玩直播吗？"

"玩！我这工作多枯燥，全凭着中午直播一小时给自己续命，为了直播饭都不要吃的！"

"不吃饭好啊，你多吃两口，上镜就得胖一圈。就得你这样，巴掌大的脸，上镜好看。"

"可不是，上次贪嘴吃了炸鸡，第二天直播就被吐槽肿。我说，肿什么肿，就是胖！对了之姐，你帮我搞点资源呗，让他们，嗯，推一推我……"

……

江江听着外面细细碎碎聊得很有兴致，自己一溜看去，暗赞仁心医院的资料存储严谨，循着类别年限去找，倒也不难。细细的灰尘里，她把那一年的审计报告抽出来，紧张得手都在颤抖，飞快地一页页翻过，心里七上八下的只怕又晚了一步。还好，她看到了维丙海森！翻到签名页，是曾海鸣！江江脑子里乱乱的，似乎有各种想法在此起彼伏，但这不是琢磨的时候，她吸口气赶紧拍照。刚按下拍照键，就听到冯静之和小可同时大声道："曾院长！"

江江眼前一黑，手机差点被吓掉，头都急晕了，他怎么会来？！

冯静之显然也大是意外，神情尴尬："曾院长，您来了。"

"是的啊，好久没来资料室看看了。"曾海鸣想径直进去，被冯静之尽量不着痕迹地拦住："曾院长，我刚好有事要跟您请示。"

"我不是你的直接上司，你不用跟我汇报。"曾海鸣声音微沉。冯静之面色一白，不得不让开，正在想这可怎么办，江江自己出来了，手里还抱着一沓资料。冯静之更是差点心梗，这丫头，怎么还把报告带出来了？！

小可支支吾吾地解释："曾院长，之姐……哦冯老师带他们部门的员工来查一下个人档案……"

第二十七章
一城一池

"是的。"冯静之点头,勉强笑,"小孩子粗心大意。"

"对不起,冯老师,你带我来行个方便我还骗了你。"江江开了口,"我不是来查自己的档案的。"

冯静之向来淡然的脸上表情都快崩了,想把江江拎起来倒一倒她脑子里的水,是不是国外回来的小孩都这么二了吧唧的,却听得江江声音更低地道:"我来查我……爹地的资料。"她手里抱着的文件袋,上面贴的标签赫然是"江峰"。

"我失去了记忆,不知道他是个怎样的人,妈咪还在的时候,提起就伤心,我也不敢多问,于是……我知道我违规了,对不起。"江江低着头,小小声地说。

冯静之这才暗暗缓过来一口气,心里直骂小鬼头,面上仍绷着脸,冷然道:"你这违规虽是情有可原,但到底不合流程。曾院长,没有教育好员工,我有责任。"

曾海鸣的表情略微有些复杂,目光在江江身上扫了两圈,终于叹了口气:"这段时间也是事繁,早就说约你聚聚,上次还在办公室等了你很久,你想知道什么,曾伯伯告诉你。"

"好的。"江江可怜兮兮地点头,抱着那个文件袋不撒手。

"想看就带回去看吧。"曾海鸣点点头,"安排时间,曾伯伯接你去家里细聊。"

"谢谢曾……伯伯。"江江乖巧地说。

回到办公室,冯静之门一掩,才把气喘匀,把那句心里百转千回的"小鬼头"恨恨地骂了出来。

江江吐吐舌头,也有点不自在,她不是存心利用她父亲,只是在那一刻,心念电转间只能想到这个办法,就当爸爸在天之灵帮着她。冯静之问她想查询的东西查到没,江江点点头,犹豫片刻说了出来:"是曾院长。"

冯静之沉默许久审慎地道:"江江,想可以多想,但是不要妄下结论,毕竟——事关重大。"

江江点头："我知道。"

而路子涵听了后，别的先不提，只郑重地对江江道："以后你上下班我来接送，在医院里尽量都和同事在一起，尤其是曾海鸣单独约你，不要去。"

江江被他搞得有点紧张："怎么？"

"我感受到危险。"路子涵道。

江江也不傻，点头道："好。"她看路子涵的神情，明白他跟她想的估计是同一回事，"如果这件事背后是曾海鸣，那是不是可以说得通了？"

路子涵蹙眉："按说虽然购入是曾海鸣签批的，但是否用于临床，你父亲——江峰有最后决定权，然后我哥直接开具处方。而出事之前一个多星期，我哥被医院解聘了。"

"咦，我看医院数据库的资料是说，因为涉案解聘？"

"那有可能说得比较笼统，实际是出事之前我哥已经被解聘。当时认为的，他主要的犯罪动机就是被解聘，失业，对医院心怀不满，所以对院长一家实施报复。"

"你哥哥有没有说，他当时为什么出现在……在我家？"江江还不甚习惯这么说。

路子涵的神情黯然，他有些困难地开口："江江，他是我哥哥，我信任他。但是，我也得说，他当时没有积极地为自己申诉，甚至，他说过一句，他有责任。"仿佛不敢去看江江的眼神，路子涵吸口气，低声道，"他没有说清楚他有什么责任，他当时整个人的状态都……很不对，但我还是相信他没有绑架杀人。可是我也想不明白，如果凶手另有他人，如果曾海鸣牵扯其中，他为什么不说？他为什么说他有责任？他根本就没有积极地为自己争取，不然也不至于此……"

"路子涵，"江江叫他的名字，道，"这就是我们想要找到的真相啊——

第二十七章 一城一池

不管它到底是怎样。"

路子涵点点头,他有点疲倦有点困惑,伸手将江江拥进怀里,下颌抵在她乌黑的发丝上,喃喃地问:"我们会一起找到真相?"

"会的。"江江肯定地说。

"好。"路子涵忽然就觉得心里安静下来。他一时很想问,然后呢,找到真相,然后呢?但又觉得一切都不必再问。

第二天路子涵送江江去医院上班,见今天的仁心医院比平日里多了些热闹的氛围,江江想一想:"哦对了,今天是天和公司与仁心的慈善活动日,医院会提供一百个名额的免费义肢安装,还能给以往义肢安装的病患进行进一步维护。我得去忙了。"

"注意安全。"路子涵叮嘱。

江江点头,跳下车。

她去办公室拿了摄影器材,和吴悦越一起去现场。仁心医院的骨科有三层楼,现在一楼的大厅已经排满了人。天和公司提供义肢安装的名额主要针对未成年人,越早安装使用自然是好的,但这就意味着他们需要提供更多的后期支持,比如随着病人年龄增长,身高、体重都会变化,义肢需要随时调试、更换。这次慈善活动对条件不太好的家庭是很大的帮助。江江看到好多家长,都笑着笑着就在擦眼泪,只觉其中心酸真非旁人能体会。她现在不太适合出镜,就她来拍,吴悦越解说。她一向能捕捉最触动的点,吴悦越刚怀孕,在荷尔蒙的作用下更是有种特别具有感染力的温柔,几条短视频一出来,立刻就在社交平台刷屏。弹幕纷纷滑过"我的眼泪不值钱""明明很暖心为什么这么好哭"……好多人都在表示希望能参与捐助。

"这边来。"江江带着吴悦越来到一楼复健科专属的运动场,有个小小的打篮球的地方,十几个装着义肢的小孩在那儿打篮球,身手利落,看起来与常人无异。他们流着汗水的脸开朗活泼,看得江江都觉得欣慰又鼻酸。她和吴悦越合作拍了几条他们打篮球的视频,发出去又继续刷屏,"燃爆了""不行我哭得更大声了""教练我要打篮球"……弹幕像是瀑布一般，后台反馈捐助申请也多出许多。

　　江江忽然看到运动场的边上，有个少年坐在轮椅上，眼睛一眨不眨地看着篮球场，满眼向往但很是孤单。她跟吴悦越叮嘱几句，自己走过去。那少年看到她，神情腼腆，微微低头。江江想着他也许是来申请义肢安装名额的，温言问："你自己在这里吗，家里人呢？要我陪你去找他们吗？"少年不说话，只笑笑，摇摇头，眼睛又不舍地看向篮球场。

　　"想要打篮球？"江江问。

　　他一瞬间似乎想点头，但想到什么，又黯然。

　　"没关系，我带你玩。"江江推着他的轮椅，走向篮球场。

　　他有点着急，手用力握着轮椅扶手，慌乱地表示："不行，我……"

　　"别担心。"江江对那群孩子扬声道，"我们加入一个可以吗？"

　　"好啊！"

　　"欢迎！"

　　"Come on（来吧）！"

　　那群孩子欢呼起来，江江细心地把轮椅上的安全带给那少年系好，欢呼一声："我们来啦。"

　　她有分寸，控制着轮椅的速度。她在美国的时候没少打篮球，走位什么的可是熟练得很，还颇有自己的心得，穿梭在一群孩子里游刃有余。那群小孩惊叹之下不时欢呼，并在每个点都默契地把球传了过来。轮椅上的少年刚开始两个没接住，但第三个已经稳稳地接住，再传了出去。大家又是欢呼。这么玩了一阵，她听到少年已经开始喘息，拍手道："好了，我们要中场休息咯。"少年还舍不得走，却听到有人在唤他："嘉月！嘉月！"

　　他费力地转头去看，江江也随着看过去，呆了呆，球场边的那女人美得让一干小孩都看傻了，篮球砰地掉到地上也没人察觉，不是陆雅是谁。

　　她把少年推过去，陆雅俯身给他擦擦汗，眉头微微蹙起，有些忍耐地看了眼江江，然后温柔地问少年："怎么样？还好吗？"

第二十七章
一城一池

"没事。"少年有点喘,他额头上在冒汗,但面色并没有像别人运动后那样红润,倒是眉心不自觉地在微微拧一拧。

"我帮你。"陆雅像是很明白,小心地扶着他的身体调整坐姿,这下他有点忍不住了,像是很疼很难受,口中发出轻轻的呻吟。

"我得送你回家。你不能这样坐着了。"陆雅道,推着那少年就要走,看都没再看江江。

少年倒是努力地示意她停下,让她把轮椅掉个头,对江江道:"谢谢你,我玩得很开心。"

"抱歉,是不是我做错什么了?"江江不明所以,但直觉自己好像犯了错。

这时曾海鸣竟也赶了过来,看这情形也是意外。

"江小姐陪嘉月玩了会儿……篮球,他现在有点累了,我送他回家。"陆雅淡淡地道。

曾海鸣听到"篮球"二字,皱眉,但立刻舒展开,对江江笑道:"这是我儿子,曾嘉月,难得你陪他玩,那不如,就一起去家里玩玩,我们可以好好聊聊。"

江江想答应,但想起路子涵的叮嘱,正在紧张地想理由婉拒,陆雅开口道:"海鸣,今天嘉月累了,他不舒服,我们改天再请江小姐吧。"

"抱歉我刚才鲁莽了,对,改天吧。"江江赶紧道。

看到儿子确实神情痛苦,曾海鸣看了看陆雅,她正关切地看着嘉月,给他擦汗,曾海鸣顿了顿,终于道:"好吧,那我们再约。"

江江讪讪地回去问冯静之,冯静之道:"这是我刚来仁心那年的事,曾院长的儿子和朋友去滑雪,出了事故,脊椎受伤,自胸椎以下全身瘫痪。他能短暂地坐着全靠支架,估计被你带着运动是吃不消的。"

"啊,这样……"江江恍然,不禁内疚,还真是她莽莽撞撞的,自以为做好事,希望不要害曾嘉月真的受伤。

"不过问题应该不会很大。"冯静之道,"想想那孩子也真的可怜,医学昌明，能用义肢还好，但他很难再站起来。"

江江唉声叹气地走出来，发现小群里她那几个同事关注的重点倒是不同。

徐冉："曾院长的儿子长得挺好看，不像他。"

夏乔："江江，有一套啊，啥时候一起打篮球。"

吴悦越："陆雅对曾院长的儿子好温柔，真的像妈妈一样。"

江江跟着在内心嘀咕，之前知道陆雅和曾海鸣关系暧昧，但没想到她对曾海鸣的儿子还是真的很关心很在意。

夏乔接了吴悦越的话："你现在看谁都像妈，谁都知道曾院长最看重的就是他儿子，不对他好能行嘛。"

"你懂什么。"吴悦越字都懒得打了，直接问，"江江，你有发言权，你来说。"

"我站悦越。"江江言简意赅。陆雅这个人她有点看不明白，但她真的不能相信陆雅流露的心疼和担忧都是做戏。

第二十八章

我要和你结婚

包一宁的案子二审很快开庭,江江坐在旁听席。她身边坐着白小纹、卓北,还有几个他们的同学。程老师也来了,坐在后排,她还是很瘦削,精神却比以前好了一些。辩方后面的座席上,许嘉琪到了,与江江目光对上时,她露出一个仿佛置身事外的微笑。

"小江姐姐,我们会赢吗?"白小纹小声问。

"这个现在还说不定。"江江也不敢断言,她的目光一直望着路子涵。他面色有点苍白,但神情淡静从容。谷裕则是一贯深不可测的沉稳,他的助理赵照自从上次在路子涵这里不尴不尬地吃了瘪,这次也没惹事,只是看路子涵的眼神,还是颇为不忿。

谷裕是老牌律师,证人、证据的展示滴水不漏,把许宸赫塑造成了一个虽然家境优越,但成长过程中缺失了爱与陪伴,家长又一味追求精英教育，被高标准施压的孩子，所以他在青春期即罹患了家族遗传的抑郁症。

谷裕的发言很有些煽情，沉声道："一个普通家庭的小孩，如果罹患了心理方面的疾病，那么他可以没有心理负担地告诉父母，父母纵然痛心，也可以毫无顾忌地带他看病、接受治疗。但是我的当事人，许宸赫，他身为许氏的继承人，却没有这个权利。众所周知，许氏是一个商业帝国，这意味着什么，最简单地说，如此规模的上市公司，直接关联着南岛的经济发展，如果它有什么动荡，南岛有多少人会失业？不可计数！作为它的继承人，我的当事人承担的压力之大是旁人难以想象的，他不仅不敢不优秀，更不敢生病，尤其是心理疾病。所以当他觉得自己的心理出现了问题后，第一反应不是告知父母接受治疗，而是自己隐瞒，假装一切都没有发生，这也造成了他的病症不为人知地越来越严重，最后导致了非常令人遗憾的严重后果。这是我当事人的悲哀，也是社会的悲哀。所以我恳请陪审团，考虑我当事人身上承担的重压，予以一定程度的谅解。"

他的话说到一半，许沉璧就开始啜泣，江江看到许嘉琪已经换上悲哀的表情，还轻轻拍着许沉璧的手以示安抚，但眼神里分明流露出冷冷的讥诮，不禁内心失笑。

但不得不承认，谷裕的发言让部分陪审团成员看待许宸赫的眼神多了些恻隐。许宸赫也真的是演技派，他本来长相俊俏华贵，此刻面色雪白，兼之这段时间瘦了不少，瘦骨伶仃地低头站着，像王子落难不堪重负，很是惹人同情。

包一宁的父母快被气坏了，尤其是包爸爸，如果不是包妈妈使劲拽着他，他早就站起来炸了。

路子涵站起来，在这么感性的氛围里，他只说了一句："我方有理由认为辩方证据具有瑕疵，不足以作为重要的决定性证据。"

谷裕的目光鹰隼一样盯住他。

"辩方律师提供的心理、精神、病理检验报告都是由一名叫裴文的医师进行鉴定，但这位裴文裴医师，他的职业道德曾有过严重污点。"路子

第二十八章 我要和你结婚

涵出示罗羽提供的当年的资料,继续道,"裴文医师曾经伪造病历,在此有当事人的投诉作为证明,虽然我们不知道裴医师是怎么逃脱了法律和行业的惩罚,但我可以提醒大家一点,这一套报告是由仁心医院出具,而裴文医师之前伪造病历,以及此次提供报告期间,他的直属上司都是同一人,曾海鸣曾院长。"

"我抗议,控方律师毫无证据地误导陪审团!"谷裕愤怒地站起来。

"我提供的指认有据可查。"路子涵淡淡地道。

"抗议无效,但控方律师,请注意不可基于没有证据的事实诱导陪审团做出联想。"法官道。

"是。"路子涵应道,"我方认为,辩方提供的证据应由第三方权威医院,两人以上专业医师分别进行独立鉴定才可算有效。另外,我有证人传召。"

"传控方证人。"法官颔首。

一个年轻人走出来,他有点紧张和局促,脸上的表情还有点惭惭的。

"我方认为,医疗鉴定报告只能证明犯罪嫌疑人是否患有抑郁症这一病症,但不能证明犯罪嫌疑人在犯案时,是否处于抑郁症症状发作期,以及症状是否完全影响当事人的行为和判断,使他丧失自我控制能力,不具备完全刑事责任能力。"

谷裕道:"我方已经传召证人证明我当事人当日情绪异常。"他之前确实已传召了当天的授课老师和同学来做证。

"但我方有证据证明对方证人证词不实。"路子涵转向他的证人,"证人,请说明你的身份。"

"我叫余勇,是枫叶中学的清洁工。"那年轻人怯怯地说。

旁听席上响起窃窃私语,许沉璧按捺不住说道:"一个清洁工知道什么!"

"肃静,肃静。"法官敲锤。

路子涵不为所动,继续提问:"事发当天,9月17日下午,你在哪里?"

"我在枫叶中学的化学实验楼，等着……等着实验课结束做清洁。"余勇回答。

"在这期间，你做了什么？"

"我……我……"余勇有些不敢说，终于咬咬嘴唇硬着头皮道，"我偷偷录了视频。"

"恳请法官大人和各位陪审团成员用两分钟时间看看这段视频。"路子涵打开一个有名的短视频网站，点开余勇的ID发布的一段视频，花里胡哨的特效和俗气的音乐立刻回荡在整个法庭。谷裕正要抗议，但表情立马僵住，许宸赫的面色也有点变了。虽然视频配的文字是余勇贱兮兮的"早跟你们说了，哥我可是集才华和美貌于一身的男子"，但谁都能一眼看出，那分明拍的是许宸赫，记得那天他们做一个很有点难度的化学实验，他完成得很好，很是得意。镜头里分明记录了他完成关键步骤后意气风发的样子，还该死地特写了一个笑脸。

余勇结结巴巴地道："我只是想博点关注，我不是有意的，那些打赏我可以退出来，我都可以不要，全部赔给你们……"

路子涵示意他噤声，道："证人，关于你涉及侵犯对方当事人肖像权的行为会另行处理，你现在可以先下去了。"他转而面对法官和陪审团道，"这段视频上有确切的拍摄时间，由此可以看出，犯罪嫌疑人当天的状态良好，他能够完成复杂的实验，并且情绪积极，我们有理由确认他当日的心理状况是健康的、正常的，并且能够对自我行为负责。"

谷裕还未想好措辞言声，已经听路子涵道："对方的证人证言都有明显瑕疵，我方认为俱不可采信。"

庭上的形势谁都看得出来辩方大势已去。

许宸赫面色惨变。旁听席上的许沉璧直直地晕了过去。

在谷裕的强烈要求下，法官宣布休庭，延期再审。包一宁父母虽然有点遗憾，但也明白对方已无胜算。包爸爸握着路子涵的手说谢谢，路子涵只道："不是我的功劳，是事实说话。"

第二十八章 我要和你结婚

江江上前,见他面色白得有点异常,担心他最近太累,轻声道:"还好吗?我们回家。"

"没事。"路子涵握着她的手,一起往外走。

法庭长廊上,方才"晕倒"的许沉璧这时候醒了,她一把拨开"搀扶"着她的许嘉琪,迈出两步,挡在路子涵和江江身前。

"许女士,请慎言。"谷裕在她身后不得不出言提醒。

"都到这地步了,你还有什么资格提醒我慎言!你看看你做的什么事!漏洞像筛子一样多!"许沉璧愤怒地横了他一眼,"你被解雇了!"

谷裕虽然这次有失误,但他作为一名资深律师,少有被人这样面斥,一时面子上也不太挂得住。"你什么意思,还不是因为——"赵照看师傅被斥,很是愤怒,想辩驳,谷裕重咳一声:"不要多话,走。"说完转身快步离开。

路子涵这时候头疼得厉害,不愿与她纠缠,带着江江要走,不料许沉璧盯着江江尖锐地道:"有一个讼棍做男朋友是不错,连弑母的重罪都能清洗得干干净净。"

江江脚步一顿,眉头皱起来,但转头看着路子涵额角又沁出冷汗,知道他肯定头疼不舒服了,忍下一口气没有言声想继续走。但路子涵拉住她的手,站定了脚步,看着许沉璧道:"许女士,我有义务提醒你,成年人需要对自己的言辞负责。"

"难道不是吗?"许沉璧冷笑,"你们俩也真是登对,一个最会的就是煽动人心颠倒黑白,满口公平正义,还不是男盗女娼,年纪轻轻就落个家破人亡也是报应!还哄得另一个亲妈死了一个月不到就能欢声笑语地谈起恋爱来……"

江江握着路子涵的手,看着他连嘴唇都褪了血色,咬咬牙道:"一句都别听,我们走。"

"心虚了吗,杀人犯的滋味好不好受?你怎么这就忘得干干净净了?哦对了,那柄水果刀啊,它刺进去一时半会儿是死不了,可是流血不止会

315

活活疼死呢……"许沉璧气头上只图一时痛快，一句句说的都是以为会将对方的心扎个窟窿的话，但……好像有什么不对，路子涵和江江安安静静地站住了，看她的目光都很异常……而许嘉琪走过来，凉凉地一叹。

她看着路子涵把江江紧紧拥进怀里，听着他森冷地开口，每个字都带着寒气："警方并未公开叶绚亭女士的致死凶器是水果刀，更没有公布过任何死亡过程，你……是怎么知道的？"

许沉璧一个踉跄，不自觉地扶着墙，吸口气兀自强硬地说："我听人说的，关你什么事。"

路子涵看了她一眼，冷淡一笑，微微颔首："好的，我知道了。"然后带着江江走。

"你知道什么了？你知道什么了？！"许沉璧形象全无，在身后歇斯底里地喊。

路子涵摇摇头，对江江道："我好像想明白了一些事。"

"我也是。"江江道。

停车场，路子涵发现谷裕的车竟然和他的停在一起，谷裕站在车旁，似乎在等他。看到他走近，谷裕道："你赢了。"

"主要是受您的教。"路子涵淡淡地道。

"此话怎讲？"

"是您通过当年那桩案子让我明白，所谓证据，从来都不能只看表面。"路子涵神情有些邈远，却有压抑不住的痛切，"可惜，我懂得太晚了。"

如果当时他就知道所谓证据确凿背后，那些盘根错节的关系掩盖的，也许是相反的真相。

如果他当时有能力去挖出证据背后的罪恶。

是不是，哥哥就不会在监狱中郁郁而终？

"路子涵？"江江感觉到他的身体在微微发抖，额角的冷汗也越来

第二十八章
我要和你结婚

越多。

"没事。"路子涵对她恍惚地微微一笑,说了句,"江江,不要太难过。"

"你也是。"江江道,"我们回家去。"

路子涵点点头,以为自己在正常说话,其实听到江江耳中低哑得让人难受,他说:"江江,你来开车好吗?我有点累。"

江江将他扶上车,看着他头靠在椅背上,猛然有血迹殷红地从他的口鼻沁出。

都说人在特殊的情形下,会体验到类似灵魂出窍的感觉。江江觉得自己那一刻就有类似的感受,灵魂轻飘飘地飞起来,还转起了走马灯,从看到照片上的路子涵和他的顾师兄一起在非洲撸狮子,到仁心医院会议室第一次相遇他刻薄傲慢咄咄逼人,他那时候真是又好看又可恶……如果只停留在那个时候,是不是就不会有现在这般内心如针扎般的痛?是的,她的灵魂缥缥缈缈,肉体却清晰地感受到了物理痛楚,不是小说里形容的心痛,就是实实在在的胸口哽住的痛。随着那触目血色一滴一滴晕染在他象牙白的衬衫上,她的心脏如同被一双巨手握住,一阵阵发紧一阵阵抽痛。但是,不得不说人真是坚强,在灵魂出窍肉体受煎熬的情况下,大脑依然指挥着肢体,把车开出了风驰电掣般的高水准,一路飞驰至医院。直到医生护士出来把路子涵接上轮床送进急救室,她才觉得浑身发软,几乎站不住,慢慢地在长椅上坐下,一时茫茫然地不知道该做什么。愣愣地看着急救室的红灯,再与同守候在急救室外的其他病人家属大眼瞪小眼一番,才费劲地把飘忽的灵魂一点一点收纳归位。

等了大半个小时后,路子涵被推了出来,他人已经清醒,只是很有点面无人色,而江江迎上去,看着他第一句话就是:"我要和你结婚。"众人都有点哑然。路子涵担心是自己把她吓傻了,正想安抚几句,却发觉江江目光明净,很是冷静清醒。她也不管旁人的目光,认真地理性地严谨地说:"我想好了,如果你需要做急救手术或者采取其他有创治疗,我不希望你没有人签字,或者只能自己给自己签字。我要做那个能给你签字的人。"

路子涵看着她,深黑的眼中有泪光猝然泛起,什么也没有说,只应了一个字:"好。"

接下来,江江这个有理有据的求婚传遍了整个医院,医生们都纷纷赞叹,觉得纵然算不上"你愿意埋进我家祖坟里吗?"这种"硬核"求婚,也算非常靠谱务实勇敢的正面刚式求婚,值得敬佩。

真爱啊真爱,这不是真爱还能是什么。

路子涵的主治医生趁热打铁:"你也即将有人给你签字了,把手术做了吧。"路子涵没说话,默默地看向江江,江江怎么不知他的心意,按着胸口叹口气:"我好歹还年轻,也没有既往心脏病史,希望还能再扛住你几次吓唬。"她知道真相未明,路子涵不会愿意躺上手术台。医生无奈,但坚决不同意再放路子涵走,要求必须住院,尽可能卧床静养。

路子涵也懂得妥协,安安静静地半躺在床上,把深蓝色病服穿得跟法国高定似的,看得江江恨不得回办公室取设备,给仁心医院住院部拍几张有模特的宣传照。

也许是江江的眼神过于热烈,路子涵不禁微笑:"过来。"

江江过去坐在床边的椅子上,趴着,又觉得这姿势不太舒服,她也不说话,就默默地可怜巴巴地看着路子涵。路子涵的笑意渐深,终于带着点无奈的纵容,枕头分她一半,让她也躺上了床。虽然是个单间,但病床也不甚宽,两人紧紧挨着,倒一起笑了出来。

"躺一会儿就回家好好睡觉。"路子涵温言道。

"不要。"江江埋着头,声音闷闷的。

"被护士发现了你这是违规,当心举报你。"

"非工作时间,我现在不是工作人员,只是家属。"江江胡搅蛮缠。

第二十八章
我要和你结婚

"听话,回家好好睡觉,还觉得害怕就请宁小荟陪你。"

"你陪我不行吗?"江江把脸颊靠着他肩膀,有点嫌弃太瘦,硌得慌,又不舍得放开,在那儿窸窸窣窣地换着姿势。

路子涵怕她掉下床去,伸手揽着她,总觉得有些不真实的感觉,不由自主轻轻叹了口气。

"你别说话。"江江道。

路子涵不解:"不想听我说话?"

"今晚不想说任何与案子相关的事,我就想跟你这么躺一会儿。"

"好啊,可我刚才是想说,这个肩膀你小时候也是靠过的,那时没有现在这么挑剔,没嫌弃。"

"是吗?"

"对啊,看电影的时候。你那时候特别喜欢看电影,但每次不管看什么,总会有十多分钟是睡过去的,就靠着我肩膀睡,睡得很香。"

江江有些傻眼,想到她在美国念大学,也流水飘萍地交过一些男朋友,被一个日裔男生认真地提过意见,说江桑你明明是美丽的女生,为什么不解风情,一起去看恐怖片别的女生都蒙着眼躲进男朋友的怀抱里,你为什么坐得比旗杆还要直?江江那时候说是因为她胆子大。那男生不服气,说,你看喜剧片也没有笑得窝进我怀里。江江深觉他不可理喻,现在听路子涵这么说,承认其实不怪他,是自己原来有认定的肩膀,哪怕失去了记忆,也没有再在其他人的肩上将就。

"在想什么?"路子涵好奇她脸上微妙的神色。

"我在想啊,虽然你很奸诈,把我骗了回来,但是,其实,我也是真相里很重要的部分,对不对?"

"是的,江江,你很重要。"路子涵忽然道,"分开这几年,我一直很想你。"

"那从现在开始算的很多年,我们都不要彼此想来想去的,我们要在一起。"

"如果……"路子涵本来想说一个丧气的可能，但想想笑一笑，"嗯，没有如果。"

"对。"江江抱着他的动作收紧一点，呼吸拂在他的脖颈，清凉而温柔。

但江江的愿望终究是落了空，她没能这么安安静静地与路子涵腻歪一晚上，有人实在太敬业了，大晚上的跑来医院。虽然已经过了探视时间，但他证件一拍谁敢阻拦。

靳铭急吼吼地来了，一看路子涵那白得没有血色的脸，哽了哽，尴尬地想说点问候的话，江江已经从病床上翻身下来，对他道："好啦，现在再假装是探病的已经来不及了，我们就直奔主题说正事吧。"

路子涵挂着点滴，江江不让他乱动，她和靳铭在床边坐着，凑一起把各自的信息交换交换。

靳铭说了个重要的情况，他在走访当年服用过维丙海森的病人家属时，有个人跟他说了件事。他当年是陪父亲住院，等待肝源移植。也是买了维丙海森吃，服用的前三天效果不错，但之后癌细胞就疯了一样扩散，也不知道跟维丙海森有没有关系，没等到移植手术排期的时间人就没了。他当时气疯了，天天追着主治医生骂，不久后听说那个医生被医院开除了，他还是想不通，还是追着骂，后来那个医生跟他说，他一定会想办法还他们一个公道，说得很坚决。但是，他万万没想到，这个医生第二天就把医院院长给绑架了，杀害了。他说，他虽然是很气，很恨，但也没想到要院长来抵命，那个医生怎么走上这条歧路了啊。肯定的，那人口里说的医生，就是戴澄。

"他应该是误解了。我哥哥不会采取这种没有意义的极端手段。"

"我也这么认为，如果戴澄说的还他们一个公道，是以命抵命，没道理会放过曾海鸣，直接找上江院长。"靳铭附议。

"而且，"江江展示她在资料室拍的图片，"我刚细看，发现一个问题，

第二十八章
我要和你结婚

曾海鸣把维丙海森放在保健类药品类别,这一类不属于处方药,管控也不严,就是说有可能会绕过……江院长和戴澄医生,向病人销售。"

"我怀疑,戴澄说的还他们公道,应该是把这件事揭发出来。之前医院开除他,估计是想把这事按下。"靳铭道。

"我哥哥去找江院长,不是去绑架杀人的,他是去劝说江院长公布真相?"路子涵的声音微微有点抖。

"然后被幕后黑手一锅端了,再嫁祸给他。"靳铭推断。

"那我是怎么回事?"江江问。

"你那天给我发了短信,说想让我带你离开,你要偷偷地离家出走。"路子涵苦笑,"也许你的偷跑行动,与他们撞了个正着。"

三个人都静了下来。

他们都明白,这一切,都是推论,都是假想,没有证据,人证物证皆无。

"那,我们来看看现在的情况。"路子涵轻咳一声道,"假定曾海鸣是嫌犯,是当年的幕后黑手,他现在最恐惧的,应该是江江恢复记忆。"

"那他应该除掉我,为什么害了妈咪?"江江皱眉,想不明白。

"曾海鸣有个儿子你们知道吗?"靳铭忽然问。

"知道,我刚见过。"江江想起来还有点歉疚,"是个腼腆的男孩子,看着和曾海鸣很不同,可惜滑雪受伤全身瘫痪了。"

"你跟我提了曾海鸣之后,我就去查了,有意思的是,就是在他儿子受伤后,曾海鸣开始吃素,这是怕遭报应?"靳铭嘿嘿冷笑一阵,说出一句惊人的话,"他肉都不敢吃了倒是敢借刀杀人!"

"什么意思?"江江一时没转过弯。

"也许就是因为自知罪孽太重,怕被报应,所以才会掩耳盗铃地与人联手。"路子涵道。

"你是说,曾海鸣……和许沉璧?"江江终于明白。

靳铭点头:"我非常有理由怀疑他们之间有交易,他们最近走得太近了点。曾海鸣安排他的人，给许宸赫出了那一堆看起来严丝合缝的鉴定报告，许沉璧就帮他杀人。"

"这交易许沉璧能接受？"江江还是觉得有些不可置信，毕竟鉴定报告可以想的办法还多，但杀人是重罪，这交易对许沉璧不划算啊。

路子涵牵牵嘴角："如果许沉璧没有因为许宸赫被抓的事这么怨恨我们，那这交易自然是谈不下去的。"

江江一怔，许宸赫能被那么多学生和老师指证，导致在离开南岛的前一刻被拦下来，她和路子涵确实起了主导作用。许沉璧如果恨他们，不是没有理由。

"也就是因为许沉璧本身的恨意，所以，他们这个交易进行得并不如曾海鸣的期望。估计许沉璧篡改了内容，江江，她更希望你尝尝作为杀人凶手的滋味，而且杀害的是至亲，这才是许沉璧报复的内容。"路子涵声音里透出的凉意让江江不自禁地抖了抖。

靳铭表示同意，说起了江江作为嫌疑犯被拘留的时候，曾海鸣曾经为一件不必要的小事去警局和局长会面，临走时装作无意提到江江作为故人之女，当年就是问题少女，偏激叛逆，话里话外都是暗示。

"那想必是曾海鸣也没料到许沉璧自作主张，所以只能自己冒险补一刀，让警方怀疑江江，甚至把当年的事往江江身上推。"路子涵道。

靳铭之前对路子涵在江江那件事中的所作所为颇有微词，但这时，他叹口气，感慨道："虽然你做的事不合规矩，但也得说，如果不是你那么坚定地相信江江，拼命给她找证据脱罪，她恐怕是要多吃苦的。"

江江眼眶有点红，拿起路子涵的手，轻轻地吻了吻。

"傻。"路子涵揉揉她的头发，笑笑。

护士进来，把挂完了药水的点滴停了，放下晚上要服的药，对他们道："虽然公民有配合警方调查的义务，但是这位公民真的需要休息了。"

"好的好的。"靳铭站起身，"明天再说。"

"江江，你也回家休息。"路子涵知道江江也累了。

第二十八章 我要和你结婚

"我再待会儿。"江江就是舍不得走。她平时担任医院对外公共事务科发言人,都是一副清丽爽朗的职业范儿,这时候黏黏糊糊像个耍赖皮的小孩子。

护士看得好笑,叮嘱一句:"把药吃了。"就走了出去。

靳铭"啧"了一声,跟着往外走。

剩下江江,她立马很乖地去倒了水过来,不过是摄氏九十五度的沸水。而明明——是有温水的。她捧着热气腾腾的水,煞有介事地吹了吹道:"等水凉了我给你吃了药就走。"

她为了多待会儿,连这小花招都耍?

路子涵无奈,开口道:"别烫着手,放下吧。"

江江趴在床边,撑着头看着路子涵,看半响,叹口气:"你真好看。"

路子涵失笑,礼貌地回应:"谢谢,你也很好看。"

"我这样多看看你,就觉得离那些烦恼的伤心的事远一点。"江江又叹口气。

"你说过我们会一起找到真相,不管是什么样子。"

"是的,可我还是有很多问题没有想明白,而且,就算我想明白了,如果我们再也找不到证据怎么办?"

"不是有一句古话叫'天网恢恢,疏而不漏'嘛,会找到的,别担心。"

江江其实也很累了,她心里记挂着那杯没有放凉的水,但也架不住忽然上涌的困意,小小地打了个哈欠,喃喃道:"我先睡三分钟。"就开始趴在床边打瞌睡。

路子涵看着她鸡啄米的动作,想起以前和她一起看电影的时候,她也总是这样呢喃一句"我先睡三分钟",就咣当栽倒在他肩膀上,当然也从来都不止睡三分钟。

看她睡得好几次差点栽下去,路子涵也只能暂时顾不上医院的规定,起床抱起她,让她在床上躺好,好好睡。江江被他一抱,醒来了几秒钟,还搂着他脖子亲了亲,又嘀咕了一句"三分钟"后几乎立刻就睡了过去,呼吸均匀绵长。他自己去换了杯温水吃药。那药吃得胃很难受，不太躺得住，他索性坐在沙发上，就着小夜灯整理思路。

夜里护士进来测血压，径直走向病床，路子涵连忙拦住，伸出手："是我。"

护士看到他手上的留置针头，确认这位才是病人，感觉自己被塞了一把狗粮，还是尽职地一边给路子涵测血压一边叮嘱："您还是别太宠女朋友了，自己该卧床卧床，该休息休息，这身体要紧嘛不是……"但路子涵似乎没有听到她的念叨，等自己的手一自由后，他立马就在手机上查地图，确认了一个事实后不顾夜深拨通了靳铭的电话："我知道了。之前那个杀害叶绚亭的凶手，我们封锁了所有路段怎么查都没有找到他，我知道他在哪里了。"

"在哪里？"靳铭也立刻清醒。

"下山的路出去之后，有一家医院，那家医院是仁心名下的，主要是住院部。如果曾海鸣与许沉璧有交易，那凶手很大可能被藏在那里。"路子涵语速快起来，"之前只搜查了工作人员和家属，但是，病人！如果他一直假装成病人呢？！ICU？烧伤科？隔离病房？"

靳铭从床上蹿了起来："我这就带人去搜。"

天还没亮，靳铭那边就传来了消息，凶手抓到了。果不其然，凶手经人安排，在逃离的过程中神不知鬼不觉地被一辆救护车接上，直接送进了烧伤科病房，裹上绷带，躺在床上，平时跟着个"护工"，除了躺出一圈肥肉，活得还挺安定。

靳铭没打通路子涵的电话，消息是告知江江的。听到这个大好消息江江都没有很兴奋，听声音很懊恼："昨晚我自己躺床上睡着了，醒来才发现他不舒服，一直吐，难受得不行，赶紧叫医生来给他注射了镇静剂，现在睡着了。"

"以后你就照顾好自己，该吃吃该睡睡，别让他还为了操心你累着自

第二十八章
我要和你结婚

己。"靳铭仗着年纪大，谆谆教诲。

江江满心自责，蔫头耷脑地一个劲儿道："是是是。"忏悔完了这才反应过来，"你刚说什么，凶手抓到了？！"

"对啊。他把自己裹得像粽子！现在丢审讯室里问话呢。"靳铭道。

"他现在说什么了？"

"嘴硬，还在胡扯八道不说正题，看起来不像亡命徒，估计是家里得了大好处的。"靳铭道，"没关系，我们有的是经验对付这种人。"

路子涵醒来后，江江立马跟他报告了这件事。但还没轮到她表达心疼和歉疚，就被挤到一边去了。

先是顾辰微，他的工作助理在旁边手机加电脑还有江江没太看明白的设备上眼花缭乱一通操作，跟他报告，路子涵在仁心医院的主治医师于勉先生是国际一流水准的脑外科医师，曾经发表过多少多少论文，手术成功案例占比多少多少，学术成果含金量又是多少多少……一溜儿地举证完毕，顾辰微这才表示放心，末了情深意长地表示："以后不能像以前那样拼命工作了也没关系，法援律师不用做了，跟着我做点公司上市的小案子，虽然没有高尚情怀，但是有很多很多钱，嗯，很多。"江江默默地翻个白眼，觉得路子涵修养不错，听到什么都冷静、淡定、从容、不动声色。其实路子涵的内心无非是三个字：习惯了。

接着是罗羽，江江觉着他应该靠点谱，结果他指挥着几个人，火速在病房里安装了整套家庭影院设备，更绝的是居然还对门窗做了简易隔音措施。江江怀疑他是不是自己心理出问题了，然后就看到他面带微笑说："我已经为你们下载了最新韩剧的全套蓝光资源，住院和谈恋爱，都是最佳拍档。"江江一个趔趄。路子涵不着痕迹伸手扶了她一把，依然保持微笑，嗯，习惯了。

再接着是许嘉琪，她打扮得像大明星微服私访，大墨镜，大口罩，还戴了个帽子，推门进来才解除武装。但女人还是比男人靠点谱，许嘉琪还是能说点正经事的,开口就道:"许沉璧他们一家都完了。""呃?"江江发出一声疑问。"他们玩不出新的花样,许宸赫的案子撤销上诉,维持一审判决。来的路上我听说,被抓的那个人,一个上午都没扛住,都招了。我姑姑的那个私人助理买凶杀人的罪名跑不了,姑姑她自己也择不开。我父亲已经和董事会达成一致意见,立刻进行剥离工作。"许嘉琪非常职业化地陈述完事实,仿佛内心没有一点波动,转而对着江江才有了些人气儿,道,"江江,对不起,虽然道歉没有用,但我还是代表我们许家,向你说一句对不起。""不关你的事。"江江轻声道。这时候宁小薏推门进来,被这突然豪华起来的病房吓了一跳,二乎乎地问:"这是病房还是在布置新房?"江江顿时心里的伤感都化作了无语。

许嘉琪离开后,宁小薏感慨:"这许家大小姐感觉跟以往又不同了,现在跟个女修罗似的。"

"是啊,她恐怕是要正式接手许氏了。"江江道。再也没有任何其他障碍。她从此不再是爸爸宠爱的看重的女儿,而是董事会上无可辩驳的众望所归。

"哦,还有消息跟你们说呢。孟国威的公司被关了,我同事是他们大学的法律顾问,据说是高层直接下的指令,要求对他的各方面情况彻查到底。"宁小薏好奇地说,"难道他夜路走多了终究湿了鞋,招惹了哪位大神家的女眷?"

江江想了想,回忆了下那个邮箱的登录名和密码,尝试打开后,看到里面有一封邮件,是高霆写给谢欣然的,只有简短的一句话:"为你完成未竟之事,可安心赴约。"是的,是他,他绝不能容忍。至于那个约,应该就是谢欣然印在专辑上那句"晚一点,天上见"吧。他们终究团聚了,谢欣然没有等很久。

路子涵看她表情也已明白,握一握她的手道:"也是好的。"

江江点点头,看路子涵的眼神不免又多了些依恋。

第二十九章

余 生

如许嘉琪所说,许沉璧是有大麻烦了。但她毕竟是许家人,据说请了非常厉害的大律师出山,采取的策略是对一切矢口否认,尤其是靳铭他们推断的,她私下与曾海鸣的交易更是问不出一星半点。她自从那天庭审失态后,似乎是真正意识到了问题的严重性,从此律师不在场连一字半句都不肯多说,极其审慎起来。

曾海鸣也是狡猾,承认自己有管理失职,但涉及其他一概撇清。警方反复询问为何下属分院窝藏凶犯,他比谁都惊诧无辜。而分院住院部的医护人员,被询问都说是得到通知该床病人有专人看护治疗,但通知从何而来,专人到底是谁,大家才惊觉不知所谓。曾海鸣对警方言辞恳切:"不经此事,连我都不知道分院,包括本院,管理上有如此疏漏的地方,我常年在国外,任院长后主要负责的也是仁心的医术、仁心对社会的贡献,万万没想到管理上会出这么大的纰漏。一记警钟啊,真的是一记警钟!"

靳铭凭借他老刑警的直觉,能肯定曾海鸣一定有事,但是,他们没有证据。曾海鸣口口声声的"一记警钟",倒是震得他们的脑子也嗡嗡乱响。

路子涵老老实实地住院,江江知道他有时候是很难受的,剧烈的头疼和眩晕很折磨人,但他非常能忍,不到万不得已不会流露一二。江江自己虽然对诸般道理想得明白,但也难免患得患失,压力很大的时候也会偷偷躲起来哭一哭。这天黄昏,她在楼梯转角悄悄落了会儿泪,回来时候看到了陆雅从路子涵的病房里走出来,看样子,她也哭过。两人迎面遇上,也不好装作没看到,江江心中奇怪,路子涵不是说他不认识她吗?果然是说谎。

两人倒是默契,一起走到了长廊远离病房的地方,陆雅因为努力忍着眼泪而声音哽咽,她问:"你为什么不劝他先做手术?这样撑着太吃苦,而且,万一,万一……"江江已经哭过了一场,眼睛被泪水洗得清清亮亮的,她好像也有点困惑,不知道自己到底是对是错,只清晰地慢慢地说:"我想每个人都有他自己认为很重要的东西,他自己会权衡,孰轻孰重,有他自己的判断。身为旁人,哪怕是很亲很亲的人,也不能代替他做决定,或者非要说服他遵从别人的判断。"陆雅听她这样说,静静地看了看她,道:"我明白了。"便转身离开。

江江回到病房,凑到路子涵身边,皱皱鼻子道:"被我抓住了,骗子。"

"什么?"路子涵不解。

"陆雅呀,你还说不认识人家,她都为你哭了。"

"你哭了?"路子涵只注意到江江的眼睛有点红。

"不要转移话题,她到底是不是你前女友?如果真是,那我压力也太大了,她那么美……你这真是由奢入俭啊。"江江笑着道。

"不是我的前女友,她曾经是我哥哥,戴澄的女朋友。"路子涵平静地说,声音里没有太多情绪,但江江突然鼻子就酸了。

"路子涵,你是不是最爱你哥哥?"江江把脸颊贴在他手上,只觉得

第二十九章 余生

凉凉的,带着鼻音问。

"哥哥是最亲的人,但是最爱的,"路子涵声音温柔,"最爱的是你呀。"

"我也是。我也是。"江江这下真的抬不起头来了,开朗坚强的形象毁于一旦,哭得像个小傻子。

路子涵也没有劝她不要哭,就轻轻拍着她肩膀,与其她在他面前扛着忍着,还不如哭个痛快。江江哭了一会儿,闷闷地说:"一直以为你最爱哥哥,最在意真相,我要排在后面。不然你不会不知道我很担心。"

"那是因为,江江,我也会害怕。"路子涵坦白地说,"如果真的没有了知道真相的机会,那一定也是同时失去了你,我也……会怕。"

"胆小鬼。"江江心里难过,但大家一起哭哭啼啼又实在不符合她的性格,索性张口在路子涵的手上咬了一口。

"狗崽崽。"路子涵笑,在他小时候,哥哥偶尔会这么叫他,他用来叫江江,有异样的亲昵。

警方的调查在进行。仁心医院最近有件大事——年度肝脏移植研究会,向来由曾海鸣负责。这次医院董事会建议多事之秋不如停办或者暂缓,但曾海鸣当面大光其火,认为这才是仁心医院重中之重,绝不能受到任何影响,必须如期举办。

开幕仪式完成后,曾海鸣有个重要的报告要做。院长的报告,大家都准备专心听听,肝胆科的医生们懂行说很值得一听,而脑外科的护士小妹子们就纯粹是捧个场了。

但是,江江突兀地听到了她们的尖叫。她第一反应是出了什么事,却在一眼看到外面的 LED 大屏上的画面后整个人都石化。

出现在画面上的是陆雅,她乌发沉沉,红衣飒爽,依然美得让人心惊,但这时没人有心思欣赏她的美,因为她手里拿着一枚注射器,抵在一个荏弱少年的脖子上。

"曾嘉月！"江江大惊，冲回病房，切换掉路子涵在看的财经新闻，慌张地道，"陆雅劫持了曾嘉月！"

曾嘉月没穿支架，他完全支撑不住自己的身体，软倒在地，上半身软弱无力地靠着陆雅，仰着头，脸色惨淡，仿佛一只垂死的鹤。

路子涵立刻就坐直了身子。

"曾海鸣，曾院长，轮到你发言了。"陆雅唇边挂着一丝嘲讽的冷笑，手势优雅，做了一个邀约的姿势，还将屏幕切成了连线直播的模式，于是大家看到了暴怒的曾海鸣。

"陆雅，你放开嘉月！"曾海鸣西装革履出现在论坛的发言台，此刻怒不可遏，头顶都快冒烟。

"你是不是找不到你的发言稿和PPT？因为我觉得你有更重要的事需要告诉大家。顺便告诉你，我已经连接了医院的所有显示屏，你的这场发言，我们所有人都可以看到。"陆雅甚至对他微笑，那笑容满是冷漠的嘲讽。

曾海鸣一拍桌子道："报警！给我报警！"

"我已经替你报警了，相信警方很快会出现在屏幕前，他们对你的发言也会很感兴趣，所以，不要浪费时间了，曾院长，请开始吧。"

"你要我说什么，你这个疯子……"

"连这个发言也需要我给你拟写提纲吗？那我们不妨从七年前开始，说说到底发生了什么。关键词维丙海森，还有戴澄，一位名叫戴澄的医生。你对他做了什么，对当时的院长江峰和他女儿又做了什么。"

"我听不懂你在胡说八道什么，你快把嘉月放开，他身体不好，你放开他。"曾海鸣听她如是说，方才愤怒的气势不由自主地弱了下去。

曾嘉月仿佛有所了解，有些疲倦又有些绝望，慢慢地闭上了眼睛，头往下一垂，差点直直扎进注射器的针尖。

"嘉月！嘉月！"曾海鸣大呼。这时，江江听到了警笛，片刻间警察已经出现在画面中，绑架人质是恶性事件，还出动了特警。

第二十九章 余生

"我要去看看。"路子涵想也不想自己一把扯掉了针头就往外走。

"哎……"江江匆忙中捞了件他的大衣抓了块纱布跟在后面奔出去，抓住他的手臂，"他们应该在最大的会议厅，我带你走最近的电梯。"

电梯里，江江利落地把纱布按在路子涵扯掉针头后出血的手上。

"对不起。"路子涵低声道。

江江没说话，看他的手不再流血，便把大衣给他披上，道："我们先去会议厅，估计靳铭也来了，我们去与他会合。出动了特警，我怕陆雅会出事。"她其实也很紧张。

警方把会议厅的人都疏散了，画面里的陆雅还在与曾海鸣对峙。

"到了这个地步，你还不肯承认你到底做了什么吗？"陆雅明显因为情绪激愤开始逐渐失控，她手中的注射器针尖在曾嘉月白皙的脖子上刺出几个血点。

曾海鸣额头上的青筋都暴了出来，转而对警方咆哮道："还没有明确定位吗？！"

"她做了屏蔽处理，我们已经最快速度排查了你家和医院附近，暂时没有发现。"警察局局长亲自来了。

路子涵凝目看了会儿，上前对靳铭道："我知道他们在哪里。"

"哪里？"靳铭立马盯住他。

"我有条件。"路子涵沉声道。

"都什么时候你还跟我讲条件？"靳铭急得都快吼破音。

"对。我有很重要的需要得到承诺的条件。"路子涵毫不退让。

"你说。"靳铭无奈。

"在我与她谈判之前，特警和狙击手不能行动。"

"什么？你要与她谈判？！"靳铭要发疯，他们的谈判专家几分钟前想与陆雅对话，陆雅的回应是人质脖子上又多一个血点。

"我要去与她见面，我要和她谈谈。在我谈完之前，你们不能行动。"路子涵毫不动容。

靳铭重重地吐了一口气，走过去向局长汇报。局长快步过来，只问："你有没有信心保证人质的安全？"他这句话其实问得有点无理，路子涵看了眼屏幕中的陆雅——刹那间心中掠过无数往事，他的神情流露出几分苍凉的哀恸，低声道："我可以保证人质的安全。她不会真正伤害人质。"

"我也相信她不会。"江江忍不住插了句话。

"你们的信任和保证其实毫无用处。"局长看他们一眼，肃然对路子涵道，"我可以给你一次机会，但是我不会做出任何承诺，关键时刻，我们有权采取任何行动。"

路子涵沉默地点了点头。

陆雅和曾嘉月其实就在医院里。戴澄的办公室附近，有一部电梯是专门送逝者遗体去太平间的，一般人不会搭乘，而它上到顶层，出来是一个独立的小平台，视野辽阔。戴澄曾经带他们来过，心理暗示的加持下，他们都觉得这部电梯有一种玄妙的神性，有点阴阳界的意思。现在，陆雅就与曾嘉月在这个平台上。

路子涵要上去的时候，江江只对他说了一句话："上面风很大，你快点下来……把他们一起带下来。"

他的女孩，一直给他勇敢无畏全心信任的爱。

在那一刻，路子涵心里忽然有了决定，这次之后，无论结局怎样，他都会更积极地治疗，接受手术也可以，他不能让江江，一直这么孤单地承担一切地勇敢着。

陆雅看到他，并不意外："若有谁能找到我们，也就是你了，弟弟。"她还是这么叫他，但是她说，"没用的，你不用劝我，没有用。"

路子涵没说完，慢慢把四周看了一圈，然后自然地在陆雅身边坐下。屏幕前的靳铭看到他这么坐下，不禁重重地砸了下墙。江江领会到靳铭的恼火，皱了皱眉。路子涵坐的地方，恰好把狙击手可能的开枪角度给挡住了。他是有意的。

第二十九章
余 生

"你坐下来做什么,我说了你劝我没用……"陆雅盯着他。路子涵伸手轻轻稳一稳她有点发抖的手臂:"小心点,如果注射器掉下去了,特警会在十秒钟内扑过来。"

众人愕然,连江江都有点蒙,警局局长怔了一秒钟后大骂靳铭:"你他妈的放这样一个人上去是干什么的?是怕害不死人质找了个帮忙的?!"

曾海鸣这时候倒是不吼了,面如死灰。

陆雅自己也有点茫然,路子涵扶稳了她的手,开始平和地开口:"戴澄医生是我的哥哥。以前我一直以为,哥哥最希望的是洗清他的罪名,还他自己清白,这也是我一直想为他做的。可是,后来我才发现,哥哥心中最意难平,最耿耿于怀的,其实是欠很多位病人一个公道。这是他在努力做的事。"

曾海鸣身子晃了晃,在桌子上扶了一把。

"他想要还病人的公道,关乎一种药,就是维丙海森,他曾经许可或者是亲自开具了这个保健药品的处方,让不少病人的病情反而恶化,甚至提前离世,这是他最不能忍受的。"路子涵声音平静清和,"他作为一名受过严格教育专业度很高的医生,为什么会犯下这样的错误,因为当时医院有人为了一己私利,罔顾规则,让未能达到临床检验标准的药物作为重点药品,对医生造成极大的误导……"

"胡说!"刚才还有点萎靡的曾海鸣听到这里,愤怒地大声吼道,"你有什么资格污蔑我!维丙海森的价值你一无所知,凭什么信口雌黄胡说八道?!"

"原来那人就是曾院长您,想必医药公司给您的高额贿赂您还满意?"路子涵淡然道。

曾海鸣额角的青筋开始剧烈地跳动,他仿佛一瞬间被点燃了,一把拍在发言台上,怒道:"无知蝼蚁!心里只有钱的讼棍!小人之心,真正是小人之心……维丙海森运用于临床,对探索促成肝胆混合祖细胞的生长具有重要价值,为治疗肝病提供再生医学应用,甚至可能完全绕过肝脏移植,这是多么伟大的进步!能够实际地挽救多少人的生命!"

"原来曾院长不是为了私利,是为了救人,可那些服用了维丙海森丧命的人恐怕不能同意。"路子涵道。

"医学的进步付出一些代价有何不可?难道为了不愿付出些许代价就止步不前,愚蠢地想要停下研究?这才是对人类对医学的不负责任!"

"曾院长抱负远大,但有的人只想对得起自己的良心——"路子涵依然淡然。

曾海鸣爆出一阵冷笑,仿佛听到什么荒谬至极的话:"身为医者,什么叫良心,良心就是济世救人!就是救更多的人!没有这种境界,行什么医?营营役役,为了一点个人的情绪就看不清什么才是大道,那与蝼蚁有什么区别?都不配做医生,他们有什么资格掌握实验组的命运,有什么资格阻碍研究的进展?!"

"所以你除掉了他们,扫平了障碍。"路子涵平静说道。

"那是他们求仁得仁,我不过是让他们如愿以偿地满足自己廉价的自私的良心!"曾海鸣这句话一出,现场静默。

路子涵静静地拉下陆雅的手,伸手扶起已经半昏迷的曾嘉月,低声道:"都结束了。"

曾海鸣愣怔片刻,仿佛才醒悟过来,突然仰头一阵凄厉狂笑,将手里厚厚一沓文献和资料用力抛撒出去,纷纷扬扬,满场都是。

曾海鸣在警局坦白了一切。事实与靳铭他们推断的相差不远。当年曾海鸣为了实验尽快有突破性进展,不惜将检验数据不足的维丙海森直接运用于临床,并且对同是实验组核心成员的江峰和戴澄隐瞒了实情。戴澄在临床中察觉维丙海森带来的副作用超乎常规,查清楚了它的背景,非常震惊,绝不认可,对江峰说明了实情。但如果此时对外公布实情,实验组的项目必然会被停止,近在咫尺的突破就会再次遥不可及,江峰权衡之下决

第二十九章 余 生

定暂时对外隐瞒事实,并且解聘了戴澄,还以官方名义全面压制他。戴澄辗转难平,不忍心面对维丙海森的受害病人群体,内心很受折磨,他搜集了所有的资料和论据,再次去找他最尊敬的老师,江峰。江峰直面事实,终于还是认为应该实事求是,完全停止维丙海森的临床运用,并且对外披露事实,致歉、赔偿。曾海鸣为了阻拦,情急之下不惜绑架江峰、戴澄,在地下车库被正准备离家出走的江江撞破,于是一并带走。

曾海鸣说,他并不想真正杀了江峰和戴澄,他只是想让他们知道,医学的发展是人类巨大的进步,值得不惜一切代价。趁他们昏迷时,他握着戴澄的手刺破了江峰的肝脏,待他们醒来后,他不肯提供给戴澄任何药物,让他徒劳地救助,最后眼睁睁看着江峰挣扎断气。江江在这个惨烈的过程中受的刺激太强,昏厥后醒来失去了记忆。而戴澄的精神,被他一手摧毁。

但是他始终不认为自己有错。他始终认为,他的研究事关大局,他所做的一切,都是为了伟大的目标。而为了那个于全人类有益的目标,付出的所有代价都不足挂齿。

"关在牢里的邪教头子,大概都有类似的心路历程。"靳铭嗤笑。

"这就是法律存在的意义,保护每一个个体的利益,不让正义缺失公平而沦为少数人的暴政。"路子涵嘘出一口气道。

"陆雅怎么样?"江江想起她。

"她也必须对自己的行为负责,但刑期不会太长,她当时拿在手里威胁的注射器,里面是生理盐水。"靳铭道。

江江叹口气。

"再跟你说件事你就不会叹气了,要说求仁得仁,那还得是许沉璧,这下妥妥地要和儿子一起坐牢了。曾海鸣可一点没放过她这个同谋。"靳铭大大咧咧地冷笑一声。

"咦,都在,那过来说正事。"他们说着话,路子涵的主治医师探进来半个身子,敲着手里的病历,非常务实地说。

江江不由得笑了,轻声道:"说正事之前我想先做个正事。"不待路

335

子涵反应过来,她踮起脚在他脸上一吻,这才笑眯眯地拖着他往医生办公室走。留下靳铭在身后无奈地抖抖鸡皮疙瘩。

手术日期迅速定下,在等待的期间,除了根据医生的安排做一些准备,他们也没有刻意去做什么或者展望什么。也许只当是寻常,可以不去触及命运的谶言,简单地说就是不要立 flag。

但路子涵还是和江江一起去了一趟墓园。

戴澄。

江峰。

叶绚亭。

至亲长眠,逝者已矣。

回程的路上,路子涵道:"我们去卢记买蛋挞吧。"

"好啊。"江江点点头。

卢记蛋挞依然大排长龙,江江和路子涵手牵手排着队,从墓园出来,感受到这人间烟火别有意味,不由得更多珍惜彼此几分。

忽然,一人盈盈从身边经过,递过来一盒热热的刚出炉的蛋挞。江江意外,接过后只见那女孩俏皮地轻轻一托压得低低的帽檐,露出一张清丽至极的脸,对他们做了一个嘘的手势,便轻快地和身边人一起走开了。

"陈晓曦!"江江意外又惊喜。

"嗯,她看起来过得不错。"路子涵也觉得开心。

"你说她还在下围棋吗?"江江不禁问。

"今年的世界围棋大赛举办地点是南岛,这也是为什么她会在这里出现吧。"路子涵想一想道。

江江舒口气:"太好了。"越发觉得手中这盒蛋挞格外香甜,一不小心就被她吃掉了一大半,才猛然醒悟,"糟糕,不能吃这么多,我都胖了。"

"我知道。"路子涵非常淡定。

"你知道?!你为什么会知道?!"江江一瞬间就气急败坏。

第二十九章
余 生

路子涵只是笑，把最后一只蛋挞放进她嘴里，再拈掉她脸上的蛋挞屑。

"江江，我做手术的时候你去我家，书桌上有一份卷宗，写着你的名字，你可以在露台上看，嗯，今天天气不错，看完了估计我也就醒了，到时候你再来。"手术室外，路子涵温言道，依然笑得眉目清冽，"我不希望你这么无聊地在外面等，这让我不能安心。"

"好啊。"江江笑眯眯地点头，"听你的。"

"那你等我的电话。"路子涵平静地说。

江江举起手机来晃一晃，以示明白。

看着手术室的门关上，江江转身就走。

"哎，你真走啊？"赶来陪着她的徐冉他们很吃惊。

"对啊。"江江认真地说。

"江江，你不怕……真有什么意外？"吴悦越迟疑地问。

"真有什么意外，那更不能辜负了他的心意。"江江拍拍她的手，"我已经与主治医生有充分的沟通，做完了一切我能做的，剩下的我相信医生也相信他。"

江江来到路子涵的家门外，密码已经背熟，按下后，门开了。他的家一如她的想象，简约得近于空旷，宽大的书桌上果然放着一份卷宗，名字也果然是他挺秀的手写字迹，江江。她拿起来，往露台走，今天确实天气不错，秋高气爽。当她推开门站在露台上，刹那间仿佛身在梦中，她曾经面对着别人的露台，和宁小薏一起畅想的一切，都真实地在眼前了。而且，比她想的还更美。

没有种很多花，但是有蓬勃的绿植，白色的大阳伞，舒适而优美的躺椅。银杏树的树冠刚好在露台边，南岛天气温暖，银杏树的树叶没有全黄，看去像树冠被谁镀上了金边，衬着高远湛蓝的天，流光皎洁的云，美得让人不自禁地深呼吸，庆幸活在这人间。

生活这么美。

江江在躺椅上坐下，只觉全身每一个细胞都安适妥帖。这个人啊，他什么时候布置的？她手里的卷宗沉甸甸的，打开来，居然还有目录，编码清晰，分类严谨，时间线分毫不乱。

第一次相遇，本想逃离生活奔赴世界尽头，但，也许卢记蛋挞就是世界的边界。

第二次见面，他走出大学图书馆，看到她孤零零一个人站在那里，他问，你怎么在这里，她遗憾地看着图书馆回答，因为我进不去。

第三次，去看电影，她坚持要看一部很无聊的喜剧，拍得很烂的商业片，也并不好笑，但她抱着可乐爆米花看得很认真，然后在吃完爆米花后栽在他肩上睡完全程。走出来的时候，她很困惑地说，原来商业片比文艺片更好睡。

……

他带她去禅寺，她认真地学着干活，洒扫、洗碗、整理经书，什么都愿意做，听慧觉大师讲那些经文的时候又常常会哭，对他说，我只是想流泪，心里并不伤心的，很平静。

他去听她的演奏会，看到海报上她被称为天才少女，忍不住微笑。然后在她最喜欢的那间小馆守株待兔，果然等到了拎着裙子从晚宴上逃出来的她。

他们在一起的时间更多的是猝然被打断，她的手机铃声像是魔咒，提醒着她必须回家，必须回到高塔之上。

她一遍一遍地对他说，总有一天我要自由自在，去到世界上任何一个地方——和你一起。

她说得更多的是，路子涵，你不要跑得太快太远了，你要等着我一起长大。

过往的点点滴滴扑面而来，一段段记述，一张张照片，她的过去，他

第二十九章 余 生

都为她珍藏。江江看完最后一页,将整本卷宗抱在胸口,像是拥抱着那个极熟悉又陌生的自己,更像是拥抱着他那静水流深的温柔。

生命中诸多波澜暗礁,人心也多有幽翳之处,她想,好在最重要的,依然清明,尚在身边。半是恍惚半是清明,熟悉的梦境中那沉沉的浓雾仿佛也在此刻的晴空下渐渐散去,她看到了熟悉的清俊的脸。

突然,她的手机开始轻轻地振动,上面显示的名字让她红了眼眶。

她到这时才知道紧张后怕,滑过接听,小心地放到耳边,连呼吸都屏住。

而电话里传来路子涵虽然有点低弱,但分明带着一丝笑意的声音:"江江,我醒来了。"

"好。"她的喉咙哽住。

"等你来。"他说。

"好。"她还是只说得出来这个字。她很想告诉他,她也醒过来了,梦中那个人影,她看到了是谁,他停下来等她,没有让她再追逐寻找。

但是,有什么关系,还有很多的时间,很长的人生,可以慢慢说与他听。

她站起身,黄昏的阳光照得满目璀璨,流光溢彩。

(完)